LOCUS

LOCUS

LOCUS

LOCUS

RECREATION

R47

決絕（夜之屋9）

Destined (the house of night, book 9)

作者：菲莉絲·卡司特＋克麗絲婷·卡司特（P. C. Cast & Kristin Cast）

譯者：郭寶蓮

責任編輯：廖立文 美術編輯：蔡怡欣、顏一立

校對：呂佳眞

法律顧問：全理法律事務所董安丹律師

出版者：大塊文化出版股份有限公司

台北市10550南京東路四段25號11樓

www.locuspublishing.com

讀者服務專線：0800-006689

TEL：(02) 87123898　FAX：(02) 87123897

郵撥帳號：18955675　戶名：大塊文化出版股份有限公司

總經銷：大和書報圖書股份有限公司　地址：新北市新莊區五工五路2號

TEL：(02) 89902588　FAX：(02) 22901658

排版：辰皓國際出版製作有限公司 製版：瑞豐實業股份有限公司

初版一刷：2012年8月

定價：新台幣 280元

Printed in Taiwan

決絕

Destined

THE HOUSE OF NIGHT, BOOK 9

P. C. CAST+ KRISTIN CAST
菲莉絲·卡司特＋克麗絲婷·卡司特 著　郭寶蓮 譯

序曲　柔依

我媽死了，我想。

這四個字，我在心中默默咀嚼著。感覺很不對勁，彷彿我正試圖理解一個顛倒的世界，或從西邊升起的太陽。

我啜泣著深吸一口氣，翻身側躺，伸手又從地板上的盒子裡抽出一張面紙。

史塔克咕噥著，皺起眉頭，不安地動來動去。我輕手輕腳地慢慢起床，拾起史塔克隨手扔下的大運動衫穿上，走到這個坑道小房間牆邊的豆袋椅，整個人蜷縮在上面。

豆袋椅發出的窸窣聲，總讓我想起充氣式兒童派對屋的小球池。史塔克再次皺眉，咕噥了幾聲。我擤鼻涕，靜靜地擤。**別哭別哭別哭！哭也沒用，媽媽不會因為這樣就活過來**。我拼命眨眼，再次擤鼻涕。**或許這只是夢**。但才這樣想，我內心就知道這是千眞萬確的事。妮克絲把我從夢中帶走，讓我見到媽媽進入另一個世界。這就表示，媽媽死了。當淚水再次滑落臉龐，我提醒自己，**媽媽對妮克絲說，她很難過她辜負了我**。

「她說她愛我。」我喃喃自語。

我幾乎沒發出任何聲響，但史塔克翻來覆去，嘴裡念念有詞：「不，不要！」

我緊閉嘴巴，但我知道我的喃喃自語並未干擾到他睡眠。說史塔克是我的男朋友，實在太過簡化。他和我之間的連結遠比平常人的戀人關係深切，所以他才會輾轉難安：他可以感覺到我的悲傷。就算在睡夢中，他也知道我正在哭泣、難過、害怕，以及——

史塔克推開胸口的毯子，我看見他的手握成拳頭。我的目光移到他的臉龐，知道他仍在睡，但額頭堆滿皺紋，眉頭深鎖。

我閉上眼睛，集中心思，深吸一口氣。「靈，」我悄聲說：「請降臨我。」我隨即感受到元素拂過我的肌膚。「幫我——不，幫史塔克把我的悲傷擋在外頭。」**還有**，我默默地說，**如果可以，也請幫我把我的一些悲傷擋掉，哪怕僅是片刻也好**。我又深吸一口氣，感覺到靈在我心裡和周遭運行，並盤旋著游向床鋪。我睜開眼睛，看見史塔克身邊的空氣泛起漣漪。靈宛如透明的毯子覆蓋在他身上，他的肌膚彷彿在發光。我感覺到一股暖意，低頭一瞧，發現我的手臂也發出同樣柔和的亮光。在靈的神奇撫慰下，史塔克和我同時吐出長長一口氣。好幾個小時以來，我首次感覺到我的悲傷消散了一些。

「謝謝你，靈。」我低聲說，交叉手臂，抱緊自己。在元素的包覆、觸撫下，我覺得有點睏了。這時，另一股不一樣的暖意進入我的意識。我不想打擾元素的魔法，慢慢地鬆開兩臂，伸手摸自己的胸口。

占卜石怎麼會發熱？銀鍊上垂掛的小圓石棲在我的胸脯。自從史迦赫女王在斯凱島上送了給我，我就不曾把它取下。

訝異之餘，我將占卜石從運動衫底下掏出來，手指撫摸著大理石的光滑表面。它的樣子依舊讓我想起救生圈造型的椰子口味糖果，但這一刻它散發出神祕的光，彷彿我召喚的元素讓它活了過來——彷彿我感覺到的暖意來自它怦然躍動的生命。

占卜石只跟最古老的魔法呼應，也就是我在這座島上所保護的那種魔法。我把它給妳，是希望妳回去後可以辨認出真正的古老魔法，如果它真的仍存在外頭那個世界的話……

當史迦赫的話語在我的腦海裡迴盪，占卜石竟緩緩地，懶洋洋似地轉動。圓石中央的孔洞就像迷你望遠鏡，我從孔洞看見史塔克被照亮，而我的世界也逐漸移動、縮小。然後，一切都改變了。

我第一次在斯凱島上透過占卜石孔洞所看到的一切，令我震驚，我甚至暈了過去。我不知道靈元素此刻就在我身邊有沒有關係，但這時我眼前的景象並沒有把我嚇暈。

只是，它同樣讓我驚惶不安。

史塔克就躺在那裡，赤裸著胸膛。靈的亮光不見了，取而代之的是別的影像。這影像模糊不清，感覺上像是一個人影，但我無法辨認他的五官。史塔克的手臂抽搐著，手掌張開。那影子的手也張開。我看見守護人的大劍突然在史塔克的手中出現。我驚愕地倒抽一口氣，那幽魂似的戰士把頭轉向我，手掌收攏，握住劍。

霎時間，大劍變幻，化成黑色的長矛——顯得致命、危險，矛頭沾著血，而且看起來非常非常熟悉。一陣驚恐刺穿我。「不！」我大喊：「靈，給史塔克力量！叫那東西走開！」彷彿有巨鳥拍翅的聲音，那影子消失，占卜石變冷，史塔克坐起來，皺著眉頭看我。

「妳在那邊做什麼？」他揉著眼睛。「妳怎麼那麼吵？」

我張嘴，想解釋剛剛見到的詭異景象，但他嘆一口氣，躺下，掀開被子，睡眼惺忪地招喚我。「來，沒妳依偎在身邊，我睡不著。但我真的需要好好睡一覺。」

「好，好。我也是。」我說，戰戰搖搖地走過去，爬上床，靠緊了他，頭枕在他的肩頭。「喂，呃，剛才發生了一件怪事。」我抬起頭，想看著他的眼睛。但史塔克把嘴唇湊上我的嘴巴。我還來不及驚訝，就臣服於他的吻。這種感覺真好。他的雙手摟著我，我緊貼著他。接著，他的嘴唇沿著我的頸部曲線往下滑移。「你剛剛不是說你需要睡眠？」我的聲音聽起來有點喘。

「我更需要妳。」他說。

「喔，」我說：「我也是。」

我們陶醉在彼此之中。史塔克的愛撫驅走了死亡、絕望和恐懼。我們互相讓對方感受到生命、愛和幸福。最後，我們沉沉睡著，而占卜石棲在我的胸脯，棲在我們之間，冷卻了，被我遺忘。

1 元牲

那個男性人類的肉柔嫩多汁。

沒想到這麼容易就摧毀他——終結他那脆弱心臟的跳動。

「帶我到北陶沙。我想到夜色裡走走。」她這個指令，是他們這一夜的開始。

「是的，女神，」他立刻回應，彷彿從屋頂露台的角落活過來。

「別叫我女神，叫我……」她想了一下，「……叫我女祭司。」她滑潤豔紅的豐唇往上揚。「我想，大家都只簡單地稱呼我女祭司，會比較好——起碼短期內是這樣。」

元牲握拳放在心臟位置。他直覺地知道，這是古老的手勢，雖然做起來有點彆扭。「是的，女祭司。」

女祭司從他的身邊走過，威風凜凜地示意他跟上。

他亦步亦趨地跟上。

他被創造出來，就是爲了追隨她，接受她的命令，遵從她的指示。

他們進入女祭司所說的**汽車**，世界開始往後飛逝。女祭司先前已命令他學會這東西的操作。他觀察並學習，一如她的吩咐。

然後，他們停車，走下車子。街道瀰漫著死亡、腐臭、敗壞和污穢的氣味。

「女祭司，這地方不是——」

「保護我！」她厲聲說：「但不是呵護我。我想去哪裡就去哪裡，你只須遵從我的命令。摧毀我的敵人是你的職責，不，是你存在的**目的**。而我的宿命就是樹立敵人。保持警覺，當我命令你保護我，你就必須行動。我對你的要求就只是這樣。」

「是的，女祭司。」他說。

現代世界眞是令人困惑。太多聲音變來變去，太多東西他不懂。他只能依照女祭司的命令去做，實現他被創造的目的，以及——

有個男人走出來，擋住女祭司的路。

「這麼標緻的姑娘，只有一個小夥子陪著，這麼晚了還來這種暗巷啊？」他注意到女祭司的刺青，睜大眼睛。「原來是吸血鬼。所以，妳來這裡是爲了嘗一下這小夥子嘍？這樣吧，妳把錢包交給我，然後我們聊聊，看跟眞正的男人在一起是什麼滋味？」

女祭司嘆一口氣，滿臉不耐煩。「你說錯了兩件事。一，我不只是一個吸血鬼。二，他不是小夥子。」

「喂，妳這話是什麼意思？」

女祭司不理他，轉頭看元牲。「現在，保護我，讓我瞧瞧我使喚的是什麼樣的武器。」

元牲什麼也沒想，毫不遲疑地逼近男人，將拇指戳進他圓睜的眼睛。男人開始哀號。

男人的恐懼湧向元牲，餵養他。自然得如同吸氣，元牲吸入他在對方身上引發的痛苦。男人恐懼的能量在元牲體內鼓脹、噴湧，既冰冷又火熱。元牲察覺他的雙手變硬，變形，變得不止是手。於是，原先本是正常的手指，這會兒變成了爪子。當男人的耳朵開始淌血，他從男人的眼睛抽回爪子。然後，元牲利用對方痛苦和恐懼的能量，將男人一把舉起，砸在最近一幢建築的牆壁上。男人再次哀號。

多美妙、可怖的戰慄啊！元牲覺得自己全身震顫，繼續變化。簡單的人腳變成動物的偶蹄，腿的肌肉增厚，胸膛隆起，撐破身上的衣服。最美妙的是，元牲察覺自己頭上長出致命的獸角。

當男人的三名友人聞聲衝進巷子，準備救他，男人已停止哀號。

元牲把男人丟到垃圾堆，轉身擋在女祭司和那些自以爲可以傷害她的男人之間。

「搞什麼鬼？」第一個男人煞住腳步。

「我從沒見過這種東西。」第二個男人說。

元牲已開始吸納他們身上散發出的恐懼，肌膚因恐懼的冰冷之焰而顫動。

「那是牛角嗎？啊，不會吧！我要閃人了。」第三個男人轉身，沿著來路急忙奔離。另兩個人也睜大驚恐的眼睛，開始慢慢往後退。

元牲看著女祭司。「有何指示？」他心裡隱約納悶著，自己的聲音怎會變得如此低沉，像從野獸的喉嚨發出。

「他們的痛苦讓你變得更強壯，」女祭司看起來很開心，**「而且不一樣，更加凶猛。」**她看著那兩個不停往後退的男人，揚起豐滿的上唇，露出獰笑。「有趣……殺了他們。」

元牲動作迅速，最靠近的那個男人毫無機會脫逃。他以頭上的獸角刺穿他的胸膛，並將他舉高。男人痛苦地掙扎、哀號，大便失禁。這讓元牲變得更加威猛有力。

元牲的頭大力一甩，被刺穿的男人飛撞到牆上，掉落在地，躺在第一個男人旁邊。

另一個男人沒有逃跑，反而抽出一把駭人的長刀，衝向元牲。元牲佯裝躲開。當男人調整方向，回過身來，元牲的腳踹踏斷他一條腿。男人向前撲倒時，元牲用手撕裂他的臉。

元牲喘著氣，站在被他征服的敵人旁邊，俯視著他們。接著，他轉身面向女祭司。

「非常好。」她冷冷地說：「警方很快就會到，我們離開吧。」

元牲跟著她，腳蹄重重地踏在骯髒的巷子裡，刨出一道道蹄痕。他垂下手臂，爪掌握拳，思忖著，試圖弄懂流遍他全身的情緒風暴，以及伴隨情緒而來的，點燃他狂亂怒焰的能量，是怎麼一回事。

虛弱。他忽然覺得好虛弱。還有，還有別的感覺。

「怎麼？」她大聲呵叱，因爲他上車前躊躇了一下。

他搖搖頭。「我不知道，我感覺——」

她哈哈大笑。「你什麼感覺都不會有。你顯然想太多了。我的刀沒有感覺，我的槍沒有感覺。你是我的武器，只管殺戮。接受現實吧。」

「是的，女祭司。」元牲上車，讓車外的世界呼嘯而過。**我不思考，我不感覺，我只是武器**。

「你幹麼站在這裡**看**我？」女祭司問他，冰冷的綠色眸子直瞅著他。

「我在等妳下令，女祭司。」他不加思索地說，不懂她何以不悅。他們才剛返回她的藏身處，一幢稱爲馬佑的大樓頂樓。一回來，元牲就走到露台，站在那兒，靜靜地看著她。

她吐出長長一口氣。「我現在沒有指令要給你。你非得一直盯著我不可嗎？」

元牲別開頭，把注意力放在城市燈火，察覺夜空底下閃爍的燈火是多麼撩人。「我等待妳下令，女祭司。」他又說一次。

「喔，天哪！爲我而生的這個工具人，怎會如此俊美卻愚蠢？」

元牲感覺到四周空氣有了變化，接著黑暗從煙霧、陰影和夜色中現身。

「愚蠢、俊美，卻致命……」

他腦袋裡響起這些話語的聲音，巨大的白牛出現在他眼前。牠的吐息惡臭卻甜美，目光既可怕又讓人讚歎。牠融合神祕、魔力與暴亂於一身。元牲隨即在這生物面前跪下。

「別跪了。起來，回那邊去……」奈菲瑞特不屑地揚了揚手，指著屋頂角落陰暗處。

「不，我寧可他留在這裡。我喜歡看我的這些作品。」

元牲不知道該說什麼。這個生物控制他的注意力，女祭司卻控制他的身體。

「這些？」女祭司慵懶地走向碩大的公牛。「你經常製作這種禮物給你的追隨者？」

公牛的笑聲好可怖，但元牲發現，女祭司非但絲毫不畏怯，還一直靠近牠。

「有意思！妳是在質疑我嘍。妳在忌妒嗎，沒心沒肺的女人？」

女祭司撫摸公牛的角。「我需要忌妒嗎？」

公牛用鼻子磨蹭女祭司，她的絲緞長袍被蹭得皺縮，露出袍子底下光滑赤裸的肌膚。

「告訴我，妳認為我給妳的這份禮物具有什麼用途？」公牛以問題回應女祭司的問題。

女祭司眨眨眼，搖頭，彷彿不解。然後，她轉頭看著仍跪在地上的元牲。「我的主，他的用途是保護我，而爲了感謝你賞賜他給我，我會好好地聽從你的吩咐。」

「我接受妳美好的獻禮。不過，我必須告訴妳，元牲不只是用來保護的武器。元牲有一個用途，那就是製造混亂。」

女祭司驚愕地深吸一口氣，快速地眨著眼睛，目光從公牛移向元牲，然後又望著公牛。

「眞的嗎？」她以恭敬、輕柔的聲音說：「藉由這生物，我可以製造混亂？」

公牛的白色眼睛彷彿即將沉落的蒼白月亮。**「真的。他的確是一個生物，但他威力無窮。凡他所經之處，必留下災難。這個工具人體現了妳最深沉的夢想，而妳的夢想不正是製造翻天覆地的混亂嗎？」**

「喔，確實。」女祭司說，倚著公牛的脖子，撫摸牠的身體。

「那麼，既然混亂已在妳的掌控之下，妳要用混亂做什麼呢？摧毀人類的城市，以吸血鬼女王的身分統治世界嗎？」

女祭司露出美麗卻可怕的笑容。「不，不是女王。是女神。」

「女神？可是，已經有一個吸血鬼女神了啊。這點妳很清楚，妳曾經服事她。」

「你是說妮克絲？那個讓她的子民擁有自己的意志，可以自由選擇的女神？那個堅信自由意志的迷思，不介入子民事務的女神？」

元牲覺得那頭野獸的聲音帶著笑容，但他懷疑，這怎麼可能？**「我說的確實是妮克絲，吸血鬼和黑夜的女神。妳要利用混亂來挑戰她？」**

「不，我要利用混亂來打垮她。如果混亂危及這個世界的基本秩序呢？難道妮克絲不會違背自己的規則，介入塵世，來拯救她的子民嗎？如此一來，難道她還不撤消賦予人類自由意志的敕令，從而背叛她自己嗎？假使妮克絲改變已命定的一切，她的神性權威將會發生什麼事呢？」

「我不知道，因為這種事不曾發生過。」公牛鼻子噴氣，彷彿覺得很有趣。**「不過，這個問題出人意料地有趣——而妳是知道的，我喜歡驚喜的感覺。」**

「我的主，我只希望我可以一次又一次地帶給你驚喜。」

「啊，『只』，多麼小的一個字眼哪……」公牛說。

稍後，即使女祭司和公牛已拋下他，離開很久了，元牲仍一直跪在屋頂上。他待在他被丟下、被忘記的地方，仰望著夜空。

2 柔依

「身障生校車?眞的嗎?」我只能搖頭，瞪著那輛低底盤黃色小巴士。車身那幾個黑字，「夜之屋」，顯然才剛噴好漆。「我是說，我才打電話給桑納托絲，她們這麼快就回應，同意我們回學校上課，而且派了專車接送，這樣很棒。只不過，**身障車**?」

「彎生的!他們派智障巴士來載我們欸!」依琳說，還咯咯笑。

「彎生的!這樣太差勁了。」簫妮說。

「我知道，彎生的，我眞不敢相信奈菲瑞特她X的這麼邪惡，竟然派智障巴士給我們。」依琳繼續說。

「不是，我不是說奈菲瑞特差勁，我是說說人家**智障**很差勁。」簫妮解釋道，對她的彎生好姊妹翻了翻白眼。

「我想，簫妮說得很對。**不過**，妳們應該考慮一下怎麼擴充自己的辭彙了。成天**說**來**說**去，**差勁**來**差勁**去，聽得我都膩了。」戴米恩說。

簫妮、依琳、史蒂薇．蕾、利乏音和我都睜大眼睛望著戴米恩。我知道我們都在想，看到他辭彙偏執症復發，實在太棒了。但我們什麼都不敢說，怕說了他會迸出淚水，縮回他在傑克死後就一直出不來的沮喪狀態。

愛芙羅黛蒂和達瑞司挑在這個時候，從火車站地下室冒出來，而且如同往常，她隨即表現出「只在乎外貌」的態度，一下子就把「儀態高貴」和「嘴巴惡毒」融合在一起。

「喔，拜託，我才不要上**那個東西**。身障車是給智障搭的。」愛芙羅黛蒂以不屑的口吻說，還甩了甩頭髮。

「你們大家，沒那麼糟啦。我的意思是，它一看就知道是新車。瞧，『夜之屋』這幾個字也是剛噴的漆。」史蒂薇．蕾說。

「不如乾脆直接噴上『社交自殺車』吧。」愛芙羅黛蒂說，對史蒂薇．蕾皺起眉頭。

「我不准妳潑我冷水。我**喜歡**學校。」史蒂薇．蕾說著鑽進巴士，並對替她打開車門的冥界之子戰士露出笑臉。

「女祭司。」臉上毫無笑容的戰士只嚴肅地點頭回應。然後，他完全不理會我們自己的冥界之子戰士，達瑞司，逕自看著我，點了一個更敷衍的頭，說：「柔依，我在此通知妳和史蒂薇．蕾，三十分鐘後學校要召開委員會會議，妳們兩位都必須出席。」

「喔，好。史塔克已經去通知大家，說車到了。我們應該很快就可以出發。」我說，對他微笑，假裝他那張臉沒有陰沉得像暴風雨前的烏雲。

「喂，你們大家，聞起來也是新車的氣味欸！」史蒂薇．蕾喊道。我看見她在車子裡四處張望，一頭俏麗的金色鬈髮跟著彈跳。接著，她跑回車門口，輕巧地跳下階梯，拉起利乏音的手，仰頭對他笑。「要不要跟我一起坐後面？顛起來很過癮唷。」

「說眞的，」愛芙羅黛蒂說：「這輛車還眞適合妳，因爲妳就是智障。還有，我實在討厭潑妳冷水——喔，等等，我撒謊，其實我不討厭——只不過，雖然最高委員會對奈菲瑞特施壓，強迫她派車接送我們，夜之屋還是不歡迎鳥男孩。從日落到此刻的這短短一點二秒，趁他不是一隻鳥，天曉得你們倆幹了什麼事。但妳可不要太陶醉，把現實給忘了。」

我看見史蒂薇．蕾抓緊利乏音的手。「我告訴妳，日落到現在不只過了一點二秒，這段期間我們做了什麼不關妳的事。**還有**，利乏音也要上學，就跟我們其他人一樣。」

愛芙羅黛蒂的金色眉毛高高揚起。「妳不是在開玩笑吧？」

「不是。」史蒂薇．蕾斬釘截鐵地說：「妳應該比任何人更了解這一點。」

「我？了解？妳到底在說什麼鬼話啊？」

「妳不是紅雛鬼，也不是一般的雛鬼，更不是成鬼，或許連人類都不是。」

「因爲她是母夜叉。」我聽見簫妮咕噥著。

「惡劣至極的那一種。」依琳低聲接腔。

愛芙羅黛蒂對孿生的瞇起眼睛，但史蒂薇．蕾話還沒說完。

「妳跟利乏音一樣，都不算正常，但妮克絲還是給妳恩賜，儘管我們都不懂她幹麼這麼做。總之，既然妳要回學校，我要回學校，那麼，利乏音也一樣。就這樣。」

「史蒂薇．蕾說得對。」史塔克說。他走了過來，身後跟著一群紅雛鬼。「就算奈菲瑞特不高興，妮克絲已經原諒利乏音，並賜福給他。」

「而且是當著全校的面。」史蒂薇．蕾補充。

「他們知道啦。」利乏音低聲對她說。他的目光從她移到其他人，最後落在我身上。

「妳怎麼說？」他出其不意地問我。「我應該去夜之屋嗎？或者這只會無事生波？」

眾人望著我。我瞥了巴士裡那個面無表情的冥界之子一眼，說：「呃，你們要不要先上車？我得跟我的……呃……」我支吾著，比了個手勢，把愛芙羅黛蒂、史蒂薇．蕾以及其他幾個夥伴涵蓋進來。

「妳的守護圈成員。」史蒂薇．蕾笑著對我說：「妳得跟妳的守護圈談談。」

「還有他們的附屬配備。」戴米恩補充，朝愛芙羅黛蒂、達瑞司和克拉米夏點了點頭。

我咧嘴笑著說：「我喜歡這種說法！好，你們各位先上車，讓我和我的守護圈及其附屬配備談一談，好嗎？」

「我不覺得我喜歡被人說成**附屬配備**。」克拉米夏說，瞇著眼睛看我。

「這話的意思是——」史蒂薇・蕾才開始解釋，克拉米夏就搖頭打斷她——「我知道這是什麼意思，我是說我不覺得我會喜歡。」

「妳可不可以晚點再長篇大論，現在先閉上嘴巴，聽柔依怎麼說，把這件事解決了？」愛芙羅黛蒂說，氣得克拉米夏吸氣瞪眼睛。「不過，話先挑明，」她指著達瑞司以外的所有人，「你們是蠢蛋幫，而我，代表人氣與完美，是你們的門面。」

孿生的一副準備跟愛芙羅黛蒂唇槍舌劍的模樣，我趕緊說：「各位，專心一點，利乏音的問題很重要。」還好，我這一說，大家都閉上嘴巴。我示意我的守護圈、附屬配備和門面跟著我走到人行道的另一端，脫離其他人的聽力範圍。

當其他紅雛鬼一個個爬上巴士，我焦急地思索著利乏音這個至爲重要的問題。我的思緒一團混亂。經過昨晚，一些難解的問題已經塞滿我的腦袋。我試著在心裡把自己搖醒。我不再只是個孩子，我是第一個雛鬼女祭司長，這些人全都仰賴我，期望我知道**正確答案**。

拜託，妮克絲，請讓我說出對的話。我迅速地默默祈禱，然後迎視利乏音的目光。忽然間，我知道了，我們真正需要的並不是**我的**答案。

「你呢，你自己想要怎樣？」我問利乏音。

「他想要——」史蒂薇．蕾才開口，我就舉起手，要我這位死黨別說話。「不，」我說：「妳不能替利乏音回答他想要怎樣，或妳希望他想要怎樣。我需要的是利乏音自己的答案。好，答案是什麼？你想要怎樣？」我把問題再問一次。

利乏音定睛看著我。「我想要正常。」他說。

愛芙羅黛蒂哼了一聲。「慘哪，正常加上這個年紀就等於去上愚蠢的學。」

「上學不愚蠢。」戴米恩說，接著他告訴利乏音：「不過，關於正常這部分，她說得對，正常的孩子會去上學。」

「對啊。」簫妮說。

「很遜，但沒錯。」依琳說：「不過，學校也是絕佳的時尚展示台。」

「說得對極了，孿生的。」簫妮說。

「什麼意思？」利乏音問史蒂薇．蕾。

她對他笑笑，說：「反正基本上你應該跟我們去上學。」

他也對她微笑，滿臉盡是濃情蜜意。他的目光轉向我時，幸福的表情猶存，看得我忍不住也對他微笑。

「如果正常代表去學校，那就是我想要的，如果這樣不會造成太多問題的話。」

「顯而易見，這的確會造成問題。」達瑞司說。

「你不認爲他該去學校？」我問。

「我沒這麼說。我同意妳，這是他的選擇、他的決定。可是，利乏音，你應該了解，你留在這裡會比較省事。先躲一陣子，起碼等到我們搞清楚奈菲瑞特和卡羅納的下一步。」

利乏音一聽到他父親的名字，我想，我看見他表情有點難堪。但他還是點點頭，說：「我了解，可是我厭倦了單獨一人躲在暗處。」他再次看了看史蒂薇·蕾，然後看著我們。

「況且，史蒂薇·蕾可能會需要我。」

「好，大家都知道，理論上，『讓鳥男孩自己決定』及『史蒂薇·蕾可能會需要我』這種戲碼眞的讓人既開心又感動，但現實上，在我們要去的校園裡，蝙蝠般惡毒的瘋狂女祭司長恨我們入骨，會無所不用其極地摧毀我們，尤其是妳，柔。更甭提龍老師，冥界之子戰士的**領導人**，自從配偶被我們打算帶回學校的傢伙給殺死，就整個人不對勁。奈菲瑞特一定會利用利乏音來槓上我們，而龍老師一定會站在她那邊。大事肯定不妙。」

「反正這種事又不是第一次發生。」我說。

「呃，我可以說話嗎？」戴米恩舉起手，像在課堂上那樣。

「可以，親愛的。還有，你不必舉手。」我說。

「喔，好，謝謝。我想說的是，我們必須記住，當妮克絲出現在夜之屋，原諒並賜福給利乏音，基本上她就已允許我們將利乏音接納為我們的一分子。這一點，奈菲瑞特無法反對——至少無法公然反對。龍老師也一樣。至於他們喜不喜歡，不是重點。」

「可是，他們已經反對了。」史塔克說：「昨晚，奈菲瑞特問龍老師能否接納利乏音，他說他不能，於是她把利乏音踢出校園，史蒂薇．蕾不甩她，所以我們才會離開學校。」

「沒錯，雖然最高委員會對奈菲瑞特施壓，讓我們回學校上課，但這不代表我們會被接納。我可以跟你們保證，她和龍老師，或許還有其他許多人，對這傢伙都很不爽。」愛芙羅黛蒂指了指利乏音。

戴米恩搶在我之前開口。「然而，事實是奈菲瑞特和龍老師都不能凌駕女神的意願。」

「說得好，戴米恩。沒人可以凌駕女神，包括任何一個女祭司長。」史蒂薇．蕾說。

「你們能想像嗎，如果哪個女祭司長亂來，超級矜持的最高委員會會怎麼樣？」愛芙羅黛蒂翻了翻白眼。「雞飛狗跳啊——她們肯定會緊張得雞飛狗跳。」

我眨了眨眼，忽然好想擁抱愛芙羅黛蒂。喔，好在這個衝動一閃而過。

「愛芙羅黛蒂，」我說：「妳眞是天才！戴米恩也是。」

「我當然是天才。」愛芙羅黛蒂得意洋洋地說。

「妳打算跟最高委員會告奈菲瑞特和龍老師的狀，對不對？」戴米恩問。

「我想，『告狀』不是很正確的說法。你帶了筆電嗎？」我問。

戴米恩拍拍掛在肩上的男用包。「當然，就在我的書包裡。」

「你的電腦裡有Skype吧？」我繼續問。

「有。」

「很好。借我帶去參加委員會會議，可以嗎？」

「沒問題。」戴米恩說，一臉狐疑地對我揚起眉毛。

「妳在想什麼？」史蒂薇．蕾替他把問題問出口。

「當我打電話給桑納托絲，請她幫忙，讓我們可以返回學校，有一件小事我忘了提，那就是：我們仍會回原來的夜之屋上課，但我們可以說已從陶沙市夜之屋分出來了。」

「嘿，我們這個分出來的團體得取個很帥的新名字。」簫妮說。

「喔～～！說得對，孿生的。」依琳說。

「嘿，這裡是火車站，那就叫火車頭夜之屋吧。如何？」簫妮說。

我看著她們，搖搖頭，語氣堅定地說：「不要火車頭。」然後我拉回正題。「不過，我還是得利用Skype跟最高委員會開個會，請她們同意。我剛好可以藉學校委員會會議的場合這麼做。我保證，如果我請奈菲瑞特見證我這通電話，她一定非常高興。」

「柔，這個計畫很爛欸。奈菲瑞特一定很高興利用這個機會跟最高委員會嚼舌根，設法扭曲妳說的每句話，讓妳看起來就像個瘋癲的小鬼。」愛芙羅黛蒂說。

「這可以說就是重點所在。」我說：「我不會表現得像個瘋癲的小鬼。我會當個恰如其分的雛鬼女祭司長，一五一十地告訴最高委員會，妮克絲是如何把令人驚歎的神奇恩典賜給紅色女祭司長的伴侶，利乏音，而利乏音是多麼高興能到陶沙市夜之屋上學。我相信，她們會恭喜奈菲瑞特，稱讚她是個了不起的女祭司長，可以處理這裡發生的這麼多事情。」

「夠狡猾，我喜歡。」愛芙羅黛蒂說：「妳會讓奈菲瑞特和龍老師進退失據。如果他們說『我們絕不接受鳥男孩』，或有一丁點抱怨或不滿，就會讓自己很難看——畢竟妮克絲都現身彰顯奇蹟了。」

「不過，這條路還是不好走。」史塔克說。

利乏音堅定地迎視他的目光。「不管多艱難，這條路好過通往黑暗、憎恨和死亡的路。我想，你一定知道我的意思。」

「我知道。」史塔克說，也定睛看著利乏音。

「我也知道。」史蒂薇．蕾說。

「我也是。」我說。

「既然大家都同意了，利乏音就跟我們回夜之屋吧。」達瑞司說。

「等等，這代表我們必須搭這輛該死的身障車嗎？」愛芙羅黛蒂問。

「對！」大家齊聲回答。

我哈哈大笑，幾天來從沒有這麼輕鬆過。我跟著大家爬上巴士，坐下時故意用肩膀撞了一下史塔克，但他幾乎不怎麼理睬我。這時我才想到，睡醒以後，他幾乎沒跟我（或任何人）說上什麼話。想起稍早我們是那麼親密，想起他的愛撫讓我忘卻憂傷和恐懼，我忍不住咬著嘴唇，心裡好迷惘。我偷瞄他一眼，他正盯著窗外看，一臉疲憊，非常疲憊。

「嗨，你怎麼了？」我問他。這時巴士已一路顛簸地駛在辛辛那提街上，朝中城前進。

「我？沒事。」

「說眞的，你看起來很疲倦。你還好嗎？」

「柔依，妳昨天把我吵醒，害我幾乎一整天不得好睡。然後，妳打電話給桑納托絲，跟她討論回學校上課的問題時，聲音可不小。接著，我剛入睡，妳就又大呼小叫，再次把我吵醒。嗯，親熱那一段是很棒啦。」他頓了一下，面露微笑，霎時看起來很正常。但他接著往下說時，又把這一瞬間毀了。「之後妳翻來覆去，好不容易才睡沉。我沒辦法再入睡，所以我很累。就這樣。」

我訝異地眨著眼睛看他，覺得彷彿被他甩了一巴掌。我不想讓別人發現我倆有些不快，所以我壓低聲音說：「好，我打電話給桑納托絲，是因爲我身爲女祭司長，必須這麼做。這姑且不談。我原本只想依偎在你身邊睡覺，你卻跟我**那個**。這也不談。只談一件事：**我媽死了，史塔克**。妮克絲讓我看到她進入另一個世界。到現在，我都還不曉得怎麼會這樣，爲什麼會這樣。我拼命地表現正常，甚至都還沒找阿嬤談。」

「這就對了，妳還沒跟她談過。我告訴過妳，妳應該立刻打電話給她——或至少打給妳媽。搞不好這只是一場夢呢？」

我難以置信地望著史塔克，努力控制語氣和情緒。「你比世界上任何人都明白，我分辨得出**真正**見到和夢到另一個世界的差別。」

「對，我知道，可是——」

「可是你認爲我應該獨自承受這些，別打擾你寶貴的睡眠？跟你親熱除外！」

愛芙羅黛蒂轉頭看我一眼，臉上帶著問號。我趕緊閉上嘴巴，裝出沒事的模樣。

史塔克吐出長長一口氣。「不，我不是這個意思。對不起，柔。」他抓起我的手。「真的，我是個混蛋。」

「沒錯，你是。」

「對不起啦。」他說，用肩膀撞我一下。「我們把剛才的對話倒帶重來，好嗎？」

「好。」我說。

「開始嘍——我很疲倦，於是變笨了。關於妳媽，我們不曉得究竟發生什麼事，而這把我們兩個都嚇壞了。但不管怎樣，我愛妳，即使我是混蛋。這樣可以嗎？有沒有好一點？」

「好，有，好一點了。」我說。

我讓他繼續握著我的手，眼睛望向窗外。我們在第十五街左轉，行經總是瀰漫著矮松氣味的甘比花園，然後沿著櫻桃街前進。車子駛在尤帝卡街上，經過第二十一街時，我已經惶惑不安，一心掛念著我媽和阿嬤。如果史塔克說對了，我不是出現什麼靈視，這不過是一場噩夢呢？我的意思是——畢竟我還沒聽到阿嬤的消息……

「總是這麼美。」戴米恩的聲音從前面的座位傳來。「從這裡望過去，真難相信那裡會發生那麼可怕、令人心碎的事情。」

聽見他有點哽咽，我捏了捏史塔克的手，然後放開，起身走到前面，坐在戴米恩身邊。

「嗨，」我說，挽住他的手，「你要記住，那裡也發生過美好、讓人動心的事情。永遠別忘了，你是在那裡認識傑克，墜入愛河。」

他看著我。我心想，他看起來儘管傷心，卻依然聰慧。「失去了西斯，妳還好嗎？」

「我想念他。」我老實告訴他。接著，某種感覺讓我補上一句：「但我不想跟龍老師一樣，被悲傷吞噬。」

「我也是。」戴米恩輕聲說：「不過，有時很難做到。」

「事情才發生沒多久。」

他緊抿著唇，彷彿在克制淚水，然後點點頭。

「你會熬過去的。」我說：「我也會，我們都會。一起熬過去。」我語氣堅定地說。

大門是鐵製的，中央鑲了一枚弦月校徽。我們的車子穿過大門後，繞到學校的側門。

「委員會會議七點半召開。」巴士停住後，冥界之子說：「課堂照常八點整開始。」

「謝謝你。」我對他說，假裝他很和善（或起碼還算恭敬），然後瞥了一眼我的手機：下午七點二十分。離會議還有十分鐘，離上課則有四十分鐘。我站起來，轉身看著忐忑不安的孩子們。「好，大家各自回原來的寢室，在那裡等著上課。史蒂薇・蕾、史塔克和我要去開會，搞定利乏音的問題和你們的課程安排。」

「我呢？我不用去參加會議嗎？」克拉米夏問。「通常開會很無聊，不過我敢說今天會比平常精彩。」

「妳說得對。」我說：「除了史蒂薇．蕾和我，他們也該自動把妳列爲會議成員。」

「那我去哪裡？」坐在巴士後方的利乏音問道。

我才開始思索，他到底應該去哪裡時，戴米恩站起來，說：「你跟著我吧——至少今天跟我在一起，如果柔依和史蒂薇．蕾同意。」

我對戴米恩微笑，頓時好以他爲榮。大家都很擔心他，總覺得他隨時會崩潰，歇斯底里起來。所以，只要利乏音跟他在一起，絕不會有人質問他——大家都怕惹戴米恩不開心。

「謝謝你。」我說。

「這個主意太棒了，戴米恩。」史蒂薇．蕾說。

「好，大家就保持平常心。」我說：「放學後我們在這裡碰頭。」

「我的第一堂課是咒語和儀式。」我聽見愛芙羅黛蒂對達瑞司咕噥著。「教這堂課的新老師看起來好像才十二歲。這可有趣了。」

「記住，」史蒂薇．蕾狠狠地瞟了愛芙羅黛蒂一眼，「對老師和善一點。」

我們魚貫下車。我看得出來，史蒂薇．蕾很捨不得放開利乏音，讓他跟戴米恩走。我們眞的不知道他在學校裡會遇到什麼狀況，但我們明白，利乏音要想被接納，並如願被當作正常孩子看待，機會非常渺茫。

眾人離去，只剩下史蒂薇．蕾、史塔克、克拉米夏和我時，我說：「準備進入龍潭虎穴了嗎？」

「我倒覺得比較像進入噁心的黃蜂巢。」克拉米夏說：「不過，我準備好了。」

「我也準備好了。上馬吧，該面對的就面對。」史蒂薇．蕾說。

「就這麼辦。」我說。

「好。」大家呼應。

於是，我們邁向未來。不過，這個未來已經讓我的胃揪緊，強烈的腸道激躁症彷彿隨時可能來襲，害我猛拉肚子。

唉，要命。

3 卡羅納

卡羅納只需循著自己與子嗣之間的那條連結，飛沒多久就找到了他的兒子。**我忠誠的孩子們**，他心裡想著，盤旋在林木茂密、綿延起伏的丘陵上方。這片山丘位於陶沙西南方不遠處，人煙稀疏。卡羅納輕易地穿梭於寒冬裡光禿的枝椏間，降落在山脊最高處，站在林中一小片空地的中央。他環顧四周，看到三間木構棚屋，與樹木錯落並立，粗糙卻堅固。卡羅納銳利的目光望入屋子的窗戶，看到猩紅色的球體在裡頭朝著他的方向閃閃發亮。

他張開雙臂。「是的，孩子們，我回來了！」撲翅聲撫慰了他的靈魂。他們衝出高腳棚屋，圍繞著他屈膝跪下，恭敬地低下頭。卡羅納數了數：七個。

「其他人呢？」

所有的仿人鴉都不安地騷動著。只有一個例外。他仰頭迎視卡羅納的目光，發出嘶嘶聲回應他的問話。「往西～躲起來。消失～在地面上。」

卡羅納端詳這個兒子，尼斯洛克，開始臚列這個仿人鴉跟他那愛子之間的差異。尼斯洛克的進化程度幾乎跟利乏音相近，說起話來幾乎與人類大同小異，心智也幾乎堪稱敏銳。但就是這種「幾乎」，微妙地區別了這兩個兒子，使得利乏音成爲卡羅納最倚重的那個，而尼斯洛克不是。

卡羅納心中忿懣，咬了咬牙。他太傻了，竟把全副心思都放在利乏音一個人身上。他有這麼多兒子可以挑選，可以寵愛。利乏音選擇離開，是他自己的損失。利乏音只有一個父親。他將會發現，一個行蹤杳然的女神和一個絕無可能眞正愛他的吸血鬼，終究取代不了父親。「你在這裡，太好了。」卡羅納制止自己再想那個缺席的兒子，說：「不過，我希望你們所有人聚在一起，等我回來。」

「他們，我管不住。」尼斯洛克說：「利乏音死了——」

「利乏音沒死！」卡羅納厲聲喝道，嚇得尼斯洛克發抖，低下頭。長翅膀的不死生物停頓一下，收拾情緒，繼續說：「不過，他死了或許還比較好。」

「父親？」

「他選擇服事紅吸血鬼女祭司及她的女神。」

「可能嗎？怎麼會？」尼斯洛克問。

「都是因爲女人，被她們操控了。」卡羅納忿忿地說。他太清楚男人是怎麼被女人俘虜的，他自己就曾因此變得卑躬屈膝……

瞬間，他忽然懂了。不死生物眨了眨眼，開口時更像是自言自語，而非對兒子說話。「可是，她們的操控不會持久！」他搖搖頭，差點面露微笑。「我怎麼沒早點想到呢？利乏音遲早會厭煩當血紅者的寵物，到時他就明白自己犯了什麼錯誤。然而，這錯誤不全然是他自己造成的。血紅者操控他，毒害他的心智，讓他與我爲敵。但這是一時的！她遲早會拋棄他，到時他就會離開夜之屋，回到我的——」

卡羅納打住自己的話，當場做出決定。「尼斯洛克，帶兩個兄弟去夜之屋，在那裡守著，提高警覺，注意利乏音和血紅者。一找到機會跟他交談，就告訴他，雖然他犯了可怕的錯，背棄我……」卡羅納頓住，咬了咬牙。每次想到利乏音的選擇，一想太久，悲傷和寂寞的感覺就湧上心頭，讓他不知所措。長翅膀的不死生物重整思緒，控制情緒，繼續對尼斯洛克下達指令。「告訴利乏音，雖然他被誤導，決定離開我，我身邊仍保留了他的位置——不過，他即便想回來，如果繼續留在夜之屋，或許更能爲我效力。」

「他留下來偵伺！」尼斯洛克說。眾仿人鴉嘎嘎啼叫，呼應他興奮的情緒。

「對，但眼下他或許還不知道他可以偵伺。」卡羅納說：「你懂吧，尼斯洛克？你去看著他。除了利乏音，別讓任何人看見。」

「不殺吸血鬼嗎？」

「不殺，除非你受到威脅。如果生命受到威脅，你想怎樣就怎樣，但別被抓了，也**別殺害任何女祭司長**。」卡羅納一字一句慢慢地說。「無端招惹女神絕對不是明智之舉，所以妮克絲的女祭司長別碰。」他蹙眉看著這個兒子，想起另一個兒子不久前差點殺害柔依・紅鳥，爲此賠上一命。「你了解我的指令嗎，尼斯洛克？」

「了解～。告訴他，我會。利乏音要注意。利乏音要偵伺。」

「那麼，就這麼做吧，記得天亮前回來。要飛得高，快，安靜，宛如夜風。」

「是～，父親。」

卡羅納環顧四周，滿意地對周圍濃密的樹林點點頭，很高興自己的孩子找了這麼一個隱密的高地來藏匿。「人類呢，他們不會來嗎？」他問。

「只有獵人～，但他們不會再來了。」尼斯洛克說。

卡羅納揚起眉毛。「你們殺了這些人類？」

「是～，兩個。」尼斯洛克興奮起來，躁動不安。「抓住他們，砸向岩石。」他指著前方不遠處。卡羅納好奇地邁步上前，俯視山脊的這一側陡坡。一條條粗大的電線橫亙在眼前，傳送著現代世界的電力魔法。幾座聳立的高壓電塔四周，人類清出了一片空地，從他站立的位置呈帶狀往下延展，直到地平線。空地的地表露出奧克拉荷馬州特有的砂岩，一塊塊嶙峋高聳的巨石，線條乾淨利落而致命。

「太好了。」卡羅納說，讚賞地點點頭。「像是他們出了意外。幹得好。」接著，他轉身背對空地和這群仿人鴉——而他們則全神貫注地注視著他。「這地方選得好，我希望我所有的兒子都到這裡來。尼斯洛克，你們去陶沙市夜之屋，執行我的吩咐。其他人往西飛，召喚你們的兄弟，叫他們來這裡找我。我們要在這裡等待、守候，做好準備。」

「做好準備？準備什麼，父親？」尼斯洛克歪著頭問。

卡羅納想起自己的身軀被囚禁，靈魂被驅趕，送到另一個世界；想起自己返回人間後，她是怎麼鞭打他，奴役他，待他如同她可以支配的私人財產。

「準備摧毀奈菲瑞特。」他說。

利乏音

所有人都帶著猜疑的目光看他。利乏音討厭這樣，但他了解。他曾與他們爲敵，殺了他們中間的一個人。他曾是怪物。事實上，他現在仍可能是怪物。

第三堂是文學課，老師自稱潘特西莉亞。她帶領大家閱讀一本叫作《華氏四五一度》的書，說是年邁的吸血鬼雷．布萊伯利寫的反烏托邦科幻作品。她先朗讀書中的片段，再講解其中的意涵，並說明思想與表達自由的重要。利乏音努力調校他新的人類五官，裝出興味盎然、專注聆聽的表情。但他的心思不停地飄走。他想專心聽課，只操心老師所說的「象徵的解讀」，不去擔心其他事情。但從男孩變成渡鴉的事困擾著他。

那種感覺很痛苦，很恐怖，卻也令人興奮、震顫。但變成渡鴉之後的事，他幾乎都不記得。白天的一切，留在他腦海裡的，只剩一些影像和感覺。

他記得，史蒂薇．蕾跟他從地底的坑道出來，走到最靠近火車站的那棵樹——不久前，他們曾藉著這棵樹逃過陽光的凌遲。

「妳進去吧，天要亮了。」他對她說，溫柔地撫摸她的臉頰。

「我不想離開你。」她說，張開兩臂，緊緊抱住他。

他只容許自己回抱她一下下，就將她的手輕輕扳開，堅定地帶她回到地下室陰暗的鐵柵入口。「下去吧。妳累了，需要睡覺。」

「我要一直看著你，直到，呃，你知道的，直到你變成**一隻鳥**。」

最後幾個字她小小聲地說，彷彿只要不大聲說出來，事情就會不一樣。這或許很蠢，卻讓他想笑。「妳有沒有說出來，都沒關係的。事情終究會發生。」

她嘆一口氣。「我知道，但我還是不想離開你。」史蒂薇．蕾伸出手，伸入漸亮的早晨，牽起他的手。「我要你知道，我會在這裡等你。」

「我想，鳥不會懂人類的世界。」他這麼說，因為他不曉得還能說什麼。

「你不會只是隨便一隻鳥。你會變成渡鴉。我也不是人類。我是吸血鬼，紅吸血鬼。況且，如果我不待在這裡等你，你怎麼知道要回哪裡？」她的聲音帶著哽咽，聽得他心好痛。

利乏音親她的手。「我會知道的。我向妳發誓，我永遠會找到路回家，回到妳身邊。」

就在他準備輕輕將她推入柵門時，一陣劇痛貫穿他全身。

事後回想，他早該料到會這樣。從人類變成渡鴉怎麼可能不痛苦？但在那當下，他的世界只有史蒂薇．蕾，他只感受到將她擁入懷中，親吻她時的那種單純卻完整的喜悅……

他始終沒花時間去思索由人變禽的事。

不過，至少下次他就有心理準備了。

痛苦撕裂他，他聽見史蒂薇．蕾的尖叫呼應著他的哀號。他的最後一個人類的念頭是為她擔憂，他的最後一個人類的視覺是看到她不斷甩頭和哭泣。就在動物形體完全取代人類身軀之際，她向他伸出手。他記得他張開翅膀，彷彿剛脫離囚禁他的小牢房——或籠子，開始舒展筋骨。然後，他飛起來。

他記得他在飛。

日落時他發現自己站在火車站旁同一棵樹底下，全身赤裸、冰冷。一把凳子上放著摺疊整齊的衣物。他才穿上衣服，史蒂薇．蕾就從地下室衝出來，毫不遲疑地投入他的懷抱。

「你還好嗎？真的，你沒事吧？」她不停地問，同時端詳他，撫摸他的手臂，彷彿在看有沒有哪裡骨折。

「我很好。」他要她放心。這時他才察覺她在哭。他捧著她的臉蛋，說：「怎麼了？妳為什麼哭？」

「你很痛，你叫得好像會痛死。」

「沒有。」他騙她。「其實沒那麼痛，我只是有點被嚇到。」

「真的嗎？」

他微笑——**他是多麼喜歡笑啊**——將她抱入懷裡，親吻她的金色鬈髮，跟她保證，「真的。」

「利乏音？」

被老師這麼一喚，利乏音猛然回到現實。

「有？」他回答，帶著疑惑的語氣。

她沒對他微笑，但也沒奚落或責備他。她只簡單地說：「我在問你，你認爲第七頁那段話在講什麼。孟泰格說，克拉莉絲的臉像『脆弱的奶白色水晶』，臉上那抹光像『罕見的燭光，出奇地舒服，輕輕柔柔地讓一切變得更美好』。你認爲作者布萊伯利這樣描述，是想說明克拉莉絲的什麼？」

利乏音萬分震驚，沒想到有這麼一個老師會問他問題，**彷彿他跟其他人沒兩樣，只是一個上課時做白日夢的雛鬼——正常——被接納**。他好緊張，覺得眾目睽睽，衝口迸出浮現心頭的第一句話。「我想，他是要說這個女孩很獨特。他看得出她有多特別，他珍視她。」

潘特西莉亞老師揚起眉毛。有那麼一瞬間，利乏音一顆心撲通跳，以爲她要取笑他。

「有意思的回答，利乏音。如果你把注意力多放一點在書本上，少去想其他事情，你的回答會從有意思變成了不起。」她說話的語氣是如此淡定。

「謝─謝謝妳。」利乏音結結巴巴地說，覺得自己滿臉通紅。

潘特西莉亞微微點頭，然後對坐在前排的一個學生說：「在這一幕，她問他的最後一個問題是『你快樂嗎？』這有什麼意涵？」

「**回答得好**。」坐在旁邊的戴米恩低聲對利乏音說。

利乏音說不出話，只點點頭，試圖弄懂自己心頭何以忽然冒出輕鬆的感覺。

「**你知道她後來怎麼了嗎？這個特別的女孩？**」這次低聲說話的，是坐在利乏音正前方的雛鬼，個子矮小，身材壯碩，五官分明。他轉過頭來時，利乏音清楚看見他臉上的鄙夷表情。「**她會因他而死。**」

利乏音覺得肚子彷彿被人踢了一腳。

「德魯，你對克拉莉絲有什麼看法嗎？」老師問，再次揚起眉毛。

德魯若無其事地轉頭回去，聳起一邊肩膀，說：「沒有，老師。我只是讓鳥男孩了解未來的情況。」他頓一下，又回頭看一眼，然後繼續說：「我是指書裡的未來。」

「利乏音。」老師說出他的名字，語氣嚴厲。利乏音驚訝地發現，他的肌膚真的感受到那話語的力道。「在我的課堂上，所有雛鬼一律平等，大家都要以正確的名字相互稱呼。他叫利乏音。」

「潘老師，他不是雛鬼。」德魯說。

老師的手往講桌上一放，整間教室因聲音和能量而微微震動。「他人在**這裡**。只要他在我的課堂上，他受到的待遇就跟其他雛鬼一樣。」

「是的，老師。」德魯說，恭敬地低下頭。

「很好。沒事了，現在我們來討論我要你們寫的創作。布萊伯利在這本傑出的作品裡使用了許多象徵手法，我要你們挑選其中一個，加以運用發揮……」

全班的注意力從利乏音和德魯身上移開，但利乏音一動也不動。**她會因他而死**。這句話重複地在他的腦海裡播放。德魯的意思很明顯，他說的不是書裡的人，而是史蒂薇・蕾——她會因爲他而死掉。

不，絕不。他只要有一口氣在，就絕不讓任何事或任何人傷害他的史蒂薇・蕾。

下課鐘聲響起，德魯盯著利乏音，眼神裡的憎恨表露無遺。

當德魯粗魯地從他身邊推擠而過，利乏音得努力克制，才沒出手攻擊。**敵人**！他舊有的本能在吶喊。**摧毀他**！但利乏音只是咬緊牙根，眼睛眨也不眨地回瞪他。

帶著憎恨的眼神看他的，不只德魯一人。他們所有人投向他的目光，都帶著敵意、害怕或驚恐。

「嗨，」戴米恩說，跟他一起走出教室，「別讓德魯影響你。他以前對史蒂薇・蕾有意思。他只是忌妒你。」

利乏音點點頭。等走到戶外，確定其他學生聽不見他們說話時，他才低聲說：「不只是德魯，是他們所有人。他們都討厭我。」

戴米恩示意利乏音往旁邊走，離人行道一小段路，才說：「你知道這不會那麼容易。」

「沒錯，我只是——」利乏音打住話語，搖搖頭。「不，確實如此，我早就知道其他人很難接納我。」他迎視戴米恩的目光，心想，這個雛鬼雙眼紅腫，看起來很憔悴，悲傷讓他老了好幾歲。他雖慟失摯愛，卻仍然對他這麼好。「謝謝你，戴米恩。」他說。

戴米恩差點笑出來。「謝謝我告訴你這不容易？」

「不，謝謝你對我這麼好。」

「史蒂薇．蕾是我的朋友。因爲她，我才對你好。」

「那麼，你是個了不起的朋友。」利乏音說。

「如果你眞的是史蒂薇．蕾所認爲的那個男孩，你就會發現，只要站在女神這一邊，你會結交到很多了不起的朋友。」

「我站在女神這一邊。」利乏音說。

「利乏音，如果我不相信你，我就不會幫你，無論我多關心史蒂薇．蕾。」戴米恩說。

利乏音點點頭。「有理。」

「嗨，戴米恩！」有個紅雛鬼，身材出奇矮小，匆匆跑過來。然後，他看了利乏音一眼，趕緊接著說：「嗨，利乏音。」

「嗨，安蟻。」戴米恩說。

利乏音只是點點頭。這種打招呼的方式讓他覺得很不自在。

「聽說你接下來這堂課是擊劍。我也是。」

「沒錯。」戴米恩說：「利乏音和我正準備——」他打住話語。利乏音看見他臉上閃過各種情緒，最後是一臉尷尬。戴米恩重重嘆一口氣，然後說：「嗯，利乏音，龍．藍克福特是擊劍課的老師。」

利乏音明白了。

「那，呃，不太妙。」安蟻說。

「他說不定還在開委員會會議。」戴米恩抱著一絲希望。

「我想，我最好留在這裡，不管龍老師會不會去上課。我跟你一起去，只會造成……」利乏音說不下去，因爲他所能想到的字眼是：混亂、麻煩和災難。

「不快。」戴米恩替他把話說完。「大概會造成不快。或許今天你就跳過擊劍課。」

「這樣應該比較好。」安蟻說。

「我在那裡等你。」利乏音隨手指向一個樹木茂密的角落。這會兒他們離一道牆不遠，石牆旁邊有一株巨大的橡樹，樹下有一張鍛鐵製的長椅。「我就坐在那裡等。」

「好，我上完課就過來找你。下一堂是西班牙語，嘉蜜老師人很和善，你會喜歡她的。」戴米恩說著，和安蟻走向體育館。

利乏音點點頭，揮手，擠出笑容，因爲戴米恩邊走邊頻頻回頭，擔憂地看著他。等這兩個雛鬼終於走出視線外，利乏音走到長椅旁，重重坐下。

他很高興有這麼一段獨處的時光，可以卸下所有防備，可以讓肩膀垮下來，不必擔心有人盯著他瞧。他覺得自己像個外來者！他竟然說他想要正常，想跟其他人一樣上學，他到底在想什麼啊？他跟別人就是不一樣。

但她愛我，愛我原本的模樣。利乏音提醒自己。想到這一點，他就舒坦一些，心情輕鬆一點。由於四下無人，所以他出聲說出心裡的話。

「我是利乏音，史蒂薇．蕾愛我，愛我原本的模樣。」

「利乏音！不！」

橡樹上傳來似人非人的低語。利乏音嚇一跳，抬起頭，看見三隻仿人鴉，他的三個兄弟，正高踞在枝椏上俯視著他，臉上盡是駭異、不敢相信的表情。

4 柔依

好，我知道我是年輕人，不應該不懂，但我就是很不會用Skype。事實上，對於一般科技產品，我都是白癡等級。設立守護圈——可以。跟五元素溝通——沒問題。讓iPhone和新電腦同步——呃，可能搞不定。光想到發推特，我就頭痛，開始懷念傑克。

「來，沒那麼難，妳只要點這個。」克拉米夏出現在我的肩頭，奪走神奇的滑鼠。「接著這樣。好了，現在我們上線了，攝影機也啓動了。」

我抬頭，看見史蒂薇．蕾及其他所有人，包括龍老師、蕾諾比亞和艾瑞克全都睜大眼睛望著我。終於，至少史蒂薇．蕾開口了。她咧嘴一笑，迅速以嘴型告訴我：「易如反掌。」

「這樣做到底是爲了——」龍老師才開口，奈菲瑞特就進入會議室，打斷他的話頭。幸好，這時戴米恩的電腦清晰響亮地傳來吸血鬼最高委員會領導人的聲音。

「歡喜相聚，柔依．紅鳥。」杜安夏說：「很高興又跟妳說上話。」

我握拳放在心臟位置，恭敬地點頭。「歡喜相聚，杜安夏，感謝妳撥冗接這通電話。」

「歡喜相聚，杜安夏。」奈菲瑞特說著走過來，站在我旁邊，鞠躬行禮。我看見她帶著訊問的眼神，瞥龍老師一眼，然後露出優美的笑容，繼續說：「我要跟妳道歉。我對這通電話一無所悉。我原本以爲這只是簡單的學校委員會會議。」接著，她那雙綠眸瞟著我。「柔依，這是妳的主意？」

「對，沒錯。我原本要早點告訴妳的，但妳剛剛才到。」我說，面帶微笑，語氣超級輕快。不等奈菲瑞特回話，我立刻把注意力轉回杜安夏身上。「我巴不得趕快向最高委員會報告，讓妳們了解昨天妮克絲神奇地現身在學校的所有細節，而且——」我向奈菲瑞特點點頭，好似把她當成自己人——「我知道奈菲瑞特也一定迫不及待要跟妳分享這一切。」

「確實，我們知道的很有限，所以我才會期待這一通電話。」杜安夏把目光從我身上轉向奈菲瑞特。「女祭司長，我請龍老師讓紅雛鬼和柔依一行人今天開始回來上課之後，就一直試著聯絡妳，但找不到妳的人。」

我可以感覺到奈菲瑞特氣得毛髮直豎，但她只說：「我閉關起來冥想祈禱了。」

「這就更有必要召開這次電話會議了。」杜安夏說。

「妮克絲昨夜所行的，是個奇蹟，」我示意史蒂薇．蕾走到攝影機的鏡頭內。「這位是史蒂薇．蕾，史上首位紅女祭司長。」

史蒂薇・蕾握拳放在心臟位置，深深一鞠躬。「我眞的很高興見到妳，夫人。」

「歡喜相聚，史蒂薇・蕾。我聽說了很多關於妳和紅雛鬼的事。喔，當然，我已經見過紅戰士史塔克。妮克絲眞是慈海無邊，行了這麼多神蹟。」

「謝謝妳。不過，我們變成紅雛鬼並非神蹟。」史蒂薇・蕾瞄我一眼。「至少不是柔依所說的那種奇蹟。」她清清喉嚨，繼續說：「妮克絲的神蹟是施在我的伴侶利乏音身上。」

杜安夏睜大眼睛。「被稱爲仿人鴉的生物當中，不是有一個就叫這個名字嗎？」

「對。」龍老師的語氣跟他的表情一樣冰冷。「他就是殺害我的安娜塔西亞的生物。」

「我不明白。」杜安夏說：「這可惡的東西怎會是吸血鬼的伴侶？」

我搶在奈菲瑞特插嘴之前開口，一股勁地說：「利乏音以前確實是仿人鴉，而且龍老師說得沒錯，他是仿人鴉時殺了安娜塔西亞。」我瞄龍老師一眼，但實在很難正視他的眼睛。

「利乏音爲此祈求妮克絲的原諒。」

「也爲當初他身爲卡羅納之子所做過的一切壞事祈求原諒。」史蒂薇・蕾說。

「全面性的寬赦是——」

奈菲瑞特才開始說話，我便打斷她。「全面性的寬赦是女神賜予的禮物，而昨晚她就這麼做了。」我把目光移向史蒂薇・蕾。「把妳做的事告訴最高委員會的領導人。」

史蒂薇·蕾點點頭，用力嚥了嚥口水，然後說：「幾個星期前，我發現奄奄一息的利乏音。他遭槍擊，從空中墜落。我沒有把他交出去。」她把視線從電腦螢幕和杜安夏移開，抬頭看著龍老師，以懇求的語氣說：「我沒有想要傷害任何人，也沒有任何不好的居心。」

「那可惡的東西殺死我的配偶，」龍老師說：「就在他被擊落，理應死掉的那晚。」

「藍克福特老師，請讓紅女祭司長把話說完。」杜安夏說。

我看見龍老師咬緊牙根，嘴唇微微上揚，露出鄙夷的表情。但我的注意力隨即被史蒂薇·蕾的話吸引過去。「龍老師說得沒錯，如果不是我救了他，利乏音那晚已經死了。我發現他之後，沒告訴任何人——嗯，除了我媽，但那是後來的事。總之，我照顧他，救他一命。然後，換成他救我的命——兩次。其中一次，他把我從黑暗的白牛手中救出。」

「他爲了你對抗黑暗？」杜安夏的語氣很震驚。

「對。」

「事實上，他爲了她唾棄黑暗。」我接下去說：「昨晚，他請求妮克絲原諒，並立誓獻身於女神的道路。」

「接著，女神就把他變成男孩！」史蒂薇·蕾的語氣好熱切，連杜安夏都聽得揚起嘴角，露出微笑。

「只在從日落到日出這段時間。」奈菲瑞特說，存心潑冷水。「他受到詛咒，白天會變成渡鴉——一隻禽獸——完全不記得他的人性。」

「這是他過去做壞事所必須承擔的後果。」史蒂薇．蕾解釋。

「在變成男孩的時間裡，利乏音希望能跟所有雛鬼一樣，到學校上課。」我說。

「不可思議。」杜安夏說。

「那個禽獸不屬於這所學校。」龍老師說。

「那個**禽獸**的確不屬於這所學校。」我說：「但這個男孩——這個獲得妮克絲寬恕，被史蒂薇．蕾選爲伴侶，誓言要爲妳所用的男孩——屬於這所學校。」

「龍老師，你拒絕他？」杜安夏問。

「是的。」龍老師直截了當地說。

「所以我才把他們全部開除。」奈菲瑞特以**成人**的口吻，平靜而理性地說：「我的劍術老師不能容忍他待在學校，而這是合情合理的。當柔依等人決定把他們講義氣的對象放在史蒂薇．蕾和那隻仿人鴉，而非我們，我別無選擇，他們非得離開不可。」

「他不再是仿人鴉。」史蒂薇．蕾氣呼呼地說。

「然而，他仍是殺害我配偶的東西。」龍老師的聲音嚴峻無比。

「等等！」杜安夏喝令道。即使相距千里，而且透過Skype，她的聲音從電腦傳出來，我們在這個房間裡仍可具體感受到它的力道。「奈菲瑞特，我得確定我已充分了解昨晚發生的事。我們的女神妮克絲，在你們的夜之屋現身，原諒了仿人鴉利乏音，然後恩賜他夜晚擁有男孩的人類形體，但詛咒他白天換上渡鴉的禽鳥身軀，為過去的罪孽贖罪？」

「是的。」奈菲瑞特說。

杜安夏緩緩搖頭。「奈菲瑞特，我內心有一個角落——年輕時候的我——了解，對這麼不尋常的事，何以妳這樣反應，但妳錯了。簡單來說，妳不能開除一群沒做錯什麼事，只是力挺朋友的雛鬼。尤其是**這群**雛鬼。」她繼續說：「他們深受女神垂愛，不容妳驅逐。」

「說到這個，我必須跟妳談另一件事。」我說：「由於紅雛鬼和一般雛鬼不同，把紅雛鬼逐出這所學校，真的會比較好。」我皺起眉頭。「等等，這樣說不對。」

「她的意思是，除非待在地底下，否則我們無法安穩休息。」史蒂薇．蕾替我解釋。

「而學校這裡沒有多少地下的空間。」

「所以，白天時他們想待在陶沙舊火車站的地下坑道，平日晚上則搭巴士來這裡上課。史蒂薇．蕾帶領的紅雛鬼人數不多，而我是一個不太一樣的藍雛鬼，所以我在想，靠著我、紅女祭司長和兩名已蛻變的戰士，我們應該可以在那裡獨立生活。」我扮出一個燦爛的笑容，笑臉盈盈地看著奈菲瑞特。「我知道奈菲瑞特是一位很了不起的女祭司長，她一定可以接受所有這些改變。」

接著，很長一段時間裡，奈菲瑞特和我凝視著對方，沒有人講話。終於，杜安夏開口說：「奈菲瑞特，妳覺得呢？」

我曾見她臉上露出一絲洋洋得意的表情，然後她對著鏡頭說話。「杜安夏，聽了妳的至理名言，我的確覺得我昨晚的決定太草率。我本身才剛獲得妮克絲的寬宥，理當竭力效法女神的慈愛。她對柔依一行人，顯然有特別的計畫。或許讓他們另外擁有一個休憩之所是最好的安排。當然，他們仍須遵守這所夜之屋的規矩，並承認我是他們合法的女祭司長。」

「呃，不盡然。」我說，不理會奈菲瑞特銳利的目光，只注視著杜安夏。「跟史迦赫在斯凱島度過的那段時光，對我來說意義重大。她和我很親近，甚至表示要栽培我，還打算向現代世界開放斯凱島。現下，我不能在斯凱島陪她，但我仍想追隨她的腳步。」我深吸一口氣，一股勁把話說完。「所以，我要正式宣布，陶沙火車站獨立於夜之屋的管轄之外，一如斯凱島。」我直直盯著奈菲瑞特。「也一如史迦赫的先例，妳不犯我，我不犯妳。」

「妳膽敢自封爲女王？」奈菲瑞特震驚地說。

「喔，我沒有。不過，史迦赫和她的守護人已經封了我。此外，史塔克已獲認可爲守護人，在另一個世界擁有大劍。既然他是我的誓約戰士，那麼，可以說，順理成章地，我已被認定爲女王——即便只是個小女王。」我說。

「我覺得這樣不對。」奈菲瑞特說。

「我有同感。」龍老師說。

我盯著他，希望他聽得見我心裡要跟他說的話：**真的嗎**？**你明知奈菲瑞特是怎樣一個人，真的還要說你同意她**？可是，龍老師對我視而不見。

「柔依．紅鳥，這件事我必須跟最高委員會全體成員商量。基本上，我們不贊成有所謂吸血鬼女王存在。吸血鬼只能是女祭司、戰士、老師等，走在由這些身分衍生的各種人生路徑上。這是我們長久以來的傳統。」

「可是，史迦赫是女王。」我堅持。「她已經存在好幾個世紀，也算是悠久的傳統。」

「那不是吸血鬼的傳統！」杜安夏提高音量，嚇得我手臂寒毛直豎。最高委員會領導人深吸一口氣，顯然在平撫情緒，接著才以比較冷靜的語氣說：「史迦赫幾乎稱不上是吸血鬼，她獨立於我們之外已好幾個世紀。我們和她處於一種緊張的和平共存狀態。我們不能登上她的島，她也不會離開那裡。」杜安夏停頓一下，揚起一道眉毛。「這一點可改變了，柔依？史迦赫打算離開斯凱島嗎？」

「沒有。」我說：「不過，她的確告訴我，她打算再度招收學生。」

「容許外人進出斯凱島之舉，將是一件非比尋常的事。」杜安夏的語氣讓我覺得，她不認為「非比尋常」是好事。

「我倒認為，在這變動的時代，我們是應該敞開大門，接受外人。」奈菲瑞特說。

所有人都盯著她瞧，連杜安夏也沉默不語。

「我確實這樣覺得，所以，我已決定開放這所夜之屋，把一些打雜的工作交給本地的人類。我覺得這是明智、負責任的做法，尤其現在景氣這麼蕭條。我希望史迦赫也能跟進。」

「好極了，奈菲瑞特。」杜安夏說：「如妳所知，過去幾個世紀以來，始終有人類在聖克利門蒂島上，」這位吸血鬼女祭司長滿面笑容，「因為我們已是文明、現代的社會。」

「陶沙夜之屋也希望變得文明、現代。」奈菲瑞特說。

「好，就這麼決定。陶沙夜之屋將雇用當地人類。利乏音、紅雛鬼和柔依一行人在陶沙夜之屋上課，白天回火車站坑道。我會記得跟陶沙市議會討論由我們買下火車站的事宜。」

「那，柔依的女王身分呢？火車站歸我和這所夜之屋管轄的事呢？」奈菲瑞特問。

我屏住呼吸。

「我剛剛已裁示，我會跟全體最高委員會討論。是否承認一個稟賦特出的雛鬼的女王身分——即便是一個見習女王——畢竟事關重大。在決策出爐之前，柔依．紅鳥和陶沙火車站仍隸屬於陶沙夜之屋。」

「因此，我仍是他們的女祭司長。」奈菲瑞特說。

史蒂薇．蕾清了清喉嚨，眾人的目光全轉向她。「呃，我無意無禮或怎樣，不過，如果柔依不能稱王，而我們還是得有一個女祭司長，那麼，我就是下一個人選。我的紅雛鬼需要的領導人必須跟他們一樣，才能了解他們。所以，就算妳們要把我們當作夜之屋的分部，如果我們要有一個女祭司長，我就是不二人選。」

「妳說得很對，小女祭司。」杜安夏毫不遲疑地說，那語氣讓我懷疑她其實一直在等史蒂薇．蕾提出這樣的異議。「史蒂薇．蕾，柔依．紅鳥的身分還沒確定之前，就由妳擔任陶沙夜之屋火車站分部的代理女祭司長。」

「謝謝妳，夫人。」史蒂薇．蕾說：「我剛才說話眞的無意不敬。」

杜安夏一笑，鮮明銳利的五官線條瞬間變柔和。「妳沒有不敬，妳的語氣就像個女祭司長。現在，如果沒別的事，我得結束會議，去跟委員會其他成員報告這些狀況和決策。」

「我沒事了。」我說。

「我也沒事了。」史蒂薇．蕾說。

「我想，一天內能做出這些結論，已經很夠了。」奈菲瑞特說。

「太好了，那我就在此跟各位道別，願大家祝福滿滿。」

電腦發出Skype中斷的嘈雜聲，接著畫面從螢幕上消失。

「眞有意思。」蕾諾比亞說。

她這一開口，我才想到，在整場視訊會議中，她沒說半句話。我不禁對她有些納悶。我的意思是，之前她顯然跟我站在同一陣線，對抗奈菲瑞特，但龍老師之前也是啊。

「對，『有意思』的確可以用來形容這一切。」奈菲瑞特說。

「恭喜，女祭司長。」我對史蒂薇．蕾說。

「是啊，恭喜。」艾瑞克說。

「妳早就是我們的女祭司長。不過，能正式宣布更好。」克拉米夏說。

「我不要他出現在我的課堂上。」龍老師忽然說話，打斷一片恭賀聲。

我承認，替利乏音講話我仍覺得怪怪的。不過，我還是得維護他上擊劍課的權利。我正要開口，史蒂薇．蕾搶先說出的話讓我吃驚，立刻閉上嘴巴。

「我想，你說得對。龍老師，我知道對你來說這很困難。這樣吧，我請達瑞司和史塔克另外開個刀劍課之類的，如何？利乏音可以去上他們的課。」

「這確實是個好主意。」蕾諾比亞說：「每個雛鬼都必須上自衛的課，現在忽然來了這些紅雛鬼，龍老師的課一定會人數超額。」

「是啊，照說我們已經死了，現在活回來，肯定會擠爆一些課。」克拉米夏說。

奈菲瑞特重重地嘆一口氣，說：「雛鬼之所以必須上自衛課程，正是因爲有仿人鴉的威脅。你們說的這些話有多反諷，難道只有我一個人看得出來嗎？」

「我看得出來——而且不止這樣。」龍老師說。

「而我看得出來，妳不斷在興風作浪。」史蒂薇．蕾說，轉身逼近奈菲瑞特，跟她面對面，怒目相視，眼睛眨都不眨，毫不退縮。我最要好的朋友看起來強悍、勇猛，遠比她的實際年齡成熟。

史蒂薇．蕾看起來就像個女祭司長。

一個正在樹立可怕敵人的女祭司長。

「杜安夏已裁示，利乏音和我們可以留下來。」我說著起身趨前，擋在史蒂薇．蕾和奈菲瑞特之間。「我想，我們得想個辦法，避免引起一大堆壓力和事端。」我看著龍老師，想從他那雙憤怒的眼睛，尋找我認識的那個睿智、仁慈的劍術老師。「我們的麻煩已經夠多了，不是嗎？」

「我會在體育館教導正常的雛鬼。」龍老師說著從大家身邊擠過，逕自走出會議室。

「史蒂薇．蕾，妳可以叫史塔克和達瑞司到馬廄上課。」蕾諾比亞說。

「蕾諾比亞老師，很高興妳這麼寬宏大度。」奈菲瑞特說：「我要雇用的第一個人類就是馬廄工，可以幫妳處理——」她頓住，目光瞟向史蒂薇．蕾、克拉米夏和我——「馬廄裡的**穢物**。」

「是糞肥。」蕾諾比亞立即回嘴：「我的馬廄裡沒有穢物，只有糞肥。此外，我不需要幫手。」

「可是，妳會接受這個幫手的，因爲這樣做才對，也因爲最高委員會剛剛批准了這種做法，不是嗎？」

「我會做我認爲正確的事。」

「那麼，妳一定會依照我的期待去做。」奈菲瑞特不屑地轉身背對蕾諾比亞，面向我們，淡淡地說：「柔依和史蒂薇．蕾聽著，紅雛鬼都應該回去上他們死前中斷的課程，妳們兩個也一樣。」她食指一彈，指著史蒂薇．蕾，「不管妳們是不是完成了變態的蛻變，」她把注意力轉向克拉米夏和我，「或只是變態的雛鬼，都不重要。總之，妳們得去上課。妳們還太年輕，沒好好受教育的話，就不可能變得『有意思』。第二堂課應該開始了，去上課吧。委員會會議到此結束。」語畢，連句「祝福滿滿」都沒說，她大步走出房間。

「她眞是惡劣破表。」克拉米夏說。

「超級不正常。」史蒂薇．蕾說。

「不過，起碼我們清楚奈菲瑞特是怎樣的人。面對她時，我們知道我們面對的是一個步入歧途，徹底瘋狂的女祭司長。」蕾諾比亞緩緩地說：「最叫我擔心的是龍老師。」

「那麼，妳跟我們站在同一陣線？」我問馬術老師。

蕾諾比亞的灰色眸子看著我的眼睛。「我告訴過妳，我跟邪惡對抗過。那次交手讓我身心都留下了傷疤，我絕不允許邪惡和黑暗再次毀壞我的人生。我當然跟妳站在一起。」她逐一對史蒂薇．蕾和克拉米夏點點頭，「也跟妳以及妳站在一起，因爲妳們都跟女神站在一起。」接著，她轉向艾瑞克——他已經站起來，但沒有要離開會議室的意思。「你呢，你站在哪裡？」

「我是陶沙夜之屋的躡蹤使者。」

「這我們知道。但這一點會讓你怎麼做？」史蒂薇．蕾問。

「我要做的是標記孩子，改變他們的命運。」艾瑞克閃躲問題。

「艾瑞克，你遲早必須決定你的立場。」我告訴他。

「喂，我沒正面槓上奈菲瑞特不代表我沒有立場。」

「對，只不過那是個懦弱的立場。」史蒂薇·蕾說。

「隨便啦！史蒂薇·蕾，有很多事情妳不懂。」艾瑞克氣沖沖地走出會議室。

克拉米夏哼了一聲。「可惜了一個俊俏的男孩。」

她這話讓我難過，但我沒辦法不同意她的看法。

「我會把練馬場劃出一個區塊讓戰士上課。」蕾諾比亞說：「碰到他們兩個時，請告訴他們，他們當老師了，起碼是臨時老師。」

「要找他們應該不難，」我說：「史塔克和達瑞司八成在體育館舞刀弄劍。」

「我跟妳一起去。」史蒂薇·蕾說。

「我想，我去上第二堂課好了。」克拉米夏說，重重嘆一口氣。

史蒂薇·蕾和我走出房間時，拉住我的手臂，要我放慢速度，好讓我們兩個可以單獨相處。「妳知道的，最高委員會和他們當我是火車站的女祭司長，不代表我想當妳的上司或怎樣。」

我驚訝地眨著眼睛看她。「知道，我當然知道。還有，妳是個很棒的女祭司長，這代表妳不會是頤指氣使的討厭鬼。」

我以爲她會笑出來，但她沒笑，反而習慣性地拉扯自己的一綹鬈髮，顯示她壓力很大。

「很高興妳這麼說，但我當女祭司長才沒多久，我必須確定妳會幫我。」

我挽住她的手，和她肩碰肩。「妳知道的，這絕對不是問題。」

「即使經過利乏音的事情之後？」

「即使經過羅倫、卡羅納和史塔克的事情之後？」我回嘴。

她總算咧著嘴笑。「妳總是勝我一籌，對吧？」

「遺憾得很，我想，我是勝妳三籌。」我這話終於惹得她大笑，卻讓我自己嘆一口氣。

我們遠離塔樓形狀的多媒體圖書館後，左轉沿著通往體育館和馬廄的人行道往前走。晚上滿冷的，但天空清朗。校園裡到處分布著巨大橡樹，從冬季光禿枝椏的縫隙望去，可以見到滿天星斗。

「那，他很帥，對吧？」

我裝糊塗。「誰啊？史塔克嗎？當然嘍。」

她用肩膀撞我。「我是說利乏音啦。」

「喔，**他**。我想，他還可以吧。」我猶豫著，本來不想問，但決定還是直接問了。我的意思是，我們是死黨，而死黨之間什麼都可以問。「那，妳看到他變成鳥了？」

我可以感覺到她的身體繃緊，但說話時聽起來聲音還算自然。「看到了。」

「如何？」

「很可怕。」

「他，呃，在附近逗留？還是飛走？」我就是超級變態地好奇，忍不住想問。

「立刻飛走。但太陽一下山他就回來了。他說，他永遠找得到路回我身邊。」

「那他一定會回來的。」我說，眞不想聽到她聲音裡擔憂的語氣。

「我愛他，柔。他眞的很好，我保證。」

我正想開口告訴她，我相信她，一聲吼叫打斷了我。霎時，我只感受得出那聲音語帶威脅，不明白它在說什麼。但史蒂薇·蕾明白。

「喔，不！是龍老師！他在召喚戰士！」

她放開我的手，循龍老師的聲音奔去。我心裡生出可怕的預感，立刻拔腿跟上。

5 利乏音

「你們怎麼會在這裡？」利乏音朝高踞在他頭頂上的三隻仿人鴉喊道，然後慌張地四下張望。他如果有閒工夫，大概會鬆一口氣，因爲這會兒校園的這個角落仍空蕩無人，所有的雛鬼都上第二堂課去了。「你們快走，免得被人瞧見。」他壓低聲音說。

「利乏音？怎麼會？」

樹上有三隻仿人鴉，但只有一隻在說話。利乏音一眼就認出那是尼斯洛克，比較像人類的一名兄弟。

「我選擇了妮克絲的路。女神原諒、接納我，並把我變成人類。」利乏音不確定自己爲何沒點出「晚上」這個時段。但他很確定，他對尼斯洛克說的每句話都會回報給父親。

「原諒？爲什麼？」

利乏音望著這位兄弟，幾乎因油然生出的憐憫而語塞。**他不知道除了父親帶領的那條路，世上還有別的路。他不明白他奉卡羅納之名所做的事情都是錯誤的。**

「尼斯洛克，當我們——」利乏音頓住。**不**，他心想，**我只能代表我自己**。「當我傷害別人，當我任意殺戮、強暴、掠奪，只因我辦得到——這是不對的。」

尼斯洛克的頭不住地左右晃動。他旁邊那兩個兄弟——兩個沒有個性，只會聽從父親指示的禽獸——輕聲嘶啼，躁動不安，但他們還沒演化到足以了解自己何以會不安。終於，尼斯洛克說：「父親的吩咐不會錯。」

利乏音搖搖頭。「父親也可能犯錯。」他深吸一口氣，接著說：「你們也可以選擇不一樣的路。」

那兩個沒有個性的仿人鴉不再嘶啼，而是震驚地盯著他。尼斯洛克則瞇起猩紅色的人類眼睛，說：「是她造成的，那個女人。就跟父親說的一樣！」

「沒人造成我這樣，是我自己決定的。」接著，他若有所悟，驚慌起來。「尼斯洛克，那個血紅者，史蒂薇·蕾，她沒對我做任何事。是我**選擇**了她和她的女神，你絕不能傷害血紅者，永遠都不能。她是我的。你懂嗎？」

「你的。女祭司長，我們不能殺。」尼斯洛克似乎只是死死地複述，但利乏音在他發亮的眼睛裡看見凶狠的眼神。

「你們得離開了，現在。」利乏音說：「千萬不要讓任何人看見，也不要再來。」

「父親有話。」尼斯洛克從橡樹上躍下，落在利乏音面前。另兩隻仿人鴉也跟著跳下來，站在尼斯洛克兩側。「你將會回父親身邊。但在這裡，你守候、等待、偵伺。」

利乏音再次搖搖頭。「不，我不替父親偵伺。」

「要！父親的旨意！」尼斯洛克展開翅膀，另兩隻仿人鴉也有樣學樣。尼斯洛克並激動地擺頭，握起拳頭。

利乏音不覺得自己身陷險境，受到威脅。他太習慣他的兄弟了——太習慣當他們的一分子了。不，不只這樣。利乏音太習慣當他們的領導人了，沒想到要怕他們。

「不，」他再說一次：「我不會再聽從父親的旨意。我已經改變，從裡到外。回去找他，告訴他。」利乏音遲疑了一下，接著繼續說：「告訴他，我的選擇不變。」

「恨你，他會。」尼斯洛克說。

「我曉得。」利乏音覺得內心深處好難受。

「恨你，我會。」尼斯洛克說。

利乏音皺起眉頭。「你不須恨我。」

「我必須。」

利乏音依照戰士之間互相招呼、道別的傳統方式，緩緩地向尼斯洛克伸出前臂。「你眞的不須恨我。我們可以像朋友，像兄弟那樣地道別。」

尼斯洛克頓住，頭左右擺動，緊蹙的眼睛放鬆。他的攻擊姿態變了，開始移動，準備說話。但利乏音永遠沒有機會知道他兄弟的眞正意圖，因爲就在這時，龍．藍克福特喝道：「來人啊！冥界之子！」聲音震碎夜色，劍術老師向他們飛奔而來。

霎時間，利乏音張皇失措，手腳麻木。當他的兄弟開始嘶鳴、嗥叫，迎戰龍老師，他僵立不動。他絕望地看著局面陷入混亂，知道眾多戰士很快就會安弓拔劍，從體育館湧出。他們會加入龍老師，徹底摧毀他的三個兄弟。

「龍老師，不！」他大喊：「他們無意傷人！」

在兵刃相向中，龍．藍克福特的聲音傳到他的耳裡。「你要不加入我們，要不就與我們爲敵！沒有中間地帶。」

「有中間地帶！」利乏音高聲大喊，舉起雙手，彷彿要投降。「我就站在中間！」他朝龍老師跨近一步。「他們無意傷人。」他又強調一次。「尼斯洛克，兄弟們，別打！」

利乏音相信尼斯洛克眞的在猶豫。他相當確定，他這位兄弟聽進了他的話，了解他的意思，也想要撤退。但這時，奈菲瑞特的聲音劃破黑夜。

「元牲！保護！攻擊！」

奈菲瑞特的生物衝入現場。

他從牆的那一側奔來，面對利乏音。一開始，他是人，有著年輕男性人類的形體，身上沒有雛鬼或成鬼的記印，但動作迅疾如雷，不像人。他身形一晃，展開攻擊，從背後欺近最靠近他的那個仿人鴉，抓住他展開的翅膀，一把將那對翅膀從他身上撕下。

利乏音活了幾世紀，見過不少可怕的場景，也曾犯下邪惡、凶殘的暴行。但是，現在，從身為人類的新角度看，他覺得他不曾看過如此血腥、恐怖的場面。當那隻仿人鴉仆倒在地上，痛苦地翻滾，鮮血噴湧而出，利乏音大聲尖叫，應和著這位兄弟的哀號。

這時，元牲開始變化。即使利乏音親眼看著事情發生，他也無法理解這是怎麼回事。

他的身體變得愈來愈大。

他長出獸角。

他的拳頭結成一塊。

他的肌膚開始晃漾波動，如脈搏般跳動，彷彿裡面有什麼東西正要掙脫。

他俯身，扭斷那隻仿人鴉的頭，動作流暢，近乎優雅。

連龍．藍克福特都愣住，停止攻擊，呆呆看著眼前的景象。

利乏音在驚恐中強迫自己思考，對尼斯洛克大聲喝道：「走！快飛！」

尼斯洛克痛苦地嗥叫一聲，帶著剩下的那個兄弟，從染血的地面騰起。

變形的生物高聲怒吼，一躍而起，試圖將他們從空中撂下，但徒勞無功。他墜回地面時，巨大的偶蹄嵌入冬草。一轉身，他月色般的眼睛炙熱地盯著利乏音。

利乏音希望自己身上有翅膀，手中有武器，但他什麼都沒有。他只能以防衛的姿態蹲伏著身體，準備迎接這生物的攻擊。

「利乏音！小心！」

他聽見她的聲音，心頭益發恐懼。當史蒂薇．蕾奔向他，身後緊跟著柔依，那生物低下頭，衝過來。

柔依

我緊跟在史蒂薇．蕾身後，奔向衝突現場。天哪，我只能說，那景象噁心可怖，一團混亂，令人困惑。

我差點沒看懂到底發生什麼事。兩隻仿人鴉嗥叫著騰空飛走，龍老師腳邊有另一隻斷頭的仿人鴉軀體抽搐著，汩汩流出氣味怪異的血。利乏音站在不遠處，看似只是個旁觀者，沒有參與衝突。奈菲瑞特不知怎地也在場，表情瘋狂，露出詭異的笑容。

整個場景中央有一個似人非人的生物。一看見他，我的胸口開始發熱。我伸手摸那塊懸在銀鍊上的圓形大理石，覺得它在發燙。「我的占卜石啊，」我喃喃自語，「爲什麼又在發熱？爲什麼選在這個時候？」

我的目光彷彿回應了我的問題，不由自主地盯著那個異常怪誕的生物。他長了角和蹄，但他的臉像男孩，雙眼發光。他企圖抓下一隻飛上天空的仿人鴉，但失敗了，轉而將注意力轉向利乏音。他低著頭，衝過去。

「利乏音！小心！」史蒂薇．蕾大喊，奔向他。她兩臂張開，我聽見她召喚土。

「靈！」我呼叫，努力跟上她。「給史蒂薇．蕾力量！」我感覺到元素回應我，從我身上飛向史蒂薇．蕾和她的元素。史蒂薇．蕾身形一聳，彷彿擲出一顆大球。一堵綠色光牆像是瀑布倒流，從地面垂掛而上，擋住衝向利乏音的生物。

生物撞上綠牆，彈開，重重摔在地上。史蒂薇．蕾強悍、挺直、驕傲地站在利乏音身旁。她握住他的手，舉起另外一隻手。當那生物試圖起身，她手一振，喝道：「不！別動！」一道發光的綠浪湧向他，把他壓制在地上。

「夠了！」奈菲瑞特說，大步走向那生物。「元牲不是敵人，立刻放開他。」

「不，除非他不攻擊利乏音。」史蒂薇．蕾說，然後轉向龍老師，問道：「利乏音跟那些仿人鴉同夥嗎？」

龍老師沒看利乏音一眼，徑直說：「他跟他們說話，但他沒跟他們一起傷人。」

「**他們**沒傷人！」利乏音說：「他們來這裡找我——如此而已。是你攻擊他們！」

龍老師終於看著利乏音。「仿人鴉是我們的敵人。」

「他們是我的兄弟。」利乏音的聲音聽起來非常悲傷。

「你必須決定要站在哪一邊。」龍老師正色說道。

「我早已決定了。」

「而女神似乎也相信他了。」奈菲瑞特說，然後告訴仍躺在地上，被土的力量困住的生物：「元牲，戰鬥已結束，不需再保護或攻擊。」她綠色的眸子轉向史蒂薇．蕾。「現在，放開他。」

「謝謝你，土，」史蒂薇．蕾說：「你可以離開了。」她手一揮，綠光蒸發，讓那生物起身。

但起身站在那兒的不是什麼生物，而是一個男孩——一個俊美的金髮男孩，眼睛如月光石，臉龐像天使。

「那是誰？地上哪來那麼多血？」史塔克的聲音忽然從我身邊冒出，嚇了我一跳。

「喔，拜託，那是一隻死掉的仿人鴉。」愛芙羅黛蒂說，和達瑞司一塊兒走過來。我發現，這時幾乎全校的人都已圍攏在我們四周。

「而那位是一個非常俊俏的人類男孩。」克拉米夏說，眼睛發亮。

「他不是人類。」我說，手裡仍握著我的占卜石。

「那他是什麼？」史塔克問。

「古老魔法。」我說，心中散落的拼圖全湊在一起了。

「這次妳說對了，柔依。」奈菲瑞特走到那男孩身邊，裝腔作勢地宣布：「夜之屋全體師生，這位是元牲——妮克絲賜我的禮物，用以彰顯她對我的寬宥！」

元牲往前跨一步，那雙顏色怪異的眼睛迎視我的目光。他面對群眾，卻只看著我，然後握拳放在心臟位置，低頭鞠躬。

「絕不可能是妮克絲送的禮物。」史蒂薇．蕾咕噥著。

愛芙羅黛蒂哼了一聲，難得地表示同意史蒂薇．蕾的看法。

而我，卻只能呆呆地瞪著他，感覺著占卜石的溫熱。

「柔依，怎麼回事？」史塔克輕聲問。

我沒回答史塔克，而是強迫自己把目光從元牲身上移開，看著奈菲瑞特。「他到底是從哪裡來的？」我的語氣強硬、嚴厲，但我的胃快要翻了。

我隱約聽見四周學生在竊竊私語，心裡明白，我這時當場槓上奈菲瑞特絕非明智之舉。但我忍不住。對於元牲的事，奈菲瑞特分明撒謊，而不知爲何，我覺得這件事事關重大。

「我剛剛不是說了嗎？柔依，我必須說，這正是妳必須回學校上課，重新把注意力放在課業上的原因。我相信妳已經失去聆聽的能力。」

「妳同意他是古老魔法。」我不理會她這套假裝「都是爲了你好」的把戲。「我所知道的唯一古老魔法存在於斯凱島。」我在心裡提醒自己，**昨晚我透過占卜石觀察史塔克時也看到了——那是守護人戰士的古老魔法，一路跟著他從斯凱島來到陶沙**。我的思緒翻騰著，但仍堅定地繼續質問奈菲瑞特。「難道妳是在告訴我，他來自斯凱島？」

「傻孩子，古老魔法不侷限在那個島嶼。我看，一些妳胡亂聽來的說法，妳應該三思之後再看要不要相信，尤其是那個自稱女王，幾世紀不曾踏出島嶼一步的吸血鬼所說的話。」

「妳還沒回答我的問題。他是從哪裡來的？」

「有什麼魔法會比來自女神本人的魔法古老？元牲是妮克絲賜我的禮物！」奈菲瑞特環視眾人，一副會心的表情，對我的問題一笑置之，彷彿我只是個無理取鬧的小孩，而眾人跟她一樣，都知道我不過是在鬧笑話。

「他剛才變成什麼？」我克制不住自己，即便我知道，自己看起來張狂、粗魯，好像我是那種永遠有話要說，而所說的話盡是負面意見的女孩。

奈菲瑞特面露微笑，寬容、慈祥的微笑。「元牲剛才是變成夜之屋的守護人。妳該不會以爲只有妳才配擁有守護人吧？」她張開雙臂。「你們大家，來，跟他打個招呼，然後回去上課，回歸夜之屋創立的宗旨——學習。」

我想吶喊，他不是守護人！我想吶喊，我受夠了奈菲瑞特扭曲我的話！我忍不住一直盯著元牲，而雛鬼們（多數是女孩）開始避開噁心的血和仿人鴉的屍體，一個個走向他。

我不曉得爲什麼，但我就是想吶喊。

「這回妳贏不了的。」愛芙羅黛蒂說：「她有群眾支持，身邊還有個帥哥。」

「他不是帥哥。」我手裡依舊抓著溫熱的占卜石，轉身背對那可笑的場景，回頭走向校舍。我可以感覺到史塔克看著我，但我的眼睛直視前方。

「柔，妳的問題是什麼？好，他不只是一個帥哥，這有那麼糟嗎？」愛芙羅黛蒂說。

我停步，轉身面對他們。他們全都在，像小鴨子一樣跟在我身後：史塔克、愛芙羅黛蒂、達瑞司、孿生的、戴米恩、史蒂薇・蕾，甚至利乏音。我看著利乏音，問：「你也看見了，對不對？」

他嚴肅地點點頭。「如果妳是指他的變化，那麼，對，我看見了。」

「看見什麼？」史塔克問，聽起來有點惱怒了。

「他變成一頭公牛。」史蒂薇．蕾說：「我也看見了。」

「那白人帥哥把自己變成一頭公牛？這不對勁。」克拉米夏說，回頭朝那群人瞥一眼。

「白人男孩——白牛。」史蒂薇．蕾口中喃喃。然後，她說：「啊，要命。」口氣像極了我。

6 艾瑞克

他慢慢走向戲劇課教室，好希望這會兒不是要去上課，而是要以盛大的排場出現在洛杉磯、紐西蘭、加拿大……的電影片廠。唉！哪裡都行，只要不是奧克拉荷馬州的陶沙市！他不明白，他明明原本是校園裡最帥的雛鬼，而且在洛杉磯最頂尖的吸血鬼選角經紀人口中，他是下一個布萊德．彼特，怎麼會淪爲戲劇課老師，甚至成爲吸血鬼躡蹤使者。

「柔依。」他喃喃自語。「自從遇見她，我的人生就開始走下坡。」

但他覺得自己糟透了，竟說這種話。其實他跟柔處得還不錯，兩人稱得上是朋友。他不舒服的是，她身邊老發生怪事。**她像個怪胎磁鐵**。難怪他們會分手。艾瑞克可不是怪胎。

他不自覺地搓搓右手掌心。

幾個雛鬼從他身邊匆匆跑過，他伸手拉住一個孩子的衣領。「喂，什麼事那麼急？你們怎麼沒在教室裡？」艾瑞克繃著臉。其實他不在乎雛鬼要去哪裡，他氣的是自己怎麼聽起來像**那些**老師。更讓艾瑞克惱怒的是，那孩子竟然嚇得畏畏縮縮，一副快要尿褲子的模樣。

「有什麼事情發生了，好像發生衝突什麼的。」

「走吧。」艾瑞克放開他，順手輕輕推了他一下。那孩子慌慌張張地跑開。

艾瑞克不想跟過去看，他知道自己會看見什麼。柔依準又遭遇什麼麻煩了。反正她有的是朋友可以幫她脫困。該死，她又不是他的責任，一如掃除黑暗不是他的狗屎責任。

就在他伸手要轉動教室門把時，右掌開始發熱。艾瑞克甩了甩手，停住，看著手。螺旋迷宮狀的記印隆起，彷彿剛被熱鐵烙過。

接著，一股衝動驅使著他，非常急迫。

艾瑞克倒抽一口氣，轉身，跑向學生停車場，跑向他那輛紅色福特野馬。那股衝動升高，凶猛得讓他全身發燙，他無法安靜下來，思緒零零碎碎、片片段段地冒出來。

「斷箭市。南刺柏大道二八〇一號。在走路。三十五分鐘內。得抵達那裡。得抵達那裡。夏琳．露德。夏琳．露德。夏琳．露德。去，去，去，去……」

艾瑞克知道自己發生什麼事。他已有心理準備。夜之屋的上一任躡蹤使者管自己叫作卡戎，取的正是神話裡冥河擺渡者的名字。他告訴過他會發生的事。標記某個雛鬼的時候一到，他的手掌會灼熱，他會知道時間、地點和名字，有一股無法控制的衝動會催促他去。

夏琳．露德將成爲他第一個標記的雛鬼。

他花了三十分鐘從陶沙市中心抵達斷箭市一處靜謐的郊區，那兒有一個小小的公寓社區。艾瑞克將車駛進訪客停車格，下車時手不住地顫抖。那股衝動將他拉向社區前面那條與馬路平行的人行道。社區的路燈看起來像一顆顆掛在鍛鐵柱上的不透明金魚缸，一束束乳白色的光灑落在人行道上。人行道靠近馬路這一側有一排已經長成的雪松和橡樹。艾瑞克瞥了一眼手錶，凌晨三點四十五分。選在這個時間和地點標記一個孩子，未免太奇怪。可是卡戎曾告訴他，躡蹤使者的衝動絕不會錯——他只要順從它，讓直覺引導，就不會出錯。然而，四周顯然沒半個人，艾瑞克不禁驚慌起來。這時，他聽見叩叩叩的細微聲響。社區裡走出一個女孩，拐過轉角，進入他的視線範圍。她慢慢地走在人行道上，朝他而來。每次她經過路燈下，艾瑞克就仔細端詳她。她好小。一個嬌小的女孩，有著濃密的深褐色頭髮。那頭秀髮是如此濃密，而且閃閃發亮，他看得入迷，沒注意到她的其他狀況——直到那叩叩叩的聲音驚醒他。她拿著一根白色長杖，不停地在自己面前左右掃動，叩叩叩，原來她走路要靠手杖的碰觸和聲音。每走幾步路，她就停下來咳嗽，咳得很厲害，顯然帶痰。

艾瑞克立刻明白兩件事：一、她就是夏琳．露德，他要標記的孩子。二、她是盲人。

如果可以，他不會標記她。但根據卡戎的說法，沒有任何凡間或魔法的力量可以讓艾瑞克走開，除非他標記了這女孩。她走到他前方，離他幾步時，他舉起手，掌心朝外，用一根手指指著她。他張嘴準備說話，但她搶先一步。「嗨？是誰？誰在那裡？」

「艾瑞克．奈特。」他衝口而出，趕忙搖搖頭，清清喉嚨，說：「不，這樣說不對。」

「你不是艾瑞克．奈特？」

「不是。我是說，是。等等，這樣說也不對。我不是要說這些話。」他雙手直發抖，覺得自己快要吐了。

「你還好嗎？你聽起來不太好。」她咳嗽。「你跟我一樣，也感冒了嗎？我一整天都好難受。」

「沒有，我沒事。我是要對妳說一些話，但不該是說我的名字之類的。喔，天哪，我這下子眞的搞砸了。我從不曾念錯台詞啊，這次錯得一塌糊塗了。」

「你在背劇本嗎？」

「不是。唉，妳不知道妳的問題有多諷刺。」他說，抹了抹汗涔涔的臉，感覺好迷惘。

她歪著頭，皺起眉頭。「你該不會是要搶劫吧？我知道現在很晚，我又看不見，不該一個人跑到外面。可是，對我來說，這時間最方便我獨自散個步。我沒什麼時間獨處。」

「我不是要搶劫。」他覺得自己好慘。「我不會那麼做。」

「那你在外頭這裡做什麼？還有，你搞砸了什麼？」

「怎麼會變成這樣啊！」

「綁架我對你沒好處的。我跟養母住在一起，她很窮。其實我還比她有錢，因爲我放學後會在街道另一頭的南斷箭市圖書館打工。呃，不過，我現在身上沒帶錢。」

「綁架？不是！」艾瑞克彎腰，抱著肚子。「可惡！卡戎沒說，沒做對會肚子痛。」

「卡戎？你是加入什麼幫派嗎？你要把我當作你入幫的犧牲品？」

「不是！」

「那好，因爲這種事眞的很遜。」她朝著他的方向，露出微笑，然後開始轉身往回走。

「好，如果沒別的事，就再見嘍。很高興碰到你，艾瑞克．奈特——這是你的名字吧？」

艾瑞克費盡力氣，才挺直身子，至少挺直到他可以再次舉起手，掌心朝外。「這才是我必須做的——」艾瑞克的聲音忽然充滿魔力、神祕和決心，說出躡蹤使者的古老話語：「**夏琳．露德！黑夜已選中汝，汝之死即生。黑夜召喚汝，當聆聽夜后的悅耳聲音。汝之命運在『夜之屋』等待汝。**」

蓄積在艾瑞克的五臟六腑，讓他覺得迷惘、渾身發燙、難受的熱能，從他的掌心發出。他居然可以清楚地看見它！熱能擊中夏琳．露德的額頭，她驚訝地輕輕發出一聲「啊！」然後，她優雅地倒在地上。

好，他知道，現在他應該像個吸血鬼，融入黑夜，返回夜之屋，讓這個雛鬼自己找路過去。卡戎就是這麼告訴他的。起碼，這件事在現代世界都是這麼進行的。

艾瑞克的確想著要沒入黑夜，他甚至開始往後退，但這時，夏琳抬起頭來。由於她剛好倒在路燈的光束當中，所以整張臉被光線照亮，看起來好美。那粉紅色的豐唇往上揚，露出驚訝的笑容。她眨了眨眼，彷彿想看清楚什麼。若非她失明，他發誓，她那雙黑色的明眸正盯著他看。她蒼白的肌膚光滑無瑕，額頭剛出現的記印似乎散發著美麗、絢爛的紅光。

紅光？

艾瑞克猛然清醒過來，邊走向她，邊說：「等等！不，這樣不對。」但在這同時，夏琳說：「喔，我的天啊！我看得見了！」

艾瑞克急急忙忙走到她面前，然後無助地呆站在那兒，不知道怎麼辦。她恢復鎮定，自己站起來。她站不太穩，但她眨巴著眼睛，四處張望，美麗的臉蛋掛著大大的笑容。

「我真的看得見欸！喔，我的天哪！太不可思議了！」

「這樣不對。我怎麼會搞砸成這個樣子！」

「我不在乎你有沒有搞砸——太謝謝你了！我看得見了！」她大聲嚷嚷，張開雙手抱住他，又哭又笑。

艾瑞克遲疑地拍拍她的背。她聞起來好香，有草莓或桃子，或某種水果的氣味。還有，她摸起來好柔軟。

「喔，天哪！對不起。」她放開他，後退一步，臉頰酡紅，伸手指眼睛。接著，那雙溼潤的黑眸睜大，望向他的背後。他趕緊轉身，舉起手，準備痛扁躲在他背後的東西。「喔，沒事，對不起啊。」她伸手搭在他的手臂上，只搭一下下，便慢慢跨出步伐，走過他身邊。他發現她盯著一棵巨大的橡樹。「好美！」她邁出的步伐一步比一步穩。她走到樹旁，一隻手扶著樹幹，仰望枝椏，說：「我心裡有橡樹的影像，那是我失明之前的記憶。可是，這眞實的畫面更棒。」她再次指了指眼睛，一雙明眸移回他身上，然後睜得更大。「**哇！**」

儘管眼前的一切很怪，艾瑞克還是忍不住對她綻放電力一百瓦的明星式笑容。「對，在我忽然變成躡蹤使者之前，我正在往好萊塢邁進。」

「不，我哇的不是你的帥，雖然我想你長得應該算好看。」她說，依舊盯著他。

「我的確很帥。」他跟她保證，心想，她大概驚嚇過頭了。

「對。呃，我要說的是，我**真的**看見你了。」

「是嗎，然後呢？」**天哪，不管有沒有被標記，這個夏琳·露德真是個怪女孩。**

「我是小時候失去視力的，就在五歲生日的前夕。但我眞的不記得我能看見人們的內在。如果這種事很普遍，我想，我至少應該在網路上聽說過。」

「妳看不見，怎麼能使用網路？」

「不會吧？你眞的問這種問題？難道你不知道有身障者專用的電腦網路？」

「我怎麼會知道？我又沒殘障。」艾瑞克說。

「再說一遍——不會吧？你的內在不是這麼說的欸。」

「夏琳，妳到底在說什麼？」**她是個瘋子嗎？會不會因為他搞砸了躡蹤使者的工作，她不只變成紅雛鬼，還變成腦筋不正常的紅雛鬼？毀了！他這下子肯定會很慘！**

「你怎麼知道我的名字？」

「所有的躡蹤使者都知道他們要標記的雛鬼叫什麼名字。」

夏琳摸摸自己的額頭。「喔，哇！對欸！我要變成吸血鬼了！」

「嗯，如果妳活下來的話。其實，我不知道到底怎麼了，妳的記印怎會是紅色的。」

「紅的？我以爲雛鬼的記印是藍色的，而藍記印最後會變成藍刺青。你的刺青就是藍色的。」她指著他那圍繞著藍色眼睛，宛如面具的刺青。

「對，妳應該要有藍色記印，可是妳沒有，妳的記印是紅色的。對了，妳剛剛說可以看見我的內在，是眞的嗎？」

「喔，那個啊，對，很神奇。我看見你，接著我看見圍繞在你四周的各種顏色。那景象就像你的內心在你的四周發光。」她搖搖頭，彷彿感到很驚訝，然後更用力地端詳他。接著，她眨眼，蹙眉，再次眨眼。「哈，眞有意思。」

「顏色？妳在說什麼？」他發現她緊閉嘴巴，彷彿不想再多說什麼。不知爲何，這惹惱了他。於是，他追問：「我的四周出現什麼顏色？」

「很多豌豆綠混合著某種水水的東西，讓我想起某些餐館賣炸魚和薯條會附上的豌豆泥。炸魚薯條配豌豆泥，這眞的不知是什麼道理。」

艾瑞克搖搖頭。「這一切都沒道理。我身邊怎麼會有豌豆泥的顏色？」

「喔，這很簡單。我專注時，就看得出這顏色代表什麼意義。」但她隨即閉上嘴巴，聳聳肩。「除了豌豆泥的顏色，你四周偶爾還會出現一些小亮點，但我看不出它們的顏色，也只能約略知道它們的意義。聽起來很扯，對吧？」

「豌豆綠和水水的東西代表我怎樣？」

「你自己認爲呢？」

「妳幹麼用問題來回答我的問題？」

「喂，你剛剛也用問題來回答我的問題啊。」夏琳說。

「我先問妳的。」

「這很重要嗎？」夏琳問。

「很重要。」他說，努力控制脾氣，雖然她快把他氣瘋了。「豌豆綠代表什麼？」

「代表你經常不勞而獲。」

他沉下臉，怒視著她。

她聳聳肩。「是你自己問我的。」

「妳完全不了解我。」

夏琳忽然火冒三丈。「喂，拜託！我是不知道怎麼會這樣，但我知道我看見什麼。」

「喂，如果只爲了讓妳看見我迷人的笑容帶給我多少好處，我可沒有必要滴下豌豆泥。」艾瑞克譏諷地說。

「是嗎？那告訴我，爲什麼我也知道那霧霧、灰灰的東西代表有事情讓你傷心。」她雙手叉腰，瞇起眼睛，直盯著他，狠狠地盯著。然後，她點點頭，彷彿表示贊同自己的看法，並得意洋洋地繼續說：「我想，有個你親近的人剛死不久。」

艾瑞克覺得自己被她甩了一巴掌。他說不出話，只能別開頭，努力在這一波忽然襲來的哀傷中冷靜下來。

「嗨，對不起。」她快步走到他跟前，再次將手搭在他的胳臂上，收起得意的表情。「我眞是錯得離譜。」

「不，」他說：「妳沒說錯。我的確有個朋友剛死。」

她搖搖頭。「我不是這個意思。我是說，我不該那樣子講話，像個刻薄的女孩。我不是那種人，我不該那樣的。對不起。」

艾瑞克嘆一口氣。「我也對不起。事情不該這麼發展的。」

夏琳小心翼翼地摸了一下自己的額頭。「你不曾讓任何人出現紅記印？」

「我不曾標記過任何人，除了妳。」他承認。

「哇，我是你的第一次？」

「對，而我搞砸了。」

她笑了。「如果你搞砸可以讓我重見光明，那我很贊成你搞砸。」

「我很高興妳看得見了，但我還是得搞清楚這到底是怎麼回事。」他指了指她的紅記印。「還有這個，」艾瑞克伸出一隻手在自己身邊揮動，「這豌豆綠的東西。」

「這豌豆綠的東西來自你。不過，你身邊也有其他顏色。比方說，當你說對不起，我就看見——」

「別說！」他舉起一隻手，打斷她的話。「我不想知道妳還看見什麼。」

「抱歉。」她輕聲說，低下頭，用一隻腳的鞋尖磨蹭著冬天的枯草。「我想，這確實很怪異。好，接下來呢？」

艾瑞克再次嘆一口氣。「別說抱歉，妳這種能力本身並沒有錯。我相信，妮克絲賜妳這種天賦，還有這個紅記印，一定有她的道理。」

「妮克絲？」

「妮克絲是我們的女神，夜之后。她很了不起，有時會賜給雛鬼很酷的本事。」艾瑞克邊說邊覺得自己像個大蠢蛋。他肯定是夜之屋有史以來最遜的躡蹤使者，把一個失明少女變成一個能看見什麼內在的紅雛鬼，卻還在這兒跟她說他們的女神如何又如何。「來吧。」他不在乎卡戎同不同意他這麼做，反正他已經沒照天殺的劇本走了，何不乾脆豁出去，把事情搞砸個夠。「妳住哪裡？回去打包整理一下，然後跟我走。」

「喔，好，去陶沙的夜之屋，對吧？」

「不對。我要先帶你去找紅雛鬼女祭司長，或許她會知道我哪裡做錯了。」

「喂，她該不會為了『修正』我，又把我變瞎吧？」

「夏琳，雖然我很不想承認，但我想，需要被『修正』的人不是妳，是我。」

7 柔依

「柔依，妳聽見我說話嗎？」

我這時才發覺，蕾諾比亞在跟我說話。剛才我只顧發瘋似地拼命給普西芬妮刷毛，連蕾諾比亞何時走進廄欄都忘了。我的意思是，我知道她在說話，很大聲，對著我，但我幾乎沒在聽。我嘆一口氣，轉身面對馬術老師，身體倚著母馬溫暖、結實的軀幹，試著從她身上汲取平靜和能量。「對不起，我分心了，沒有注意。妳剛剛說什麼？」

「我是在問妳，對元牲這個男孩，妳知道些什麼。」

「幾乎一無所知。我只能跟妳保證，他絕不只是一個男孩。」我說。

「對，校園已經開始謠傳，他是變形怪。」

我眼睛睜大。「眞的？有這種東西？就像山姆和他那個廢物媽媽及弟弟？」

「山姆？」

「《噬血眞愛》啊。」我解釋道：「他們是變形怪，可以變成他們見過的各種東西，我猜啦。只是，我想，他們不能變成非生物。嗯，我得好好讀這系列小說，搞清楚眞實狀況。不過，**世界上眞有這種東西嗎**？」

「我不看電視，沒養成這個習慣。看來我也得讀讀這套小說了。」

「這套小說講的是蘇琪·史戴克豪斯的故事，人類作家查琳·哈里斯寫的。」我注意到蕾諾比亞的表情，趕緊說：「對不起，對不起，這不是妳的重點。妳是要說什麼？」

「我要說的就是妳剛剛的問題。最近跑出好多**東西**，不管在這個世界或另一個世界。」

我嚥了嚥口水。「我知道，尤其是另一個世界。」

「無論如何，很多文化的傳說和神話都提到變形怪。若說其中起碼有些故事有事實根據，應該是合理的。」

「我不曉得這是好事還是壞事。」我說。

「我想，我們只能希望這些變形怪跟我們一樣——是好是壞，決定於他們個人。而這就牽涉到我的下一個問題了。校園裡除了謠傳元牲有變形能力外，還有人說妳對他的反應很激烈。這是眞的嗎？」

我覺得臉頰發燙。「很悲哀，的確如此。我又一次在全校師生面前出糗了。」

「爲什麼？妳比任何人都清楚奈菲瑞特有多工於心計，爲什麼還要公然跟她槓上？」

「因爲我是白癡。」我說，感覺很難受。

「不，」她露出和藹的笑容，「妳絕對不是白癡，所以我才找妳談這件事——私下談。我認爲，妳以後看見元牲時最好反應別那麼激烈，就連在最親密的朋友面前也別表現出來。相反地，妳要喜怒不形於色，裝出一副撲克臉。」

「爲什麼？」這下子她眞的引起我的注意了。照理說，蕾諾比亞應該不會叫雛鬼保守祕密的，任何**正常**的成鬼都不會。

她凝視著我，與我四目相接。那雙罕見的灰色瞳子彷彿蘊蓄著雷雨雲，再次震懾我。

「我年輕時學到一件事：即使保持低調才是上策，邪惡有時就是喜歡自吹自擂。根據我的經驗，黑暗眞正需要對抗的不是光亮，或愛、眞理與忠誠的力量。我想，邪惡的最大威脅來自它自己的傲慢、自大和貪婪。我還沒見過哪個惡霸不得意張狂，哪個小偷不吹噓。他們就是因爲這樣才會被逮到。黑暗若能更**謹慎**——如果可以這麼說的話——就能做出更多毀滅性的事情。」

「可是，黑暗的天性就是張狂吹噓。所以，若有人特別注意它的行徑，它馬上會看出來。」我說，終於明白她的重點。「這代表爲良善而戰的那一方，若能安靜地守候，等待適當時機才出手，邪惡就會被一記變化球打得措手不及。」

「而且冷不防地被源於誠實、沉著和堅定的力量給逮個正著。」蕾諾比亞說。

我深吸一口氣，四下張望，確定沒人潛伏在普西芬妮的廏欄外，才輕聲對蕾諾比亞說：「一見到元牲，我的占卜石就發熱。之前它只發熱過兩次，都是在古老魔法出現的時候。」我遲疑了一下，坦白告訴她：「昨晚我透過占卜石，見到史塔克身上依附著詭異的東西，有點把我嚇到。」

「史塔克怎麼說？」

「呃，我還沒告訴他。」

「妳還沒告訴他？爲什麼？」

「因爲那時我被他搞得分了心。」我知道自己一定滿臉羞紅，趕緊往下說。「那之後，我也不知道爲什麼我沒跟他提起。」我想起返校途中我們差點吵起來。「不，等等，我知道爲什麼。自從打另一個世界回來，史塔克和我之間的感覺就變了。這種變有好的一面——我們多數時候眞的很親密——但也有怪異的一面。」

蕾諾比亞點點頭。「可以理解。你們經歷的事情非同小可，兩人關係自然會產生變化。而妳透過占卜石所瞥見的，依附在史塔克身上的某種古老魔法，或許只是他經歷另一個世界後殘留的東西。」她笑著說：「我猜想，妳如果透過占卜石看妳自己，或許會見到——」

「喔，打死都不！我才不要見到有什麼東西依附在我身上！」

蕾諾比亞的笑容褪去。「妳似乎眞的很害怕。」

「我當然害怕。我想，我受夠了，希望很久很久都不用碰古老魔法和另一個世界，或相關的東西。」

「喔，我了解。如果元牲身上帶著古老魔法的痕跡，那就難怪他的出現對妳造成這麼大的影響。」

「他確實讓我覺得很怪，即便是在我看見他變成公牛之前。」

「怪？妳是說，見到他的時候妳也會害怕？」

「對，但我也有一種奇怪的驚詫的感覺，彷彿我的直覺見到了某種我的心智無法應付的東西。然後我變得好焦慮。蕾諾比亞，那傢伙有什麼地方不對勁，而且那種不對勁眞的、眞的非常古老。」

「可是，妳注意到了嗎，對其他人來說，他看起來就是個俊俏的小帥哥？」

「對，我猜也是。」我不屑地哼了一聲。「我倒很想把他帶去斯凱島，看看**那些**『其他人』看著他時，見到的是什麼東西。」

「妳的占卜石來自斯凱島？」

「對，女王給我的。她說，如果有古老魔法出現，我透過占卜石就可以看到。」我想起史塔克、暗影和那種毛骨悚然的感覺。「用我自己的眼睛看到的東西，已經夠我受了。我不想再用占卜石看。」我搖搖頭，爲自己的軟弱感到羞愧。「對不起，我簡直像個大寶寶，我不該這麼害怕。我剛才是應該透過這塊混帳石頭來看元牲的。」

「如果妳剛才見到可怕的東西，會怎樣呢？任何人都能透過占卜石見到古老魔法嗎？」

「不行。」我抹去臉頰上不知何時流下的淚水。「只有某些女祭司長才有這種天賦。」

「換言之，如果妳剛才透過占卜石見到黑暗，把這事告訴了所有人，而且叫別人也透過這塊石頭去看，妳其實根本無法證明妳說得沒錯？」

「對，應該是這樣。所以，我表現得像個瘋子，沒人甩我。」

「不，妳這是聰明，懂得聆聽妳的直覺。奈菲瑞特手上這顆棋子很有問題。妳一見到他，就察覺了；而且妳既然知道了，就無法只是站在那裡，閉著嘴巴，假裝什麼都不知道。」蕾諾比亞熱切地繼續說：「我要妳花一些時間想想元牲這個人，留意妳自己的感覺。下次妳見到他時，也特別留意自己觀察到了什麼。切記，要默默地留意，擺出撲克臉。別跟其他人談到這個美麗少年外表底下的眞面目。」

「妳不認爲我應該透過占卜石去看他？」

「除非妳不再那麼害怕。等妳的直覺告訴妳時機到了，妳才應該用占卜石去看。」

「那史塔克呢？」我屏住呼吸，等待答案。

「史塔克已對妳和我們的女神立誓。我認爲，他身上有古老魔法是好事。別擔心妳的誓約戰士了，不然他會感覺到妳的憂慮，對他沒有幫助。」

「對，好，有道理。可以不必用占卜石看，我覺得輕鬆多了。呃，我這樣會不會像個超齡寶寶，或顯得很懦弱？」

她微笑。「不會，也不會像白癡。妳是個年輕的雛鬼女祭司長，有史以來第一個。妳只是努力在一個極度讓人困惑的世界找尋自己的路。」

「妳眞的很聰明。」我說。

蕾諾比亞哈哈大笑。「不，我是眞的很老。」

我也跟著大笑。我很確定蕾諾比亞大約一百歲，但她看起來大概只有三十歲。「妳看起來像二十來歲。」我撒謊。「所以妳只是有點老，不是**真的**很老。」

「二十來歲！妳在這件事上既然有辦法心口不一，就一定有辦法把對元牲的感覺隱藏起來。」蕾諾比亞說。接著，她咯咯笑，那模樣看起來眞的超級年輕。「呵，二十來歲！我已經兩百多年不曾二十來歲了！」

「那妳的祕密是什麼？肉毒桿菌？豐唇手術？」我問，跟著她咯咯笑。

「消極負面的思想，還有防曬隔離霜。」她回答。

「嗨，兩位，不好意思，打擾了。」史蒂薇．蕾的金色鬈髮突然出現，一顆腦袋探進了廄欄。

「沒事，史蒂薇．蕾。」蕾諾比亞說，依舊笑盈盈。「進來吧，我們正在討論如何老得漂亮。」

「我媽常說，睡足八小時，喝大量的水，以及別生小孩，就是最好的抗衰老祕方，絕對比醫學美容或萊雅保養品的效果來得好。」她對蕾諾比亞咧著嘴笑，然後擔憂地瞥了普西芬妮一眼。「還有，感謝妳邀我進去，但我還是待在外頭好了。無意冒犯啊，我實在不怎麼喜歡馬，他們好大啊。」

「沒關係。」蕾諾比亞說：「戰士們有什麼需要嗎？」

「沒有，沒有。練馬場很適合上課，那些男孩子可玩得超開心呢。我是說，他們正拿著木劍打來打去，對著靶子東射一箭西射一箭，又喊又叫的。」我們三個一齊翻白眼。「不過，妳的牛仔來了，所以我來告訴妳一聲。」

「**我的**牛仔？」蕾諾比亞一頭霧水。「我沒有牛仔啊。」

「喔，他一定是妳的牛仔，因爲他剛出現在畜欄入口，拉了一台很大的運馬拖車來，說是要來這裡報到，還問要把東西卸在哪裡。」史蒂薇．蕾說。

蕾諾比亞長嘆一聲，顯然相當懊惱。「奈菲瑞特。她搞的鬼。這是她第一個雇用的本地人類。」

「奈菲瑞特想做什麼？我搞不懂。」史蒂薇．蕾說：「我們都很清楚，她討厭人類。本地人是否喜歡我們在這裡，她根本不甩。」

「奈菲瑞特想製造麻煩。」我說。

「她先拿我開刀，因爲她知道我跟妳們站在一起。」蕾諾比亞說。

「混亂。」我一說出這個詞，就覺得我想得沒錯。「奈菲瑞特想在我們的生活當中製造混亂。」

「既然這樣，那我們就來熱烈歡迎牛仔吧。讓他感覺到賓至如歸，讓他看看在我的馬廄工作有多麼**不混亂**，多麼無趣。這樣一來，或許，我是說或許，他會離開，決定到刺激一點的放牧場去，而奈菲瑞特也會把注意力轉向別的地方。」

蕾諾比亞彷彿要出任務，大步邁出普西芬妮的廄欄。史蒂薇．蕾和我互望一眼。

「我絕不錯過這場好戲。」我拍拍普西芬妮溫暖的脅腹，跟她道別，然後把馬刷扔進馬具箱裡。

我們跟在蕾諾比亞後頭走時，史蒂薇．蕾勾住我的手。「我剛剛沒告訴蕾諾比亞，她的牛仔有多帥。」她壓低聲音對我說。

「眞的？」

「妳自己看嘍。」

現在，我超級好奇，加快了腳步。穿過練馬場的沙地時，史塔克正好遞了一把弓給利乏音，我幾乎不怎麼搭理他。史蒂薇．蕾試圖送利乏音一個飛吻，但被我拉著急急往前走，基本上她只來得及咯咯笑，跟他揮揮手。我試著不去理會史塔克那張繃著的臉，集中精神不洩漏我當下感受到的好奇、興奮和無比困惑的情緒。

我不曉得原因，但我就是不想讓史塔克問我有關元牲的問題。

「那兒，他在那裡，門邊那個戴牛仔帽的高個兒。」史蒂薇．蕾指著練馬場寬大的側門。門扇已經捲上來，門外有一個運馬的大車櫃，以及一輛大卡車——就是奧克拉荷馬州男人非常喜歡購買，喜歡駕乘，簡直形影不離的那種大卡車。站在車櫃前的男人很高，而且史蒂薇．蕾說得果然沒錯，他很帥，即使稍微上了年紀。

「他活脫是個從西部片頻道裡跑出來的人物。」我說：「像古早牛仔英雄那種。」

「山姆·艾略特，他看起來就像山姆·艾略特。」

「啥?」我的眼神裡帶著問號。

她嘆一口氣。「他出現在好幾部牛仔電影裡，妳知道的，比如《絕命終結者》。」

「妳看牛仔電影?」

「我以前常看，跟我媽咪和爹地一起看，尤其是週六晚上上床前。怎樣?有問題嗎?」

「沒有。」

「**不要**告訴愛芙羅黛蒂。」她說。

「不要告訴愛芙羅黛蒂什麼?」愛芙羅黛蒂問。

她忽然從我們身後憑空冒出來，把史蒂薇·蕾和我嚇得跳起來。

「別鬼鬼祟祟。」我說。

「我哪有?我只是身材纖細，天生優雅。」她說，然後那雙冰藍的眼眸盯著史蒂薇·蕾。「再問一次——不要告訴愛芙羅黛蒂什麼?」

「不要告訴愛芙羅黛蒂，蕾諾比亞的牛仔超級帥。」史蒂薇·蕾說。

愛芙羅黛蒂瞅她一眼，意味著她很不會說謊——她的確是。但她的目光隨即被那男人肩膀寬厚的身影給吸引過去。

「哦～～！那是蕾諾比亞的……」

「員工。」我說，儘管她根本沒在注意我。「他是要來替蕾諾比亞做事的。」

「眞性感。」愛芙羅黛蒂說：「不是達瑞司那種辣，不過還是ㄌㄚ辣，四聲辣。」

「我就說吧。而且他這麼高大，顯得蕾諾比亞更嬌小了。」

史蒂薇・蕾、愛芙羅黛蒂和我假裝晃呀晃地，不經意地走到聽得見他們談話的地方，努力不讓我們的集體注目禮表現得太過明顯。這時，牛仔抬手碰一下帽簷，向蕾諾比亞致意，然後以純正的奧克腔說：「妳好，夫人，我是新來的馬廄管理人。麻煩妳告訴我，哪裡可以找到負責的先生。感激不盡。」

我看不見蕾諾比亞的臉，但我看見她挺直了背脊。

「喔—哦。」史蒂薇・蕾低聲說。

「這下子，熱烈歡迎別提了。」我的聲音小到只有愛芙羅黛蒂和史蒂薇・蕾聽得見。

「約翰・韋恩徹底搞砸了。」愛芙羅黛蒂說。

「我是蕾諾比亞。」她的聲音輕易就傳到我們耳裡。我不認爲她的口吻有火氣，倒覺得那聲音比較像冰風暴。「我是負責馬廄的**女人**，你的新老闆。」蕾諾比亞沒伸出手給他握，現場頓時陷入尷尬的沉默。

「冷呀。」愛芙羅黛蒂悄聲說：「她讓我想起我媽，對約翰．韋恩來說這絕非好事。」

「山姆．艾略特。」史蒂薇．蕾壓低聲音告訴她。愛芙羅黛蒂對我最要好的朋友蹙起眉頭。我壓抑住無奈的嘆息。「他一點都不像約翰．韋恩。」她繼續說：「他活脫就是山姆．艾略特。」

「妳小時候看太多闔家觀賞的電視了。我猜，應該是週六晚上吃飽飯後全家一起看的。眞可悲。」愛芙羅黛蒂看著史蒂薇．蕾，鄙夷地搖搖頭。我心想，眞怪，愛芙羅黛蒂怎麼會知道史蒂薇．蕾家裡的事。

男人對著蕾諾比亞又碰了一下帽簷。這次，他面露微笑，而且我看到他眼睛閃閃發亮。「夫人，看來我的資訊不怎麼正確。不過，我很高興這麼快就釐清了。我叫崔維斯．佛斯特，很高興認識妳，老闆。」

「你不介意你的老闆是女性？」

「不介意，夫人。我媽也是女性，我幫她做事時最認眞也最快樂。」

「佛斯特先生，你是說，我讓你想起你母親？」

我心想，蕾諾比亞的語氣大概足以讓水結冰，但崔維斯似乎沒注意到。事實上，他看起來還挺愉快的。他把帽子往上拉斜，看著蕾諾比亞，彷彿她正正經經地問了一個問題，而不是在挖苦。「沒有，夫人，妳還沒有。」蕾諾比亞沒再回話。跟成人談話不對盤時，那種侷促不安、尷尬的感覺在我心裡油然而生。這時，崔維斯卻聳聳肩，一根手指扣住他那條藍哥牛仔褲的皮帶環，說：「那麼，蕾諾比亞，可以告訴我，我的母馬和我要睡在哪兒嗎？」

「母馬？睡在哪兒？」蕾諾比亞說。

「有好戲看了，眞希望手邊有爆米花。」愛芙羅黛蒂說。

「她會用眼睛發出雷射光燒了他。」我說。

「蕾諾比亞的眼睛會發出雷射光？」史蒂薇．蕾問。

愛芙羅黛蒂和我不約而同盯著史蒂薇．蕾看，認眞地看。

「好，好，我靜靜地看，不說話。可以了吧？」史蒂薇．蕾說。

「多謝啊。」愛芙羅黛蒂和我異口同聲說，史蒂薇．蕾怒目瞪我一眼。接著，我們三個繼續瞠目結舌，洗耳偷聽。

「是的，夫人。」崔維斯慢條斯理地說：「你們的女祭司長要雇用我時，我告訴過她，我的母馬和我必須一起來，而且我必須把她安置在這裡。我剛結束一整季在杜蘭特泉管理馬廄的工作，才回到這裡，還沒安定下來，所以我也得找地方住。」他頓住，見蕾諾比亞沒說話，繼續說：「夫人，杜蘭特泉在科羅拉多州。」

「我知道它在哪裡。」蕾諾比亞冷冷地說：「你怎麼會以爲你可以住在校園裡？我們這裡沒地方給人類住。」

「是的，夫人，女祭司長也這麼說。不過，由於她要我立刻上工，所以我告訴她，我可以跟邦妮睡在一起，直到我在附近找到房子。」

「邦妮？」

崔維斯調整了一下帽子，第一次顯示他可能有些不自在。「是的，夫人，我的母馬叫邦妮。」不早不晚，運馬拖車裡這時傳出砰的一記聲響。他一邊走向車櫃後門，一邊跟蕾諾比亞解釋。「如果妳讓我卸下她，我會很感激。對這麼大個頭的女孩來說，從科羅拉多到這裡是很長的一段路。」

「妳們想，他的馬會不會很肥？」史蒂薇．蕾低聲問。

「鄉巴佬，我以爲妳不說話了。」愛芙羅黛蒂說。

「我想，他一隻腳已經跨進門，有機會了。」我說。蕾諾比亞絕不可能讓一匹疲憊的馬被這男人拖到鬼才曉得的地方。

「卸下你的馬吧。等她舒服一些，我們再來討論怎麼安頓你們。」蕾諾比亞說。

我注意到崔維斯已經在拆解車櫃後門上的一串控制桿和鐵鍊。不到幾秒鐘，斜坡就放下來了。

「來吧，大女孩。倒退著走唷。」崔維斯的聲音從先前的禮貌、客氣，偶爾略顯輕快、愉悅，一下子變成現在的溫柔、體貼。

接著，他的馬退出車櫃，我們四周響起驚訝和讚嘆的吸氣聲。我把目光從馬兒身上移開，發現瞠目結舌的人不只我們三個。達瑞司、史塔克、利乏音，以及多數雛鬼，已不知何時走到我們旁邊，全都瞪大了眼睛看著那匹母馬。

「這不可能是馬。」史蒂薇·蕾說。即使我們離這隻動物好幾碼遠，她還真的嚇得往後倒退了一步。

「哇塞，這是恐龍嘛。」愛芙羅黛蒂說。

「我確定這是馬沒錯。」我說，打量著這動物。「不過，她真的真的好大。」

「喔，佩爾什馬！真美！」蕾諾比亞說。

嬌小的蕾諾比亞毫不遲疑，走向這匹高大的母馬。一靠近龐然大物的母馬，我們的馬術老師更顯得小巧玲瓏。她只微微抬手，母馬看了她一下，便低下頭，鼻子對著她的手掌噴氣。蕾諾比亞笑得像個小女孩，撫摸母馬的巨大口鼻，輕聲細語對她說：「喔，妳的確是個美女，美麗女孩。」①她的目光從馬兒移到牛仔身上，再次開口時不僅聲音裡的冰霜完全融化了，還非常熱切，不斷傾訴。「我小時候搭船離開法國，在船上見過佩爾什馬，之後就沒再見到。那是很久以前的事，久到我懶得去算幾年。船上有一對馬，現在想起他們，我還是很懷念。從那時起，我就對這些挽馬著迷。你這匹灰斑馬眞漂亮。我可以想見，隨著年齡增加，她的毛皮會持續發亮。我看，她一個月前剛滿……」蕾諾比亞頓住，側著頭，看著馬的眼睛，然後說：「不，她是兩個月前滿五歲。她一出生就是你照顧的，對吧？」

我看見崔維斯驚訝地眨眼，嘴巴張開，閉上，又張開。他清了清喉嚨，說：「是的，夫人。」他伸手拍著邦妮厚實的頸部，彷彿需要把自己定錨在什麼東西上，好恢復神智。我知道他爲何忽然失神。所有見過蕾諾比亞和馬在一起的人都知道。當蕾諾比亞跟馬交談，她漂亮的美就會變成絢爛的美，美到讓人震懾。她跟這匹母馬剛剛可是極其親密地交流過，對馬兒電力全開的柔情蜜意溢了出來，流到了牛仔身上。她的超級電力不是故意要傳給他，他只是在旁邊無意中被她電到。而這一電非同小可。

崔維斯再次清清喉嚨，調整了一下帽子，說：「邦妮的媽媽在生下她之後就死了——一道詭異的閃電擊中草原正中央。我是用奶瓶把她養大的。」

---

①譯按：這匹母馬的名字——邦妮Bonnie，意思是漂亮。

蕾諾比亞把她的灰色眸子轉向牛仔，一臉驚訝，彷彿她剛才一下子就壓根兒忘了他在這兒。她對馬的柔情蜜意頓時消失，好似開關瞬間關掉了。「你做得很好。她長得這麼高大，一定超過一百八十四、五公分。肌肉結實，狀況良好。」她是在稱讚，語氣聽起來卻更像懊惱而非友善。唯有抬頭對著母馬微笑時，她的聲音和表情才變回深情和喜悅。「妳是個聰明的女孩，對不對？」蕾諾比亞對邦妮說。母馬沉穩地站著，不煩不躁，雙耳翻轉搖動，睜大眼睛望著我們，就像我們瞠目結舌地看著她。「而且妳很有自信，即使在奇特、陌生的環境，也依舊沉著。」當蕾諾比亞的視線從母馬移到牛仔，表情立刻凍結成冰冷的友善。她斷然、迅速地點個頭。「好，就這麼辦。你和邦妮隨我來，我帶你們去住的地方。」

蕾諾比亞轉身，邁步穿過練馬場。走到半途，她停步，對我們所有人說：「雛鬼和成鬼，這位是崔維斯．佛斯特，他將替我工作。他這匹馬叫邦妮。請尊重她，她是一匹優良、威嚴的佩爾什馬。戰士們，請注意她的體型和移動姿態。她的祖先是古代的戰馬。」

我看著牛仔，看見他在蕾諾比亞講話時，不斷微笑點頭，並溫柔地撫拍大馬，而且也以同樣溫柔的目光望向馬術老師。蕾諾比亞沒看他，而是瞇起眼睛，灼亮的目光看著我們所有人。「可以不要呆在那裡看了，回去幹正事。」語畢，蕾諾比亞從練馬場大步走進馬廄，沒回頭看邦妮和崔維斯一眼。他們緊跟著她，彷彿她是超級明亮的光，而他們是飛蛾。

「這下有意思了。」愛芙羅黛蒂說。

「確實，那匹母馬看起來好酷。我是說，有夠**大隻**，但仍然很酷。」我說。

愛芙羅黛蒂賞我一個白眼。「柔，我不是在說馬。」

我蹙眉看著愛芙羅黛蒂。這時，戴米恩匆匆忙忙跑過來。「柔依，很好，妳在這裡。妳必須回主校舍一趟。」

「你是說第六堂課下課之後吧？你等一下，就快下課了。」我說。

「不是，親愛的。我是說現在。妳阿嬤來了，我相信她在哭。」

8 柔依

我的胃揪緊，覺得快吐了。「好，這就去。」我問戴米恩：「可以跟我一塊去嗎？」他嚴肅地點點頭。我看著史蒂薇．蕾和愛芙羅黛蒂，說：「妳們兩個也一起來，好嗎？」

「我們當然跟妳去。」史蒂薇．蕾說。

這次，愛芙羅黛蒂沒有抱怨史蒂薇．蕾替她回答，只點個頭，說：「好。」

我正想轉身找史塔克，他已忽地出現在我的身邊，一隻手順著我的手臂往下移，直到我們手指相觸，交纏在一起。「妳媽的事？」我怕自己的聲音走樣，所以只點點頭。

「妳媽？我以為戴米恩是說妳阿嬤來找妳。」史蒂薇．蕾說。

「他是這麼說的。」愛芙羅黛蒂替戴米恩回答。她看著我的表情，顯得比平常的她更成熟（也更友善）。「跟妳媽有關？」她問。

史塔克瞥我一眼，我再次輕輕點頭。於是，他說：「柔依的媽媽死了。」

「噢，不！」戴米恩說，淚水立刻流下來。

「別這樣，好嗎？」我趕緊說：「別在這裡這樣，我不想引人注目。」

戴米恩抿緊嘴巴，用力眨眼，點點頭。

「來吧，柔，我們去找妳阿嬤。」史蒂薇．蕾走到我身邊，挽起我的手。愛芙羅黛蒂則握住戴米恩的手，跟著我們離開練馬場。

我沿路做心理準備，等著迎接阿嬤即將告訴我的事。我本來以爲，從造訪另一個世界，目睹妮克絲迎納我媽靈魂的夢中醒來以後，我就一直在做準備。然而，當我進入主校舍，走向交誼廳，我才發現，其實我一直沒準備好接受這個噩耗。

就在穿越最後一道門之前，史塔克捏緊我的手。「我就在妳身邊。我愛妳。」

「我也愛妳，柔。」史蒂薇．蕾說。

「我也是。」戴米恩說，又啜泣了幾聲。

「我那副兩克拉的鑽石耳環可以借妳。」愛芙羅黛蒂說。

我停步，回頭看著她。「什麼？」

她聳聳肩。「妳能從我這裡得到的，最接近愛的告白的東西，就是這樣了。」

我聽見史蒂薇．蕾大聲嘆一口氣，戴米恩則蹙起額頭，不敢置信地看著愛芙羅黛蒂。

但我只簡單地說：「謝謝，我接受妳的好意。」愛芙羅黛蒂一聽，皺眉咕噥著：「天哪，我真討厭當個友善的人。」

我放開史蒂薇．蕾和史塔克的手，推開雙扇門。阿嬤一個人在裡面，坐在一張大皮椅上。戴米恩說得對，阿嬤在哭。她看起來好蒼老，而且非常、非常傷心。她一看見我，立刻站起來，我們兩人在房間中央抱緊對方。等她終於放開我，她稍微後退，端詳著我的臉，把手搭在我的肩上。她的手是如此溫暖、結實、熟悉。不知怎地，被那雙手一碰觸，我心裡揪緊發疼的感覺，變得稍微不那麼難受了。

「媽死了。」我必須在她開口之前先說。

阿嬤似乎不訝異我會知道。她只是點點頭，說：「對，**嗚威記阿給亞**，妳媽死了。她的靈魂來找過妳嗎？」

「可以這麼說。昨天，我睡覺時，妮克絲讓我看見媽進入另一個世界。」

我從阿嬤的手感覺到她全身顫抖。她閉上眼睛，身體開始搖晃。霎時我真怕她會昏倒。我握住她的手，說：「靈，降臨我！幫助阿嬤！」跟我感應最強烈的元素立刻回應。我感覺到它在我的體內迴旋，然後進入阿嬤的身體。她倒抽一口氣，不再搖晃，但沒睜開眼睛。

「風，降臨我。請圍繞紅鳥阿嬤，讓她吸入力量。」戴米恩走到我旁邊，輕輕碰一下阿嬤的手臂，一股不可思議的溫煦微風立刻在我們四周吹拂。

「火，降臨我。請溫暖柔依的阿嬤，讓她即使悲傷也不覺得寒冷。」

我驚訝地眨了眨眼，看到簫妮站到戴米恩身邊，也碰觸阿嬤一下，然後淚眼婆娑地對我微笑，說：「克拉米夏告訴我們，妳需要我們。」

「水，降臨我。請洗滌柔的阿嬤，並帶走她的一些哀傷。」依琳站在簫妮身邊，碰觸阿嬤的背。接著，一如她的孿生姊妹，她含淚微笑，說：「對，這次她沒要求我們讀她的詩，而是直接叫我們來這裡。」

阿嬤的眼睛依舊閉著，但我看見她的嘴唇微微上揚。

「不過，我的詩還是很棒。」克拉米夏的聲音從我身後傳來。

就在愛芙羅黛蒂不屑地哼一聲時，史蒂薇．蕾說：「土，請降臨我。」她走到我的另一邊，一隻手環抱著阿嬤。「讓柔的阿嬤汲取你的力量，讓她很快就沒事。」

阿嬤深呼吸三次。最後一次吐氣時，她睜開眼睛。她的眼神仍帶著憂傷，但驚慌、憔悴的感覺已從她臉上消退。「**嗚威記阿給亞**，告訴他們我在做什麼。」

我不確定阿嬤的意思，但還是點點頭。我知道接下來她會讓我了解。她走到我四位朋友面前，從戴米恩開始，摸摸他的臉，說：「**瓦多，因諾歐**。你給了我力量。」她轉向簫妮時，我跟大家解釋：「阿嬤是在感謝你們，用切羅基族語逐一稱呼每個人的元素。」

「**瓦多，艾蓋拉**。你給了我力量。」阿嬤摸摸簫妮的臉頰，接著走向依琳。「**瓦多，阿瑪**。你給了我力量。」最後，她摸摸史蒂薇．蕾依然淌著淚水的臉頰。「**瓦多，埃羅海恩**。你給了我力量。」

「謝謝妳，紅鳥阿嬤。」他們四個喃喃地說。

「**吉夫理埃理嘎**。」阿嬤說，接著以英語再說一遍：「謝謝你們。」她看著我，「我現在說得出來了。」她站在我面前，抓住我的兩隻手。「妳媽在我的薰衣草田裡被殺。」

「什麼？」我全身震動。「我不懂。怎麼發生的？怎麼會這樣？」

「警官說是搶劫，她剛好遇上。他說，他們拿走我的電腦、電視和相機，大概是毒蟲為了買毒，來偷東西變賣。從這一點看，應該是臨時起意殺人。」阿嬤捏緊我的手。「柔依鳥兒，她離開了他，來找我。但我去參加一個祈禱聚會，沒在家等她。」阿嬤的聲音平穩，但淚水溢滿眼眶，潸潸落下。

「不，阿嬤，不要自責，這不是妳的錯。如果妳在家，我怕我已經同時失去妳們兩個。我一定承受不住！」

「我知道，**嗚威記阿給亞**。可是，對父母而言，孩子死掉是沉重的痛，即使是他們已失去的孩子。」

「情況——她——媽媽有受折磨嗎？」我的聲音非常微弱。

「沒有。她很快就斷氣。」阿嬤毫不遲疑地說，但我覺得她眼裡閃過什麼。

「是妳發現的？」

阿嬤點點頭，淚水撲簌簌滑落臉頰。「是我發現的。她在薰衣草田裡，就在屋外，躺在那兒，面容安詳。起初我還以爲她睡著了。」阿嬤語帶哽咽。「但她不是在睡覺。」

我握緊阿嬤的手，說出我知道這時她最需要聽到的話。「她很快樂，阿嬤，我看見她了。妮克絲解除了她的憂傷。她得到女神的祝福，在另一個世界等我們。」

「**瓦多，嗚威記阿給亞**。妳給了我力量。」阿嬤低聲對我說，再次擁抱我。

「阿嬤，」我貼著她的臉頰，說：「留在我身邊，至少陪我一陣子。」

「我不能，**嗚威記阿給亞**。」她往後退，但仍握著我的手。「妳知道我必須遵循我們族人的傳統，守喪七天。這裡不適合我守喪。」

「我們沒住在這裡，阿嬤。」史蒂薇．蕾邊說，邊用衣袖擦臉。「柔依和我們這一群人搬到了陶沙火車站底下的坑道。我是他們的女祭司長。我真的很希望妳能來跟我們住——七天或七個月都行——妳想住多久就住多久。」

阿嬤對史蒂薇．蕾微笑。「謝謝妳的好意，**埃羅海恩**。但火車站也不適合我守喪。」阿嬤看著我的眼睛，我知道她接下來要說什麼。「我必須留在我的土地上，在花田裡。接下來一週，我必須吃得少，睡得少，專注於滌除我屋子裡和土地上的可怕罪行。」

「妳一個人，阿嬤？」史塔克站在我旁邊，給我溫暖、堅強的支撐。「這樣安全嗎？」

「**記塔嘎阿思哈亞**，別被我的外表給騙了。」她稱呼史塔克「公雞」，是她給他的暱稱。

「我有很多不同的面貌，但沒有一個面貌是衰弱無助的老太婆。」

「我從不認爲妳衰弱無助。」史塔克說：「可是，妳一個人待在那裡恐怕不妥。」

「是啊，阿嬤，史塔克說得有道理。」我說。

「**嗚威記阿給亞**，我守喪時必須淨化我的房子、土地和我自己。除非我平靜地待在我的土地上，否則我無法做這些事。徹底淨化過房子，服完七天喪之前，我不會待在屋裡。我會在後院搭帳篷，就在溪畔的草地上。」阿嬤對史塔克、史蒂薇．蕾和我的其他朋友微笑。

「我想，你們暴露在陽光底下，大概會睡不好、吃不好吧。」

「阿嬤，我——」我才開口，她就阻止我。

「這些我都得自己來，**嗚威記阿給亞**。不過，有件事要妳幫忙。」

「妳儘管說。」我說。

「滿七天時，妳能不能和妳的朋友來花田設立守護圈，舉行你們的淨化儀式？」

「可以。」我點點頭，目光掃視我的朋友。

「沒問題。」史蒂薇．蕾說，其他朋友紛紛附和。

「那麼，事情就這麼辦，」阿嬤堅定地說。「切羅基族的守喪和淨化傳統，搭配上吸血鬼的儀式，這樣眞好，因爲我的家人擴充了，加入這麼多成鬼和雛鬼。」她的目光逐一掃視我們。「還有一件事。接下來七天，我想請你們每個人都以明亮的思緒，想著我，想著柔依的媽媽。琳達生前活得一場糊塗並不打緊，重要的是人們帶著愛和關心來思念她。」

「我們會的。」「好，阿嬤。」應允的聲音在我的四周輕輕響起。

「那我走了，**嗚威記阿給亞**。天不久就亮了，我要在我的土地上迎接晨曦。」阿嬤繼續握著我的手，跟我一起往外走。經過我的朋友時，他們每個人都摸摸她，說：「再見，阿嬤。」她只是含淚微笑。

走到門口時，我們獲得了短暫獨處的空間。我再次擁抱她，說：「我明白妳必須這麼做，但我眞的希望妳別走。」

「我知道。當七天滿了——」

門打開，奈菲瑞特忽然現身，一臉凝重，依舊看似美麗。「席薇雅，我聽說妳痛失女兒。請接受我誠摯的哀悼。」

阿嬤一聽到奈菲瑞特的聲音，整個人繃緊，退出我的懷抱。她深吸一口氣，迎視奈菲瑞特的目光。「我接受妳的哀悼，奈菲瑞特，我感覺得到妳的誠意。」

「有什麼是夜之屋能爲妳做的嗎？妳有什麼需要嗎？」

「元素已經帶給我力量，而女神也把我的女兒接到另一個世界了。」

奈菲瑞特點點頭。「柔依和她的朋友都很善良，而女神很仁慈。」

「我不相信柔依、她的朋友以及女神這麼做是出於善良或仁慈。我相信那是出於愛。妳不這麼認爲嗎，女祭司長？」

奈菲瑞特頓了一下，彷彿眞的在思考阿嬤的問題，然後說：「我想，妳**可能**是對的。」

「對，我可能對。有件事我想請夜之屋幫忙。」

「我們很榮幸能在女智者有需要的時候幫忙。」奈菲瑞特說。

「謝謝妳。我想請妳同意，讓柔依和她的朋友在我女兒過世滿七天時，到我那裡舉行淨化儀式。這樣，我的守喪儀式就完整了，而殘留在我家的邪惡也被洗淨了。」

我看見奈菲瑞特眼裡閃過一絲什麼——我覺得，很像是一絲恐懼。但她說話時表情和聲音只流露出禮貌性的關切。「當然，我很贊同這樣的儀式。」

「謝謝妳，奈菲瑞特。」阿嬤說，然後再次擁抱我，輕吻我。「那麼，滿七天之夜，**嗚**

威記阿給亞，我們到時候見。」

我拼命眨眼，強忍淚水。我不希望阿嬤離去前最後見到的是哭哭啼啼的我。「滿七天。我愛妳，阿嬤。別忘了我愛妳。」

「我不可能忘的，就像絕不可能忘記呼吸。我也愛妳，女兒。」

阿嬤轉身離去，我站在門口，看著她挺直背脊，慢慢走遠，直到黑夜籠罩她的身影。

「走吧，柔。」史塔克摟著我的肩。「我想，今天在學校待夠了，我們回家吧。」

「是啊，柔，我們回家吧。」史蒂薇·蕾說。

我點點頭，正準備說好，忽然覺得胸口逐漸溫熱起來。一開始我很困惑，伸手揉搓那個部位，摸到開始發熱的占卜石。接著，元牲出現在我眼前，跟龍·藍克福特一起走來。

「柔依，我聽說了妳母親的事。我很遺憾。」龍老師說。

「謝—謝你。」我喃喃道謝。我沒看元牲。我記得蕾諾比亞的話。有他在的時候，我必須擺出撲克臉。但此刻的我太脆弱，太受傷，什麼都做不來。我脫口告訴史塔克：「我想回家，但先讓我獨處一下。」他還沒應聲，我已走出他的臂膀，從龍老師和元牲身邊擠過去。

「柔依？」史塔克在後面叫我。「妳去哪裡——」

「去噴泉那邊，就在停車場旁的庭院裡。」我回頭對他說。我看見他擔憂地皺著眉頭，但我沒辦法，我一定得馬上走開。「等大家都上了巴士，要出發時再來找我，好嗎？」

我沒等他回答，就沿著主校舍邊上的人行道低頭疾走。我幾乎是在小跑步，右轉後直接奔向噴泉旁樹下那張長椅。噴泉四周植著一圈樹，雛鬼把這塊像小花園的區域稱為「老師的庭院」，因為旁邊就是教師宿舍。我知道，如果有人從那些華麗的大窗戶往外望，就會看到我；但我也曉得，這會兒所有的老師應該都還在教室，準備結束第六堂課。也就是說，在這個時間，在校園的這個角落，不會有人打擾我。

就這樣，我坐在那裡，在一棵大榆樹的陰影裡，努力控制思緒。元牲一出現，我就心煩意亂，而我不知道原因。**但是，此時此刻，我什麼都不在乎。媽死了。不管奈菲瑞特和邪惡想把我怎樣，去他的。所有的人，都去他的。**我的念頭凶狠、強硬，但滑下臉龐的淚水訴說著另一種情緒。

媽不在人世了。她不會在家等著那個垃圾繼父，在廚房轉來轉去。我不能打電話給她，惹她生氣，聽她數落我是個差勁的女兒。沒有媽媽的感覺好奇怪。我的意思是，沒錯，她和我已經疏遠三年多，但在我的內心深處，我始終覺得有一天她會清醒過來，離開那個她錯看又錯嫁的白癡，回來當我的媽媽。

「她離開他了。」我說：「我必須記住這一點。」我的聲音梗住。於是，我清清喉嚨，繼續對著黑夜大聲說出來：「媽媽，我好難過我們沒機會道別。我愛妳，一直都愛，永遠都愛。」然後，我將臉埋入手掌，將積壓在內心的哀傷一股腦兒爆發出來，開始哭泣。

元牲

那個叫柔依的雛鬼給他一種奇怪的感覺。奈菲瑞特說柔依是她的敵人，這代表柔依也是他的敵人。她既然是主人的敵人，便是一個威脅。這應該就是她一靠近，他就覺得怪的原因。柔依匆匆走開時，元牲留意到她離去的方向。他必須留意柔依的一切，因為她很危險。

「奈菲瑞特，我必須跟妳談談在蕾諾比亞的練馬場新開課程的事。」龍・藍克福特說。

奈菲瑞特冰冷的綠眸望向龍老師。「最高委員會已經決定，這些雛鬼留下來，至少目前如此。」

「我了解，可是——」

「難道你寧可讓那隻仿人鴉到你的班上？」奈菲瑞特不耐煩地說。

「利乏音不再是仿人鴉。」紅女祭司長立刻出聲捍衛她的伴侶。

「然而，那些生物——那些仿人鴉，他仍稱他們爲兄弟。」元牲說。

「的確，元牲，你觀察到重點了。」奈菲瑞特說，但沒看他一眼。「既然你是妮克絲賜我的禮物，我想，我們應該正視你的看法。」

「什麼鬼重點啊？他們**本來就是**他的兄弟，他沒想隱瞞這一點。」紅女祭司長搖搖頭，盯著元牲。元牲看見她眼裡的難過和憤怒，但這些情緒還沒強烈到讓他有感覺，讓他可以從中汲取力量。「你不該殺死那隻仿人鴉，他又沒攻擊任何人。」

「妳認爲我們應該坐等那些生物再屠殺我們的人，然後才出手嗎？」龍・藍克福特說。

劍術老師的憤怒更容易感覺，元牲順勢汲取了它的力量。他感覺到那股力量在他的血液裡沸騰——躍動、滋長、變化。

「元牲，你不需待在這裡。去執行你的工作吧。從主校舍開始，把校園好好巡視一遍，確定沒有任何仿人鴉返回。」他的主人瞄紅女祭司長一眼，接著說：「我命令你只攻擊那些危害到你和學校的東西。」

「是的，女祭司。」他向她鞠躬，退出門外，走進黑夜，耳裡仍聽得見紅女祭司長繼續在爲她的伴侶辯護。**她也是敵人，但主人說她是另一種敵人——或許可以利用的那一種**。

元牲思索著這些複雜的敵對關係。奈菲瑞特跟他說，不用多久，所有雛鬼和成鬼都必須臣服於她，否則必須毀滅。他的主人期待著那一天的到來，元牲也期待著那一天。

他步下人行道，右轉走向主校舍邊緣。元牲避開閃爍的煤氣燈，本能地選擇更深的陰影、更暗的角落。他的感官始終機警，始終在搜尋。所以，一張面紙居然嚇到他，著實很怪。那是一方單純的白色，隨風飄動，彷彿一隻鳥。他停步，伸手，從黑夜把它奪下。

好怪，他心想，**一張飄浮的面紙**。他沒多想，直接把它塞入牛仔褲口袋。他拋開詭異的、彷彿預示著什麼的感覺，繼續往前走。但是，才走兩步，她的情緒襲來。

悲傷——強烈、沉重的哀慟。還有愧疚，她的情緒裡也有愧疚。

元牲知道那是年輕的雛鬼女祭司長，柔依．紅鳥。他告訴自己，他靠近她，只是爲了留意、觀察敵人。但是，當他再靠近些，當她的情緒淹沒他，意想不到的事在他內在發生。這一次，他汲取她的情緒，卻沒有藉此滋長、壯大，而是開始**感受**。

元牲沒有變身，沒有開始轉化爲威力強大的生物。

而是開始**感覺**。

柔依的悲傷吸引他靠近。他站在圍繞著她的陰影裡，看著她哭泣。她的情緒湧向他，在他靈魂深處一小塊安靜、隱密的角落匯聚。當元牲吸納柔依的悲傷和愧疚、寂寞和絕望，他裡面也有什麼東西在翻攪，呼應著她。

完全出乎意料地，也完全不能容許地，元牲竟然想安慰柔依．紅鳥。這衝動太陌生，他震驚不已，竟不由自主地往前走，彷彿潛意識驅動著他的身體。

他步出陰影的同時，她改變姿勢，把手掌貼在胸口。她眨著眼睛，顯然想穿透淚水看分明。接著，她看見他。她挺直身體，似乎準備拔腿跑開。

「不，妳不需要離開。」他聽見自己這麼說。

「你想幹什麼？」她說，然後小小聲地抽噎一聲。

「沒什麼。我經過。妳在哭，我聽見了。」

「我想一個人在這裡。」她說，用手背擦臉，抽著鼻子。

元牲沒意識到自己在做什麼，直到他和女孩雙雙看著他的手，以及他從口袋掏出，要遞給她的面紙。「那我走了，不過妳會需要這個。」他說，覺得自己的聲音好生硬，好陌生。

「妳的臉溼溼的。」

她瞪著那張面紙好一會兒才接下，然後她抬頭看著他。「我一哭就會流鼻涕。」

他感覺自己點點頭。「對，妳就是這樣。」

她擤了擤鼻子，擦了擦臉。「謝謝。每次需要面紙時，我一定沒帶。」

「我曉得。」他說。然後他覺得自己臉發燙，身體變冷，因為他根本沒有理由這麼說。

不，他根本沒有理由跟這個雛鬼敵人說話。

她再次盯著他，臉上浮現怪異的表情。「你說什麼?」

「我說，我該走了。」元牲轉身，迅速走開，沒入黑夜。他等著她讓他感受到的情緒消褪，從他裡面流出。他吸納過的別人的情緒，只要他用過，就立刻流逝。但柔依的一些悲傷仍留在他心裡，還有她的愧疚，特別是她的寂寞，仍留在他心裡，匯聚在他靈魂深處一小塊安靜、隱密的角落。

9 柔依

我望著元牲的背影好久好久。

我又擤了一下鼻涕，搖搖頭，看著手裡那團溼掉的面紙。奈菲瑞特的生物在玩什麼把戲？她故意派他出來找我，給我面紙，攪亂我已經亂七八糟的腦袋？不，不可能。奈菲瑞特不知道元牲給我面紙會讓我想起西斯。沒人知道，除了西斯。還有史塔克。

搞什麼鬼呀？

所以，這一定只是詭異的巧合。沒錯，元牲是奈菲瑞特的生物，但這不表示他對女孩的眼淚有免疫力。他畢竟是男孩。起碼我相信他是。還有，或許他不完全只是奈菲瑞特底下沒有大腦的爪牙。他說不定還是個不錯的男孩——至少沒變成貌似公牛的殺人機器時，他搞不好還不錯。要命，史蒂薇·蕾找到一隻善良的仿人鴉，誰知道——

接著，我察覺，就像以前我對卡羅納那樣，現在我恐怕又犯同樣的毛病了：我以爲我看到了他壓根兒不存在的善良面。「喔，該死，不！我才不會這樣。」我大聲斥責自己。

「不會怎樣，柔？」史塔克走入庭院，手裡拿著一盒面紙。「嘿，妳變了哦，現在懂得先替鼻涕做好準備了。」他說，指著我手上那團髒兮兮的面紙。

「呃，我還需要。謝謝。」我說，從面紙盒裡抽出兩張，又擦了擦臉。

「所以，妳不會怎樣？」他在我旁邊坐下，肩膀碰到我，我往他身上靠。

「我只是在提醒自己，別讓最近這些瘋狂的事情逼瘋。至少別更瘋。」

「妳沒瘋，柔，妳是遇到難過的事。但妳會沒事的。」他說。

「希望你說得對。」我喃喃地說，接著我想到另一種令人沮喪的狀況。「你有沒有告訴其他人，別因爲我媽的事就對我怪怪的？」

「不必我告訴他們。他們是妳的朋友，柔。他們只會關心妳，不會對妳怪怪的。」

「我知道，我知道，我只是……」我支吾著，不曉得怎麼把失去媽媽的那種痛苦、愧疚和孤單的感覺訴諸語言。

「喂，」史塔克看著我，說：「妳並**不**孤單。」

「你在偷聽我的思緒？你明知道我不喜歡——」

他抓住我的肩膀，輕輕搖晃我。「要知道妳覺得孤單無助，一點也不需要靠誓約戰士的連結。我不認識其他母親死去的人，妳呢，妳知道有誰的媽媽死掉嗎？」

「沒有，除了我。」我咬著嘴唇，免得再次放聲大哭。

「瞧，要了解妳現在的心情並不難。」說著，他低頭親我。不是那種張大嘴巴，充滿欲望的火辣之吻，而是輕柔、甜蜜、撫慰的吻。他抬起頭，微笑看著我。「妳會熬過去的，不會發瘋，因爲妳聰明、堅強、美麗，而且簡直是香甜可口，像淋了特棒的醬汁。」

我居然咯咯咯地笑出來。「香甜可口，淋了特棒的醬汁？你眞的這麼說？」

「要命呦，我眞的這麼說欸！不過，柔，妳眞的很棒啊。」

「可是，特棒的醬汁？」我再次咯咯笑，覺得揪緊的胃開始放鬆。「我沒聽你說過這麼呆瓜的話。」

他抓住胸口，彷彿被我刺了一刀。「柔，會痛欸。我只是想羅曼蒂克一下嘛。」

「好吧，起碼你有這個心。不過，拜託你告訴我，這種話不是你自己掰的。」

他露出可愛、得意的招牌笑容。「是一群三年級女生在練馬場看我射箭時說的。」

「眞的？」我揚起一邊眉毛，白他一眼。「三年級女生喔？」

他眼睛發亮。「妳在吃醋？」

我哼了一聲，撒謊。「沒有！」

「妳不必吃醋，永遠都不必，因爲沒有妳，全天下就沒有特棒的醬汁了。」

「眞的？你發誓？」

「眞的。我發誓。」

我偎著他。「好，我相信你，呆瓜。」我把頭靠在他的肩上，他一手摟著我。「現在我們可以回家了嗎？」我問。

「當然。黃色身障生禮車已經備妥，正在等妳。」他起身，拉我站起來。我們手牽著手走向停車場。我斜眼偷瞄他一眼。他看起來很得意（而且很帥）。他掰出這些呆話，顯然是爲了把我從沮喪的深淵拉出來。史塔克一定也感覺到了我現在心情的變化——不是因爲他「偷聽」我的思緒，而是因爲他是我的守護人、我的戰士，他關心我。

我捏了捏他的手。「謝謝。」

他微笑看著我，把我的手拉到他的唇邊。「不客氣。我正在思考怎麼形容妳的胸部，等我想出來，妳再謝我吧。這次，絕對是在下我一人掰的，用不著三年級女生幫忙。」

「喔，不，不用。」

「可是，妳說不定還會需要一些呆瓜的話啊。」

「不需要。我完全沒事了。關於胸部的呆話就省下來吧。」

「好吧。那記得哦，如果妳需要我，我就在妳身邊——」他說，又露出得意的笑容——

「隨時待命、心甘情願、聰明能幹的守護人戰士。」

「這話可真令人安慰。謝謝。」

「我說的不過是守護人的職務內容罷了。」他說。

這次，我揚起兩道眉毛。「你真的拿到了這麼一份白紙黑字的職務內容說明？」

「類似啦。修洛斯說：『好好照顧你的女王，否則我先前只在你身上留下一些小傷口，以後我會讓你更好看。』」他說，怪腔怪調，活脫就是那個蘇格蘭老守護人的口音。

「小傷口？」我打了個哆嗦，想起他胸膛血淋淋的刀傷。我怎麼可能忘記？「我絕不會說它們是小傷口。」

「唉呀，姑娘，那不過是娘兒們的玩意兒。」

「娘兒們？歧視！」我捶他的手臂，狠狠地瞪他一眼。「你啊，終究是男人。」

不知基於什麼蠢理由，他哈哈大笑，張開雙手，給我一個大擁抱。「對，我是男人，妳的男人。不管這一切會怎樣——」他停頓一下，身體稍微往後退，伸手比了個手勢，把夜之屋及在不遠處等著我們的巴士涵蓋進來——「也不管我是不是妳的戰士、妳的守護人，柔依·紅鳥，我要妳記住，我愛妳。妳需要我的時候，我永遠在妳身邊。」

我重新投入他的懷抱，如釋重負地舒一口氣。「謝謝你。」

「她在那裡！」我聽見克拉米夏大喊，忍不住嘆息，知道她所說的「她」是指我。抬頭一看，克拉米夏就站在巴士前方，她旁邊還有史蒂薇．蕾、愛芙羅黛蒂、戴米恩、攣生的、艾瑞克，以及一個我不認識的紅雛鬼。我繼續握著史塔克的手，走向巴士。

「妳媽的事，我很難過。」克拉米夏劈頭就這麼說。

「呃，謝─謝。」我忽然結巴，心想，我得想個沒那麼尷尬的方式，來回應這類問候。

接著，克拉米夏繼續說：「柔，我知道時機不對，不過我們遇到問題了。」

我硬生生吞下另一聲嘆息。「我們是指我，還是指你們？」

「我們認爲，這個問題會波及我們所有人。」史蒂薇．蕾說。

「太好了。」我說。

「柔依，這位是夏琳。」艾瑞克跟我介紹那個陌生的女孩。她盯著我看的樣子，彷彿巴不得把我放在顯微鏡底下。唉，認識新人眞累。

「嗨，夏琳。」我說，努力忽視她盯著我瞧的目光，裝出正常的語氣。

「紫色。」她說。

「我以爲剛才艾瑞克說妳叫夏琳。」我說，但我好想大叫，**對啦，別瞧了，就是我！我就是那個有著奇怪刺青的傢伙！**

「對，我叫夏琳。」她對我露出非常溫暖、友善的笑容。「妳是紫色。」

「她不叫紫色，她是柔依。」史塔克說，看來跟我一樣困惑。

「妳也有銀色亮點。」說著，夏琳終於不再盯著我，將目光轉向史塔克。「你是紅色、金色和一點黑色。呵，眞怪。」

「好，我不是——」

「喔，拜託，」愛芙羅黛蒂打岔，指著夏琳，「這個新來的小鬼**是**夏琳沒錯，她不是用顏色稱呼妳，她是**看見**妳的顏色。」

「我的顏色？我不懂妳的意思。」我說，對愛芙羅黛蒂皺起眉頭，然後對夏琳露出寫著一個大問號的表情。

「我也不曉得這究竟代表什麼意思。」夏琳說：「我被標記之後就變成這樣。」

「我想，夏琳擁有一種叫作『眞視』的天賦。」戴米恩說：「這很罕見。《高階雛鬼手冊》裡有提到這種事，但我只瞄過一眼，沒眞正研究過。」他一臉尷尬和歉疚。

「戴米恩，你才四年級，本來就不會讀到那本書。」史蒂薇．蕾說。

「聽著，我不知道眞視是什麼東西，不過，如果是天賦，想來應該來自妮克絲。既然這樣，這怎麼會是問題呢？」我說。

「她是紅雛鬼。」愛芙羅黛蒂說。

「那又怎樣？整車都是紅雛鬼。」我說，指著他們背後的身障車。

「是啊，不過，我們每個人都得先死再復活，才有這東西。」克拉米夏指著自己額頭上的紅色弦月輪廓。

我看看她，再看看新生，這才明白過來。我問艾瑞克：「你把她標記成紅雛鬼？」

「不是，是。」艾瑞克搖搖頭，看起來擔憂得要死。「我不是故意的。我是標記了她，沒想到事情沒照計畫走。但這都是因爲她是瞎子，把我嚇了一跳。」所有人望著他，他舉手捋了一下那頭濃密的黑髮，垮著肩膀，繼續說：「我搞砸了，於是她變成紅雛鬼，能看見我們的顏色。」

「你沒搞砸，艾瑞克。」夏琳伸出手，似乎想拍拍艾瑞克的手臂，但半途改變心意。她將目光移向我，繼續說：「被他標記之前，我是瞎子。我從小就失明。但他一標記我，我就又看得見了。這不是搞砸，這是不可思議。」

「啊！我就知道有新雛鬼，我感覺到了！」一聽到奈菲瑞特的聲音，我們全都嚇得跳起來，彷彿被她用電擊槍打到。她疾步走向我們，絲絨綠袍拂過地面，看起來像是滑行而非走路。「歡喜相聚，我是奈菲瑞特，妳的女祭司長。」接著，她把注意力先短暫放在艾瑞克身上。我看見她的眼睛閃過一絲不悅的神色。「奈特老師，你不該把這孩子帶來這裡。」然後她對夏琳擺出致歉的優雅姿態。「小雛鬼，躡蹤使者應該帶妳到女生宿舍，在那裡妳可以跟其他——」她戛然而止，終於注意到夏琳的記印。

「對，」我說，再也無法保持緘默。「她是紅雛鬼。所以，她沒走錯地方。」

「而她的女祭司長是我，不是妳。」史蒂薇·蕾替我把話說完。

「喔！妳是……喔，我不舒服！」夏琳瞪大眼睛盯著奈菲瑞特，忽然昏倒。艾瑞克在她頭部撞到地面之前接住她，竟然一副既驚嚇又英勇的模樣（他的演技真讓人沒話講）。

「她今天眞是吃夠了苦頭。」愛芙羅黛蒂說，走上前跟奈菲瑞特面對面站著。「她得回家了——回火車站，跟我們一起，現在。」

我屏住呼吸，看著奈菲瑞特瞇起眼睛，目光掃過我們每一個人。所有成鬼的直覺都很強，但奈菲瑞特不僅如此。她能讀心——大多數雛鬼的心，起碼他們表面的思緒。我趕緊在心中默默跟女神祈求：**拜託，請讓大家都想些有的沒的，千萬別想到這個新生有真視——不管那是什麼東西**。

突然間，奈菲瑞特狐疑的表情驟變，開始大笑，眞的在笑。我不曉得怎麼可能這樣，但那笑聲聽起來可怖、惡毒、尖刻。我不禁納悶，笑聲怎會如此可怕。

「原來她是瞎子。難怪。她原已傷殘，所以，被標記成紅雛鬼，不需先經歷死亡——呵，至少現在她還沒死。」

克拉米夏嚇得身體猛然一震。她就站在我旁邊，所以我看見了，而奈菲瑞特也看見了。這位假女祭司長對我們的桂冠詩人嫣然一笑，說：「怎麼了？難不成妳以爲紅記印能保證你們蛻變成功？」她歪斜著頭，那模樣讓我想起爬蟲。「沒錯，我可以感覺到妳的驚嚇和恐懼。妳從沒想過，妳的身體仍可能排斥蛻變吧？」

「妳說的不一定對。」史蒂薇．蕾移步靠近克拉米夏。

「是嗎？」奈菲瑞特再次發出惡毒、可怖的笑聲，然後朝昏厥在艾瑞克懷裡的夏琳揚了一下下巴。「這小鬼感覺起來有點怪。」她把目光移向愛芙羅黛蒂。我看見愛芙羅黛蒂握拳叉腰，繃緊神經，彷彿等著奈菲瑞特出拳。「有點像妳給我的感覺，而妳連雛鬼都不是。」

「對，我不是。但我很滿意這樣的我。妳呢，奈菲瑞特？」

奈菲瑞特沒回答，反而說：「把這個新雛鬼帶走吧。愛芙羅黛蒂，妳說對了一件事，她的家不在這裡，她是應該跟你們這些異類在一起。天哪，眞不曉得下回妮克絲又會搞出什麼鬼東西。」她哈哈大笑，不屑地轉身背對我們，像蛇一般滑行離開。

確定她聽不到我們時，我吐出長長一口氣。「大家做得很好，沒去想眞視的事情。」

「她嚇死我了。」克拉米夏說，聲音聽起來非常稚嫩。

史蒂薇．蕾摟著克拉米夏的肩膀。「沒關係，怕她才好。這樣我們就會拼命對抗她。」

「或拼命逃跑。」艾瑞克幽幽地說。

「我們有些人是不會逃跑的。」史蒂薇．蕾說。

「妳確定？」夏琳說。

「嘿，妳清醒了？」艾瑞克問。

「其實我沒昏倒。喔，你可以把我放下來了。麻煩你。」

「喔，好，對。」艾瑞克輕輕地放下她，但一隻手仍抓著她的手臂，彷彿要確定她眞的不會摔倒。可是，夏琳輕鬆地站著，看起來穩得不得了。

「所以，妳是假裝昏倒。幹麼這樣？」愛芙羅黛蒂說，正是我想問的問題。

「其實，要假裝昏倒不難，」夏琳看著克拉米夏，「因爲我跟妳一樣，也被她嚇死了。」接著她繼續說：「我必須假裝昏倒，因爲如果不這樣，我就會尖叫一聲逃跑。」她跟艾瑞克互看一眼。「對，我也同意你說的。」然後她聳了一下一邊肩膀。「她說她是女祭司長。我對吸血鬼是不怎麼了解，但大家都知道女祭司長是老大。如果我第一天當雛鬼就尖叫逃離一個女祭司長，似乎不怎麼妙。」

「所以，妳認為妳最好扮死倉鼠？」史蒂薇．蕾說。

「扮什麼？」

「這是鄉巴佬式的比喻，說妳裝死，好讓奈菲瑞特不來煩妳。」愛芙羅黛蒂說。

「對，我就是打的這個主意。」夏琳說。

「這個主意不賴。」史塔克說：「一天之內被標記，又見到奈菲瑞特，的確很慘。」

「妳看見什麼了？」我突然這麼一問，除了夏琳，似乎所有人都嚇了一跳。

她定睛看著我。「就在我失明之前不久，有一次我跟我媽去『南海』，就是第二十一街和佳內特街交叉口那間越南雜貨店。他們把要賣的魚都裝在大冰桶裡，一整隻一整隻的，看得我嚇死了。我記得我嚇得只能呆站在那裡，瞪著乳白色的死魚眼和剖開的魚肚。」

「奈菲瑞特發出死魚肚的顏色？」史蒂薇．蕾問。

「不，奈菲瑞特的顏色就跟死魚眼一樣。她只有這種顏色。」

「聽起來不妙。」克拉米夏說。

「什麼事情不妙？」達瑞司走過來，牽起愛芙羅黛蒂的手，加入我們。她偎入他的懷裡，說：「這位是達瑞司，帥哥戰士。來見過夏琳，剛被標記的紅雛鬼，不死就紅，而且有眞視。她剛剛『看到』——」愛芙羅黛蒂用手指在空中比劃出引號——「奈菲瑞特，發現她真正的顏色像死魚眼。」

達瑞司眼睛眨也不眨，對新生微微頷首，說：「歡喜相聚，夏琳。」看來，要不是我們這位戰士具有驚人的自制力，就是我們的生活已經瘋狂到不行，不差多這一項。

「我們得多了解一下眞視。」戴米恩說：「那是六年級補充教材裡的東西。你知道些什麼嗎？」他問達瑞司。

「不怎麼清楚。我的時間多半花在刀劍上，不在吸血鬼社會學。」達瑞司說。

「我手邊有那本混蛋高階手冊。」愛芙羅黛蒂說。大家不禁轉頭盯著她，她皺起眉頭。「幹麼？發生這件事之前我**是**六年級生啊。」她指著自己少了記印的額頭。「所以，不幸，今天我也得重拾以前的課程。」當大家仍繼續呆望著她，她翻翻白眼，說：「噢，拜託，我也有功課要做呀，有什麼了不起的？書就在智障巴士上，放在我那個名牌袋子裡。」

「愛芙羅黛蒂，別再說智障了！」史蒂薇・蕾大聲告訴她。「這個字眼很傷人的。」

愛芙羅黛蒂連眨了好幾下眼睛，蹙起額頭，說：「要不要乾脆把它從字典拿掉啊？」

「說眞的，愛芙羅黛蒂，我告訴過妳好幾萬次了，這樣說很差勁。」

愛芙羅黛蒂深吸一口氣，顯然準備大爆發。我趕忙跨前一步，擋在她們之間，說：「夠了。我們可不可以把話題拉回到夏琳和眞視？」

「好，隨便。」愛芙羅黛蒂說著把頭髮往後甩。

我覺得我的腦袋快爆炸了。「唉，要命。」我說，沮喪地高舉雙手。「我都忘了智障之前我們談到哪兒了。」

「眞視的資訊在車上。」利乏音忽然開口，把大家嚇一跳。他靦腆地笑笑。「我不是很懂你們交談的內容。我聽懂愛芙羅黛蒂很差勁這一部分，不過，這一點我早就知道了。」

站在我旁邊的史塔克趕忙咳嗽，掩飾忍俊不住的爆笑。

我嘆一口氣。「好，我們上車，回火車站。愛芙羅黛蒂和戴米恩，待會兒你們拿高階手冊到廚房來找我。」我頓住，看著史蒂薇．蕾，她仍握著利乏音的手。「妳要不要，呃，妳知道的，天亮之後來找我們？」

「柔，妳不必這樣拐彎抹角。是的，天一亮利乏音會變成鳥，而我想陪他到最後一刻。」她抬頭望著利乏音，他低頭對她微笑。那笑容好燦爛，彷彿今天是他的生日，而她是他剛剛打開的令人驚喜的禮物。

「眞的嗎？」我聽見夏琳問艾瑞克。

「眞的，說來話長。」艾瑞克說。

「難怪他的顏色很怪。」她說。

我很想知道利乏音是什麼顏色，但我知道這會兒不是追問她一堆問題的時候，所以我只說：「克拉米夏，妳可不可以想想看，夏琳可以睡哪裡？」

「我可不跟人同室。」克拉米夏說，然後歉疚地看著夏琳。「不好意思，請勿見怪。」

「沒關係。自從我失明以後，身邊隨時都有人。現在我也很想擁有自己的房間。」

克拉米夏露出笑容。「就是嘛，我也喜歡當個獨立的女人。放心，我會幫妳弄一間屬於妳自己的房間。」

「好。」夏琳說。

「呃。」艾瑞克清清喉嚨，想引起我們的注意。我覺得，他看起來忐忑不安，一副沒有自信的樣子。他這樣可眞罕見。「這樣吧，我開車跟在巴士後面，夏琳坐我的車，如何？路上我可以先大概跟她說說利乏音和紅雛鬼的事。」

「照理說，躡蹤使者只負責追蹤和標記。」愛芙羅黛蒂說。

「對，照理說，雛鬼應該被標記上藍色弦月，然後蛻變或死掉。」他回嘴。

「我想，沒問題，艾瑞克可以跟著我們。」史蒂薇．蕾說：「妳覺得呢，柔？」她會這樣說，著實令我驚訝，因爲我知道她一向不是艾瑞克的粉絲。

我聳聳肩。「好呀。」

艾瑞克輕輕點個頭，然後和夏琳走向他停在停車場的車。

「我們準備走了嗎？」達瑞司問。

「應該可以吧，只等那個『親切』的司機出現。」我說。

達瑞司微笑著說：「在下本人就是司機。我告訴克里斯多夫，從現在起，由我負責開車載大家往返火車站。」

我忍不住看愛芙羅黛蒂一眼。她表情僵硬，雙眼圓睜。

「哇，愛芙羅黛蒂跟巴士司機交往！」簫妮說。

依琳眼看就要接腔冷嘲熱諷，愛芙羅黛蒂一個箭步走到孿生的面前。「達瑞司不是巴士司機，他是冥界之子戰士。他可以殺了妳們，但他爲人高尚、善良，不會這麼做。我呢，既不高尚，也不是戰士，所以我會殺了妳們，起碼讓妳們慘到無法去看精品店拍賣會。」

孿生的深吸一口氣，準備發動攻擊，我趕緊說：「好了，我們回火車站吧。看來我們有功課要做了。」我抓住愛芙羅黛蒂的手腕，硬拖著她走。她甩開我，但還是跟在我後面爬上車子。這時，一團橘色毛球跳進我懷裡。「娜拉！」我大叫，吃驚得差點把她摔了。「喔，小寶貝！我好想妳。」我拍她，親她，她一個噴嚏打在我臉上，惹得我哈哈大笑。接著，儘管她分明舒服得直打呼嚕，仍像老太婆發牢騷那樣，「**喵—呦—嗚**」地叫了一聲。

巴士底部傳來尖銳刺耳的可怕聲音，愛芙羅黛蒂忽然從我身邊擠過去，大喊：「梅蕾菲森！媽咪在這裡！」一陣白毛飄起，全宇宙最醜、臉最扁、最討人厭的大貓邊嘶嗚邊嚎叫，從走道另一頭走過來。車上的孩子紛紛縮腿收手，不敢擋路。愛芙羅黛蒂彎腰抱起梅蕾菲森，開始告訴貓咪她有多美，多棒，多聰明。

「這隻貓不正常。」克拉米夏說，從我的肩頭望向她們。「不過，愛芙羅黛蒂也不正常，所以我想她們是天生一對。」接著她把目光從梅蕾菲森移開，看著仍不斷跟我咕噥抱怨的娜拉。「看來，這一整車的貓都不正常。」

「一整車的貓？」我從娜拉毛茸茸的腦袋上方望出去，果不其然，黃色小巴裡滿滿都是紅雛鬼和貓咪。「什麼時候發生的事？」

「我們一到，他們就已經在這裡了。」克拉米夏說：「就像我說的——他們不正常。」

「哈，我想，這表示火車站真的是我們的新家了。」我說，第一次有這種感覺。

「柔，妳在的地方就是家。」史塔克說，走到我身邊，搔搔娜拉的頭。

我對他微笑，內心暖洋洋，幾乎忘了月光石般的眼睛，忘了身邊總有人陸續死去……

10 卡羅納

「你剛剛說什麼？」卡羅納對仿人鴉大吼，嚇得他往後退縮。

「利乏音是～人類男孩。」尼斯洛克再說一遍。他演化程度較低的兄弟——從變形生物的狂怒攻擊中僥倖逃生的那個——躲在他的身後，惶恐地動來動去。

卡羅納在獵人棚屋之間的空地踱來踱去。天還沒亮，但其他仿人鴉已經縮在樹屋裡，躲避可能前來窺探的眼睛。他們昨夜去了奧克拉荷馬州的鄉間，尋查失落的兄弟，才回來沒多久。那時，他就站在那裡，看著他們一個個回巢，心裡期待著他不願意承認的事。他在期待人性——期待一個可以說話、分享、商量的兒子。但迎接他目光的，盡是哭哭啼啼、畏畏縮縮的禽獸。**利乏音是他們當中最人性的一個**——當尼斯洛克降落在空地上，帶來令他難以置信的消息前，這個念頭已在卡羅納心中浮現上千次。

卡羅納對尼斯洛克怒吼：「利乏音不可能擁有人類的形體，這是不可能的！他是仿人鴉，就像你，就像你的其他兄弟。」

「女神～，」尼斯洛克嘶鳴著，「她改變了他。」

一種悲喜交加的古怪情緒湧上卡羅納的心頭。妮克絲把他的兒子由獸變人——賜給他男孩的形體。難不成她原諒了利乏音？這怎麼可能？

不死生物震驚萬分，幾乎說不出話。最後，他衝口而出：「你跟利乏音說上話了？」

尼斯洛克那顆巨大的渡鴉頭顱上下擺動。「是～。」

「他真的說他要服事妮克絲？」

「是～。」尼斯洛克向他鞠躬，但眼睛閃過一絲詭祕的神色。「他拒絕替你偵伺。」

卡羅納狠狠地看他一眼，然後把目光瞥向站在他後方那個一臉狼狽的仿人鴉，這才忽然發覺，隨他回來的怎麼少了一名兄弟。「還有——」卡羅納得停頓一下，才想起那個兒子的名字——「邁恩呢？他怎麼沒跟你一起回來？」

「死了。」尼斯洛克淡淡地說，不帶一絲情緒。

「利乏音殺了他？」卡羅納的聲音跟他的心一樣冷。

「不，是那生物。牠殺了他。」

「什麼生物？說清楚！」

「特西思基利的生物。」

「一個吸血鬼？」

「不。一開始是人，後來變成公牛。」

卡羅納驚愕得全身震動。「你確定？那生物擁有牛的形體？」

「是～。」

「利乏音跟牠一起攻擊你們？」

「沒有。」

「他跟你們一起對抗那生物？」

「沒有。他什麼都沒做。」尼斯洛克說。

卡羅納咬了咬牙，說：「那麼，是什麼阻止那生物繼續攻擊？」

「血紅者。」

「她跟奈菲瑞特打了起來？」卡羅納不耐地問道，心中暗自咒罵，自己應該親眼目睹的場面，他竟派了駑鈍的東西去察看。

「不，沒有打鬥。我們飛走了。」

「你確定那頭公牛是奈菲瑞特的生物？」

「是～。」

「這就對了，奈菲瑞特已經投向白牛。」卡羅納又開始踱步。「她不知道自己喚醒的是什麼樣的力量。白牛是黑暗最威猛、最純粹的形態。」卡羅納內心深處有什麼情緒翻攪著。自從墮落以來，那情緒就不曾浮現過。有那麼一剎那，夜后的古老戰士萌生一股本能的衝動，想去找妮克絲，向她示警，保護她。畢竟在漫長歲月裡，長翅膀的不死生物曾經保護他的女神，與黑暗作戰。

但卡羅納隨即拋開那可笑的衝動，繼續踱步。他邊思忖著，邊說：「看來奈菲瑞特與白牛爲伍，已有了一個得力的幫手。不過，在夜之屋，她必須把他僞裝，否則你們至少會目睹大戰開打的場面。」

「是~，她的生物。」

卡羅納不理會尼斯洛克一再重複的話，繼續推想。「利乏音投效了妮克絲，她賜了他人類的形體。」他咬緊牙根，覺得自己受到雙重背叛——被兒子，也被女神。他曾請求，不，**哀求**妮克絲原諒，結果她是怎麼回答的？「**除非你值得原諒，否則不要開口求我原諒。**」

想起短暫盤桓在另一個世界，跟女神碰面的情景，他心頭劇痛。但這樣的痛，他不願去感受，去反芻，並據此行動。相反地，他打開閘門，讓始終在靈魂的堤岸下沸騰的憤怒洶湧溢出。當憤怒朝他席捲而來，任何溫柔、眞實的感受隨即被沖刷淨盡。

「我的兒子必須懂得忠誠。」卡羅納說。

「我忠誠！」尼斯洛克大聲回應。

卡羅納不屑地撇嘴。「我不是在說你，我說的是利乏音。」

「利乏音不願偵伺。」尼斯洛克又說了一次剛才說過的話。

卡羅納一巴掌打過去，仿人鴉踉蹌後退，撞到他的兄弟。「利乏音過去爲我做的事遠比替我偵伺多。他是我的第二副拳頭、第二雙眼睛，幾乎是我的延伸。我已習慣搜尋天空，尋找他的身影。我發覺，舊習難改。或許利乏音也會有同樣的感覺。」長翅膀的不死生物背對那兩個兒子，遠眺東方，越過蓊鬱的山脊，望向沉睡的陶沙市。「我應該去找利乏音。畢竟我們有共同的敵人。」

「特西思基利？」尼斯洛克問，卑屈而順服。

「沒錯。特西思基利。只要致力於共同目標——剷除奈菲瑞特，利乏音就不會認爲這是在偵伺。」

「你將接替她掌權？」

卡羅納的琥珀色眼眸轉向兒子。「對。我永遠都是掌權者。現在，休息吧。等太陽再次下沉，我就出發前往陶沙。」

「帶著我們？」仿人鴉問。

「不，你們留在這裡，繼續去召集兄弟。躲好，等著。」

「等著？」

「等著我召喚。我一旦掌權，忠於我者留在我身邊，不忠者將被摧毀，無論是誰。你明白嗎，尼斯洛克？」

「明白。」

利乏音

「妳的肌膚好柔嫩。」利乏音的指尖順著史蒂薇．蕾裸背的曲線往下撫摸。能將她抱在懷裡，能用自己的身體——完全屬於人類的身軀——緊貼著她的肌膚，他欣喜萬分，而這樣的喜悅令他驚歎。

「你覺得我特別，我很歡喜。」史蒂薇．蕾說，嬌羞地仰頭對他微笑。

「妳**真的**很特別。」他說。接著，他嘆一口氣，緩緩地起身。「天快亮了，我得到地面上去。」這個小小的坑道房間，經過簡單的布置，竟出奇地美麗，他很想多待一會兒。

史蒂薇．蕾坐起來，將床上厚厚的被褥抱在胸前，遮掩赤裸的胸脯。她眨著水汪汪的藍眼睛看著他。她看起來就像個天真的少女，頭髮蓬亂捲翹，襯托著她的臉龐。利乏音穿上牛仔褲，心想她是他見過最美麗的東西。接著，她說的話刺痛他的心。

「我不要你走，利乏音。」

「妳知道我也不想，但我必須走。」

「你……你不能就留在這裡嗎？留在這裡陪我？」她問，遲疑著。

他嘆一口氣，坐在床沿，執起她的手，跟她十指交纏。「妳要把我關在籠子裡嗎？」

他察覺她的身體震了一下，可能出於震驚——或出於嫌惡？

「不，我不是這個意思。我只是在想，嗯，或許你可以試著在這裡待一天看看。我的意思是，我們可以像這樣牽著手，直到你完成變身。」

他對她苦笑。「史蒂薇．蕾，渡鴉沒有手。」他用手掌貼住她的手掌。「這隻手很快就會變成爪子，而我很快就會變成禽獸。我將不認得妳。」

「喔，好，那麼，如果我一直抱著你呢？或許到時候你不會害怕。或許你會蜷縮在我身邊，待在這裡睡覺。我的意思是，你總得睡覺，對不對？」

利乏音想了一下，才開始慢慢說明這件無從說明的事。「我是必須睡覺，可是，史蒂薇．蕾，我變成渡鴉以後的一切，我都不記得。」**一切都不記得，除了身體變化的痛苦，以及迎風飛翔的喜悅**——但這兩種感覺都不能對史蒂薇．蕾透露。前者會讓她傷心，後者會讓她害怕。所以，他隱瞞赤裸裸的眞相，給她另一種比較文明，比較容易理解的說法。「渡鴉不是寵物，是野鳥。萬一我受到驚嚇，想要逃脫時傷到妳，那怎麼辦？」

「或傷到你自己？」史蒂薇．蕾嚴肅地說：「我懂了，眞的懂。我只是不喜歡這樣。」

「我也不喜歡，但我想，這就是妮克絲的意思。我是在爲過去的行爲付出代價。」他捧起她甜美柔嫩的臉蛋，嘴貼著她的唇，喃喃地說：「我願意付出這個代價，因爲這個代價的另一面，好的那一面，讓我們可以在一起，偷得我身爲人類的時光。」

「我們沒偷！」史蒂薇．蕾認眞地說：「因爲你做出好的選擇，所以妮克絲賜給你這些時光。利乏音，任何事情的後果都可能有好有壞。」

不知怎地，這番話讓他覺得輕鬆了一些。他微笑，再次親吻她。「我會記住的。」

「還有別的事，我也要你記住。今天你很棒，沒有背棄你的兄弟。」她的手指拉扯著自己的一綹金色鬈髮。他知道，她要說的話其實很難說出口。所以，即使這會兒天空在等待，他應該趕快離開坑道，到外面去，他卻依然坐在她身邊，握著她的手，聽她往下說。「你一個兄弟被殺了，我很遺憾。」

「謝謝。」他小小聲地說，怕控制不了自己的情緒。

「他們來夜之屋找你，是要你跟他們一起離開，對吧？」她問。

「不盡然。父親派他們來找我，不是要帶我走。」利乏音頓住，不曉得該如何跟史蒂薇・蕾解釋接下來的部分。稍早，他們兩人終於有機會獨處時，急於撫摸對方，貼近對方，愛對方，並沒有談起他兄弟的事。

史蒂薇・蕾握緊他的手。「你可以告訴我。我信任你，利乏音，請你也信任我。」

「我信任妳！」他激動地說，眞恨她眼裡受傷的神情。「可是，妳必須了解，就算父親跟我斷絕關係，也改變不了這裡。」他摸著胸口心臟的位置。「我永遠都是他的兒子。我會走在女神的道路上，我會爲光亮和正確的事奮鬥，我會愛妳，永遠愛妳。但妳必須了解，在我的內心深處，我也永遠愛他。變成人類讓我懂得這一點。」

「利乏音，有些話我必須告訴你。這些話或許不中聽，但我想你必須知道。」

他點點頭。「說吧，告訴我。」

「我被標記之前，曾跟一個叫莎莉的女孩一起上學。她十歲左右時，她媽媽跑了，拋夫棄子。她媽基本上是個差勁的壞女人，不想承擔養育小孩的責任。這件事對莎莉造成很大的傷害，雖然她爸很努力當個好爸爸。不過，最糟糕的是，她媽三不五時會回來，套句我媽的話來說，回來攪糞坑。」

他一臉疑惑地看著她，史蒂薇・蕾繼續說：「對不起，意思是她媽回來惹是生非，騷擾她，讓莎莉的生活不得安寧。她媽根本是個自私惡毒，一無是處的廢物。」

「莎莉後來怎麼樣？」利乏音問。

「我被標記，離開學校時，她也快變成跟她媽一樣的廢物了，因為她無力叫她媽遠離她。莎莉仍盼望她媽會變好，愛她，照顧她，即使這根本不可能。」史蒂薇・蕾深吸一口氣，然後長嘆一聲。「或許我表達得不是很好，但我要說的是，你終須做決定，是要變得跟你父親一樣，還是要開始新的人生。」

「我已經選擇了新的人生。」他說。

史蒂薇・蕾看著他的眼睛，難過地搖搖頭。「還不是百分之百。」

「我不能背叛他，史蒂薇・蕾。」

「我沒要你背叛他，我只是要你別讓他來攪你的糞坑。」

「他要我替他偵伺。他派我的兄弟來找我，就是要告訴我這件事。我已經跟尼斯洛克說了，絕不可能。」利乏音說得很快，彷彿這些話會苦，說快點就能趕快拋開苦味。

史蒂薇・蕾點點頭。「瞧，這就是在攪糞坑。」

「我知道，叫人很難面對。我們可不可以別再談他？對我來說，這一切都是新的。我還得設法在這個世界找到自己的位置。」利乏音凝視著史蒂薇．蕾溫柔的眼睛，希望她能了解。「我跟在父親身邊好幾百年了，我得花點時間才能習慣沒有他在身邊。」

「有道理。這樣吧，我就告訴柔依他們，說你兄弟是來告訴你，只要你認錯，卡羅納就願意再接納你，但你拒絕了。龍老師和那個元牲看見你們時，他們正要離開。這些都是事實，對吧？」

「對，那其他部分呢？父親要我替他偵伺的那部分？」

「嗯，我敢說，大家都猜想得到，只要你願意，卡羅納一定會想辦法利用你來對付我們。可是你不願意呀，所以我認爲沒必要跟他們說這麼多。」

「謝謝妳，史蒂薇．蕾。」

她微笑。「不客氣。就像我說的，我信任你。」

他再度吻她。這時，他的皮膚開始出現熟悉的刺痛感，彷彿羽毛正在成形、生長，急於從裡面萌發出來。「我得走了。」這一次他匆匆起身離開。身後傳來她起床的聲音，他回頭，看見她一邊穿T恤，一邊找牛仔褲。「不！」他的語氣比自己想的強硬。但痛楚已擴散到全身，他知道自己沒有多少時間了。「別跟來。妳得去跟柔依碰頭。」

「我可以在後面——」

「我不要妳看見我變成禽獸！」

「我不在乎。」她說，淚水已在眼眶打轉。

「但我在乎。拜託，別跟來。」他沒再多說，低頭鑽出充當門扇的毯子。利乏音一路狂奔，抵達由坑道爬上地下室的鐵梯時，已全身汗水淋漓。變身的灼痛是如此劇烈，他得咬緊牙關，才沒大聲哀號。衝刺穿過地下室，撞開柵門的那一剎那，太陽躍出地平線，他忍不住大叫。但嘶喊變成渡鴉的啼叫，他的身體變形，黑色渡鴉已失去男孩的記憶，縱身飛入清晨天空的誘人懷抱。

史蒂薇·蕾

史蒂薇·蕾沒跟在他身後，但還是穿好了衣服。她抹去淚水，離開房間，朝相反的方向走，前往坑道裡的聚會點——那個類似死胡同，已改裝成廚房和電腦站的小區塊。**山露汽水**，她忍住呵欠，心裡想著，**我還需要來點咖啡因和糖分**。

她拐過轉角，一臉睏倦地對戴米恩、柔依、愛芙羅黛蒂和達瑞司微笑。他們四個圍坐在廚房中央的一張桌子，桌上擺滿了書。

「冰箱裡有很多飲料。」柔依說，指著並排的兩個大冰箱中的一個。

「不會只有褐色飲料吧？」

「褐色的、綠色的、透明的都有。喔，還有一些柳橙汁，因爲克拉米夏說果汁比較健康。」柔說。

「狗屁啦。」愛芙羅黛蒂說著拿起一瓶斐濟礦泉水往嘴裡灌。「喝水最好，其他飲料都會讓妳變胖。呃，血液除外。」她停住，扭曲美麗的臉龐，露出噁心的表情。「我不知道血液有多少卡路里啦。反正我已經不是雛鬼，不想再去想這件事。」

史蒂薇．蕾打開冰箱，瞪大眼睛看著裡頭滿滿的東西。「這些東西從哪裡弄來的？」

柔依輕輕嘆一口氣。「克拉米夏。她說，她沒上第三堂課，改到尤帝卡廣場『校外參訪』——」柔在半空中比劃出引號——「剛好遇到派蒂超市的夜班人員在補貨。」

史蒂薇．蕾越過冰箱門望向柔。「喔—哦，她用紅鬼魔力震住他們？」

「當然。」戴米恩說：「否則這些食物怎麼送來這裡？她甚至讓他們把這張原本用來擺放樣品的桌子一起送過來。」

「她沒吃他們吧？」史蒂薇．蕾問，心中默禱。

「沒有，但她沒付錢。」愛芙羅黛蒂說：「她只是讓他們乖乖照她的話做，然後離開，忘掉這一切。我想，下次設計師Yoana Baraschi在紐約舉行新品發表會時，我會帶她去。」

「不，」柔依說：「不行。」接著，她看著史蒂薇．蕾。「妳眞的醒著嗎？所有紅雛鬼，包括克拉米夏．『照我的話做』小姐，都已經呼呼大睡了。」

史蒂薇．蕾抓了一罐山露汽水，走過去，打個呵欠，重重地坐在桌前。「勉強啦。白天在坑道裡是比較容易保持清醒，但我告訴你們，我睏得要死。史塔克也睡了吧？」

「對。」柔依說，似乎顯得憂心忡忡。「自從，妳知道的，打另一個世界回來，他就一直睡不好。所以，只要他睡著，我就盡量不去吵他。」

「這需要時間啦。不過，他很快就會恢復正常的。」史蒂薇．蕾說。

「但願如此。」柔依說，咬著下唇。

「說到男友，妳的他變成鳥了？」愛芙羅黛蒂問她。

「對。」史蒂薇．蕾瞇起眼睛看她。「我不想談這件事。」

「可是，我們必須弄清楚，那幾個仿人鴉今天來學校做什麼。」達瑞司說，口氣和善。

「既然利乏音現在不能回答我們的問題，我們只好期望妳來回答。」

「我以爲我們是來討論眞視的。」史蒂薇．蕾說，立刻生出防衛心。

「沒錯，但也要討論一些還來不及談的事。」戴米恩說：「妳不覺得有這個必要嗎？」

你不可能跟戴米恩爭論，尤其他臉上掛著關切、體貼的表情。史蒂薇．蕾迎視他的目光。

「對，看來是有必要。好，首先，你是怎麼撐下來的？」

戴米恩連眨了好幾下眼睛，彷彿被這個問題嚇到。史蒂薇．蕾看他這樣，覺得自己好糟糕。眞該死，難道大家都忘了戴米恩幾天前才失去男友？

「今天，回到學校，我覺得好多了，彷彿往恢復正常跨出了一步。」戴米恩徐徐地、小心地說，似乎每個字都得細細斟酌。「可是我好想念傑克。我知道這聽起來很扯，但我老覺得在走廊上拐個轉角就會看見他。」

「這一點也不扯。」柔依說：「我也一直覺得會見到西斯。他們不該這麼年輕就去世。」柔的臉上閃過各種情緒，然後她繼續說：「還有我媽。我和她已經疏遠好久了，但我還是很難接受她的死。所以，我了解你對傑克的感覺。」

「知道有人能體會這種失去至親好友的感覺，也會讓你好過些。」戴米恩說，對史蒂薇．蕾微笑。「所以，對於妳的問題，我的回答是，我只是盡可能撐下去。」

「好，下一個問題，其實是前一個問題。」愛芙羅黛蒂說：「那幾個鳥人來夜之屋做什麼？」

「卡羅納派他們來告訴利乏音，只要他承認錯誤，承認他不該選擇我和女神，他的父親就願意重新接納他。」史蒂薇．蕾搖搖頭。「有時我覺得卡羅納根本是個笨蛋。」

「怎麼說？」柔問。

「拜託，利乏音正式成爲我的男友還不到一個月，他爸至少也要等我們有機會吵架，再來說『喔～～你錯了』吧。」

「那利乏音怎麼回答？」達瑞司問。

「你認爲呢？拜託，他還在這裡，不是嗎？」史蒂薇．蕾覺得心頭有一把怒火在燒。「他要那些仿人鴉告訴卡羅納，他沒做錯，也不會回去。就這樣。結束。」

「是嗎？」愛芙羅黛蒂說。

「什麼是嗎？」史蒂薇．蕾問。

「會這樣就結束嗎？難道卡羅納不會繼續糾纏，看利乏音會不會幡然悔悟或什麼的？」

「就算如此，那又怎樣？利乏音不再是他們的一分子，早就不是了。」

「這是妳說的。」

「是他說的！」史蒂薇．蕾覺得自己快爆炸了。「他爸這麼說，他兄弟這麼說，連妮克絲也這麼說！女神現身原諒了他。利乏音還得做什麼，才能向你們證明他已經改變了？」

「喂，沒人說利乏音必須證明什麼。」柔依說，對愛芙羅黛蒂使了個**妳這是幫倒忙**的眼色。「不過，我們有必要知道卡羅納和那些仿人鴉到底想怎樣。」

「柔，他們想怎樣？不過，那頭牛殺死一隻仿人鴉，害利乏音很難過。說眞的，他兄弟只是來跟他說說話，又沒做什麼。龍老師發現了，當然很生氣，我們都知道這是因爲安娜塔西亞。但那些仿人鴉只是在自衛。我們應該質問的人是元牲。」

「對，可是我們無法叫元牲來這裡回答我們的問題——所以我們應該找利乏音來問。」愛芙羅黛蒂說。

「我替他回答了。」史蒂薇．蕾說。太陽已經升起，她變得很虛弱、疲憊，卻仍不自覺地汲取土的能量。她不是眞的要傷害愛芙羅黛蒂，但這妞兒絕對需要教訓一下。

「嘿，妳身體發出綠光。」柔說。

「對，我很生氣！」史蒂薇．蕾看見達瑞司靠近愛芙羅黛蒂，更加火冒三丈。「你知道嗎，達瑞司，你應該控制一下自己？我們在同一艘船上，不代表我們不能偶爾吵一架。」

「我想，這一點大家都能了解。對吧，達瑞司？」戴米恩用極其輕柔的聲音說。

「對，當然。」達瑞司說。愛芙羅黛蒂哼了一聲。

「所以，基本上利乏音拒絕了卡羅納，而那幾個仿人鴉只是來傳話，對吧？」柔說。

「完全正確。」史蒂薇．蕾說。

「好，那我們開始討論眞視。」柔依看著戴米恩。「要不要把你的研究總結一下？」

「好，但我能說的不多。高階手冊裡只稍微提到眞視。基本上，這種天賦很罕見，已經很久沒出現了——大概兩三百年了吧。有關的記錄太少，實在讓人沮喪。不過，從我找到的資料來看，擁有眞視天賦的雛鬼或成鬼——通常是成鬼——看得見人們的眞面目。」

「這種小天賦倒挺有用的。」愛芙羅黛蒂說。

「看來沒錯，問題是『看見』的準確度決定於擁有這種天賦的人。」戴米恩說。

「什麼？」柔依說。

「這麼說吧，夏琳必須很懂得使用這種天賦，了解自己見到的東西，並做出正確的詮釋。」戴米恩說。

「如果她無法這樣，見到的就只是一堆顏色？」柔依說。

「不，更糟。」戴米恩說：「眞視不只是看到一堆顏色，而是看到人的靈魂內在。」他搖搖頭。「手冊裡摘錄了一些故事，提到眞視如何被誤解、濫用，結果很慘，非常慘。」

「有沒有使用準則或規則之類的？」柔問。

「沒有。完全因人而異。」戴米恩說。

「所以，我們就像瞎子摸象。唉，又來了。」史蒂薇．蕾說，感覺好無力。

「我想，這完全取決於夏琳是什麼樣的人。」戴米恩說。

「她跟艾瑞克合得來，看來不怎麼妙。」愛芙羅黛蒂說。

「喂，我們有些人以前也跟艾瑞克合得來，結果這些人還是很好啊。」柔依說：「況且，有個能看見他眞正顏色的女孩跟他在一起，對他也是好事。」

愛芙羅黛蒂哼了一聲。「如果她可以正確地詮釋那些顏色。」

「我希望她辦得到。」戴米恩說。

「我也是。」史蒂薇．蕾說，但她心裡想到的是利乏音和卡羅納。**拜託，妮克絲，讓利乏音能看見眞相**。她懇切地送出無聲的禱告。然後，她一抬眼，看到她的死黨好友盯著她。

「我也希望。」柔依輕聲說，彷彿讀出了史蒂薇．蕾的心思。

「喔，我倒是希望我一走出這個房間，整個人就立刻被傳送到大開曼島的麗池卡登飯店。我知道各位怕太陽，但我需要像速食烤雞那樣，來個『先搖晃後烘烤』。」②愛芙羅黛蒂對達瑞司拋個媚眼，繼續說：「如果你可以負責搖晃，那烘烤就交給我。」

---

② 譯按：美國Kraft食品公司出產一種烤雞，將雞塊放入裝了炸粉的袋子，搖晃到炸粉均勻地裹在雞肉上，然後直接烘烤。

史蒂薇·蕾起身，打個哈欠。「好了，在你們開始讓人作嘔之前，我要昏睡去了。日落見，各位。」

「然後，唉，要上學，而且沒有麗池。殘酷的現實哪。」愛芙羅黛蒂說：「不過，感謝老天，明天是星期五。」她對柔依揚起一道眉毛。「我跟妳保證，這個週末我一定好好血拼，重新裝飾我的房間。什麼對抗邪惡、黑暗之類的，全都滾到一旁慢慢等吧。」

「說到房間，有人知道夏琳用哪個房間嗎？」史蒂薇·蕾邊打呵欠邊問。

「伊莉莎白·無姓氏生前住的房間。」戴米恩說。

「喔，有點讓人毛骨悚然。」史蒂薇·蕾說。

「她又不會眞的住在裡面。」愛芙羅黛蒂說。

「我要去睡了。」柔說：「晚安，各位。」

大家紛紛跟柔道晚安。史蒂薇·蕾看著她慢慢走開，走向達拉斯原先住的房間。她步履緩慢，肩膀垮著，彷彿肩上扛了過重的重擔。史蒂薇·蕾嘆一口氣，她懂柔的感覺。

11 蕾諾比亞

蕾諾比亞嗅了嗅空氣。除了鋸木屑、皮革、甜飼料和馬的氣味，還有別的味道混雜在其中。一種熟悉的煙薰味。慕嘉吉是她最愛的母馬，一匹結實的黑色奎特馬。她用馬刷輕輕地幫慕嘉吉刷最後一下，然後走出廄欄。她循著氣味，走在寬闊的長長甬道上，經過兩側一間間偌大的馬欄。氣味果眞領著她來到她預期的地方——馬具房旁邊，生育雛馬專用的大廄欄。蕾諾比亞靜悄悄地移動。她告訴自己，她不是要窺探他，而是不想驚嚇他的母馬。

崔維斯背對著她，站在廄欄中央，一手拿著一大把冒煙的乾香草，另一手在顏色清淡的煙霧中揮動，將煙氣拂往自己身上。他的佩爾什馬邦妮就在他的前方，彎起一條腿，站著打盹。他靠近她，拿著冒煙的香草束輕輕掠過她的龐大身軀，她只微微抽動一隻耳朵。接著，他走到廄欄最裡面的角落，用煙薰了薰自己的折疊床。等到他即將轉身的時候，蕾諾比亞退開，退到他看不見的地方。她思忖著自己看到的景象，從馬廄側門走出去，到幾呎外那張長椅上坐下，吸著寂靜、冷冽的夜氣，試著釐清思緒。

這個牛仔在燒鼠尾草。蕾諾比亞很確定那是白色鼠尾草的氣味。**淨化空間的絕佳香草。**

可是，這麼一個奧克拉荷馬州牛仔爲什麼會這麼做？

對於人類的行爲，她了解多少？多久了，她跟人類只有最表面的接觸……蕾諾比亞一邊想著，一邊轉動她左手無名指上那枚鑲著心形綠寶石的金戒指。她其實不用想，她清楚記得上次她跟人類親近——跟一名男性人類親近——是什麼時候。兩百二十三年前。

蕾諾比亞低頭看著無名指。天光黯淡，黎明才剛要將天空從漆黑變成灰藍。但她看得見祖母綠的純粹的綠。在這樣的光線下，它美得如夢似幻，彷彿昔日記憶中的那些面孔。

蕾諾比亞不喜歡去想那些面孔。很久以前，她就學會了活在當下。今天已夠辛苦了。她面朝東方，瞇眼看著漸亮的光。「今天也夠幸福了。馬兒和幸福，馬兒和幸福。」蕾諾比亞重複地說。兩百多年來，這句話已成爲她的眞言密咒。「馬兒和幸福……」

「對我來說，這兩者永遠相伴相生。」

蕾諾比亞隨即意識到，出聲說話的是那個牛仔，不是什麼陰森可怕的威脅，但她還是迅速轉身，採取防衛的姿勢。這時，馬廄裡傳來一匹母馬的尖銳嘶鳴聲。

「且慢！」崔維斯說，舉起雙手，顯示手中沒有武器，並往後退一步。「我無意——」

蕾諾比亞沒理會他，低頭，深吸一口氣，說：「沒事，我很好。睡覺吧，我的美人。」

然後她抬起頭，灰色眸子盯著男人。「記住：不要偷偷摸摸靠近我，絕對不要。」

「是的，夫人，我學到教訓了。不過，我無意偷偷摸摸靠近妳。我只是沒有想到，這個時候會有吸血鬼待在外頭。」

「我們在陽光底下不會起火燃燒。那是神話。」蕾諾比亞心想，不曉得需不需要讓他知道，紅吸血鬼和雛鬼的確會被陽光燒灼。然而，他接下來的回應讓她完全忘了這念頭。

「是的，夫人，這我知道。我也曉得陽光會讓妳不舒服，所以我才會以為，我這會兒出來應該會是一個人。我想在這裡抽這個東西，」崔維斯從穗飾皮衣的前方口袋拿出一根細雪茄，「順便看日出。妳開口說話之前，我甚至沒看見妳坐在這兒。」他的微笑很迷人，那雙眼睛隨之溫暖起來，閃爍著光芒，原來的褐色眸子變成比較輕快的淡褐色。蕾諾比亞之前不曾注意到這樣的變化。這時，看著那雙眼睛，蕾諾比亞的胃揪緊。她迅速移開視線，在心裡甩了甩頭，才有辦法專注聽他說話。「一聽到妳說『馬兒和幸福』，我不知不覺就出聲回應。下次，我會先清清喉嚨或咳嗽什麼的。」

蕾諾比亞不懂，他竟讓她有些心慌意亂。她開口向他提出浮現在她心頭的第一個問題。「你怎麼會知道吸血鬼的這些事？你曾經是吸血鬼的伴侶嗎？」

他綻開笑容。「不，不是這樣的。我對你們有一些了解，是因為我媽。」

「你媽認識我？」話才出口，蕾諾比亞就知道自己可能誤解了他的意思。

他搖搖頭。「不是，夫人，我不是說妳，我是泛泛地指吸血鬼。我媽小時候有個朋友被標記，後來她們一直保持聯絡，經常寫信，寫了很多信，直到我媽去世。」

「很遺憾聽到你媽去世了。」蕾諾比亞說，覺得有點尷尬。人類的生命是如此短暫，如此脆弱。怪的是她竟然差點忘了這一點。差點。

「謝謝。她死於癌症。病發後很快就過世。她離開五年了。」崔維斯別過頭，看著升起的太陽。「一天當中她最喜歡日出的時候，所以我喜歡在這個時間懷念她。」

「這也是我最喜歡的時刻。」蕾諾比亞驚訝地聽到自己這麼說。

「好巧，眞好。」崔維斯說，目光轉向她，微笑。「夫人，可以問妳一個問題嗎？」

「可以吧。」蕾諾比亞說。由於他的笑容，而非他的問題，她卸下了一些防衛心理。

「我嚇到妳時，妳的母馬呼喚妳。」

「你沒嚇到我，你是讓我吃了一驚。這兩者有很大的差別。」

「妳說得對。不過，我注意到，妳的母馬呼喚妳，然後妳說話，她就安靜下來，即使她不可能聽見妳在這裡說話。」

「你這不是提問。」蕾諾比亞一本正經地說。

他揚起眉毛。「妳眞是敏銳。不過，妳知道我想問什麼。」

「你想知道慕嘉吉能否聽到我的思緒。」

「對。」崔維斯說，認眞端詳她，然後慢慢地點頭。

「我不習慣跟人類討論女神賜予的天賦。」

「妮克絲。」他說。當她緊盯著他，他聳聳肩，說：「這是你們女神的名字，對吧？」

「對。」

「妮克絲會介意妳跟人類談論她？」

蕾諾比亞仔細打量他。他看起來沒別的意思，純粹是好奇。「你母親會怎麼回答這個問題？」

「她會說，楊柳經常在信中提到妮克絲的事，女神似乎不介意。當然，我沒和楊柳通過信，而且自從她來參加我媽的葬禮之後，我就沒有她的消息。不過，她那次出現時，看起來很健康，絕對沒有被女神嚴懲的跡象。」

「楊柳？」

「她們是一九六〇年代的孩子。我媽的名字叫雨。妳到底要不要回答我的問題？」

「如果你待會兒也回答我一個問題，我就回答你。」

「好。」

「妮克絲賜我的天賦是對馬的感應力。我不能眞的讀他們的心思，他們也不能眞的讀我的心思，但我可以從他們身上感受到一些印象和情緒，尤其是跟我親近的馬，像我那匹母馬，慕嘉吉。」

「那妳從邦妮身上感受到她對我的印象、情緒什麼的嗎？」

他急切的模樣讓蕾諾比亞發噱，但她忍住。「對。她很愛你，你把她照顧得很好。你這匹佩爾什馬的心思很有趣。」

「她是很有趣，不過有時也很固執。」

蕾諾比亞這次笑了出來。「可是她向來沒壞心眼，即便她會忘了自己重達兩千磅，常常差點從渺小的人類頭上直接跨過去。」

「夫人，我相信邦妮也會從渺小的吸血鬼頭上跨過去，如果有機會的話。」

「我會記住這一點的。」她說：「現在換我發問。你爲什麼要用香草來薰沐廄欄？」

「噢，妳看到了？我爸爸有穆斯考基族的血統——喔，你們大概會說他們是克里克印第安人。我傳承了一些他的習慣。每到一個新地方，就用香草薰沐，便是其中一個習慣。」他停頓一下，笑著說：「我還以爲妳要問，我爲什麼接這份工作。」

「邦妮已經告訴我答案了。」

見到他驚訝地睜大眼睛，她頗為開心。「妳不是說妳無法讀出馬兒的心思？」他問。

「我從邦妮那兒知道的是，你們四處漂泊已有一段時間，我們這裡只是你們人生旅程中的一站。」

「那她覺得這樣還好嗎？我的意思是，這樣四處漂泊會不會讓她難過？」

這個牛仔讓蕾諾比亞的心頭升起一股暖意，暖意滲進她的血管，汩汩流動，擴散到全身。「你的母馬沒事。只要跟你在一起，她就很高興。」

他把帽簷往上推，搔搔額頭。「這樣我就放心了。自從我媽過世，我就很難安定下來。沒有她，牧場就是不一樣——」

不遠處，引擎和咆哮聲劃破清晨的寧靜。

「咦，怎麼一回事？」

「不曉得，我去看看。」蕾諾比亞起身，大步循著嘈雜的聲音走去。崔維斯緊跟在她身邊。她瞥他一眼，說：「奈菲瑞特跟你面談時，有沒有提到夜之屋最近有一些風波？」

「沒有，夫人。」他說。

「那你或許應該重新考慮一下這份工作。如果你想尋求平靜，顯然來錯地方了。」

「不，夫人，」他說：「我從不逃避衝突。我不會主動跟人衝突，但如果衝突找上我，我不會躲開。」

「眞可惜，現在的牛仔不再隨身攜帶六連發手槍了。」她低聲咕噥。

崔維斯拍拍皮衣的側邊，笑笑地說：「夫人，我們有些人還是會帶。奧克拉荷馬州的牛仔很有概念的，知道帶了就要藏起來。」

她雙眼微微睜大。「好消息。我先給你個簡單的提示：如果看見長著翅膀，但紅色眼睛看起來像人的生物，你就準備開槍。」

「妳不是在開玩笑吧？」

「不是。」

在逐漸明亮起來的校園裡，兩人循著嘈雜聲走向校園中央的草地。當他們走到那片美麗的草坪，兩人逐漸放慢腳步，最後停了下來。蕾諾比亞搖搖頭，「我不敢相信。」

「妳應該不會要我射殺他們吧？」

她臉一沉，說：「還不要。」前方是卡車、平板車、草地修整工具，以及幾個男人——確定是人類——組成的大隊人馬。一個顯然剛離床，睡眼惺忪，頭髮蓬亂，而且非常非常生氣的女吸血鬼，站在他們對面，一副一夫當關的氣勢。蕾諾比亞邁步趨前，走到她旁邊。

「你們是聾了還是智障？我說了，不准碰我的草地，尤其在這麼一個荒唐的時刻，學校師生才正要睡覺的時間。」女吸血鬼大聲說道。

「蓋雅，怎麼一回事？」蕾諾比亞伸手拉住這名成鬼的手臂，因爲她氣得似乎就要衝向那個手持寫字板，一臉困惑的男人。這個帶頭的可憐男子，帶著既恐懼又讚嘆的表情，盯著蓋雅。蕾諾比亞了解他的感覺。蓋雅長得修長苗條，美麗動人，即便在吸血鬼當中都屬外貌出眾。她大可成爲頂尖的模特兒，但她心滿意足地照料著這片土地。

「這些**男人**，」蓋雅說得好像這個詞讓她作嘔，「莫名其妙冒出來，傷害我的土地！」

「小姐，我剛剛說了，昨天有人雇用我們來替夜之屋整理草皮。我們沒有要傷害什麼，我們是要修剪草坪。」

蕾諾比亞沮喪得差點大叫。她問那男人：「是誰雇用你們的？」

他低頭看寫字板。「雇主的名字說是奈菲瑞特。就是妳本人嗎？」

蕾諾比亞搖搖頭。「不是，她是我們的女祭司長。」她轉頭問負責校園草地的女成鬼：「蓋雅，妳沒有接到通知，說奈菲瑞特要雇用人類到夜之屋工作嗎？」

「我接到了，但沒人通知我這些人類要奪走**我的**職位！」

當然沒人通知妳。蕾諾比亞心想，**奈菲瑞特就是要出其不意，讓我們慌了手腳。妳愛妳**

的花草樹木，一如我愛我的馬，這一點，我們那工於心計的女祭司長清楚得很。蕾諾比亞搖搖頭，惱極了奈菲瑞特致命的這一步棋。「不，蓋雅，妳的職位不會被奪走，妳只是多了幾個幫手。」她用盡可能溫和的語氣向蓋雅解釋。

蕾諾比亞從蓋雅的神色看得出來，她心裡在掙扎。她跟蕾諾比亞一樣，顯然不想要人類幫忙。但這是女祭司長的決定，得到最高委員會的認可，公然違抗只會在校園裡製造紛爭。而不可在人類面前自暴內部的不和，是吸血鬼的一項古老守則。

「好，我知道了。」蓋雅決定遵循古老守則，擱下個人尊嚴和威權。蕾諾比亞緊繃的身體終於稍微放鬆。「我只是有點措手不及。蕾諾比亞，謝謝妳幫我看清楚狀況。」接著，她面露微笑，看著那個男人和那群緊張不安地擠在他背後的工人。「我為剛才的誤會致歉。看來我們溝通上出了點問題。現在，讓我們來討論一下你們工作的範圍，看怎樣可以做最好的安排……」蕾諾比亞看見那些男人才剛放鬆臉部的表情，隨即睜大眼睛，震懾於蓋雅此時全然綻放的美貌。

當蓋雅開始長篇大論地說明除草的時機和方法，及其與月亮圓缺的關係，蕾諾比亞默默退開。崔維斯再次跟在她身邊。

他清了清喉嚨。

蕾諾比亞沒轉頭看他，徑直說：「說吧，想說什麼就說吧。」

「夫人，在我看來，這所學校的工作安排挺混亂的。」

「我有同感。」蕾諾比亞說。

「妳的老闆好像——」

「奈菲瑞特**不是**我的老闆。」蕾諾比亞打斷他。

「喔，好，容我更正。**我的**老闆好像雇用了很多人，卻沒好好跟那些可能因此受到影響的人說明。我在想，這是不是跟妳剛剛提到的風波有關？」

「可能吧。」蕾諾比亞說。這時他們已經走到馬廄大門。她停步，看著崔維斯。「你得習慣這種困惑和混亂，不要感到驚訝。說不定這裡處處是混亂，時時讓人困惑。」

「妳不會跟我說明詳情，對不對？」

「對。」蕾諾比亞說。

崔維斯把帽子拉斜向一邊。「那麼，可不可以多講一些紅眼鳥的事？」

「那些生物叫仿人鴉。馬不喜歡他們，他們也不喜歡馬。他們最近在這裡製造了不少麻煩。」

「他們究竟是什麼生物？」崔維斯問。

蕾諾比亞嘆一口氣。「不是人類，不是鳥，也不是吸血鬼。」

「看來他們多半不是善類。如果他們靠近馬，我該射殺他們嗎？」

「如果他們攻擊馬，那就開槍。」蕾諾比亞定睛注視他。「我的原則是：先保護馬，再問問題。」

「好原則。」崔維斯說。

「我想也是。」蕾諾比亞朝馬廄的方向點點頭。「你在這裡還需要什麼嗎？」

「沒有。邦妮和我需要的東西不多。」他頓一下，然後說：「妳要我改變睡眠時間來配合妳嗎？」

「我是希望你改變作息，但這是爲了配合整個學校，不光是配合我。」蕾諾比亞急忙回答，不懂何以他的話讓她覺得彆扭。「你會發現，邦妮很快就適應日夜顚倒的生活。」

「其實邦妮和我經常晚上趕路。」

「很好，那麼你們已爲改變做好一些準備。」有那麼一會兒，兩人就這麼站在那裡，氣氛尷尬。接著，蕾諾比亞說：「喔，我就住在上面那裡。」她指著馬廄上方挑高的二樓。「其他老師住在那裡。」蕾諾比亞的頭朝主校舍撇了一下。「我寧可選擇和馬接近。」

「看來妳和我起碼有件事很對盤。」

她不作聲，只是揚起眉毛，疑惑地看著他。

崔維斯笑笑，說：「我是說我們都寧可選擇馬。」他替她打開門。

進入馬廄後，兩人一起走了一小段路。抵達樓梯間時，她說：「那麼，黃昏見。」

崔維斯抬手碰了一下帽簷，跟她致意。「是的，夫人。晚安了。」

「晚安。」蕾諾比亞說，然後快步爬上樓梯。她覺得，他一直盯著她的背影。即便已走出他的視野，她仍可以感覺到他凝視著自己的目光。

12 元牲

元牲跟著他的女祭司，走出教師住宿的那棟樓，來到黃昏微弱的陽光底下。這是冬天，陽光不熱，而且說眞的，也不亮，她卻畏縮了一下，彷彿被曬痛。他看見她把綠袍的兜帽拉上，蓋住整個頭，也幾乎裹住整張臉。

「陽光！」奈菲瑞特狠狠地說，似乎這個詞嘗起來很苦。「害我得在陽光下走這一趟，我要他們付出代價。」她瞄他一眼，然後戴上漆黑如墨，映照似鏡的眼鏡。「其實，應該是你要替我讓他們付出代價。」

「是的，女祭司。」他本能地說。

她威風凜凜地，走向那輛她先前命令他學會駕馭的黑色豪華轎車，站在車門邊，等著他開門。元牲迅速趨前替她開了門。他注意到，即便在日光猶在的時刻，奈菲瑞特投下的影子也異常闇黑。**黑暗總是跟著她**，他想。

他發動引擎後，她按下後照鏡上的一個按鈕，車裡傳出一個聲音，問道：「是的，奈菲瑞特，安吉星智慧系統今天要送您去哪裡？」

「奧克拉荷馬州，陶沙市，威爾．羅傑思中學。」她回答那聲音，然後對他下令：「跟著衛星導航的指示走。」

「是的，女祭司。」他只需這麼回答。

一停在這幢淺色磚石建築前面，元牲就覺得它入眼悅目。他跟著奈菲瑞特進去，踏入第一條寬敞明亮的走廊時，便因這個地方給他的感覺而震驚。這幢建築彷彿有知覺，充滿智慧，正安靜地聆聽著什麼，讓元牲感到出奇平靜。

然而，這怎麼可能？一棟建築怎麼可能讓他有任何感覺？

只有一個年長的警衛駐守。他一跛一跛地緩緩走向元牲和奈菲瑞特，臉上的表情比較像好奇和禮貌，而非謹慎和警覺。

「有什麼我能幫忙的嗎？」

「是的，這所學校有地下空間嗎？比如大地下室或坑道？」奈菲瑞特問，拉下兜帽，脫掉墨黑的眼鏡。

警衛先是睜大眼睛，驚訝於她的美貌，接著注目盯著她的深藍色刺青。

「地下樓層有一些舊坑道，以前當防空設施，戰後就不再使用。我是說，除了偶爾用來躲龍捲風以外。妳為什麼——」

「怎樣可以進那些坑道？」奈菲瑞特打斷他。

「不好意思，我必須徵求校方的許可，才能——」

「沒那個必要。」她說，露出撩人的笑容。「我只是在蒐集跟學校建築有關的歷史資料。這些坑道還進得去，對吧？」

她的問題讓男人困惑，但她的笑容迷得他神魂顛倒。「喔，對，很容易進去。沿著這條大走廊一直走，經過圖書室，」他指著他們的右方，「和它相交的那條走廊的轉角有一道樓梯。從那兒下樓後，右手邊有一條走廊，沿著走廊走到一半，會看到一間舊音樂教室。穿越教室，就到了坑道的入口。我這裡有這棟建築的主控鑰匙。我想，讓妳去瞄一眼應該無所謂，反正現在又沒在上課——」

「癱瘓他，但別殺他。」奈菲瑞特下令。「把鑰匙給我。」

元牲敲擊他的力道足以讓他昏迷。他想，這老人應該沒死，但他不敢保證。沒時間查看了。他把一串叮噹作響的鑰匙遞給奈菲瑞特，她疾步朝男人指示的方向走去。經過左手邊的大房間時，她停步。緊閉的門扉上有窗戶，她往裡頭看。元牲跟著她一起窺探。內部布置雅緻，一張張桌子和書架上方懸著美麗的大燈。怪的是元牲竟覺得這房間在等待著什麼。

「圖書室。」她說：「裝飾藝術時代的建築，讓人類小鬼使用，眞是糟蹋了。」奈菲瑞特輕易就無視於這個地方的美麗和莊嚴，對著前方的走廊交叉口點點頭。「方向正確。」

元牲不捨地別開頭，跟著她繼續走。

「這是一所學校，就像夜之屋？」元牲忍不住說出縈繞在心頭的問題。

奈菲瑞特瞧都沒瞧他一眼。「這是人類的學校，公立學校，跟夜之屋**不一樣**。」接著，她微微打個哆嗦。「我幾乎感覺得到荷爾蒙和睪丸素在流竄。你爲什麼這麼問？」

「只是好奇。」他說。

這時，她終於看他一眼。「別。」

「是的，女祭司。」他輕聲說。

他們穿行於靜謐的建築裡，愈往深處走，滲入走廊的陽光愈少。當奈菲瑞特駐足在門扉上繪有音符的一道門前面，她四周的暗影騷動起來。「就是這裡了。」她說，打開門，走入昏暗中。這個地方瀰漫著塵埃和荒廢的氣味，左手邊有一個小房間，裡面擺滿了譜架和椅子。前方那一個區塊堆滿東西，凌亂不堪。再過去則是更陰暗的區域。奈菲瑞特遲疑著，發出無奈的嘆息。「我受夠了，不想再尋找。」

她伸出右手，用左手中指的銳利指甲抵住右掌心，劃出一道傷口，血馬上滲出。

引我覓得紅小鬼，我在此下令
以我的鮮血，我於焉向你酬應

黑暗從奈菲瑞特腳下和身邊的暗影，也從房間角落，漫溢出來，看得元牲出了神。探尋的卷鬚滑向她，纏繞她的身體，爬上她的肌膚，吸吮她掌心的那灘血。奈菲瑞特顫抖、呻吟，似乎很痛苦，但她沒闔上手掌，也沒將手抽開。

這情景也讓元牲有**感覺**。一方面，他興奮地期待衝突發生，等著迎接衝突所喚起的憤怒和力量。但另一方面，他覺得厭惡。黑暗在奈菲瑞特的四周躍動，邪惡、黏膩、危險。當元牲咀嚼著這些不同的感覺，奈菲瑞特甩開卷鬚，舔舐傷口，使之癒合。

你既已飽足
當指引路途

奈菲瑞特吟詠的聲調掀動一股能量，傳送到元牲身上，使得他簌簌顫抖。黑暗蠕動著，然後彈跳離開，留下一條細絲帶般的痕跡，墨黑更甚於新月之夜，成爲指引的路標。

「來吧。」奈菲瑞特說。

他們循著細痕走入一條看似荒廢的走廊，一路下坡，蜿蜒如坑道。最後，他們抵達一個寬敞的房間。奈菲瑞特在這裡停下腳步。

元牲還沒看見他們，就聞到了他們，污穢、腐臭、噁心。**還有死亡**，他心想。**他們散發出死亡的氣味**。

「無法接受，」奈菲瑞特低聲憤怒地說：「完全無法接受。」她邁步走入這間地底的房間，打開牆上的電燈開關。一盞寒磣的燈泡發出慘澹昏黃的光。

元牲覺得這裡簡直是動物的巢穴。

床墊四處堆疊，毯子底下蜷縮著一個個身軀，有的赤裸，有的和衣，交錯橫躺，分不清哪兒是誰的頭，哪兒是誰的腳。有一顆頭抬起來，臉上的成鬼刺青是紅色的，圖案像極了引領他們來到這裡的黑暗卷鬚。他的目光冷酷，聲音憤怒。

「柯帝斯，看誰打擾我們，解決掉他們。」

一座小丘緩緩移動，其中一端出現方廣的額頭，上面有一彎弦月的紅色輪廓。是一名雛鬼。

「天還沒暗呢。你就用電流或什麼解決他們吧，然後——」

「然後怎樣？」奈菲瑞特的聲音凜冽如冰。「柯帝斯，你還沒死就又蠢又笨，現在依然又蠢又笨，而且很臭。」奈菲瑞特瞥元牲一眼，說：「把他扔去撞牆。」

元牲依令行動，但他慢慢來，讓雛鬼有時間覺得害怕，好汲取、吸食他的恐懼。當他身體逐漸變形，變成另一種東西，一種威力更強大的生物，雛鬼的恐懼也產生變化，變成美味的驚怖。元牲怒嚎一聲，把雛鬼的身軀高高舉起，擲到牆上。一記可怕的撞擊聲之後，男孩癱在地上，一動也不動。

「哇！哇！等一下。奈菲瑞特！我不知道是妳。」紅成鬼站起來，赤裸著上半身，舉起雙手，面向女祭司。元牲感覺到他的恐懼，很好。

他往成鬼跨出一步，腳蹄重重踏在冰冷的水泥地，發出一聲巨響。

「元牲，等一下。」奈菲瑞特下令。她轉身背對元牲，注意力放在那個成鬼和他的巢穴。

「你眞以爲你可以躲著我，達拉斯？」

「我沒有躲著妳！我不曉得怎麼辦，不知道去哪裡找妳。」

「別對我撒謊。」奈菲瑞特的聲音已經變輕柔，但元牲聽得出裡面帶著闇黑、綿延的威脅。「永遠別對我撒謊。」

「好，好，對不起。」成鬼趕忙說：「我想，我太不用大腦了。」

一整窩的雛鬼開始騷動起來。現在，元牲看見了一張張臉。他們全都睜大眼睛，恐懼地盯著奈菲瑞特和他。他眞想把這一張張望著他的臉踩在腳蹄下。

喀喀喀。那窩雛鬼當中傳出咳嗽聲。

奈菲瑞特冷笑一聲。「你們總共有多少人？」

「柔依和她那群王八蛋把我們趕出火車站後，有十個人跟著我。」他瞥向柯帝斯，「還有他。」

「他還沒死。」奈菲瑞特說：「所以，總共有十一個雛鬼和一個成鬼。開始咳嗽的雛鬼有幾個？」

達拉斯聳聳肩。「兩、三個吧。」

「太多了。他們必須待在成鬼身邊，否則會死，再次死去。」她說，露出殘酷的冷笑。

那一窩雛鬼流露的恐懼增多，一波波向元牲沖刷。他咬著牙，忍住吸食的衝動。

「那妳會常來看我們嗎？像以前那樣？」

「不，我改變計畫了。現在換你們來找我，你們全部的人都到我身邊來。」

「妳是說回夜之屋？不可能。我們不再是過去的我們，而且我們不想——」

「你們**想**怎樣都不重要，除非你們服從我。你們若不服從，就只有一死。」

紅成鬼似乎站得更挺直了，他的憤怒升高，燒得更加灼亮，頭頂上那盞燈泡也隨之亮度提高。「我不會死，我已經蛻變。他們有些人也可能成功蛻變。」他指著蹲伏在他腳邊的那群雛鬼。「反正適者生存。」

「達拉斯，你沒有我印象中那麼聰明。我明白地告訴你：如果你和你的雛鬼不服從我，**你**就會第一個死。我的生物會殺了你，現在，或我下令的任何時間。你做個決定吧。」

燈泡的光變暗。「我決定服從妳。」達拉斯說。

「明智的決定。我要你們梳洗乾淨，趕在今晚第一堂課之前回夜之屋。」

「可是，我們要怎麼——」

「到這所學校的淋浴間，把你們的一身臭味洗掉。去偷些衣服，乾淨的衣服。要不就去買。今晚七點半，一輛夜之屋的巴士會在陶沙大學東側入口的街道上等。你們上那部車回夜之屋。從此，你們恢復上課，在夜之屋睡覺。」奈菲瑞特停了一下，不耐地揮了揮手。「我會叫人把窗戶遮起來，或開放地下室什麼的。總之，你們要住在夜之屋。」

「那我們要怎麼解決飢渴的問題？」

「小心地解決。你們如果無法小心地解決，就設法控制欲望，直到這個世界徹底改變，能接受你們的需求。」

「我不懂！妳為什麼要我們回去那裡？」

「你幾次都沒能殺死的仿人鴉，利乏音，已獲賜夜晚擁有人類形體，成為史蒂薇·蕾的伴侶。他和愛芙羅黛蒂及其他紅雛鬼——史蒂薇·蕾的紅雛鬼，已獲准在夜之屋上課。」

「妳要我跟他，還有她，一起上課？」

燈泡再次發出強烈亮光。

「你恨他們，不是嗎？」

「對。」

「很好。所以我才要你回去——你們所有的人都回去。」

「因為我們恨他們？」

「不。因為你們的恨在我的操控下，將會引發一些狀況。」

「什麼樣的狀況？」他問。

奈菲瑞特微笑。「混亂。」

＊＊＊

奈菲瑞特向那個名叫達拉斯的成鬼，交代了一堆事情，包括可以或不可以做些什麼，來製造混亂。隨後，他們便離開了。看來這傢伙存在的目的跟元牲一樣——效忠於奈菲瑞特，將自己施暴的能力交由她指揮和掌控。此刻，她沒有要他殺人，還沒有。然而，背後的一貫訊息很清楚：散播不和、不滿和憎恨的種子。

元牲明白。元牲服從。

當奈菲瑞特下令他控制他內在的那頭野獸，他服從，然後跟著她從腐臭的地底巢穴，回到乾淨涼爽的地面走廊。

被元牲丟下的那個老警衛，仍躺在門口。

「他還活著吧？」奈菲瑞特問。

元牲摸摸他。「是的。」

奈菲瑞特嘆一口氣。「我想，這樣最好，雖然有點麻煩。你再下去一趟，告訴達拉斯，我要他抹去這個老人的記憶，讓老人以為自己是在學校被打劫時受了傷。」

她用手指點著下巴，思索著，看了看走廊上裝著各種紀念品的玻璃櫃，又看了看遠處圖書室裡整齊的書架和華麗的燈飾。「不，我想到一個更有趣的點子。你告訴達拉斯，讓老警衛以為自己是在學校被人大肆破壞時受了傷。然後，你出來時，我要你沿途砸碎玻璃櫃，破壞圖書室。動作要快，我在外頭等著。我可不喜歡等人。」

「是的，女祭司。」他說。

「正如我所言，這樣一棟建築用在人類小鬼身上，眞是糟蹋了……」她一邊往外走，一邊大笑。

元牲迅速循原路返回地下巢穴。達拉斯一看見他，立刻起身，擋在他和眾雛鬼之間。紅成鬼舉起滿是汙垢的手，按著嵌入水泥牆的一只金屬盒。元牲可以感覺到，電流在那裡低聲嗡鳴，蓄勢盤旋，等著達拉斯下達指令。

「你要幹麼？」達拉斯問。

「奈菲瑞特派我來交付你新的指示。」

達拉斯把手從金屬盒移開。「她要我做什麼？」

「學校大門旁有個警衛昏迷不醒，女祭司不希望他記得我們來過。她要他以爲他是被闖進學校大肆破壞的歹徒所攻擊。」

「好，我知道了。」達拉斯說。就在元牲轉身準備離去時，他忽然問：「喂，你到底是什麼東西？」

這問題出乎元牲的意料。他本能地回答：「我聽命於奈菲瑞特。」

「對，可是你是**什麼？**」一個黑髮女雛鬼躲在達拉斯背後看著他，說：「我看見了，你變成有角和蹄的東西。你是惡魔嗎？」

「不，我不是惡魔，我聽命於奈菲瑞特。」元牲轉身走開，丟下他們，但丟不下他們說的話。他們的聲音尾隨著他來到走廊。**他是怪胎**，他們竊竊私語，**不正常的東西**。

他抓起一張木頭和鐵條製成的桌子，把走廊上的珍貴收藏品砸個稀爛，把圖書室裡懸吊的華麗燈具打得粉碎。元牲汲取自己體內殘留的憤怒和恐懼，壯大他殘暴的力量。當這些情緒逐漸用盡，他看到那個紅成鬼和他的雛鬼圍繞著老警衛嘻笑，而剛才受到他攻擊的那個雛鬼正在吸吮老警衛的血。於是，元牲吸入老人的恐懼。當他們欺凌過警衛，抹除他的記憶，元牲開始利用這些雛鬼嫌惡他自己的情緒，餵養他所需的力量。等這個情緒也消失，他掘出自己僅剩的情緒——他不曾吸食，反而保藏下來，視爲己有的情緒。於是，當他完成破壞行動，變回男孩的身軀，他已被柔依的孤單、悲傷和愧疚所浸透。元牲步履沉重地離開他製造的殘破現場，確定他沒有讓奈菲瑞特等太久。

13 史塔克

一開始，史塔克的夢還不錯。他身在一處美麗的海灘，四周白沙圍繞，眼前是湛藍海水。陽光絲毫不灼燙，反而像他被標記以前，陽光灑在臉和肩上的感覺，很舒服。他正在射箭，朝畫著大圓心的靶子，一發發射出。神奇的是，每一箭都沒入靶心，又重新出現在他腳邊的沙灘上。這樣，他就可以持續不斷地射，射，射。

他在想，如果柔依穿著比基尼出現在沙灘上，這夢該有多美好。

如果這是在歐洲的沙灘，而柔依穿著上空比基尼，那就更好了。

接著，跟多數夢境一樣，場景轉變，柔依突然眞的出現。但他們不是在沙灘上。她就依偎在他的懷裡，身體溫暖、柔軟，聞起來好香。

「嗨，」她說，仰頭對他微笑。「你醒了啊，太陽還沒下山欸。」

「是啊。」他咧嘴對她笑。「讓你看看我有多清醒。」他吻她，覺得嘗起來好甜。她的身體和他完全貼合，舒服地輕輕喟嘆、呻吟。

但就在他完全沉浸於夢境時，柔依往後退開。他疑惑地看著她，以為說不定夢會變得愈來愈美妙，她或許要跳一段性感撩人的脫衣舞給他看。然後，他看清她的表情了。她雙眼圓睜，滿臉驚懼。

「阻止它們！」她喊叫：「史塔克！守護人！救我！」

她向他伸出手，但蛇一般的墨黑卷鬚將她往後拖。

史塔克一躍而起，手中出現守護人大劍。他朝她奔去，越過她倒下的身子，落在一堆黑暗卷鬚的正當中。他揮舞守護人大劍，對卷鬚不停地猛砍，但每砍斷一根，原處就又出現兩根，像魔鬼氈一樣重新黏住柔依的身體。

「史塔克！喔，女神！救我！」

「我在努力！柔依，我在拼命！」但他完全奈何不了黑暗。這時，柔已完全被包覆、裹住，纏在卷鬚之中，彷彿即將成為什麼大蜘蛛的點心。不過，她仍然清醒，大聲向他呼救。

史塔克不停地奮戰，但於事無補。就在黑暗把柔依拖離時，他看見奈菲瑞特像個偶戲師傅，操控著墨黑、黏稠的絲線。她站在他的劍碰觸不到的地方，一邊大笑，一邊收緊纏住柔依的卷鬚，直到他的愛人、他的女王被勒死，然後被敵人吞沒。

在夢中，史塔克站在那裡，哭泣，徬徨無依。他聽到心裡有一個洪亮、清晰的聲音：**除**

非柔依．紅鳥公然與奈菲瑞特決裂，這樣的事勢必發生。她必須挺身對抗特西思基利，放棄休兵的假象。

史塔克驚惶失措，傷心欲絕，只聽見了話語，沒有注意聲音；只留心這個警告本身，沒有想到訊息來自何處。

他深吸一口氣，醒來，發現柔依平安、滿足地依偎在他的懷裡。她仰頭對他微笑，說：「你醒了啊，太陽還沒下山欸。」他不寒而慄，有一種不祥的感覺。這不只是夢，他知道。這個警告不只是一些話語，而是一則預言。史塔克摟著柔依，將她緊緊抱在懷裡。

「告訴我妳沒事，告訴我妳很好。」

「你抱得我快喘不過氣來了。你別這樣，我就沒事。」她差點說不出話。

他鬆開一隻手，用另一隻手上下撫摸柔依的背，並探頭從她的肩頭看她的背部，確定那兒沒有卷鬚，沒有來自夢境的黏稠的東西。

「史塔克，別這樣。」她抓住他的手，凝視他的眼睛。「到底怎麼了？」

「超級可怕的噩夢，像末日預言那樣可怕。我醒來時妳對我說的話，正好就是夢中妳被黑暗抓去之前說的話。」

「噁，被黑暗抓去，這可不好玩。事情是怎麼發生的？」

「妳不會想知道的。」他說。

「我當然想知道。這說不定是預言，我有必要知道該避開什麼。」

「對，我也這麼想。老實說，我寧可不去想。但妳說得對。」他身體往後靠，用手順了一下頭髮，想趕走睡夢和不祥的感覺。「這可能眞是預言，妳可能眞的需要知道。黑暗抓住妳的情景，就像《魔戒》裡大蜘蛛屍羅抓住佛羅多，只是更可怕。」他說。

史塔克看見柔依面無血色。「對一個怕蜘蛛怕得要死的女孩子來說，我不曉得那個夢怎麼可能更可怕。」

「因爲那隻蜘蛛是奈菲瑞特，而她的網是黑暗。」

「好，你說得對，的確更可怕。」她強作鎮定地露出笑容。「但你救了我，對吧？」

「沒有。」他坦承。「我拼命要救妳，但實在對付不了奈菲瑞特所操控的黑暗。」

「喔，要命。」柔依說：「這種事眞討厭。」接著她搖搖頭，語氣堅定地說：「不過，這種事沒有眞的發生。至少現在只是一個夢。」

「該死的是，很多似乎只可能發生在夢中的事情，結果卻都是眞的。」他嚴肅地說：「另外還有一件事。有人告訴我，如果妳不挺身對抗奈菲瑞特，我的夢就會成眞。」

柔依皺起眉頭。「喂，我是在對抗奈菲瑞特啊！長久以來都是啊。你說『有人』告訴你，這是什麼意思？是妮克絲嗎？女神跟你說話？」

史塔克努力回想，試圖喚起夢裡的聲音。只不過，儘管驚恐的感覺依舊鮮明，具體細節卻已消失在意識底層。「我想不起來了，但我不認爲那是妮克絲的聲音，起碼不是我印象中她的聲音。」

「我想，如果那是女神的聲音，你應該聽得出來。況且，就像我說的，我一直在對抗奈菲瑞特，所以我不知道你夢裡的聲音在說什麼。」

「可是，現在妳和她有點像是處於休戰狀態。」史塔克慢慢地說。

「我想，這要看你怎麼定義休戰。如果這指『我無法把奈菲瑞特趕出夜之屋，因爲最高委員會原諒了她』，那麼，對，我們是處於休戰狀態。」

「嗨，」他摸摸她的臉頰，「我不是要惹妳生氣。我只是被這個夢嚇到了。」

她重新偎進他的懷裡，他感覺到她緊繃的身體開始放鬆。「你沒惹我生氣，你只是讓我有些訝異。我的意思是，我以爲你和我對奈菲瑞特的事情有共識。」

「我們是有共識。」他抱緊她。「我們都知道，奈菲瑞特既邪惡又瘋狂。我們也知道，我們所有站在妮克絲這邊的人，都必須提防奈菲瑞特下一步會使出什麼招數。」

柔依打了個寒顫，把臉埋入他的肩窩。「這讓我好想回斯凱島喔。」

「這讓我也好想帶妳回斯凱島。」他遲疑了一下，差點保持緘默，但內心深處有個感覺不容他就此作罷。「這個夢，柔，黑暗抓住妳，我救不了妳的這個夢，我想，這是一個警告。我眞的這麼想。它的含意，目前我只能這麼理解：它要妳繼續對抗奈菲瑞特。」

「我會的。」她說，頭往後仰，凝視著他。「你看起來好累，你太早醒來了。」

他對她露出招牌的冷傲笑容。「我這麼早醒來，在搭巴士之前，妳和我才有時間好好地獨處啊。我或許看起來很累，但沒**那麼**累。」他把手滑進她寬鬆的T恤底下，輕輕搔她的肋骨。柔依咯咯笑，他用嘴唇迎接她甜美、快樂的笑，繼而深深地、火熱地吻她。然後，他的手忘了搔她癢。當他如此深切地愛她，夢所帶來的憂慮幾乎都消散了……幾乎……

柔依

「唉，要命。」我嘟囔著。穿過夜之屋後側曲折的長車道，可通往停車場。達瑞司一把巴士開上車道，我就看見奈菲瑞特、龍老師和五個冥界之子戰士站在那兒，彷彿在列隊歡迎我們，形成一個奇怪的吸血鬼隊伍。「放慢速度。」我告訴達瑞司：「我們得做好準備。」

「是啊，看起來不妙。」克拉米夏說。

「哇，你們一定不相信他們那些顏色。」夏琳嘴巴開開地望著車外的那群成鬼。「噁，死魚眼夫人在那裡。」

「死魚眼夫人——這個我喜歡。」愛芙羅黛蒂說：「挺適合的。」

「死魚眼夫人的直覺力超強。」我提醒大家，但主要是講給夏琳聽。

「而我們都同意，最好別讓她知道夏琳的天賦。」史蒂薇．蕾說，從後座走上前來。「柔，妳要不要召喚靈，請它遮掩夏琳的心思，直到我們通過奈菲瑞特？」

「好主意。」我深吸一口氣，低聲說：「靈，降臨我。」我感覺到肌膚上的空氣隨著元素的力量翻騰。「遮掩夏琳，隱藏她的思緒。」

「喔～！」元素拂過夏琳身上，她不禁咯咯笑。「酷！妳這麼做時，變得超級紫。」

「謝謝，假如這是讚美。」我說。這個新生是很怪，但似乎還算友善。我回頭瞥了一眼眾人，然後對孿生的和戴米恩說：「你們也請元素靠近些吧。」

「我想，只要有奈菲瑞特在，就是我們把心思放在課業上的最好時機。」戴米恩說。

我們全都愣愣地看著他。

「課業？」簫妮問。

「不懂。」依琳接腔。

戴米恩誇張地嘆一口氣。「比方說，奈菲瑞特一靠近，妳們就可以開始默記新單字。」

「戴米恩女王說得有理。我們有一陣子沒這麼接近奈菲瑞特了，大家都應該集中精神，讓腦袋忙一點——但別忙著想我們的正事，要忙著想那些愚蠢的課業。」愛芙羅黛蒂轉頭看著利乏音。「奈菲瑞特有辦法讀出你的思緒嗎？」

利乏音被她這麼突然一問，似乎嚇了一跳。但他幾乎毫不遲疑地說：「她辦不到。」

「你確定？」我問。

「確定。」他說。

「你怎麼確定？」愛芙羅黛蒂問。

「他不必跟妳解釋。」史蒂薇．蕾說。

「他必須解釋。」我還沒來得及開口，史塔克就搶先一步說話。「史蒂薇．蕾，妳不能再這樣處處護著利乏音。他曾經站在奈菲瑞特那一邊，或許有什麼資訊可以提供給我們。」

「我從沒站在奈菲瑞特那一邊。」利乏音的聲音，跟他看著史塔克的目光一樣銳利。

「我是曾經站在卡羅納那一邊，你也是。」

這話說得史塔克啞口無言，我趁機擋在他們之間，說：「細節不談啦，我們的意思是，你曾站在跟我們敵對的那一方，這一點現在或許幫得上我們。」他看著我，目光軟化，但仍帶著防備的表情。

「我知道奈菲瑞特無法讀出我的思緒，是因爲早先她始終不曉得史蒂薇・蕾和我的事。」他握住史蒂薇・蕾的手，告訴她：「那時，每回她在旁邊，我就努力不去想妳，但我沒辦法，我滿腦子都是妳。」

史蒂薇・蕾綻開笑容，踮起腳尖吻他。

「嗯。」愛芙羅黛蒂說：「我們趕快換個話題吧，免得我吐出來。好，看來我們可以確定，奈菲瑞特無法讀我、柔依和鳥男孩的思緒。你們其他人最好小心一點。」

「我們背後有輛巴士跟上來。」達瑞司說，看著後照鏡。「車身上也寫著夜之屋。」坐在後座的強尼大喊：「而且不是身障車。爲什麼我們就不能搭正常大小的巴士？」

「因爲你不正常啊。」克拉米夏說。

「妳媽媽不——」

「好，我們要準備上課了。」我打斷他的話。

「也就是說，準備迎戰。」史塔克說。

「停車吧。」我告訴達瑞司。

達瑞司停好車後，和史塔克、利乏音先下車，我們其他人跟在後頭。我心想，不管會發生什麼事，乾脆直接面對吧。所以，在史蒂薇・蕾和史塔克的陪伴下，我邁開大步，直接走到奈菲瑞特面前，假惺惺地對她行禮致意，然後恭敬地對龍老師和戰士行禮。「歡喜相聚。」我一本正經地說。

「喔，柔依、史蒂薇・蕾，很高興你們和另一車學生同時抵達。這省了我解釋的時間。」奈菲瑞特說，不知在打什麼啞謎。

這時，跟在後面的那輛校車停到我們的巴士旁，車門打開，發出《星艦迷航記》裡艙門打開時的聲音。

我的占卜石開始發熱。

元牲第一個下車。

達拉斯跟在他的後面步下巴士。我聽見史蒂薇・蕾驚愕地倒抽一口氣，而我也隨即驚訝地張大嘴巴，因爲達拉斯的身後跟著一整群紅雛鬼，**壞紅雛鬼**，包括那個可惡的妮可，以及全身瘀青但仍肥嘟嘟的柯帝斯。

那群紅雛鬼和元牲列隊站在我們正對面，我的腦海裡竟浮現舞台劇《西城故事》裡的跳舞場景。現場瀰漫著詭異的沉默氣氛，直到史蒂薇・蕾以高亢的嗓音說：「達拉斯，你來這裡做什麼？」

達拉斯不屑地揚起嘴角。「我不必向妳報告。」他看著奈菲瑞特，以緩慢而確實的動作，右手握拳，放在心臟位置，深深一鞠躬，說：「歡喜相聚，我的女祭司長。」他身後的雛鬼也動作劃一地跟著做。

奈菲瑞特露出親切的笑容，以慈祥的語氣說：「眞有禮貌啊。謝謝你，達拉斯。」然後，她的綠眸轉向史蒂薇．蕾，語氣和目光變得冷漠。「我來回答妳的問題，史蒂薇．蕾。他們來這裡的目的跟你們一樣——上課。喔，對了，他們和你們這一撮人有一點小小的差異。達拉斯和他的紅雛鬼會住在學校裡，而我會是他們的女祭司長。」

「那就是他？」達拉斯盯著站在史蒂薇．蕾身旁的利乏音。我幾乎可以看見他渾身散發著怒氣。

「讓我跟你介紹。達拉斯，這位是利乏音。喔，不過，你們兩個好像見過面了，對吧？」奈菲瑞特說得好似她在舞會上介紹雙方認識。我發誓，這場面變態到我差點沒叫史塔克賞我一巴掌，好讓我確定我不是在做夢。

不過，當我盯著達拉斯，他確實讓我感受到恐懼，我知道這絕不是做夢。他雙眼微微發出紅光，看起來凶殘無比，危險無比。我記得以前我覺得他很可愛、和善。嗯，當他蛻變成爲紅成鬼，臉上出現鞭子一般的刺青，原本那個可愛、和善的達拉斯已經死了。

在我身邊，史塔克不安地移動，靠得我更緊。

在達拉斯身邊，元牲——我一直努力不去看他——也不安地往我的方向移過來一些。

「對，妳說得對，我們見過面。」達拉斯說。

「沒錯。」利乏音的語氣跟達拉斯一樣冰冷。這提醒了我，我不該因爲他會對史蒂薇．蕾露出溫柔的笑容而低估他。

「趁大家都在，我要清楚地說明一些事。」奈菲瑞特說，大家的目光全轉向她。她看起來眞是天殺地正常！美麗、高貴，說起話來合情入理。霎時我好難過，她本來應該可以當個好女祭司長的。「過去最近這段時間，我們之間有些不愉快。但現在都結束了。我不想見到你們之間發生衝突，不管你是雛鬼或成鬼，是紅是藍。」

「不愉快？」史蒂薇．蕾難以置信地說：「他們想殺掉我和柔依欸！」

「柔依倒**真的**殺了我們幾個人！」達拉斯咆哮。我確定我們頭頂上那幾條供給學校電力的電線在嗡嗡作響。

「等等，我根本不想殺人。是妮可、柯帝斯和那些傢伙攻擊我們——」

「夠了！」奈菲瑞特大吼，駭人的力道在我們四周震動，連已經升起的銀色月亮都變得慘白。「我剛剛說過，過去都已過去了。史蒂薇．蕾和柔依，如果妳們不能克制自己，我就把妳們逐出學校。達拉斯，你也一樣。元牲和冥界之子戰士會在走廊和教室巡視，若有衝突發生，他們會立刻制止。我說得夠清楚了嗎？」沒人應聲。奈菲瑞特冷笑，繼續說：「很好，現在去上課。」她轉身，滑行似地走向主校舍，走向等著她去上課的教室。

「她四周布滿黑暗。」史塔克把音量壓低，但還不夠低，四周的人都聽見了。

「她整個人被黑暗籠罩了。」利乏音說。

「的確。」史蒂薇．蕾說。然後，她對龍老師和其他戰士說：「你們都沒看見嗎？那東西就像黏稠的蜘蛛網。」她翹起拇指比向達拉斯和其他紅雛鬼。「我打賭他們看得見。」

「我不曉得你在說什麼鬼話。」達拉斯說。

「妳還在地下室跟妳的洋娃娃玩家家酒啊？」妮可譏諷地說。

達拉斯和他那幫紅雛鬼哈哈大笑。

「達拉斯，奈菲瑞特要你去視聽中心。他們有些電腦問題，需要你幫忙解決。」龍老師說著走過來，站在我們兩群人之間。眾戰士緊跟著他，元牲也是。「夏琳，這是妳的課表。今天就由史蒂薇．蕾帶妳。」他遞給新雛鬼一張紙。「史塔克、達瑞司，」龍老師繼續說：「去馬廄，準備上課。其他人就遵照女祭司長的指示。第一堂課馬上就要開始了。」

「不管女祭司長要我做什麼，我都欣然接受。」達拉斯說，冷笑一聲，從利乏音身邊擦過，走向校舍。

我看見利乏音穩穩地站著，沒被激怒，也沒抓狂。相反地，他看起來堅定、威武，緊緊地守在史蒂薇．蕾身邊。

「我們去上課吧，不要理那些白癡。」我說，抓起史塔克的手。

「他們可不想被忽視。」利乏音說：「他們是來這裡惹是生非的。」

「攪糞坑。」史蒂薇．蕾說。不知為何，她和利乏音同時笑了起來。

看著利乏音對史蒂薇．蕾露出純情、甜蜜的笑容，我提醒自己，他不是他表面上看起來那樣子。我得記住，我見過仿人鴉施暴，知道他們凶狠、危險。我不禁納悶，一旦事到臨頭，他會不會出手攻擊達拉斯，從而喚醒他裡面的黑暗。就在這時，我看見他的表情驟變。上一秒他才對史蒂薇．蕾微笑，下一秒表情隨即凍結，彷彿他聽見了別人聽不到的聲音。我眨了眨眼，發現他似乎又恢復正常了。

「嘿，第六堂我眞的可以騎馬嗎？」夏琳問，一邊看著她的課表，一邊努力跟上我們。

「如果課表上有馬術課，那就是眞的。」史蒂薇．蕾對我們說：「午餐見嘍。」她再次對利乏音微笑，並跟我們其他人揮手道別，然後走到夏琳身邊。「讓我看看。」她看著夏琳的課表，說：「喔，很好，第一堂是咒語和儀式。妳會喜歡這堂課的，聽說新老師很酷。」

「妳還好嗎？」史塔克問我。

「不確定。」我低聲說：「也許只是因爲第一堂我得去上吸血鬼社會學，而老師是奈菲瑞特。」

「妳不會有事的。她現在必須擺出老師和女祭司長的樣子。」他說。

「對，這代表她只會稍微羞辱我，不會伸出爪子把我的頭拽下來。」我咕噥著。

「如果她這麼做，記得要拔腿就跑，還要很害怕，這樣我才能及時趕去救妳。」他對我露出冷傲的笑容。我知道他想讓我覺得好過一些，可惜沒成功。

「我會記住的。午餐見。」

他親我，然後憂慮地看我一眼，才跟達瑞司走向馬廄。大家都散開了，剩下我、戴米恩和利乏音往教室走。

「你還好吧？」我問利乏音。

「嗯，還好。」他說。

我不相信他的話。我想，他一定察覺我一再地偷瞄他，因爲他停下了腳步，嘆一口氣，然後出乎我意料地說：「戴米恩，我得跟柔依談一下。我們待會兒在教室碰面，好嗎？」

戴米恩滿臉好奇，但他太有禮貌了，沒表示異議。「好啊，沒問題。不過，別太晚喔。

老師都很討厭學生遲到。」

「我會讓他儘速趕過去。」我跟戴米恩保證。然後，當所有人都走向大樓，我和利乏音放慢腳步，直到外頭只剩我們兩個。「怎麼了？」

「我父親在這裡。我可以感覺到他。」

「卡羅納？在哪裡？」我知道我睜大了眼睛，四處張望，彷彿不死生物會從陰暗處冒出來。

「我不知道他在哪裡，但我要妳知道，自從他放我自由，我就沒跟他聯絡，沒見過他，沒跟他說過話。」利乏音搖搖頭。「我……我不希望妳和其他人認為我有事情瞞著你們。」

「好，這樣很好。你知不知道他來這裡做什麼？」

「不知道！」

「好，好，我不是在指責你，畢竟是你主動跟我說這件事的。」

「對，可是我——」他的表情再次凍住。接著，他的眼睛迎視我的目光。他眼裡的悲傷是如此強烈，看得我的胃揪緊。「他在呼喚我。」

14 柔依

「呼喚你？你在說什麼？我什麼都沒聽見啊。」我繼續四處張望，等著妖怪撲向我。

他搖搖頭。「妳聽不見的。連我也沒無法眞的**聽見**。父親可以透過我們的不死血脈來呼喚我。我原本以爲，妮克絲改變我之後，他就無法再這樣做了。」他凝視遠方，愁眉苦臉。「我不完全是人類。我仍是動物、人類和不死生物的混合體，我身上仍流著他的血液。」

「嘿，沒關係，你很努力了。我看見你看著史蒂薇．蕾的模樣，我知道你愛她，而妮克絲也原諒你了。」

他點點頭，伸手抹臉。我這才注意到他在流汗，好多好多汗。

他發現我注意到了，說：「我很難不回應他的呼喚。我以前不曾抗拒過他。」

「聽著，你先待在這裡，我去找史塔克、達瑞司和史蒂薇．蕾，然後你再回應卡羅納的呼喚，我們跟你一起去找他，讓他知道你眞的是我們的一分子，他不可以再來煩你。」

「不！我不要別人知道他來這裡，尤其不要史蒂薇．蕾知道。她認爲我必須完全背棄他，但這太難了！」他雙手交握，彷彿在懇求我諒解。「不管怎樣，他仍是我的父親。」

我不希望這樣，但我真的了解他所說的話。「我媽的人生亂七八糟，她為了一個男人而忽視我。但在我內心深處，我依然愛她，也渴望她愛我，**真正**愛我。我想，她的死讓我最難以接受的，是她沒機會再當我媽了。」

「那麼，妳懂。」他說。

「對，我想我懂。但我也同意史蒂薇·蕾的看法。利乏音，或許你覺得自己跟那些父母很糟糕的孩子沒有兩樣，問題是，你父親不單純只是隔壁的醉鬼爸爸。他是危險的不死生物，在善惡大戰中站在邪惡的那一方。」

利乏音閉上眼睛，彷彿我說的話刺痛了他的身體。然而，當他點點頭，再次睜眼迎視我的目光，我見到他眼裡的決心。「妳說得對，我必須勇敢地面對他，讓他了解，我們真的分道揚鑣了。柔依，請妳陪我去跟他說個清楚。」

「呃，好，那我先去找史塔克——」

「不，妳一個人陪我去。我知道這很蠢，但我不想羞辱父親。在史塔克面前跟父親說這些話，會是很大的侮辱。」

「利乏音，我不能單獨跟你去。你忘了你父親曾試圖殺死我？」

「那是因爲奈菲瑞特囚禁了他的軀體，逼他跟著妳去另一個世界。他不想這麼做，他從來就不想傷害妳。柔依，我父親告訴過我，他不會殺妳或女神的任一位女祭司長。」

「說眞的，你必須認清事實。」我不敢置信地搖搖頭。「卡羅納會毫不遲疑地殺掉任何阻擋他的人。」

「自從他逃出地底，妳曾幾度接近他。難道妳眞的要告訴我，妳沒看到他內在仍有一絲妮克絲戰士的影子？」

我躊躇著，不願想起西斯遇害之前我有多愚蠢。我抬起下巴，說：「西斯會被卡羅納殺死，正是因爲我愚蠢到對他卸下心防。」

「西斯不是服事妮克絲的女祭司長。而妳還沒回答我的問題。老實說，妳曾瞥見以前的他，對不對？」

眞希望我會撒謊。我嘆一口氣。「對，沒錯。我想我見過他以前可能的樣子，我想我見過妮克絲的誓約戰士。」我誠實回答，然後說：「可是我錯了。」

「我不認爲妳錯了，起碼不是完全錯。我認爲那個戰士仍在他裡面。畢竟他給我自由，讓我選擇自己的路。」

「可是，他又不讓你徹底擺脫他。他來這裡呼喚你。」

「萬一他呼喚我只是因爲他想念我呢！」利乏音大聲說，再次伸手抹了一把他汗涔涔的臉。接著，他用比較鎮靜的語氣繼續說：「拜託，柔依，我跟妳發誓，我不會讓父親傷害妳，正如我絕不允許他傷害史蒂薇．蕾。請陪我去找他，見證我已跟他脫離關係。這樣，夜之屋才不會有人質疑我的忠誠。」然後，他的話動搖了我的心意，讓我榮登超級蠢蛋女王的寶座。「他沒見過我變成人類男孩的模樣。等他見到妮克絲原諒我的證據，或許他內在的戰士就會甦醒。難道妮克絲不希望妳再給她的誓約戰士一次機會？」

我望著他，看到了史蒂薇．蕾愛上他的原因——基本上他是個可愛的男孩，一心一意希望獲得父親的愛。「唉，要命。」我說：「好，只要不離開校園，我跟你去。不過，你要知道，如果我受到驚嚇，感到害怕或怎樣，史塔克就會感覺到，然後他會攜弓帶箭奔向我。他射出的箭百發百中，而我跟你保證，他一定會出手。到時候我可阻止不了他。」

利乏音抓住我的手臂，幾乎是用拖的把我拖往東牆的方向。「我不會讓妳陷入險境的，所以妳不會有妳說的那些感覺。」

我原本想說太陽打從西邊出來什麼的，最後還是決定省下力氣，小跑步跟上他。

我當然知道我們要去哪兒。想也知道。「該死的牆，該死的樹。」我喘著氣說：「我眞的不喜歡這樣。」

「那裡很方便去，卻沒人會去。」利乏音說。

「你這樣說不會讓我覺得好過些。」我說。

我們疾奔穿越草坪。我回頭看了一眼，看見馬廄的煤氣燈閃耀著，光線延伸到校園的這一帶。我心想，或許我該從愚蠢女王的寶座退下，驚慌失措地在心裡對史塔克發出求救的信號。這時，利乏音忽然放慢腳步，然後停了下來。

我把注意力和目光移回前方，看見卡羅納站在那棵飽受摧殘的樹木旁邊，背對著我們。事後我才想到，他知道利乏音會從哪個方向來，照理說至少會面向那個方向。可是，當時他光是站在那裡就足以遮蔽一切，讓我心神恍惚，無法多想。他高大強壯，依然赤裸著上半身。那對令人驚歎的黑翅收攏在他背部，看起來彷彿是由神祇用一片片夜空縫製而成的。我都忘了他有多美、多威武、多雄偉。我咬緊牙根，在心裡把自己搖醒。我可沒忘記他有多可怕。

「父親，我來了。」利乏音的聲音是如此微弱、稚嫩，像個小孩。我忍不住用右手握住他那隻仍抓著我左手臂的手。

卡羅納轉過身來，一雙琥珀色的眼眸睜大。一開始他面無表情，接著他一臉震驚。

「利乏音？真的是你，我的兒子？」

我感覺到利乏音全身顫抖。我抓緊他的手。

「是的，父親。」他的聲音變得有力了些。「是我，利乏音，你的兒子。」

我知道不死生物很會僞裝。我知道他跟黑暗交易，是凶手、騙子、叛徒。但我想，我永遠會記得這天卡羅納看見利乏音時，臉上的神情。卡羅納綻開笑容，整個人洋溢著喜悅。我鬆開抓緊利乏音的手，站在那兒，嘴巴開開，盯著卡羅納奇妙的表情，感受到他的喜悅。我發現，他此時臉上的表情，正是他在另一個世界凝視著妮克絲時的表情，同樣訴說著愛。

「妮克絲原諒我了。」利乏音說。

這短短一句話立刻澆熄卡羅納的喜悅。「所以，她賜給你人類男孩的形體？」不死生物冷冷地說。

我感覺到利乏音遲疑著，知道他即將做出我經常做的蠢事——本該保持緘默的時候，反而一股腦兒把事實全盤托出。於是，我趕緊替他回答，只說出一半事實：「對，他現在是人類男孩，是我們的一分子。」

卡羅納的琥珀色眼眸轉向我。「柔依，妳看起來氣色好極了。我以爲我的兒子是血紅者的伴侶。難道她跟妳分享他？」

「噁，才沒有。我們不是**那種**人。我是他的朋友，如此而已。」我說，在心裡甩開卡羅納剛見到利乏音時激動的表情。**這才是真正的卡羅納**，我提醒自己。「還有，你不必這麼混蛋。是**你**呼喚利乏音，不是他要找你。」

「對，我呼喚我的兒子。但我沒呼喚雛鬼女祭司長。」

「是我要求她陪我來找你。」利乏音說。

「你找柔依陪你，而不是找血紅者？是不是因爲她對你厭煩了？」

「不是。還有，她叫史蒂薇・蕾，不叫血紅者。我是她的伴侶，而且我會一直陪著她，當她的伴侶。」我喜歡利乏音這時的聲音，完全沒有崇拜或畏懼父親權威的語氣。「我之所以回應你的呼喚，正是因爲我必須來告訴你這一點，就像我之前告訴尼斯洛克的。我要和史蒂薇・蕾一起走在女神的道路上。這才是我要的，永遠都是。」

「永遠可是很漫長的時光。」卡羅納說。

「對，我知道。這當中我已經花了很多時間服從你的命令。」

「這漫長的時光裡你是在當我的兒子！」

「不，父親，不盡然如此。我已開始了解到，黑暗和光亮之間唯一眞正的差別，就在於愛的能力。當我服從你的命令，我們之間只有義務、恐懼和威嚇，卻很少愛。」

我以爲卡羅納會勃然大怒，沒想到他肩膀垮了下來，別開頭去，彷彿無法繼續迎視利乏音堅定的目光。「或許環境使得我無法當個好父親。」他緩緩地說：「你是憤怒、絕望和情欲的產物。我想，我讓這個事實決定了我們的關係。」

我可以感受到利乏音心裡生出希望，彷彿他透過肌膚和聲音在傳遞這份希望。「我們不必讓那個事實繼續決定我們的關係。」他也緩緩地說。這時，我驚訝地發現，他們兩個感覺起來是那麼相像。我偷瞄利乏音一眼，看到他的眼睛、嘴形和下巴顯露出家族遺傳的特徵。我不懂，我之前怎麼沒有注意到。難怪利乏音這麼好看——他長得就像他的父親！

「你希望我們之間有新的開始，就像你展開了新生命。」卡羅納說。

他的話不是問句，但利乏音還是回答說：「是的，父親。」

卡羅納看著我。「那你的新朋友呢？我不相信他們會接受你和我不是敵人。」

「我無法替他所有的新朋友回答，不過，只要你不來煩我們，我個人不在乎你和他之間是什麼樣的關係。」我說：「你需要擔心的人是奈菲瑞特。如果你真的不再跟她站在同一陣線，我可以跟你保證，**她**一定不會接受你和利乏音不是敵人。」

「我不受奈菲瑞特控制！」卡羅納強勁的聲音拂過我的肌膚，熟悉的冰冷害我打顫。

「好，隨便啦。」我努力裝出滿不在乎的語氣。「不過，我沒說她控制你，我是說你和她站在同一陣線，而她已經深深地陷溺於黑暗。她不會讓一個像你這麼有力量的人在一旁作壁上觀。」

「當奈菲瑞特囚禁我的軀體，利用我的靈魂，她就完全失去了我對她的信任。況且，柔依·紅鳥，妳應該知道，奈菲瑞特已經有了新伴侶。」

我翻了翻白眼。「元牲不是她的伴侶，他只是她的一個爪牙。」

「我說的不是她的新生物，我說的是白牛。」

我盯著卡羅納。「你不是在開玩笑？」

「他是認眞的。」利乏音說。

「你爲什麼告訴我這些？我們不是朋友，沒站在同一陣線。」我說。

「我們可以站在同一陣線，因爲我們有共同的敵人。」卡羅納說。

「我不這麼認爲。你只是在生奈菲瑞特一個人的氣——起碼現在如此。我對抗的是黑暗的一切，而你通常站在黑暗那一方。」

「他剛剛提到重新開始的事。」利乏音說。

我仰頭看著我身邊這個俊美可愛，滿懷希望，**天真無邪**的男孩。「利乏音，卡羅納不會忽然變成好人。」我滿腦子都在想：**我把利乏音帶回史蒂薇·蕾身邊時，如果讓史蒂薇·蕾發現，我對他們父子重逢的看法是「一切都很美好，很完美」，她一定會殺了我。**「就算我們很希望別人變成某種樣子，他們也不會因此就變成那個樣子。」

「我沒有想要當好人，」卡羅納說：「就像我也沒有想要當壞人。我只想見到特西思基利慘敗。她傷害我，我要報復。」

「好，你這些話到底代表什麼？」我問。

「代表我們有共同的敵人。我會幫妳把冒充成女祭司長的特西思基利，以及她的生物，元牲，從夜之屋剷除。」

「父親，你願意出面向最高委員會報告，揭發你所認識的奈菲瑞特嗎？」

「這樣做有什麼用？」卡羅納問，語氣尖銳。「我沒有證據來證明我的話。就算我指控她接納白牛為伴侶，她也會否認。我猜，她一定說她的生物是女神賜予的禮物，對吧？」

「對，她要大家相信元牲是來自妮克絲的禮物。」我說。

「我再來猜一猜——女神並沒有現身否認。」

「你明知沒有。」我說。

「當然沒有。」卡羅納搖搖頭，一副厭惡的表情。「由於妳的女神保持沉默，所以你們無法從妮克絲那裡取得證據。唯一不利奈菲瑞特的，就只有我的話語，而委員會已認定我被她放黜，所以他們會認為我是為了報復而撒謊。」

「難道不是？」我問。「我的意思是，你剛剛不就說你要報復？」

「我可不希望看到最高委員會只是告誡她，打打她的手心，關她禁閉，讓她再假裝服事女神。我要看到她被摧毀。」

他的聲音充滿冷酷的仇恨，再次害我打顫，但我無法否定他的推論。我不想殺奈菲瑞特——要命，我誰都不想殺。可是，我打從內心深處知道，除非她被徹底摧毀，否則到頭來她一定會對我們所有人造成難以想像的傷害和痛苦。

「好，聽著，你得把話說清楚。你的意思是要殺死奈菲瑞特？」

「我無法殺她，她已變成不死生物。」他直直盯著我。「只有她才能摧毀她自己。」

我覺得我的腦袋快爆炸了。「我想不出怎麼可能讓她摧毀自己。」

「我或許知道怎麼辦。」卡羅納說：「她和白牛勾結，以爲自己可以操控牠的力量，但她大錯特錯。」

「要摧毀她，主要得靠白牛？」利乏音問。

「可能。我們等著看吧，看她想幹什麼，下一步會使出什麼招數。」卡羅納說：「你們跟她一起住在夜之屋這裡，要方便多了。留心看著她吧，兒子。」

「我們不住在這裡。」利乏音說，我來不及阻止。「我跟史蒂薇·蕾、柔依和其他人住在火車站。」

「是嗎？有意思。所有的紅雛鬼都跟你們一起住在火車站嗎？」

「不，奈菲瑞特又帶了另一批紅雛鬼回夜之屋，他們不屬於史蒂薇・蕾那群人。他們會住在學校這裡。」利乏音說。

我皺起眉頭瞪著利乏音，向他使個「你可不可以閉嘴」的眼色。

「這點可能很重要。他們會使學校裡光亮和黑暗的勢力失衡。」

「對。」利乏音說：「還有一個雛鬼可以——」

「可以閉上嘴巴，不把我們的事告訴所有人。」我替他把話說完，並狠狠地白他一眼。

卡羅納會心地笑笑。「妳不信任我，小埃雅？」

我覺得我的心瞬間凍結。「對，我不信任你。還有，別再用這個名字叫我。我不是埃雅。」

「埃雅在妳裡面。」他說：「我可以感覺到她。」

「她只是造成我成爲今天這個我的一小部分因素。所以，別煩我，你跟她的時光早已結束。」

「或許有一天妳會明白，過往的生命會繞一圈來到現在。」他說。

「那你就慢慢等吧，好嗎？」我裝出溫柔的語氣。

卡羅納哈哈大笑。「妳還是很能討我歡心。」

「而你還是令我噁心。」我說。

「我們不能和平共處嗎？」利乏音問。

「我們可以暫時休兵。」我說，看著利乏音，強迫他直視我的眼睛。「但這不是和平，也不是要信任他，把我們的事全告訴他。利乏音，這一點你必須搞清楚，否則你現在就跟他離開這裡。」

「我要跟史蒂薇·蕾在一起。」他說。

「那就記住你屬於哪一邊。」我說。

「妳儘管放心，我不會讓他忘記這一點的。」卡羅納說。

「隨便你說，但你最好知道，我們有很多人關心利乏音，不會讓他被你利用的。」

卡羅納不理會我，逕自對他兒子說：「如果你需要我，就望向西方，循著我們的血脈。」他張開翅膀。「記住，你是我的兒子。我可以跟你保證，你四周這些人絕不會忘記這一點。」卡羅納躍上天空，用力拍了幾下翅膀，消失在黑夜裡。

15 柔依

就這樣，我蹺掉了第一堂課。說眞的，在經過卡羅納和利乏音的事情之後，我可沒辦法坐在那裡，任由奈菲瑞特裝苦心，耍陰險，不斷羞辱我。於是，我送利乏音去上課（我要他跟老師說，他去洗手間，所以遲到），然後在離馬廄不遠的地方，找了個陰暗的角落坐下。我需要時間坐下來想一想，單獨一個人想一想。

卡羅納說他希望我們休戰，我認爲這根本是狗屁。他的目的很可能是要利用利乏音來滲透我們，分化我們——咦，說得好像我認爲我們是蠢蛋幫加鄉巴佬組成的地下武裝團體？我嘆一口氣，聯想到《噬血眞愛》裡近親交配的豹人。唉，看來我得把第三季重新看一遍……

「喂，柔依，專心。」我告訴自己。

所以，卡羅納假裝他想要休戰，而利乏音相信他，因爲這孩子是那種「我要爸爸愛我」的可悲案例。史蒂薇．蕾一旦發現卡羅納來找過利乏音，一定會氣得半死，這點我完全可以體會。她想保護利乏音，怕他受傷害，而卡羅納＋改邪歸正的全新利乏音＝災難。

此外，一票壞紅雛鬼回學校來了，假裝他們**不是**變態瘋子和殺人狂。呸，喔，呸。光想到可能跟他們在走廊上迎面槓上，我就頭痛。

雪上加霜的是，史塔克依舊睡不好、奈菲瑞特交了一隻公牛（噁，不可能真的是想像中那樣吧？），還多出了一個叫元牲的男孩或什麼東西，讓我覺得超級詭異——讓我害怕、焦慮、毛骨悚然。總之，整個學校就像一顆炸彈等著爆開來。

我仰望天空，對著皎潔的新月低聲說：「還有，再六天我就得去阿嬤的花田舉行淨化儀式，因爲我媽在那裡遇害。」我用力眨眼。不，我絕不再哭泣。我只是要坐在月光下，直到第二堂的戲劇課開始上課。

好似我的人生還不夠戲劇化。

「起碼我的靈魂已不再破碎，」我告訴月亮：「我已經不是另一個世界裡不得安息的幽魂。」我好不容易才興起這麼一點正面的想法，腦海裡隨即浮現一個念頭，並且脫口說了出來：「我好想西斯啊。」

話才出口，我胸口正中央的一小塊地方開始發熱。我把目光從恬靜的月亮收回，投向學校的圍牆，心裡忐忑，怕會看見什麼可怕的東西。是元牲，他沿著圍牆內側小跑步。即使有段距離，我仍看得出他一路保持警覺，目光不停地上下左右搜尋。他甚至好像還不時地嗅著空氣。他大體上是往我這個方向跑，雖然不是直接朝我跑來。我坐的長椅距校舍不過幾碼，離圍牆比較遠，位於大樹底下的陰影裡，他應該還沒看到我。但他在露天底下跑，沒有一直待在陰暗處，而且夜空清朗，銀藍色的月光夠亮，因此，當他逐漸接近，我可以清楚地看見他的臉。

元牲絕對是女孩子心目中的帥哥。嗯，我是說，如果她們不知道他是披著男孩外皮的殺人怪物。接著，我想起來，他殺了那隻仿人鴉後，好多雛鬼露骨地對他表示好感。看來他們不在乎他的外表是眞的或只是一張人皮。我忽然覺得有東西爬上脊椎，不禁打了個寒顫。別人或許不在乎，但我在乎。他那副人皮底下到底是什麼東西，我非常在乎。

他那雙眼睛很怪，我之前就注意到了。諷刺的是，在現在這種光線下，那雙眼睛讓我想起月亮，想起被稱爲月光石的石頭——只差他的眼睛閃爍著，幾乎會發光。

我慢慢地伸手去摸占卜石，同時感覺到自己心跳加速。**元牲到底是什麼地方讓我這麼害怕？**我不知道，但我知道我必須克服這種恐懼，我必須透過占卜石，正視它向我揭示的任何東西——無論黑暗或光亮，邪惡或良善。我拿起占卜石。這時，我注意到了——他的影子，投射在石牆上。但那影子不是人類男孩高大結實的身軀，而是一頭牛。

我一定倒抽了一口氣，發出微弱的聲音，因爲他發亮的眼睛隨即轉向我。他改變跑步的方向，直接朝我跑來。

我把占卜石塞回衣服底下，努力保持呼吸正常，不讓心臟跳得彷彿要迸出胸腔。他離我幾碼時，我再也克制不住，站起來，繞到鍛鐵長椅的後方。我知道這很蠢，但有東西擋在我們之間總比沒有好。

他停步，不發一語地凝視著我。那表情竟然是好奇，彷彿他從未見過女孩子，正試圖搞懂我是什麼東西。

「妳今晚沒哭。」他終於說話了。

「沒有。」

「妳應該在教室裡的。」他說：「奈菲瑞特已下令所有的雛鬼都要上課。」

「你的影子爲什麼是公牛的樣子？」我衝口而出，像個白癡。然後，我很想搗住自己的嘴巴。**我到底是哪裡不對勁啊**？

他蹙起眉頭，轉頭往身旁的地面看。在那兒，他的影子是人類的模樣，非常正常，跟著他同時轉頭。

「我的影子不是公牛啊。」他說。

「剛才，你在牆邊跑步時，你的影子是牛。我看見了。」我說，納悶自己說的明明是不可思議的瘋話，何以還能說得如此鎮靜、篤定。

「有一部分的我是牛。」他說，然後他面露驚訝，彷彿被自己的答案嚇到。

「是白牛還是黑牛？」我問，然後我也被自己的問題嚇到。

「我的影子是什麼顏色？」他反問我。

我皺眉，看著他人類形狀的黑影。「當然是黑色的。」

「那麼，我的牛就是黑色的。」他說：「妳該回去上課了。這是奈菲瑞特的命令。」

「柔依，妳沒事吧？」

史塔克的聲音嚇了我一跳。我轉頭，看見他疾步向我走來，手裡握著搭了箭的弓，卻裝出一副若無其事的樣子。

「喔，沒事。」我說：「元牲說我該去上課了。」

史塔克狠狠看了元牲一眼。「我不曉得你還是這所學校的老師。」

「我只是聽從奈菲瑞特的命令。」元牲說，語氣跟史塔克出現前一樣，但身體語言已完全改變，整個人看起來更巨大，更凶狠，更危險。

幸好，第一堂課結束的鐘聲及時響起。「喔，糟糕，看來我來不及上第一堂課了。第二堂最好別遲到。」我轉身，走向史塔克，勾住他的手，說：「陪我去戲劇課教室，好嗎？」

「當然。」他說。

我們兩人沒再對元牲說任何話，逕自離去。

「他嚇到妳了。」我們走出元牲的聽力範圍後，史塔克對我說。

「對。」

史塔克打開主校舍的門。多數教室都位於這條長廊的兩側。走廊上熙來攘往，擠滿正在換教室的雛鬼。史塔克靠緊我，壓低聲音說：「為什麼？他做了什麼事？」

「他投射的——」

我戛然打住，因為我看見一個高䠷、黑髮的成鬼走出奈菲瑞特的教室，出現在前方的走廊上。史塔克和我站立不動。一開始，我不敢相信自己所看到的，很想抬手揉揉眼睛。這時，史塔克握拳放在心臟位置，深深一鞠躬，把我從失神狀態拉回現實，我趕緊跟著他握拳鞠躬。「歡喜相聚，桑納托絲。」史塔克說。

「啊，史塔克、柔依，歡喜相聚。很高興見到兩位氣色這麼好。」

「妳在這裡做什麼？」我衝口而出，隨即因自己的心直口快而感到尷尬。

她的眉毛高高揚起，但那表情比較像覺得有趣，而非不悅。「我在這裡，是因為最高委員會認為，這裡有些特別的雛鬼——」她頓住，瞧史塔克一眼——「以及成鬼，值得特別關注。」

「所以呢？」我問。從我們身邊經過的學生，個個張口瞠目，竊竊私語。我看見戴米恩的頭從他第二堂課的教室門口探出來。他見到是桑納托絲時，驚訝得用嘴型發出無聲的「啊～！」

「所以，下週一如果妳蹺掉第一堂課，妳就蹺掉了桑納托絲的課。」奈菲瑞特從她教室敞開的門走出來。她口氣嚴厲，跟一般老師指責學生蹺課的語氣沒有兩樣，但她的眼神完全不是這麼一回事。我察覺史塔克身體緊繃，猜想這是因爲他看到她四周圍繞著黑暗。

「我相信柔依很懂事，今天沒來上課一定有充分的理由。」桑納托絲對奈菲瑞特微笑，語氣則顯露出她高於奈菲瑞特的地位。

奈菲瑞特的臉似乎僵住了，笑容也顯得冷淡。「我也這麼相信。儘管如此，下週一開始，柔依和妳想納入妳班上的所有其他特殊學生，就由妳負責了。這條走廊過去那一頭，右手邊有一間教室已經空出來了。現在，請容我告退，我得去確定妳的房間已備妥，好供妳在這裡無限期停留。」

「當然，妳去忙吧。同時，容我再次爲自己沒提前通知，乍然來訪，而且不確定自己會在這所美麗的夜之屋待多久，向妳致歉。這的確是不尋常的狀況。歡喜相聚，歡喜散場，期待歡喜再聚，奈菲瑞特。」桑納托絲說。

奈菲瑞特握拳放在心臟位置，微微鞠躬，喃喃道別，然後匆忙離去。

「我來這裡，她不怎麼高興。」桑納托絲說。

「想也知道。」我低聲說。在斯凱島那段期間，史塔克已經告訴我，他信任桑納托絲，而且我所有的朋友都把這位能感應死亡的成鬼當自己人，毫不隱瞞地跟她講了奈菲瑞特的事情。

桑納托絲點點頭。「確實。不過，我還是很樂意出這趟任務。這個世界的善惡平衡出了問題，我相信答案就在這裡，在這所夜之屋。」

上課鐘聲響起。「啊，要命！」我說，然後趕緊接著說：「呃，對不起，我上課要遲到了。」

「柔依，把今天的課好好上完吧。期待週一第一堂課見到妳。」她微笑看著史塔克。「年輕的戰士，我車裡有幾個旅行袋，你可以幫我提嗎？」

「當然，沒問題。」他說，對我微笑，揮手道別。我握拳放在心臟位置，向桑納托絲鞠躬，然後沿著走廊快跑離開。我低頭鑽進戲劇課教室時，向艾瑞克露出「真的很抱歉」的表情。

他瞇起眼睛看我。幸好他接下來沒說什麼。基本上，他幾乎不理我，任憑我坐在那裡發呆。我不知道我是該期待今天的課快點結束，還是該擔心接下來會發生什麼事。

我的心思好像主要是在擔心……

雖然我心情沉重，雙眼還是盯著午餐餐盤，臉上漾起微笑。「義大利麵。」接著，我快樂地喟嘆一聲。「還有可樂和大蒜起司麵包。看起來好好吃喔，眞的。」

「對啊，我也很懷念這些食物。」史蒂薇．蕾笑著說，往旁邊挪，讓史塔克和我坐在她跟利乏音旁邊。我注意到利乏音嘴裡塞滿了東西，迅速地嚼食。他迎視我的目光，微笑，滿嘴義大利麵，口齒不清地說：「眞好吃。」

「哇，鳥也吃義大利麵啊？」愛芙羅黛蒂問，在我們四個對面坐下。

「他不是鳥。」史蒂薇．蕾說，語氣強硬。

「這會兒的確不是。」愛芙羅黛蒂說。

戴米恩跑過來，用手肘擠了擠愛芙羅黛蒂。她對他皺起眉頭，但還是挪出位置給他。

「好，我迫不及待要跟你們聊一聊。桑納托絲來這裡做什麼？」

「喂，最近沒收信啊？」愛芙羅黛蒂說，手裡揮著一張紙，看起來像是很正式的學校通知之類的。「我猜，你應該也會收到一張課程變動表。共用腦袋的姊妹花就收到了。」

孿生的走過來。「不准再這樣叫我們。」簫妮說。

「就是說嘛，我們哪有共用腦袋？我們是共享靈魂。兩者有很大的差別。」依琳說。

「拜託，難不成共享靈魂會比較好？」愛芙羅黛蒂搖搖頭，翻了翻白眼。

「從下週一開始，第一堂課將是桑納托絲的特殊課程。」我趕在世界大戰爆發之前插嘴。「我們的課表應該都會調整。」

「我的課表就改了。」利乏音說，嘴裡仍塞滿食物。「我上第一堂課之前看過。」

「喔，所以你才會遲到啊？」戴米恩說：「我原本不想問的。」

「遲到？」史蒂薇．蕾說：「你知道，老師都很討厭學生遲到。」

利乏音看著我。我也看著他。

他嚥下滿嘴的義大利麵，說：「父親來這裡。」

「什麼？卡羅納？來這裡？」史蒂薇．蕾說，幾乎是用叫的。附近桌位的學生紛紛對我們投來好奇的眼光。

「沒錯！」愛芙羅黛蒂說，提高嗓門，裝出氣惱的表情。「巴塞隆納才是血拼鞋子的好地方，這裡哪是啊？頭腦清楚一點，鄉巴佬。」接著，她低下頭，壓低聲音說：「別在公共場合說太多——換句話說，只能在坑道裡談。」

「利乏音，你沒事吧？」史蒂薇．蕾問道，聲音低了許多。

「沒事。我不是自己一個人，有柔依陪著我。」他輕聲回答。

史蒂薇．蕾驚訝地眨著眼睛。「柔？」

「對，我一直陪著他。沒事的。嗯，有那個不能說出名字的人在，這種情況算沒事。」

我壓低聲音說。

「喂，拜託，這裡又不是《哈利波特》裡的霍格華茲學校。」愛芙羅黛蒂說。

「眞希望是。」依琳說。

接著，簫妮做出比卡羅納來訪更讓我驚嚇的事。她沒呼應她的孿生的，反而以非常不孿生的口吻，低聲對利乏音說：「你仍然在乎他，對吧？」

利乏音點了一下頭，輕輕地。

「孿生的？霍格華茲呢？」依琳問，表情有點茫然。

「孿生的，這事更重要。」簫妮的眼睛再次看著利乏音。「爸爸很重要。」

「我怎麼不曉得妳跟妳爸爸很親？」史蒂薇．蕾說。

「我跟他不親。」簫妮說：「所以我才體會到爸爸有多重要。爸爸不關心你，不代表你不希望他變成不一樣的爸爸。」

「哇，」依琳說，依舊一臉困惑，「我都不知道這事困擾著妳欸，孿生的。」

簫妮聳聳肩，表情有點尷尬。「我不太喜歡提這件事。」

「他有沒有對你凶？」依琳問利乏音。

利乏音瞄我一眼。「沒有，沒很凶。」

「我想，愛芙羅黛蒂說得對，我們應該等不需擔心有人偷聽時，再來談這件事。現在大家把午餐吃完，然後去檢查信箱，看看有沒有課程變動通知單，也看看紅雛鬼是不是一樣。」我說。

「達拉斯那夥人已經收到通知。」愛芙羅黛蒂說：「藝術課時我聽到他們在談。」

我看著史蒂薇．蕾，她已經面無血色。「我們會陪著妳的。」我說：「況且桑納托絲法力高強，是最高委員會的成員。她不會讓任何不好的事情發生的。」

「雪姬娜是最高委員會的領導人，結果來這裡的第一天就被殺死，記得嗎？」史蒂薇．蕾說。

「她是奈菲瑞特殺的，不是那個自以爲了不起的紅鬼幹的。」我說。

「那些女孩也讓我很不舒服，」愛芙羅黛蒂說：「尤其那個妮可。眞該把她的頭髮連根拔起。我敢說，她髮根的顏色一定跟那頭鳥巢不一樣。」

「我不得不同意妳的話，雖然我討厭這樣。」史蒂薇．蕾說。

「鄉巴佬，就算是妳，也有說對話的時候。」

「我們可不可以閉嘴，把剩下的義大利麵吃完？」我說：「還有兩堂課就放學了。回到火車站以後，我們有一整個週末可以研究、商量這件事。」

「沒錯。」戴米恩說：「下一堂課我就去找一些書和檔案，看能不能弄懂我們一直不明白的一些問題。嘉蜜老師已經允許我在西班牙語課去視聽中心。今天她上課的重點是動詞變化，這部分我已經很熟了。」

「唉。」我說。所有人（除了戴米恩）都點頭同意我這聲嘆息，只有孿生的似乎不在狀況內。依琳不停地瞄簫妮，臉上的表情時而惱怒，時而困惑。

今天剩下的時間，基本上就是這樣度過的：時而困惑，時而惱怒，還有唉聲歎氣。

16 柔依

「我喜歡他那匹馬。」我告訴蕾諾比亞。

「我也喜歡。」蕾諾比亞說，口氣卻好像很不樂意承認。

我們站在畜欄裡。不遠處，崔維斯騎著他那匹高大的佩爾什馬——邦妮，正在向圍繞著他專注聽講的雛鬼（以及達瑞司、利乏音和史塔克），說明如何在馬背上揮矛舞劍。

「所以，」強尼說：「她就只會這些招數？就只是大步慢跑或直線前進後退之類的？」

高踞在邦妮背上的牛仔看起來威風凜凜，手上拿著一根長矛。有那麼一瞬間，我心想，他會不會長矛一揮，刺穿肌肉發達，卻臭屁、無腦的強尼。但崔維斯只是把帽簷往上頂，將持矛的手背在臀後，告訴強尼：「小匹馬能做的，我這女孩都能做。沒什麼步法難得倒她：無論走路、小跑步、大步慢跑，還是奔馳。」他望蕾諾比亞一眼，輕鬆的笑容變成苦笑。

「好，邦妮轉身是不及美國奎特馬快，奔跑的速度和距離也比不上英國純種馬，不過，到野外奔馳，她的能耐足可和那些馬較量。別忘了，她還可以同時載著我和一堆盔甲武器，拉倒一間房子。可千萬別低估了她。」他又看蕾諾比亞一眼，繼續說：「不過，小夥子，話說回來，任何女性都不容低估。」

我趕忙咳嗽，來掩飾笑聲。

蕾諾比亞看著我，說：「別幫他敲邊鼓。他一整天都在跟雛鬼吹擂。女孩仰慕他，男孩想成為他。他讓我頭疼得很。」

「所以，妳有那麼一點喜歡他嘍？」

蕾諾比亞冰冷的目光瞪得我皺眉吐舌。這時，崔維斯拉高嗓門，說：「關於這個，你們得問問站在那邊的老師。不過，我個人很贊成來點戶外教學啦。」

什麼？戶外教學？我豎起耳朵。「我們要去戶外教學？」

「自從跟邪惡拼搏以來，我們就不曾到戶外教學。」蕾諾比亞低聲說。然後，她也提高嗓門，邊走向邦妮和牛仔，邊說：「不好意思，崔維斯，我沒在聽。你剛剛說什麼？」

「有學生想看看邦妮在戶外奔跑的模樣。哪天晚上天氣好，我很樂意帶他們和幾匹馬出去溜達。我在薩帕爾帕市郊長大，對山脊上的運油古道可說瞭若指掌。」

我看到蕾諾比亞深吸一口氣，彷彿準備把牛仔轟到同溫層，卻見個頭最小的安蟻伸長了手，拍拍邦妮的鼻子，一副不勝仰慕的模樣，說：「哇！到野外跑馬！就像以前的牛仔？太棒了。」他帶著欣羨的眼神望向蕾諾比亞。「蕾諾比亞老師，我們可不可以去？」

在那一刻，我想，蕾諾比亞和我一樣，心弦被觸動了。安蟻要求的，在正常學校不過是家常便飯。他只是想去郊遊，像個孩子那樣去玩，而不是死去又活過來，對抗什麼不死生物及他們帶來的妖怪，操心拯救世界的大事。

「也許吧。我得看看能否把戶外教學排入我的教學計畫。最近學校課程是改變不少。」蕾諾比亞以老師的口吻說。

強尼嘆一口氣。「是啊，改變。都是因為我們活過來，回來這裡，把課程打亂了。」

「其實老師指的主要是我，而不是你們。」利乏音說：「都是因為我，史塔克和達瑞司才必須在馬廄開新課程。」

「你們兩個說的，都不對，也都對。」蕾諾比亞直截了當地說：「這所夜之屋的確因你們而有些改變，但這不見得不好。我喜歡從正面的角度來看待改變。有改變，才不會停滯。我也樂見戰士課程在我的馬廄裡開。崔維斯已說明得很好，戰士和馬匹之間擁有豐富、悠久的歷史。」

我看見利乏音面露驚喜，忐忑地微笑。這時，鐘聲響起，在大家奪門而出之前，崔維斯喊道：「喂，站住，你們大家！東西歸位之前不准有人離開馬廄。你們男生幫史塔克和達瑞司把武器和靶子放回架上。」然後，他指著利乏音和安蟻。「你，還有你，幫我把邦妮身上的馬具拿下來，擦乾淨她的身子。她今天夠辛苦了。」

眾人肅立聽令。蕾諾比亞楞了一下，默默地點點頭，改變方向，走進她的辦公室。哈，在素以嚴厲出名的吸血鬼老師默許下，一個人類牛仔居然可以發號施令，指揮曾是仿人鴉的生物、死後復活的男孩，以及一群雛鬼。哈。

大家集合完畢，搭上身障車，回到火車站時，已將近早上六點。我覺得好累，很高興週末來臨。我發誓，我什麼都不想做，除了睡覺、看電視垃圾節目，以及也許把坑道稍微布置一下。當我想著我那條藍色的厚毯子，想著我和史塔克及娜拉蜷縮在毯子底下會有多舒服，史蒂薇．蕾開口掃了我的興。

「好，我們得快一點。」她對我、利乏音、史塔克、達瑞司、愛芙羅黛蒂、孿生的和戴米恩招手。「再過一個半小時天就亮了。利乏音和柔依要告訴我們卡羅納的事。」

我嘆了一口氣。「好吧，到廚房。」

結果我們花了不少時間，才把擠在廚房裡的那些餓雛鬼趕回他們的房間。

「長此以往，這樣不行。我們得有個地方召開我們的委員會，避開一堆白癡。」克拉米夏說，皺眉看著強尼。他正拼命往嘴裡塞起司玉米片，想知道自己一次可以塞進多少。

「ㄇㄚㄚㄇㄨ。」強尼滿嘴玉米片，說的話沒人聽得懂。

「把你的蠢屁股挪出這裡，我們有正事要討論。」克拉米夏搖搖頭，把強尼和其他最後幾個紅雛鬼趕出廚房。然後，她面向我們，說：「沒錯，我不會走。」

「喔，拜託，難不成妳又寫了一首詩？」愛芙羅黛蒂說。

「我在《時人》雜誌裡讀到，負面思惟會讓人產生皺紋。」克拉米夏對愛芙羅黛蒂說：「妳照鏡子時，或許該反省一下自己的態度。我知道妳很愛照鏡子。」她輕輕發出一聲不屑的「哼」，然後看看史蒂薇·蕾，再看看我。「這首詩是上拉丁文課時冒出來的。」

「拉丁文？不會吧？」愛芙羅黛蒂說：「妳連英文都說不好。」

「Non scholae sed vitae discimus.（我們學習不是爲了學校，而是爲了人生。）」克拉米夏流利地說。

眾人靜默。半晌後史蒂薇·蕾開口：「該死，拉丁文聽起來就是這麼聰明。幹得好呀，克拉米夏。」

「謝謝，能被我的女祭司長稱讚眞好。總之……」她在她那只超級大的袋子裡翻找，好不容易掏出紫色的筆記本。她從裡頭抽出一張紙，走到桌前，啪的一聲把紙張放在我面前。

「給妳的。」

「爲什麼?」我慌得衝口而出。

克拉米夏聳聳肩。「不曉得，反正應該是給妳讀的。」

「當這些詩『冒出來』，」愛芙羅黛蒂比劃出引號，譏諷地說：「妳應該多收集一些資訊，才能眞正幫上忙。」

「小心皺紋。」克拉米夏說，看都不看她一眼。

「好，我讀。」我拿起紙張，然後覷了瞪大眼睛看我的夥伴一眼。「好，出聲讀。」

分界線之形成——之塑造，源於：

龍的淚水

失落的歲月

恐懼終於敗退

火與冰之弔詭

透過真視去看

黑暗不一定等於邪惡

光亮未必帶來良善

念到最後兩行時，我的胃揪緊。我抬眼看著克拉米夏，說：「妳說得對，是給我的。」

「妳怎麼知道？」史塔克問。

「最後兩行，從黑暗開始的這部分，正好就是我被標記那天，妮克絲親吻我的額頭，把我的弦月變實心之前，她對我說的話。」

「那妳看得懂其他部分的意思嗎？」戴米恩問。

「嗯，不曉得欸。我們都知道爲什麼龍老師哭泣。」利乏音一聽，低頭弓背，我帶著歉意看他一眼。「歲月和恐懼應該也跟龍老師有關。另外，這首詩也牽涉到夏琳，因爲裡頭提到眞視。至於弔詭，我連那是什麼東西都不曉得。」我嘆一口氣。「所以，換句話說，其他部分我毫無所悉。」

「弔詭就是自相矛盾但又爲眞的陳述或情況。」戴米恩說。

「什麼？」我說。

「好吧，舉個例子：戰爭的弔詭就是爲了不讓人被殺，你必須殺人。」

「天哪，我討厭比喻。」愛芙羅黛蒂說。

「可是，我的美人兒，妳很聰明。任何事妳只要花心思，就一定會懂。」達瑞司說。

「這個弔詭可能跟卡羅納和利乏音有關。」簫妮忽然開口。

「什麼意思？」史蒂薇．蕾問。

「孿生的？」依琳說：「妳還好吧？」

「我很好。」簫妮告訴她，然後繼續說：「我的意思是，他們的情況很弔詭，不是嗎？利乏音為了證明他改邪歸正，變成好人了，必須背叛他的父親，而這通常是不對的事。」

「妳或許說到重點了。」戴米恩說。

「她是火。」愛芙羅黛蒂說。

我眨眨眼。「而卡羅納是冰。」

「可是，我的孿生好姊妹跟卡羅納沒有任何關係呀。」依琳說。

「有，有關係。」利乏音說：「她了解我對他的感覺，尤其發生今天的事情之後。」

「利乏音，我知道你希望你爸是好人，而且愛你，但你必須放棄這種念頭。」史蒂薇．蕾說。我聽得出她有多沮喪。

「請告訴她今天的事。」利乏音對我說。

我壓下一聲嘆氣，說：「卡羅納想跟我們休戰。」眾人騷動，紛紛說「不可能」、

「喔，拜託」——嗯，簫妮和利乏音除外——我繼續告訴大家卡羅納、利乏音和我之間的談話，然後做出結論：「所以，不，我不認爲我們可以信任他，但休戰不見得是壞事。」

「利乏音不能把我們的事透露給其他人。」克拉米夏說，狠狠地看利乏音一眼。

「對，這點我們已經談過了。對吧，利乏音？」我說。

「我不會把我們的祕密告訴父親的。」利乏音說。

「不只如此。」史塔克說：「我們住在這裡並不是祕密，但不需要讓卡羅納知道。」

「如果這不是祕密，不管怎樣，父親終究會知道的。」利乏音說。

「對，或許。可是，你想過嗎，如果他眞的離開了陶沙，往西方去，而且以爲你待在夜之屋，有一群冥界之子圍在身邊，那他可能就繼續往西飛，而我們就擺脫他了？」史塔克說。

「不可能的，父親不可能離開我。」

「他已經離開你了！」史蒂薇．蕾突然開口。她站起來，雙手交叉抱住自己，彷彿要用這個動作控制自己的情緒。「當你選擇良善，他就離開你了。他回來找你，只是因爲你兄弟沒能說服你替他偵伺。所以，他現在親自出馬。」

「偵伺？」達瑞司說。

利乏音看著史蒂薇．蕾，彷彿她剛甩了他一巴掌。但他還是回答達瑞司：「對，我的兄弟就是爲這事來找我。可是，在龍老師和元牲發現我們之前，我就拒絕了他們。」

「好，聽著，就像我剛剛說的，很清楚，我們不應該信任卡羅納，不過我認爲，他今天說到一個重點。如果奈菲瑞特成了不死生物，只有她能摧毀自己，那麼，我們肯定需要有人協助，想辦法把她往那個方向推。」我停頓一下，繼續說：「我也認爲，我們應該信任利乏音，雖然他深愛他的父親。」

「卡羅納是一顆不定時炸彈。」史塔克說。

「你和我也都曾經是不定時炸彈。」利乏音說。

史蒂薇．蕾放開抱住自己的手，牽起利乏音的手。「我也曾是不定時炸彈，跟你們一樣。但我們三個都選擇了光亮，而你的父親沒有。這一點你一定要記住，拜託。」

「我再次同意鄉巴佬的話。」愛芙羅黛蒂說。

「我也同意。」依琳說。

氣氛忽然僵住。依琳看著簫妮——她沒接腔，呼應依琳的話，也沒迎視她的目光。

「哇，神蹟！誰去打個電話通知梵諦岡。」愛芙羅黛蒂冷冷地說。

利乏音伸出沒被史蒂薇．蕾握住的那隻手，從桌上拿起克拉米夏的詩。他低頭閱讀，念出來：「黑暗不一定等於邪惡，光亮未必帶來良善。或許事情不完全像表面看到的那樣。」

「有件事情我很確定。」我說：「我在另一個世界時，卡羅納求妮克絲原諒他，女神說，除非他值得原諒，否則不要去求她。利乏音，他不值得原諒，他還沒掙得這個權利。」

「還沒。」簫妮輕聲說。

「還沒。」利乏音說。

「還沒？」依琳說，甩了甩頭。

「好，這樣決定吧：在卡羅納掙得求妮克絲原諒的權利之前，我們不要信任他。但我們可以跟他休戰，因爲敵人的敵人就是朋友。」我說。

「可是，不信任他不代表不要對他抱持希望。」簫妮說。

「對，不代表那樣。」我緩緩地說，眞恨我的死黨好友看著利乏音時，那種無奈、哀愁的眼神。

「我不會讓妳失望的。」利乏音先是對史蒂薇．蕾說，然後目光移向我們其他人。「就像簫妮說的，我可以抱持希望，但我不會信任他。」

「他會讓你心碎的。」史蒂薇．蕾說。

「現在擔心這個已經太遲了，」他說：「他已經讓我心碎了。」接著，利乏音全身顫抖。我發誓我眞的看見他的肌膚在抽搐。「天亮了。」他起身，溫柔地吻史蒂薇．蕾。「我得走了。我愛妳。」

「我跟你一起——」史蒂薇．蕾說，但隨即打住。「不，你不要我跟你去。沒關係，我知道有些事你必須自己承擔。」她踮起腳尖，吻他一下。「快走，免得卡在坑道裡。」

利乏音點點頭，奔離房間。

「哈，所以，他要變成鳥了？就這樣？」愛芙羅黛蒂說。

「對，就這樣，除了這害他全身劇痛，受到羞辱。」史蒂薇．蕾說，啜泣一聲，奔出廚房。

「喔，拜託，我只是問問嘛。她眞的不必這麼敏感。」

「如果達瑞司每天變成鳥呢，妳作何感想？」我問她，試圖讓她體會史蒂薇．蕾的心情，但顯然白費力氣。

「我會很氣啊，」她說：「因爲我喜歡成天跟他摟摟抱抱。」愛芙羅黛蒂似乎在思索什麼事情，然後她說：「或許她可以趕在天亮前一刻，把他關進非常、非常大的籠子。搞不好她可以馴養他。」

所有人瞠目結舌地看著她。

「幹麼？我只是出個主意嘛。」

「這種主意妳最好別說出口。」戴米恩說。

「那麼，這代表怎樣？這個週末我去採買東西，來改善坑道的布置時，要不要把鳥籠放進採購清單裡啊？」

「如果妳讓我決定其他採購項目，我贊成妳放進去。」克拉米夏說。

「我要去找我的好朋友談一談。」我說：「妳們兩個去採買吧，但別買『差勁』。」

「嗨，如果沒別的事，我要去睡覺了。」史塔克說：「太陽快把我拖垮了。」

我擠出笑容，親他。「好，我一會兒就回房間。」

「慢慢來，先確定史蒂薇．蕾沒事。」他幾乎看都沒看我，直接跟其他人擺擺手，拖著沉重的腳步離開廚房。

等我回到房間，他肯定已經睡著。這種感覺好怪，彷彿我忽然跟一個無法保持清醒的老頭子在交往。但我甩開這種感覺，疾步走向史蒂薇．蕾的小房間。

她坐在床沿，哭得很傷心，懷裡抱著娜拉。

「嗨，小妞。」我在她們旁邊坐下，拍了拍娜拉。「妳是不是在照顧史蒂薇．蕾？」

我的好友淚眼汪汪地噗嗤笑出來。「對，我回來時她已經在這裡了。她裝出一肚子不高興的樣子，卻一下子就跳上我的大腿，朝我打了個噴嚏後，把爪子趴在我的胸口，臉貼著我的臉磨蹭，舒服地打起呼嚕。」

「娜拉很盡責。」我說。

「盡責？」史蒂薇．蕾抽了抽鼻子，從床邊的面紙盒裡抽出一張衛生紙。「貓咪治療師啊。當她切換到專業模式，我喜歡當她是娜拉醫生。」

「她要收鐘點費嗎？」她問，拍拍娜拉。貓咪打呼嚕的聲音，這時已經響亮如雷鳴。

「要啊。她工作是爲了賺貓薄荷。她要的量可大了。」

史蒂薇．蕾露出笑容，擦了擦淚眼。「我肯定得準備一大把貓草。」

「要不要打電話給妳媽？看能不能讓妳的心情好一點？」

「不要，她這會兒大概正忙著幫我弟準備早餐。我沒事。」

我擔憂地看她一眼。

「好啦，我會沒事的，我只是擔心利乏音。我知道你們大家都忘不了他曾是一隻仿人鴉，但我希望你們可以了解，他眞的不再邪惡了。自從妮克絲改變他，夜晚他就只是個正常的男孩。他甚至還不太知道怎麼當個男孩呢。柔，我好怕卡羅納會做出什麼事來干擾他，害他把自己搞砸，導致最後失去他的人性。」她又開始聲淚俱下地號啕大哭。

我把她摟進懷裡，惹得娜拉直抱怨。「不會的，寶貝，不會這樣的。女神一旦給了我們恩賜，就不會收回，即便自由意志會讓人犯下大錯——我是說，比如奈菲瑞特就是最佳的例子。她真的變得糟糕透頂了，卻照樣擁有女神恩賜的許多力量。不管怎樣，利乏音晚上還會是個人類男孩。妳必須做的，就是確定妳能否接受他身為人類所具有的缺點。」

「可是，愛不是缺點啊。」她說。

「愛錯人就會變成缺點。」我說。

她的眼睛睜得又圓又大，淚如泉湧。「妳認為我愛他是錯的？」

「不，寶貝，我認為他愛卡羅納是錯的——這種愛讓他變軟弱。」我停頓一下，然後小小聲地承認：「我知道這是怎麼回事，因為我曾經這樣。妳知道的，我想我愛過卡羅納，因而相信他會改邪歸正。」

「對，這我想過。」

「要等到他殺了西斯，我才覺悟。」我說。

「萬一要付出這樣可怕的代價，才能讓利乏音不再相信卡羅納會改變呢？」

我嘆一口氣。「或許利乏音沒那麼相信卡羅納會改變，他只是**希望**他會改變。」

「這兩者有差別嗎？」

「有。我覺得，相信一件事會發生，跟只是希望它會發生，是截然不同的兩碼子事。」我說：「給利乏音一個機會，讓他慢慢處理這件事吧。這可不是容易的事，而且，就像妳說的，對他而言這是全新的經驗。妳現在只需愛他，然後等著看會發生什麼事。我相信他絕對不會故意傷害妳。」

「好，我會愛著他，看會發生什麼事。」她同意。然後，她深吸一口氣，用力抱緊我，惹得娜拉又不斷咕噥抱怨，扭動身體。

史蒂薇．蕾和我被娜拉惹得大笑，花了點時間安撫她。然後，我說：「好啦，再不回房間睡覺，我就要倒在這裡了。」我親吻娜拉的腦袋，把她交給史蒂薇．蕾。「留著娜拉醫生吧，抱著她很舒服的。」

「謝謝妳，柔，妳最好了。」

我低頭鑽出史蒂薇．蕾門口的掛毯，沿著坑道慢慢走。最後，我走到彩虹小馬的粉紅色掛毯前──這件毯子是我要史塔克掛在我們房間門口的。我伸手撫摸柔軟的毯子，想起以前我總喜歡打扮彩虹小馬，玩家家酒。媽媽還把幾隻小馬的毛剪短，好讓我知道哪幾隻是男生，哪幾隻是女生。③

媽……

我閉上眼，集中精神。「靈，我需要你。」我輕聲召喚，元素的力量隨即充盈我。「這次，請你陪我一會兒，直到我睡著，好嗎？」靈回應我，一陣感覺湧來，我忽然覺得全身好溫暖，好疲倦。

我彎腰穿過粉紅色掛毯，靜悄悄地走到床邊。我知道史塔克睡著了。我在他身邊躺下，把藍色毯子往上拉，蓋住我們兩個。然後，有那麼幾分鐘，我一邊凝視著史塔克，一邊讓靈哄我入眠。他在睡夢中皺起眉頭。我可以看見他眼皮底下的眼球迅速轉動，彷彿正在進行一場乒乓球賽。我用指尖輕輕撫摸他的額頭，試圖舒緩他的壓力。「沒事，」我低聲呢喃：「別做噩夢。」這樣做好像有點用，因爲他長長嘆一口氣，臉部表情放鬆，一隻手甩過來摟住我，讓我依偎在他的懷裡。最後，我沉沉睡著，進入無夢的酣眠狀態。

卡羅納

一開始很簡單，卡羅納只要循著他和史塔克之間不死靈魂的連結，不經意就可以進入這

③ 譯按：彩虹小馬（My Little Pony）是美國孩之寶公司生產的玩具，數度拍攝成動畫。毯子是小馬系列的衍生性商品之一。

個年輕成鬼的心靈。但日子一久，他們在另一個世界的經歷愈來愈淡，卡羅納發現自己愈來愈難侵入史塔克的潛意識。

這男孩的心靈在反抗。

卡羅納的靈魂侵入後，必須保持安靜，只在一旁觀看，或者只對柔依・紅鳥的戰士守護人做一點小小的建議。要不然，史塔克的潛意識會抗拒，甚至直接切斷兩人之間的連結，把卡羅納的靈魂彈出去，讓他很不舒服。

當然，如果這男孩忙著跟柔依親熱，或睡著了進入夢鄉，精神分散，事情就比較容易。起初，卡羅納喜歡在史塔克進入柔依體內時侵入他的心靈。那滋味實在美妙。然而，對長翅膀的不死生物來說，性愛也是他不需要的東西，只會讓他分心。所以，好幾個晝夜下來，他還是回頭使用無數歲月以前他就已精熟的技巧——進入史塔克的夢境。

但不死生物並沒有像對待柔依和其他人那樣，操控這位戰士的夢境。

那樣做太明顯了，一定會被史塔克看穿。如果這男孩意識到卡羅納的存在，他一定會借助柔依的元素力量，阻擋他進入。最起碼史塔克一定會防著他。這樣一來，觀察史塔克的潛意識就沒什麼用處，只是徒然浪費他不死的時間罷了。所以，他該做的是保持隱密，動作細膩。沒錯，最好是安安靜靜地潛藏在史塔克的心靈深處，偷聽他的心思，對他悄悄吐露一些黑暗的思緒。

這位年輕的成鬼做夢時碰巧喜歡跟自己對話，這一點令卡羅納開心極了。怪的是，史塔克的潛意識繞來繞去，老是會繞回同一個夢境。在這個夢境中，他站在一小片土地上，四周環繞著空無，他對著自己的鏡中影像說話。這另一個他，史塔克稱爲「另一方」，比眞實的他強悍、凶狠。史塔克並非每天都進入有另一方出現的夢境，但只要他進去，卡羅納經常就可以在旁邊聽見男孩心思裡一些有趣的片段。

這一回，史塔克在夢中回憶起童年的快樂時光，卡羅納覺得無聊透了，正準備切斷他們之間的連結，夢境卻開始變化，孩提的史塔克搖身一變，長大成人，並一分爲二，變成兩個史塔克。卡羅納不動聲色，看著鏡中影像開始說話。

「王八呆瓜，今天過得很糟喔？」

「對，而今天最糟的事情莫過於見到你。」

「喂，史塔克，沒問題，你隨時都可以跟我說實話。所以，不吐不快，說吧。如果你今天更像個男子漢，別那麼天殺地和善，或許今天會過得愉快一些。」

「沒錯，另一方，我早料想到，可以從你身上看到這個──心壞嘴賤。」

「好，王八呆瓜，我是心壞嘴賤，但我可不會哭喪著臉，嘀咕日子過得不開心。這點我可以跟你保證。」

「我還可以料想到，柔依身旁那些靠她太近，想從她身上獲得安慰的人，會對她構成威脅。」

「你想說什麼就說出來吧。反正你知道，我總是喜歡唱反調。」

「那個該死的利乏音遲早會煩死我。」

「別告訴我，你蠢到相信他。」

「我是友善，不是笨蛋。」

「喂，娘娘腔，你有想過嗎，如果你不能信任利乏音，你自然也不能信任他身邊的人？」

「對，我知道，比方說史蒂薇·蕾。我原本以為我必須看緊她，確定她不會置柔依於危險當中。不過，看來情況正好相反。史蒂薇·蕾一直想把利乏音從卡羅納身邊拉開，要他放聰明一點，別讓他那興風作浪的老爸有機可乘。」

「既然這樣，還有什麼問題？」

「問題出在簫妮。」

另一方大笑。「你是說學生二人組裡頭的一個？所以，她們兩人都讓你吃不消嘍。我看，這樣吧，與其在那裡抱怨，倒不如你把柔依甩了，去跟那對孿生的來個三人行。那兩個騷貨挺辣的。」

「你真是混蛋。我不會甩掉柔的，我愛她。況且問題不是出在孿生的兩人，只有簫妮有問題。她好像有某種戀父情結，老是在旁邊加油添醋，讓利乏音期待卡羅納終有一天會改邪歸正。」

「聽起來不妙。王八呆瓜，你最好小心一點，要不然可能釀成大禍，如果……」

一根美麗的白色羽毛出現在史塔克頭上，夢境開始褪去。

「沒事……別做噩夢。」柔依說。

伴隨著那聲輕柔的細語，羽毛輕輕地拂過史塔克的臉龐，舒緩他緊蹙的眉頭，宛如一把掃帚掃過沙地，抹除另一方逐漸消散的影像。

在史塔克心靈的幽暗深處，卡羅納面露微笑，切斷他們在睡夢裡的連結。

17 簫妮

「真的啦，孿生的，妳就跟克拉米夏和愛芙羅黛蒂一起去吧。我早餐吃的那盒脆餅火腿片加起司，讓我的肚子到現在都不舒服。我不能離洗手間太遠。」簫妮說。

「噁，孿生的，我告訴過妳，那種速食盒不適合拿來當早餐。」依琳說。

「聽著，妳到底是要留在這裡餵簫妮喝奶，還是要跟我們一起去？鄉巴佬和那隻鳥已經在上面熱車等我們了。我們必須在二點五分鐘內到達『傑克森小姐』的後門，趕在警衛下班前，讓克拉米夏和史蒂薇．蕾說服他讓我們進入店裡，否則那家店就要整個鎖上了。」愛芙羅黛蒂說：「我可沒耐心等妳們演完孿生姊妹的戲碼。跑這趟路已經讓我很不爽了，因為我知道史蒂薇．蕾一定會要我交出我的信用卡卡號。」

「那樣做很對啊。」簫妮說。

「隨便。走了啦。」愛芙羅黛蒂說。

「孿生的，妳——」依琳又開始要說話，但克拉米夏打斷她：「妳知道的，我一向不願意附和討厭鬼。可是，就像我媽說的，要嘛你拉屎，要嘛別佔著毛坑。」

「噁心。」簫妮說：「尤其我的肚子剛好不舒服。」

「噁到極點。」依琳附和。

「妳到底要不要來？」克拉米夏說。

「去吧。」簫妮告訴依琳：「替我拿件喀什米爾料子帶毛皮的東西，要紅色的，因爲我很辣。還有，叫愛芙羅黛蒂付錢。」

依琳咧嘴笑著說：「沒問題，孿生的。」

「妳們是要吻別還是怎樣？」愛芙羅黛蒂說。

依琳賞她一個白眼。「好了，討厭鬼，我們血拼去。」

「也該是時候了……」克拉米夏嘀咕著。三個女孩疾步離開廚房。

看到依琳回頭擔憂地望她一眼，跟她揮揮手，簫妮頓時有點愧疚。正當她蹙著眉頭，呆呆望著桌子，柔依走了進來，旁邊跟著史塔克。他看起來似乎超級不爽。

「嗨，簫妮，」柔說：「好一點了嗎？」

「依琳呢？」史塔克問。

「一樣不舒服。她去買衣服。」簫妮說。她不喜歡史塔克看她時的那種表情，像個大人，一副對她很有意見的模樣。「有什麼問題嗎？」她問他。

「沒有。」他滿不在乎地聳聳肩，把頭探入冰箱裡。「只是需要來點咖啡因提神。」

他雖然聽起來若無其事，臉上卻仍掛著那種表情，讓她很不舒服。但簫妮此時此刻不想對付他。「我要去透透氣，然後躺下來。而且，學戴米恩會說的話，我得做功課。」她走向位於廚房角落的出入口。那裡是通往上面廢棄火車站的最快速路徑。

「嘿，妳確定妳沒事？妳沒有——」

「沒有！」簫妮趕緊說，柔憂慮的語氣讓她更加愧疚。「我沒咳嗽，我只是肚子不舒服。都是過期的速食盒惹的禍。我知道火腿肯定有問題，但我就是想吃麗滋脆餅夾火腿。」

「我晚點再去妳房間看妳。」柔說。

「喔，好，謝謝。」簫妮邊說，邊爬上樓梯，進入上面的舊票亭。

到了上面，她覺得呼吸順暢多了。火車站裡的情況很糟，但打從一開始她就喜歡上這地方——即使這裡陰暗、骯髒、破舊，絕對需要人們的關愛。這裡的氛圍總讓她想起以前全家出遊的時光。只不過，後來她父母可能覺得她無趣或怎樣，渡假時就不再讓她同行。

這不表示她被標記以前的日子過得很悲慘。她家很有錢，送她去上康乃迪克州一間很酷的私立學校。她人緣好，日子過得緊湊充實，可是……可是……

可是很寂寞。

然後，她就被標記了。那時，她正好跟著學校出遊，去參加夏日藝術營或什麼的，在陶沙國際機場短暫停留。結果老師拋下她，和其他人登機走了。

她好害怕，哭了起來，打電話給爸爸。就因爲她在哭，他的私人助理才把電話轉接給他。這女人替父親工作五年，那是頭一次聽到科爾先生的女兒哭泣。

簫妮求爸爸買機票給她，讓她可以先回家看看他們，然後再去東岸的夜之屋報到。她希望最好是去漢普頓那所夜之屋。

但父親要她留在陶沙，說那裡就有一間夜之屋。然後，他祝她好運，在電話裡直接跟她道別。從此以後，她再也沒見過她爸媽。

他們替她在銀行開了個戶頭，放了錢進去。

她爸媽向來相信，錢可以解決任何問題。

其實，簫妮也一直假裝相信錢是萬能的。

她緩緩地四處走動。火車站裡頭又冷又暗。她不經意地走到大廳中央，在一堆破碎的瓷磚前面停下腳步。

「火，降臨我。」簫妮說。她吸氣，吐氣，細細感受著擴散全身的暖意，然後將這股無害的熱度引導到雙手。她伸出焰光閃爍的手指，碰觸那堆瓷磚。「讓它們暖和起來。」那堆瓷磚立刻吸納火，開始發出紅光。

「這種感應力果然很有用。」有個聲音說。

簫妮迅速轉身，舉高雙手，準備擲出火焰。

「我無意傷害妳。」卡羅納也舉高兩臂，張開手掌。「我來這裡是想找我兒子說話。可是，進入底下的坑道會讓我非常痛苦。」

簫妮努力不看不死生物的眼睛。她記得他那雙眼睛很厲害，會迷惑人。於是，她望向卡羅納背後一面破敗的牆，把視線聚焦在牆面僅剩的那幾塊瓷磚。同時，她把元素拉得更靠近自己，盡可能裝出最**不在乎**的語氣，說：「所以，你就一直躲在上面這裡？」

「不是躲，是等待。天一黑我就在這裡等，希望利乏音會上來。」

「你在這裡等不到他的，除非他上來用那間老舊的置物室沖澡。我們平常不是從這裡進出。」她想都沒想就說出這些話。然後，她閉緊嘴巴。**我怎麼這麼蠢，竟把我們的事情告訴他？**

「喔，我不知道。我以爲你們會從那裡進出。」他指著那幾扇覆滿灰塵，歪歪斜斜地倚著門框，只靠一半鉸鏈支撐著的大門板。

「利乏音不在這裡。」簫妮說：「他跟史蒂薇．蕾及其他人出去買東西。」

「喔，那我……」卡羅納尷尬地打住話語。簫妮迅速地偷瞄他一眼。他沒在看她，而是垮著肩膀，盯著地板，彷彿非常不自在。

她有點吃驚地發現，他看起來跟利乏音很像。當然，卡羅納的膚色比較金黃，不像利乏音是棕色皮膚，有切羅基族的特徵。此外，他比利乏音高大。而且，對，他還有一雙巨大的黑色翅膀。不過，他們的嘴巴長得一模一樣，臉型也一樣。

這時，卡羅納抬頭看著她。簫妮趕緊移開視線。

除了眼珠子的顏色不同——卡羅納的眼眸是琥珀色——他們連眼睛的形狀也一樣。

「妳可以看著我的眼睛，不用怕。」他說：「我們休戰了，我不會傷害妳的。」

「沒人會相信你。」她急速地說，有點喘不過氣來。

「沒人？就連我兒子也不相信我？」他的語氣好沮喪。

「利乏音很想信任你。」

「這代表他不信任。」卡羅納說。

這時，簫妮終於迎視不死生物的目光。她等待著，但不覺得他用什麼魔力鎮住她或怎樣。事實上，他看起來只像是一個長了翅膀的悲傷的老帥哥。那樣子真的很悲傷。

「我該走了。」他說，開始轉身。

「要不要我替你傳話給利乏音？」

他遲疑了一下，然後說：「我來這裡，是因為我一直在想我們共同的敵人，奈菲瑞特的那個新生物。」

「元牲。」她說。

「對，元牲。根據我其他兒子告訴我的，這生物會變形，變成某種像公牛的東西。」

「我沒親眼看到他這麼做，但柔依見過。」簫妮說：「利乏音也見過。」

卡羅納點點頭。「那麼，這一定是眞的。這代表元牲被灌注了來自某個不死生物的力量，而且創造他的力量一定很驚人，才能讓他呈現這麼複雜、完整的僞裝。」

「這就是你要我轉達給利乏音知道的事情？」

「這是一部分。另外，也請妳告訴他，這麼驚人的力量一定攫取了很重大的血祭。或許被獻祭的那個人跟你們這群人很接近。」

「傑克？」

「不，這男孩已被奈菲瑞特拿去償還她欠黑暗的債。黑暗幫她囚禁我的軀體，強迫我的靈到另一個世界。」卡羅納咬牙切齒地說，難掩他心中的忿恨。「就是因爲這樣，我才會知道，元牲的誕生一定是死亡的產物，就跟我那時所受的折磨一樣。找到這個被犧牲的祭品，你們或許就能找到打擊奈菲瑞特的證據。如果能讓她跟最高委員會發生衝突，就比較有機會導致她的毀滅。」

「我會告訴利乏音的。」

「謝謝妳，簫妮。」卡羅納緩緩地說出這幾個字，語氣遲疑，彷彿不習慣這種話語的滋味。「另外，請妳告訴他，我希望他一切安好。」

「好，我會的。呃，對了，我想，你應該弄支手機。」

長翅膀的不死生物揚起眉毛。「手機？」

「對呀，不然萬一利乏音想跟你說話，他要怎麼打電話給你？」

簫妮覺得卡羅納好像在微笑。「我沒有手機。」

「我猜，你大概不方便去電信公司的門市吧。」

「是不方便。」他在搖頭，卻仍然揚起了嘴角。「我不知道該怎麼處理這對翅膀。」

「說的也是。」她說：「那筆電呢？你可以上Skype。」

「我也沒有筆電。小雛鬼，我和一群不該出現在現代世界的生物，住在陶沙西南方的一處山脊林地裡，不可能會有你們所謂的電腦網路。」

簫妮滿不在乎地繼續說：「我可以弄台筆電給你。這樣一來，只要有遠距衛星連線和電源，你就能在任何地方上網，就連在陶沙西南方的樹林裡也行。你可以找到電源吧？」

「可以。」

「那麼，如果我給你電腦，你會打電話給你兒子嗎？」

簫妮看不出他有絲毫猶豫。「會。」他說。

「好，那很好。拿著這個吧。」她把手探入那只鐵環串背帶的名牌肩背包，從裡頭掏出她的iPhone，扔向卡羅納。不死生物眼睛眨也不眨地伸手接住。「我弄到筆電後，會打電話給你。」

「妳眞是太慷慨了。」

「不用那麼感動啦。」她淡淡地說：「反正我爸媽有錢，我只不過花了其中一小部分，沒什麼大不了的。」

「我說的不是錢。我說的是妳的慷慨，以及妳對我兒子的友誼。」

簫妮聳聳肩。「他是我朋友的朋友——如此罷了。還有，別誤會，那支手機要還我。」

「對，當然。」卡羅納說。然後，他眞的綻開了笑容。簫妮心想，她從沒見過這麼神奇、喜悅，甚至美麗的笑容。「謝謝妳，簫妮。我眞的很感謝妳。老實說，我很少這樣滿懷感激。」

「不客氣。你要對利乏音好一點，他值得擁有一位好父親。」

卡羅納凝視她的眼睛，她覺得他望入了她的心和靈魂。「妳也值得擁有一位好父親，我的雛鬼朋友，告辭。」接著，卡羅納轉身，從那道殘破的門走出去。簫妮可以聽見他飛入夜空時拍動巨大翅膀的聲音。

她站在原地好久好久，用她的火焰幫那堆破碎的瓷磚加熱，思索著……

「孿生的，說真的，妳沒咳血？真的不會很快就死掉？」依琳原本白皙如瓷的肌膚變得蒼白如雪。

「孿生的，真的，我沒事。」

「不對，如果妳不是快死了，那妳是怎麼啦？竟然把**妳的**iPhone給卡羅納！」

依琳近乎尖叫的聲音，在廚房的坑道牆壁之間迴盪。簫妮好不容易聚集了這一票朋友，除依琳外，包括柔依、史蒂薇·蕾、利乏音、戴米恩、愛芙羅黛蒂、達瑞司和克拉米夏，全都震驚得說不出話。

「孿生的，」簫妮說：「就像我剛剛告訴大家的，我到上面去，發現利乏音的父親也在火車站裡。他在那裡逗留，想找他的兒子。他要我把我剛剛告訴你們的那些事情，轉告利乏音。然後，我把我的手機給他，這樣我幫他弄到筆電後，才能打電話跟他聯絡，好把筆電交給他。很顯然，他長了那麼一對翅膀，沒辦法去蘋果專賣店。他接下我的手機之後，就飛走了，看起來沒什麼異樣。就這樣。我完全沒事。」繼依琳的大聲尖叫之後，她的聲音顯得微弱，而且異常冷靜。

「他不能把翅膀藏在黑色大衣裡嗎？我說的是哥德風的長版牛仔大衣。」克拉米夏問。

「應該不行，翅膀尾端還是會從衣襬露出來。況且，這樣看起來會很畸形，背部像長了一團大肉瘤，反而引人注目。」戴米恩說。

「眞的，那就像穿了一九九九年前後那種醜得要命的衣服，非得招來不必要的注意不可。」愛芙羅黛蒂一邊漫不經心地說，一邊把手伸進腳邊那一只「傑克森小姐」服飾店的袋子裡翻尋。

「嗯，無論他無法上街是因爲衣服難看或出於恐懼，合理的推斷，我想，他如果想擁有筆電，的確需要簫妮幫他弄。」戴米恩做出結論。

「他說他希望我一切安好？」在簫妮就卡羅納出現在火車站的消息，向眾人做了重大宣布後，這竟是利乏音首度開口時要問的事。

「對。」簫妮說，對利乏音微笑。

「卡羅納也提供了一些有關元牲的情報，至少他想到我們可以從哪裡去追查他的源頭。」達瑞司說：「柔依，我想——」

「我媽可能就是那個被犧牲的祭品。我知道。」

簫妮眨著眼睛，覺得自己快吐了。當卡羅納提到那個祭品應該是與他們親近的人，她根本沒想到柔的媽媽！第一個浮上她心頭的人是傑克，接著她的心思就跑到別的地方去了。達瑞司正在說儀式或什麼的，簫妮卻搖搖頭，衝口而出，打斷他的話。

「柔，我眞的很抱歉。」

柔依的臉上出現一個大問號。「妳不必道歉。妳只是把事情經過告訴我們，並沒做錯什麼事。」

「有，有。我甚至沒想到妳媽幾天前才被殺。我只想到我自己的爸爸和其他事。我眞的很抱歉。」她不停地道歉。

柔依的笑容如往常那樣，既友善又充滿諒解。「沒關係，簫妮。利乏音和卡羅納之間的事讓妳心情不好，又不是妳的錯。」

「就是說啊，簫妮。我們都在盡力了，但有時事情就是沒那麼簡單。」史蒂薇・蕾說，握緊利乏音的手。「謝謝妳關心利乏音，幫他說話。我很感激。」

「我也是。」利乏音說。

「喔，這沒什麼。對了，我得——」簫妮還沒往下說，依琳就出聲打斷她，那語氣看似平常孿生的一搭一唱互相接腔的習慣，卻帶著一絲譏誚的味道。

「對了，我得去把從『傑克森小姐』掠奪來的戰利品收起來，還得掛上從『一號碼頭』取得的新珠簾。待會兒見，各位。」依琳說著從地板上拿起一堆袋子，快步離開廚房。

簫妮一頭霧水，眼睜睜看著她離去，不確定自己是想哭，還是想尖叫。

「去吧。」柔依不知何時已走到她身邊，小聲對她說。這時，戴米恩和達瑞司開始討論淨化儀式和葬禮的不同，以及其中哪種儀式有沒有可能加以調整，變成揭發真相、揪出凶手的儀式。

「什麼?」

「去吧，去跟依琳談談。如果大家對妳在上面發生的事還有疑問，我會去找妳。我不希望這事毀了妳們的友誼。」柔說，望向史蒂薇·蕾。「要好的朋友非常重要，我們都應該牢記這一點。」

「好，謝謝。」簫妮步出廚房，沿著坑道疾步走向她和依琳共用的那個坑道房間。然而，她不需要趕，因爲依琳手上大包小包的，提了太多東西，才走出廚房沒幾碼，一個「一號碼頭」大購物袋裡的東西就掉了滿地。

「嗨，孿生的。」簫妮說，彎腰撿起一個閃閃發亮的抱枕。「這裡好像是亮片爆炸後的現場，金光閃閃，瑞氣千條。」

依琳沒笑。她從簫妮手中抓過綴有亮片的抱枕，將它塞進一個已經鼓脹起來的袋子，說：「我自己可以處理。」

簫妮伸手碰觸依琳的肩膀，覺得硬邦邦、冷冰冰的，彷彿沒有生命。「等等，孿生的，怎麼了？妳爲什麼不高興？」

「妳甚至沒告訴我妳那麼在乎妳爸。妳故意瞞著我。」依琳說，扭動身體，從簫妮手中抽開肩膀。

「不，不是這樣的。」簫妮搖搖頭，感覺像被依琳摑了一掌。「我曾經試著要告訴妳，但妳每次都是那種態度——『嘿，那些都過去了，孿生的，我們去逛街吧』。所以，我只好放棄了。妳不記得嗎？」

「好，對，隨便啦。這有什麼大不了的？我實在搞不懂！自從我們兩人被標記，同一天被標記，我們就是最要好的朋友，如膠似漆。可是，隨著利乏音出現，開始冒出父親的議題，現在我們忽然不再是好姊妹了。」

「等等，只不過我懂利乏音的感受，而妳不懂，如此而已。我從沒說我們不再是好姊妹啊。」

「對，妳說的都對，是我搞不懂。」依琳交叉手臂抱胸。「說，妳到底有什麼問題？」

簫妮覺得整個世界重重地壓在她的肩上，而她的好姊妹忽然變成了陌生人。「依琳，我有時很想念我爸爸。如此而已。」

「妳爸爸？在妳被標記之前**好幾年**，他就不把妳當一回事了。妳怎麼還會想念他？」

簫妮遲疑著。她認眞地看，看進依琳的內心，眞正地**看見了**她。「啊，妳眞的不在乎，對不對？」

「在乎什麼？在乎我爲了布置我們的房間，在『一號碼頭』買了一堆鬼東西，卻發現它們根本不是折扣品，得用愛芙羅黛蒂的金卡去付帳？該死，對，我在乎這個。在乎我在『傑克小姐』關門後搶來的新衣服？對，對，我在乎這個！Alice + Olivia有的是該死的春季新品，我甚至幫妳買了一條喀什米爾質料的紅披肩，狐狸毛襯裡，妳一定會愛死。喔，我也給自己買了一條，跟妳的那條一模一樣，只差是藍色的。我們兩人同時披上這條披肩，一定很酷。完美，我們很完美。這些是我在乎的。還有妳，孿生的。我在乎妳，妳也在乎我們的東西，妳向來在乎的。」依琳的滔滔不絕終於結束後，整個人看起來既哀傷又困惑。她擦了擦淚眼，藍色的ＭＡＣ「神力女超人」系列睫毛膏暈染開來。

「不，」簫妮緩緩地說：「這些都不是眞的。還有，孿生的，沒有人是完美的，尤其妳和我。」

「到底怎麼了？利乏音的父親怎麼會讓一切都變了調？」依琳大吼。

「其實我已經心煩好一陣子了，只是沒說出口。」

「是利乏音的爸爸，還是妳的爸爸讓妳心煩？」依琳說。

「都不是，依琳，我說的不是他們。我是泛泛地指各種狀況，比如傑克的死。」簫妮覺得好疲倦、好疲倦。

「我也在乎傑克死掉啊！我們還一起哭啊！」

「不對。我們是一起哭了，但是，接著妳收到黛妮愛拉的email，上面有個網址連結到名牌精品店Rue La La，於是我們就去血拼了。」簫妮說。

「那又怎樣？我是去買了黑鞋。不，是**我們**去買了黑鞋。鞋底又厚又高那種，鞋跟上還有粉紅色蝴蝶結和施華洛世奇的水晶。我們說這雙鞋很適合參加葬禮，而且傑克一定會喜歡。接著我們又哭了。**我們**做過這些事，我們一起做的。如果妳也做過這些事，爲什麼妳就比我完美呢？」

簫妮不懂，依琳怎麼能夠同時看起來既像在懇求，又像在生氣。

「我沒有比妳完美。我沒這麼說。其實，是妳比我完美，因爲妳好好的、沒事，我卻有事。這才是最根本的問題。我再也沒辦法表現得像是好好的。面對我自己，我辦不到。而這就表示，面對我們兩個，我也辦不到。我眞的不知道——」

「我告訴妳，**孿生的**，」依琳打斷她，忿忿地抹去眼淚，藍色的睫毛膏暈污了臉頰。「等妳覺得沒事了，再來找我。在此之前，妳自己去找個房間吧。我不想要有一個對我不滿意的室友，或孿生的。」依琳忍著不哭出聲，不理會從購物袋裡紛紛掉出來的東西，大踏步沿著坑道往前走，拋下簫妮一個人站在一堆閃亮的抱枕和絲絨緊身衣之間。

有人清了清喉嚨，把簫妮嚇一跳。等柔依遞給她一團好像稍微使用過的面紙，簫妮才發覺自己正在嚎啕大哭。

「妳想談一談嗎？」

「不太想。」簫妮說。

「好吧，那妳想一個人獨處嗎？」柔依問。

「不知道。不過，有件事情我很確定，而這件事聽起來很糟糕。」簫妮說，一邊啜泣一邊打嗝。

「那，妳就用很快的速度說。只要說得很快，一口氣說完，感覺起來就似乎不會那麼糟。」

「我想回夜之屋住。」

凝重的沉默。半晌後柔依問道，「依琳要跟妳一起回去嗎？」

「沒有。」簫妮說，抹去最後一滴淚水。「我要自己回去。」

18 柔依

週日就跟週六一樣糟。事後回顧，我才察覺，依琳和簫妮決裂正是整件事開始崩解的時候。眞怪，她們兩人不說話對大家的影響竟這麼大，彷彿她們對彼此的怨懟讓我們所有人都變得不正常了。

「我是不知道妳啦，不過那兩個共用腦袋的姊妹快把我搞瘋了。」

愛芙羅黛蒂忽然冒出來，在我身邊重重地坐下。我坐在火車站前那條環型車道邊上的路墩，嘆一口氣，心想，**想偷個片刻時間獨處都不行啊**。我往旁邊挪，讓出更多位置給她。

「我知道。她們兩人不再如影隨形，感覺很奇怪。現在簫妮一副隨時要迸淚的模樣，而依琳老是繃著臉，嘟著嘴，半句不吭。下面的氣氛眞是超級不對勁。」

「眞是火與冰啊。」愛芙羅黛蒂咕噥著。

我揚起眉毛。「妳知道嗎，或許妳是對的。」

「不曉得妳什麼時候才搞得清楚，**我幾乎永遠是對的**。」愛芙羅黛蒂從她的名牌Coach

包中拿出一小片鑲鑽的指甲銼刀，開始磨起指甲來。「我不知道那首鬼詩的其他部分在講什麼啦，但有一部分肯定涉及共用腦袋的姊妹花。」

「妳幹麼磨指甲？」

她對我投來一個「什麼鬼問題」的目光。「因爲這個鬼地方沒有像樣的夜間spa美容館，有的盡是很嚇人的那種。我只是想修指甲，可不想連陰道也修整一番，惹來愛滋。」

「愛芙羅黛蒂，有時妳很無厘頭欸。」

「歡迎擴大妳的視野。言歸正傳，妳打算怎麼處理這對阿珠和阿花？」

「不處理。她們是密友，有時密友會吵架。她們得自己設法修補關係。」

「不會吧？妳只有這個主意？」

「愛芙羅黛蒂，不然咧？喔，該死，妳期望我怎樣？」

「喔，妳在詛咒嗎？『該死』──」她用手指比劃出引號──「算是詛咒的話吧？」

「喂，妳要不要自己去死？聽清楚了，」我瞇起眼睛看著她，「我說過好幾百萬次了──**不飆髒話沒什麼可恥的！**」

「大吼大叫，罵聲連連，我看下次地獄都可以玩雪球了──什麼都有可能。」

「妳．很．討．人．厭。」我說。

「謝謝啊。不過，說眞的，妳打算怎麼處理孿生的？」

「給她們空間！」我不想咆哮，但旁邊石砌的建築物送回嗡嗡響的回聲。我深吸一口氣，努力克制想掐死愛芙羅黛蒂的衝動。「不能每次有朋友跟朋友發生衝突，我就要負責解決。這樣沒道理。」

「但那首鬼預言詩提到了這件事。」她說，繼續銼指甲。

「我還是看不出爲什麼這樣我就要——」

我打住話語，因爲有輛黑色林肯大房車駛進環型車道，停在愛芙羅黛蒂和我面前。當我們兩個嘴巴開開，怔怔地看著，一名冥界之子戰士從駕駛座下來。他完全不理睬我們，逕自打開後車門。

身材修長的桑納托絲穿著一襲深藍色絲絨袍服，扶著戰士的手，優雅地從車裡出來。她對我們微笑，我們向她鞠躬，她點頭回禮，但注意力明顯放在火車站的建築。

「眞是一九三〇年代裝飾藝術的工藝佳作啊。」她說，目光掃過火車站的正面。「鐵道旅行的日子不幸已經成爲過去。在鼎盛時期，搭火車跨越這個偉大的國家，可眞是愜意、美好的旅行方式。其實，到今天也仍是如此。遺憾的是現在沒有多少鐵道路線可供選擇。妳們應該造訪一下四〇年代的火車站——悲劇、希望、絕望和勇氣全匯集在一個生氣蓬勃的空間。」她繼續深情地凝視這幢老建築。「哪像現在那些可怕的機場！它們根本是褪盡浪漫、靈魂和生命的地方，尤其經歷九一一恐怖攻擊的悲劇之後。眞令人唏噓……」

「呃，桑納托絲，有什麼我能幫妳的嗎？」我終於開口問她。否則她大概打算一直這樣站著，永遠站在那裡，繼續凝視著火車站。

她示意戰士回車內。「到對街的停車場等我，我一會兒就過去。」戰士對她行禮，然後將車子開走。她看著愛芙羅黛蒂和我，說：「兩位小姐，我相信這是改變的時候了。」

「改變什麼？」我問。

「顯然是要改變我們的出入口。」愛芙羅黛蒂冷冷地說：「卡羅納來過，現在桑納托絲也來了。我們起碼得在門口鋪上歡迎墊之類的。從破爛地下室出入，我看是行不通了。」

「這麼說挺怪的，不過我想也沒錯。」桑納托絲說：「其實，這正是我以吸血鬼最高委員會的名義，爲你們買下這棟建築的理由之一。」

我驚愕地直眨眼，想找出適當的話來回應，愛芙羅黛蒂已開口說：「我希望這代表這裡會好好整修。」

「確實如此。」桑納托絲說。

「等等，」我說：「這裡又不是夜之屋，爲什麼最高委員會要涉入我們住的地方？」

「因為我們很特別，很酷，她們不希望我們住在骯髒、破爛的地方。」愛芙羅黛蒂說。

「或者因為她們想控制我們住什麼地方，做什麼事情。」我說。

桑納托絲揚起眉毛。「妳說起話來很有女祭司長的架勢。」

「我不是真正的女祭司長。」我斷然指出。「我還只是個雛鬼，史蒂薇．蕾才是這裡的女祭司長。」

「她人呢？」

「跟利乏音在一起。天快亮了，她想在他變成鳥之前陪著他。」我坦言。

「那妳的身分是什麼？」

我皺起眉頭。「關於我的身分，妳知道的跟我一樣多。妳知道史塔克在另一個世界被授予守護人大劍，而既然他是我的戰士和守護人，這代表我算是一個女王。」

「妳幹麼問這些問題？我以為妳站在我們這邊。」愛芙羅黛蒂說。

「我站在眞相那一邊。」桑納托絲說。

「妳明知道奈菲瑞特是個漫天撒謊的混蛋。」愛芙羅黛蒂說：「我們在聖克利門蒂島時就告訴過妳了。對了，那時柔在那個虛無縹緲的地方。」

「她指的是另一個世界。」我賞愛芙羅黛蒂一個白眼。

「喔，好，另一個世界。隨便啦。」她說：「總之，我們跟妳說了奈菲瑞特的真面目，那時妳表現得也好像相信我們，甚至幫我們弄懂斯凱島和史塔克的關係。現在妳是怎樣？」

我們三人頓時久久不再說話。我終於有時間想到，愛芙羅黛蒂和我會不會太過火了。我的意思是，桑納托絲是法力高強的古老吸血鬼、最高委員會的成員，而且女神賜予她死亡感應力。所以，這樣質疑她恐怕不是個好主意，更甭提惹惱她。

「我相信柔依的靈魂粉碎時，你們所有人的確相信你們告訴了我真相。」桑納托絲終於開口。

「現在我回來了，而且我們不在義大利，但真相沒變，奈菲瑞特也沒變。」我說。

「然而，她堅稱妮克絲原諒了她，賜她元牲，作爲恩寵的象徵。」桑納托絲說。

「一派胡言。」我說：「奈菲瑞特根本沒變，元牲也不是妮克絲賞賜的禮物。」

「我確實相信奈菲瑞特仍在隱瞞真相。」桑納托絲說。

「妳是可以這麼說。」我說。

「但我們不會這麼說。」愛芙羅黛蒂說。

「我們無意不敬，」我接著說：「但我們跟奈菲瑞特交手已好一段時間了，清楚知道她是如何費盡心思，向最高委員會和多數吸血鬼隱瞞自己的真面目。」

「可是，我們試圖揭發她時，卻沒人相信我們，只因為我們是小鬼，」愛芙羅黛蒂說：「尤其是一群被排擠的問題青少年。」

我揚起眉毛看著愛芙羅黛蒂，她隨即修正說：「我說的是你們其他人，不包括我。」

「這就是我來這裡的部分原因，」桑納托絲說：「當最高委員會的眼睛和耳朵。」

「那麼，妳說最高委員會買下這幢建築，這到底是什麼意思？」我問。

「但願這代表我可以讓我媽的金卡休息一下，而且整修後，我們其中有些人——我是指太陽升起後不用爬進棺材的那些人——在上頭這裡可以有像樣的房間住。」

「的確代表這些意思。此外，也代表這裡或許可以成為合法的夜之屋獨立分部，不再和原來的陶沙夜之屋有牽連。」桑納托絲解釋道：「委員會認為，成立一所紅雛鬼的夜之屋，在多數方面獨立於原來的夜之屋之外，應該是明智的決定。」

「了解，但不好。斷箭市之所以沒有兩間中學就是這個原因。那會造成太激烈的競爭。」我說：「要對抗聯合中學和眞克斯中學，很好，但斷箭市必須團結一致。」

「妳在說什麼鬼東西啊？」愛芙羅黛蒂問。

「斷箭——聯合——眞克斯，」我說：「中學啊。一個城裡有太多中學很不妥。」

「妳是學生會長啊？或者擔任了什麼不容於社會的職位啊？陶沙有幾百億所中學，地獄也沒因此結冰。」愛芙羅黛蒂說：「把太多學生集中到同一所學校，搭校車通勤，是很蠢的決定。呸，反正，呸。」

幸好桑納托絲適時介入。「人類青少年的標準不能左右吸血鬼的世界。陶沙位於全美的中心點，當然容得下第二所夜之屋。我們的學生人數在持續擴張，尤其紅雛鬼暴增，現在別的地區也有不少紅雛鬼出現。」

「還有其他紅雛鬼？我的意思是，除了我們這裡的紅雛鬼？」我問。

「對。」

「他們是一被標記就是紅雛鬼？還是死後復活才變成紅雛鬼？」我還來不及使眼色叫愛芙羅黛蒂閉嘴，她已經開口問了。

「你們那一位是目前已知第一個被標記成紅雛鬼的雛鬼。」

「所以，妳知道夏琳的事？」我問，屏息等待答案。

「對，奈菲瑞特跟大家說，夏琳在被標記之前是盲人，現在已重見光明。她推斷，這個可憐的孩子原已傷殘，所以不需死過就有紅記印。」

我很想替夏琳說話，說她不是傷殘，而是特別。但我的直覺要我繼續閉嘴，別洩漏她的眞視。

「柔依，在追求真相的人面前不需隱瞞任何事情，除非妳喜歡謊言和欺騙。」

我看著她的眼睛。「我不喜歡謊言和欺騙，但我從奈菲瑞特身上學到的最大教訓就是，信任一個人要小心。」接著，我的直覺要我說出此刻心裡冒出的話。「我聽說奈菲瑞特有了新的伴侶。妳聽說過這事嗎？」

「沒有。柔依，妳把元牲誤當成她的伴侶嗎？不管他是不是妮克絲賜予的禮物，我完全看不出奈菲瑞特跟他有情愫，他好像只是她的奴僕。」

「我不是指元牲。」光提到他就讓我的胃難受，但我還是繼續說：「我說的是白牛。」

桑納托絲看起來萬分震驚。「柔依，白牛和黑牛崇拜是很久以前的事，好幾世紀前就已絕跡。我對這個宗教和它的歷史只有最粗淺的了解，但我可以告訴妳，從來沒有妮克絲的女祭司獻身於白牛。妳所說的狀況令人厭惡，是極其嚴重的指控。」桑納托絲說話時臉色愈來愈蒼白，情緒也愈激動，乃至於她周圍的空氣騷動起來，吹起她的頭髮，刮起一陣陣風。

對死亡具感應力，也對風具感應力——有意思。我心想。「我不是在指控，」我大聲說：「我只是問妳有沒有聽過這件事。」

「沒有！最高委員會及一般吸血鬼都相信，卡羅納雖然已被她放黜一百年，至今仍是她的伴侶。」

愛芙羅黛蒂哼了一聲。「鬼話連篇。他會跟她來這裡，是因爲他以爲她控制了他的靈魂。後來，不知道那個瘋狂世界出了什麼差錯，奈菲瑞特不再能操控卡羅納。」我以爲她接著會貿然告訴桑納托絲，卡羅納在這一帶逗留，想跟我們休戰，齊力摧毀奈菲瑞特。幸好她接下來說的話聰明多了。「呃，對了，我有個簡單的問題，妳可以扼要回答我嗎？」

桑納托絲彷彿過度震驚，有點茫然地點點頭。

「好，假設元牲不是妮克絲賞賜的禮物，而是……我不曉得啦，比方說，是白牛和奈菲瑞特合力製造出來的，某種超級邪惡的東西。那麼，他們需要做些什麼事才能創造這樣一個生物？」

「需要獻上很大的血祭。」桑納托絲說。

「妳是說，爲了創造元牲，奈菲瑞特必須特地去殺害某個人？」愛芙羅黛蒂問。

「對。不過，我很難想像會有這麼病態的行爲。」

「對，我們也是。」愛芙羅黛蒂說，帶著憂傷、會心的眼神看著我。「最近我們身邊有太多人死了。」

「對，」我呼應她，心裡好難受，「有太多人死了。」

元牲

那女孩的投懷送抱來得好突然。那時，他照常執行夜間巡邏的任務，一如奈菲瑞特所指示的，尤其是確保沒有仿人鴉闖入夜之屋。就在經過女生宿舍時，他看見她站在一棵大樹下。他靠近時，她上前直接擋住他的路。

「嗨，」她露出甜美的笑容，「我是蓓卡。我們還沒見過面，但我一直在注意你。」

「哈囉，蓓卡。」出於好奇，他允許她擋住他。她不算特別漂亮或出眾，不像其他某些雛鬼，**例如柔依**。他的心低聲呢喃著，但他隨即拋開這念頭。這個蓓卡自有她的一種魅力，而她的肢體語言，她翹起臀部，把金色長髮甩到背後的姿勢，在在顯示她對他有意思。「我是元牲。」

她咯咯笑，舔了一下她滑亮粉紅的嘴唇。「對，我知道你是誰。就像我說的，我一直在注意你。」

「那麼，妳**注意**到我什麼？」他學她的用語。

她靠近，又一次甩髮。「我發現你在打鬥時很能自制，在今天這可是好事。」

接著，她伸手摸他，塗著粉紅色蔻丹的指甲滑過他的胸膛。這時，她的情緒觸及他。他可以感覺到她的欲望，融合了飢渴和一點點惡毒。元牲喘息，吸入帶點殘酷的情欲的醉人氣味。蠢蠢欲動的渴望讓他全身顫抖，他內在的力量開始蓄積。

「喔～，好硬。」蓓卡輕聲笑道，靠得更近。「我是說，你的肌肉啦。」當她的乳房擦到他的胸膛，她情欲高漲，偎向他，伸舌頭舔他的頸項，然後咬了他一口——力道沒大到足以出血，但也沒輕到只是單純的嬉鬧。

這舉動愉悅了他裡面的公牛，這生物開始騷動。

「妳喜歡痛嗎？」他的手粗魯地摩挲她的背，然後頭一偏，把牙齒嵌進她的頸窩。這一咬，他刻意咬出血，雖然他根本無意嘗她的味道。「妳喜歡痛嗎？」他又問了一次，嘴裡含著她的血。不待她開口，他已從她全身顫抖的亢奮情欲中知道答案。

「我喜歡。」蓓卡呻吟著。「來，讓我也嘗嘗。當我的伴侶，當我的男人。」

元牲沒想到要阻止她。他什麼都不想。他只感覺。當情欲被一個惡毒、飢渴的靈魂給強化，元牲任由情欲把自己占領。他閉上眼睛，磨蹭她，把自己給她。本能地、直覺地，他不假思索，也毫不自覺，說出從潛意識深處冒出的話：「好，小柔，咬我。」

「你這個混蛋！柔依？我來讓你知道柔依有多乏味。看我的厲害。」蓓卡咬他，狠狠地咬他。他感覺到劇痛，以及血液湧出的溫暖。接著，她的嘴巴緊緊含住他脖子上新鮮的傷口——但只含了一瞬間。她一嘗到他的血，他就感覺到她情緒驟變。她的憤怒和情欲消失，取而代之的是赤裸裸的恐懼。

「喔，天哪！不，不對！」蓓卡試圖退開，但元牲已將她整個人舉高，跨出兩步，把她壓在樹幹上。「別這樣。不！」蓓卡說，努力保持聲音平穩，但她的恐懼已擴散到他的身上，餵養著他，改變了他。「住手！你的味道不對！」

他裡面的生物已開始搏動，伸展，亟欲掙脫，大肆破壞。他噴鼻，裡面的牛跟著噴鼻應和。

「眞的，住手！我不想跟滿腦子都是柔依的人親熱！」

柔依……

這名字在他心裡迴盪，撲熄了牛的衝動，猶如水澆火。

「那邊在搞什麼鬼？」

一聽到龍．藍克福特的聲音，元牲立刻後退，放開蓓卡。女孩癱靠在樹幹上，恐懼地看著元牲。

「元牲？蓓卡？你們之間有什麼問題嗎？」龍老師問。

「沒有，只是有點小誤會。我以為這雛鬼明白她想要什麼。」元牲說，看著劍術老師，不理會蓓卡。「結果我錯了。」

蓓卡急忙跑到龍老師後面。龍老師一擋在她和元牲之間，她原本的恐懼立刻被自信與憤怒取代。「我知道自己不要什麼。他不過是另一個迷戀柔依．紅鳥的傢伙。你最好對排隊有興趣，因為你前面已經有一長排的男人在等著。」

「蓓卡，講話不必這麼粗魯。妳知道的，吸血鬼相信每個人都有自由選擇和相互渴慕的權利。如果這種渴慕不是雙向的，那就優雅地離開吧。」龍老師說。

「有理。」蓓卡對龍老師說，然後朝元牲的方向冷笑一聲。「他X的再會，渾帳。」語畢，她大踏步離去。

「元牲，」龍老師緩緩地說：「吸血鬼社會是開放的，容許滿足情欲和激情的許多不同途徑。但你必須知道，除非有關各方情投意合，而且有明確、深刻的經驗基礎，否則應該避免採取某些途徑。」龍老師輕聲嘆息，顯得蒼老而疲憊。「你明白我在說什麼嗎？」

「我明白。」元牲說：「那個雛鬼，蓓卡，她有一個卑劣的靈魂。」

「是嗎？我想，我沒注意到。」

「那個柔依．紅鳥，我不相信她是這樣的人。」

龍老師揚起眉毛。「我也不相信。你知道奈菲瑞特和柔依處不來吧？」

元牲迎視他的目光。「她們相互爲敵。」

龍老師的目光絲毫沒有游移。「你可以這麼描述她們，雖然我希望情況不是這樣。」

「你不是奈菲瑞特的追隨者。」元牲說。

劍術老師的臉色僵住，原本疲憊但開放的表情關閉。「我只追隨我自己。」

「不追隨妮克絲？」

「我不與女神爲敵，但我也不捍衛任何人，除了我自己。現在我只遵循我的龍之道。」

元牲端詳他。他的情緒沒顯露出來。沒有憤怒、絕望或恐懼。什麼都沒有。這個吸血鬼是一個謎。或許正因爲他是一個謎，元牲決定說出他心中的謎團。「剛剛，我在蓓卡面前說的名字不是蓓卡，而是柔依。」

龍老師再次揚起眉毛，這次的表情顯示他有點覺得有趣。「元牲，女人啊——不管靈魂是否卑劣——都不會喜歡男人在她們面前提起另一個女人的名字。」

「可是我不曉得爲什麼我會這麼做。」

龍老師聳聳肩。「你的心裡一定有柔依。」

「我沒有察覺。」

「有時我們會察覺不到。」

「所以，這是正常的？」元牲問。

「這一百多年來，我發現有件事始終不變，那就是：只要涉及女人，其實沒有所謂正常。」龍老師說。

「劍術老師，我可以請你幫個忙嗎？」

「說吧。」

「別把今晚這裡發生的事告訴奈菲瑞特。」

「我把我的心思藏起來。小夥子，你也應該記得藏好你的心思。」劍術老師拍拍他的肩膀，隨即離去，留下元牲一個人，困惑，迷惘，而且孤單，一如往常。

19 柔依

「哇靠，這堂課肯定是超級大班。」愛芙羅黛蒂壓低聲音對我說。我們站在桑納托絲特殊的第一堂課教室外面。這是全校最大的房間之一。事實上，除了活像迷你版禮堂的戲劇課教室，以及大禮堂本身，這間教室是全校最大的「普通」教室。**太讚了**，我心想，**有更多空間可以容納即將發生的爆炸**。

「反正我們本來就蹺不了課。」我低聲回應愛芙羅黛蒂，然後對其他朋友說：「好，我們進去吧。別擔心，我們大家在一起，不會太慘的。」我的蠢蛋幫和利乏音、史蒂薇·蕾及她的紅雛鬼，簇擁在我左右兩側。每個人都點點頭，一副下定決心的模樣，準備迎接任何可能爆發的混亂局面。我打開教室的門，走進去。

我胸口的占卜石立刻開始發熱。

達拉斯和他那夥人已經在教室裡，果然占據了後排座位。

元牲坐在前排的另一頭，顯然想和達拉斯那夥人區隔開來。我不知道他爲什麼不跟那些壞蛋混在一起，畢竟他跟他們一樣，都屬於奈菲瑞特那一掛。無論如何，我的目光還是小心地避開他。

「我會盡可能抱持正面的態度。」史蒂薇．蕾說。達拉斯對她露出譏諷的表情，而妮可惡意的笑聲，如同廉價香水的味道，一陣陣飄送過來，她一概視而不見，聽而不聞。相反地，她握住利乏音的手，面露微笑，親他的臉頰，說：「別讓他們影響你。」

「那可真難。」依琳說。

和依琳中間隔了幾個學生的簫妮沒吭聲。

「他是紅色，但那種紅跟簫妮的好紅色不一樣。」夏琳說，從我的肩頭望向達拉斯。

我看著她。「什麼意思？」

「我是紅色？」簫妮問。

「對，」夏琳告訴她：「妳的紅色很清楚，一看就懂，像是營火——溫暖、舒服。」

「真好。」史蒂薇．蕾說。

「謝謝，」簫妮說：「聽起來很好。」

「那達拉斯的顏色呢？」利乏音問。

「他的紅像炸彈，也像憤怒和怨恨。」她說。

「那麼，我們坐到前面去吧。能離他多遠就多遠。」史蒂薇．蕾說。

「有些事沒那麼容易避開。」依琳說，但她不是看著達拉斯，而是望向散發出營火般紅色的簫妮。簫妮則低頭看著自己的指甲。

「別這麼負面嘛。」史蒂薇．蕾告訴依琳，巧妙地打破尷尬的沉默。接著，她露出燦爛的甜美笑容，對我說：「走，我們去前排坐。」

「好，我跟著妳走。」我說，儘管我很想尖叫著逃出教室。

「我眞想尖叫一聲跑出教室。」愛芙羅黛蒂竟然說出我的心思，詭異得令人起雞皮疙瘩。她跟在我後面，我則跟在史蒂薇．蕾和利乏音後面。

我差一點對愛芙羅黛蒂說「我也一樣」，但我硬生生把話吞下去。史蒂薇．蕾選了教室前排中央的位置，我自然而然地在她旁邊的座位坐下。鐘聲響起，桑納托絲從教室前方的一道門走進來。這道門通往一間小辦公室。教室前方的地板加高，有點像舞台，正中央有個講檯，後面則是一面互動式電子白板。

「喔～！好漂亮的顏色！」坐在我後方的夏琳說。

「歡喜相聚。」桑納托絲說，大家齊聲回應。她看起來眞是威風凜凜，高貴莊嚴。她身上那件夜色般的衣服，只有一個銀線繡像的裝飾：妮克絲高舉雙手，捧著一彎弦月。「歡迎各位參加第一次中的第一次。有史以來，我們不曾有過這樣一堂課，學生涵蓋了各種雛鬼、變身生物、人類，甚至成鬼。我站在各位面前，是代表吸血鬼最高委員會。只要你們生活在我們的社會，就歸這個委員會領導。」桑納托絲說最後一句話時，一直看著我。我迎視她的目光，沒有閃避。要命，我同意她的話呀。

我只是不能百分之百確定，我們這夥人想不想留在吸血鬼社會。

「我知道各位想知道，到底這堂課會帶來什麼。對於各位的疑惑，我只能提供部分解答。我在這裡，是要在一段不尋常、獨特如同你們每個人的旅程上，引導並磨礪你們。由於這堂課取代了吸血鬼社會學，所以我會跟各位談所有雛鬼和成鬼終須力求了解的課題，比如死亡和黑暗、守護者精神和烙印、光亮和愛。不過，由於這一班的獨特組合，有些課題要請你們跟我分享，從而也跟我們所有人分享。我向各位保證，我會和你們一起追求眞相。就算無法回答各位的所有問題，我也會盡最大的努力跟各位一起探索答案。」

我心想，到目前爲止，這堂課似乎還不賴，而且開始輕鬆、好玩起來了。但，也就在這時，麻煩出現了。

「那麼，就讓我們開始追求眞相吧。請各位花幾分鐘思索一下，然後在紙上寫下你想從這堂課獲得解答的問題。把紙摺起來交上來，各位下課後我會逐一閱讀。誠實地寫，不要擔心會受到譴責或批評。如果你想匿名，可以不要寫上名字。」

大家一陣沉默，接著史蒂薇．蕾舉起手。

「是的，史蒂薇．蕾。」桑納托絲說。

「我只是想確定我們沒誤解妳的意思。妳的意思是說，我們什麼問題都可以問，對吧？任何問題都行，不必擔心會惹上麻煩？」

桑納托絲露出慈祥的笑容，看著史蒂薇．蕾，開始回答：「這是很好的——」這時，教室後方清楚傳來達拉斯誇張的竊竊私語：「**我想知道，一隻鳥到底有什麼男生沒有的東西，不然她幹麼那麼喜歡牠！**」

史蒂薇．蕾抓住利乏音的手。我知道她是想阻止他起身跟達拉斯起衝突。緊接著，我的注意力已不在他們身上，因為桑納托絲身上出現變化。這變化來得急驟、劇烈，而且非常非常嚇人。她整個人彷彿一下子變大，風在她四周迅猛刮起，揚起她的頭髮。她一開口，我就想起《魔戒》裡的一幕：精靈女王凱蘭崔爾向佛羅多顯示，如果她跟他拿了魔戒，她會變成什麼樣的恐怖黑暗女王。

「你看不起我嗎，達拉斯？」她的氣勢震撼了我們所有人。勃然大怒的桑納托絲讓人無法逼視，所以我回頭望向達拉斯。他拼命地縮進椅子裡，臉色慘白。

「不……不是，老師。」他結結巴巴地說。

「叫我女祭司！」桑納托絲厲聲說，彷彿她能擲出閃電，召喚雷霆。

「不是，女祭司。」他趕緊改正。「我－我無意對妳不敬。」

「可是，你故意對至少一位同學不敬。在這裡，在**我的**班上，這是絕對不容許的。你明白嗎，年輕的紅成鬼？」

「是的，女祭司。」

桑納托絲身邊的狂風隨即止息，她變回原本莊嚴的面容，不再是駭人的模樣。「很好。」她說，然後把注意力放回史蒂薇·蕾身上。「我來回答妳剛才的問題：對，你們只要態度有禮，就可以問我任何事情，毋需擔心遭到斥責。」

「謝謝。」史蒂薇·蕾說，似乎有點喘不過氣來。

「好，各位可以開始寫下你們的問題。」桑納托絲頓了一下，看了看利乏音，又看了看元牲，然後同時問他們兩人：「我忘了先問你們，既然你們應該是首次來到這個，呃，就說是教與學的世界吧，你們在讀寫上需要協助嗎？」

利乏音搖搖頭，率先回答：「我不需要。我可以讀寫幾種人類的語言。」

「哇，眞的嗎？我都不曉得欸。」史蒂薇·蕾說。

他害羞地微笑，聳聳肩，說：「我父親認爲會讀寫很有用。」

「那你呢，元牲？」桑納托絲敦促他。

我看見他嚥了嚥口水，一臉緊張。「我會讀，也會寫。可是，我—我不知道我是怎麼懂得這種技能的。」

「嗯，有意思。」桑納托絲說。接著，彷彿人們神奇地擁有讀寫能力是再平常不過的事，她若無其事地繼續說：「柔依和史蒂薇．蕾，既然妳們離我最近，麻煩妳們待會兒分兩邊幫我收齊大家寫的問題。」

史蒂薇．蕾和我喃喃答應，然後我坐在那兒，呆呆望著空白的筆記紙。我應該問些無關痛癢的問題，比如關於感應力以及它們何時出現算「正常」之類的？或者，我應該認眞看待，問些我眞正想知道的事？

我左右張望了一下，看見史蒂薇．蕾低頭寫字，表情認眞嚴肅。利乏音剛擱下筆，把紙張對摺。我趕緊偷看一眼，但只看到他在紙上簽下了自己的名字。

我應該認真看待這件事。我做了決定，於是寫下我的問題：要如何熬過失去父母的傷痛？我遲疑了一下，然後簽上名字。我想看史蒂薇．蕾寫些什麼，但她已經寫完，把紙張握在手裡。接著，她離開座位，在她那側的走道上來回走動，動作熟練地收集大家的問題。

我嘆一口氣，開始收取我這邊的紙張。元牲就在我這一邊，坐在戴米恩和簫妮後面。我不想看他的眼睛，所以我將視線投向他遞給我的紙張。他在上面以正楷寫下幾個大字：**我是什麼**？並且簽了名。

接著，我不經意地竟把目光移向他的眼睛，他毫不閃避地看著我。然後，他小小聲地對我說：「我想知道。」

我的視線無法從那雙不尋常的，宛如月光石的眸子移開。不知出於什麼白癡原因，我聽見自己悄聲回應他：「我也是。」然後，我從他的手中一把抓過紙張，倉皇走開，努力不去想，努力只做桑納托絲交代的事。達拉斯那夥人表現得超級順服，幾乎沒抬頭看我或史蒂薇．蕾，但我注意到他們交給我的紙張上面一個字都沒寫。這看似消極的舉動，分明是惡意的違抗。走回教室前方的途中，我把他們的紙張放在一整疊紙的最底下。桑納托絲接下紙張，謝過我們，然後說：「我今晚會研究各位的問題，明天開始拿其中一些問題出來討論。這堂課剩下的時間，我要談的主題相信你們多數人都會覺得是切身的問題，那就是跟配偶或伴侶之間的烙印。」

我以為桑納托絲會跟我們來那一套「跟烙印說不」的標準說法——打從進夜之屋第一天起，學校就是這麼教我們的——但我錯了。她坦率地指出，合宜的烙印關係會帶來愉悅和美好的經驗，而錯誤的烙印則會造成悲劇。她談吐有趣，而且幽默（那種冷面笑匠的英式幽默）。可惜，彷彿才一眨眼，下課鐘聲就響起。

我在教室稍事逗留，等愛芙羅黛蒂，因爲她還在跟桑納托絲討論烙印的相關問題。她態度極爲認眞，而且出人意料地恭敬。愛芙羅黛蒂的重點是，烙印不是建立在性欲上。桑納托絲則堅信，性的吸引力跟烙印密不可分。這讓愛芙羅黛蒂既失望又驚愕，因爲她曾跟史蒂薇·蕾烙印，儘管爲時不久。

討論接近尾聲時，桑納托絲說：「愛芙羅黛蒂，不管妳承不承認，事實就是事實，不受影響。」

「好，我知道。我得去盯著柔依上第二堂課了。」愛芙羅黛蒂說，顯然不怎麼高興。

「應該的，年輕的女先知。」桑納托絲臉上即便看不出來，聲音卻帶著笑意。「謝謝妳今天跟我熱烈討論，期待明天再來一次。」

愛芙羅黛蒂點點頭，但皺著眉頭。一走到桑納托絲聽不見的地方，她就說：「熱烈討論個屁啦，我絕不再跟人討論蕾絲邊的烙印關係了，永遠都不。」

「愛芙羅黛蒂，我想，她不是這個意思。」我說，小心不笑出來。「不過，她說得對，這樣討論讓這堂課變得很精彩，遠比平常的吸血鬼社會學有趣，更遑論那堂課還有奈菲瑞特的問題。」

愛芙羅黛蒂打開教室的門。「眞高興我能帶給大家歡樂，還有——」話還沒說完，我們就一腳踩入衝突現場。

「來啊，鳥東西！」達拉斯咆哮道：「你不可能永遠躲在史蒂薇・蕾背後！」孔武有力的強尼從達拉斯背後抱住他，箝制他的手臂，阻止他往前衝，但達拉斯拼命掙扎。

「我沒躲，你這個自大的笨蛋！」利乏音吼道。史蒂薇・蕾的手像老虎鉗般地緊緊抓住他的手臂，試圖把他拉到人行道上，遠離達拉斯。

「我去找達瑞司和史塔克。」愛芙羅黛蒂說，一溜煙跑開。

「好，聽著，你們兩個，夠了！」我走到他們兩人和逐漸聚集的兩派人馬之間。

「滾開，柔依！這不關妳的事。」達拉斯把怒氣轉向我。「妳以為妳高人一等啊。妳連個屁都不如——在我們看來。」他撇一下頭，表示「我們」是指他那夥面帶笑容，站在旁邊觀看的紅雛鬼。

我驚訝地發現，他的話竟讓我覺得很受傷。「我從沒認為自己高人一等！」

「柔，別讓他影響妳。他只不過是個惡毒、可悲的小男孩，卻打扮得像個成鬼。」史蒂薇・蕾說。

「而妳只不過是個婊子！」達拉斯對史蒂薇・蕾咆哮。

「我告訴過你，不准這樣說她！」利乏音試圖掙脫史蒂薇・蕾的手。

「所有人都知道，你這麼不爽，是因爲史蒂薇・蕾甩了你。」我告訴達拉斯，心想他怎麼會變成這樣一個大混蛋。

「不，我不爽是因爲她跟一個畸形怪胎在一起！」他頂了回來。我注意到，他不斷掙扎、咆哮，但目光一直鎖定在牆面下方的一個地方，而且慢慢地往那個地方靠近。我循著他的目光看過去，見到牆上有個電源插座——工業用的那種三孔插座。

啊，要命！

「我不是怪胎！」利乏音看起來彷彿快爆炸了。「我是人類！」

「是嗎？那就等到太陽升起，讓我們看看你有多像人類。」達拉斯譏諷地說，更進一步往牆壁靠過去。

我盡可能裝作若無其事地往插座移動兩步，心裡焦急地思索著，萬一要跟電力對抗，我最該召喚的是哪一種元素。

「好啊，」利乏音說：「到時候我很樂意看你全身燒起來，不管我是用人類或鳥類的眼睛來看。」

「你去做夢吧，王八蛋！」達拉斯使勁衝向插座，幾乎掙脫強尼，擠迫得我腳步踉蹌，往後倒。

但一雙強壯的手接住我，並用手臂支撐我，讓我免於跌個四腳朝天。史塔克一個動作就穩住我的身子，把我拉到他的背後，讓我靠在牆上。然後他面向達拉斯。

「走開。」史塔克沒提高音量，聽起來是如此平靜、冰冷，而且非常危險。

「這不關你的事。」達拉斯說，但他已停止掙扎，不再試圖掙脫強尼。

「如果牽涉到柔依，那就關我的事。你要知道，只要起衝突，贏的人一定是我，沒一次例外。所以，你最好乖乖走開。」

「夠了！」龍．藍克福特的口氣聽起來就像將軍在對失控的部隊下令。他和幾位冥界之子戰士，包括達瑞司，衝到現場，一行人浩浩蕩蕩地站在達拉斯和利乏音之間。劍術老師的表情猶如暴風雨前的陰霾。「達拉斯，你站這裡。」他指著他前方地板上的一個點，然後指著達拉斯旁邊的空位，幾乎看也不看利乏音一眼，對他說：「你站這裡。」兩個男生乖乖照做，但達拉斯還是忿恨地瞪了利乏音一眼。利乏音的目光則完全集中在劍術老師身上。

「我不允許學校裡有人打架鬧事。這不是人類的中學，我期待你們超越那種幼稚、惡劣的行為。」龍老師看看達拉斯，再看看利乏音。「你們聽明白了嗎？」

「明白。」利乏音迅速且清晰地說道：「我並不想惹麻煩。」

「那就滾出去。你只要在這裡，這裡就會有麻煩！」達拉斯說。

「不！」龍老師的聲音像鞭子一樣落下。「在這所學校不准再惹麻煩，否則你得跟我好好地交代。」

「他不屬於這裡。」達拉斯說，音量降低，看起來比較像忿恨不平而非想置人於死地。

「我同意你的話，達拉斯。」龍老師說：「但妮克絲不這麼想。只要這所夜之屋服事妮克絲一天，我們就得遵守她的決定一天，即使她選擇原諒，而我們辦不到。」

「是辦不到還是不願意？」所有人的注意力轉向史蒂薇．蕾。她大步走到利乏音身邊，牽起他的手，看著龍老師。我覺得，她儼然是一個威猛的女祭司長，一副氣到快噴火的樣子。幸好她的元素是土壤，而非火焰。「不是利乏音先惹達拉斯的。達拉斯罵我賤人、婊子，以及別的一些非常難聽，我不想複述的話，利乏音不過是站出來捍衛我。如果今天站在這裡的不是利乏音，而是任何其他人，你就不會接受達拉斯的說法了。」

「我可以了解爲什麼達拉斯和許多學生無法接受利乏音。」龍老師說，一副就事論事的口氣。

「這件事，你只能去找女神談。」奈菲瑞特的聲音悠揚地傳送到眾人耳裡。所有人都轉過頭去，看見她站在走廊的另一頭，旁邊是桑納托絲。

「所有的報告都顯示，女神已表明她接納利乏音。」桑納托絲說：「達拉斯，你必須遵守妮克絲的決定。你也是，劍術老師。」

「他要不要接受是另一回事。」史蒂薇．蕾說，顯然非常氣惱。「我剛剛說了，惹事的是達拉斯，不是利乏音。」

「我說得很清楚了，衝突到此爲止。」龍老師說。

「你也說得很清楚，你不希望利乏音留在這裡。」史蒂薇．蕾說。

「我們的劍術老師毋需喜歡每一個學生。」奈菲瑞特搖搖頭，一副要人領情的模樣。「他的職責是保護我們，不是像母親一樣呵護我們。」

「處事公平、正直也是他的職責。」桑納托絲說：「龍．藍克福特，你認爲，你能拋開個人的感受，公平、正直地對待利乏音嗎？」

龍老師的表情緊繃，聲音僵硬，但他的回答說得毫不遲疑：「能。」

「我相信這是你的肺腑之言。」桑納托絲說：「大家都該這麼相信。」

「好，該上第二堂課了。」奈菲瑞特大聲說。「這事占用大家太多時間了。」她刻意看利乏音和史蒂薇．蕾一眼，流露出鄙夷的目光，然後才威風凜凜地離去，驅趕擋在她面前的學生。龍老師跟過去，像趕牲口一般，沿著走廊一路驅趕好奇觀看的學生。

「妳有沒有看到她和其他那些紅雛鬼身邊圍繞著黑暗？」史塔克竟直接問桑納托絲，我驚訝地直眨眼。

這位最高委員會的成員頓住，然後緩緩搖頭。「我跟黑暗沒交往，看不見它。」

「我看見了，」利乏音說：「史塔克說得沒錯。」

「我也看見了，」史蒂薇・蕾輕聲說：「它像一群昆蟲在他們四周蠕動，碰觸他們，逗留不去。」她打了個哆嗦。「眞噁心。」

「那龍老師呢？」我問，「他的四周也出現黑暗嗎？」

回答我的人是利乏音。「有，但也沒有。黑暗跟著他，但沒碰觸他。」他重重地嘆一口氣。「起碼現在還沒。」

「這不是你的錯。」史蒂薇・蕾急切地說：「龍老師現在做這種選擇，不是你的錯。」

「我相信有一天他會原諒我。」利乏音說：「來吧，我陪妳去第二堂課的教室。」

我們相互道別，說「午餐見」，但史塔克和我哪兒也沒去。我們和桑納托絲站在原地，看著利乏音和史蒂薇・蕾的背影。

「這男孩有良知，有是非善惡的觀念。」桑納托絲說。

「對，他有。」我說。

「那麼他還有希望。」她說。

「妳可以這樣告訴龍老師嗎？」史塔克問。

「眞遺憾，龍·藍克福特得自己去發現這一點，如果痛失愛妻沒讓他完全失去自我的話。」

「妳認爲這事已經發生了嗎？妳認爲他完全失去自我了嗎？」我問。

「對，我認爲如此。」桑納托絲說。

「那麼，黑暗或許能夠攀附上他。」史塔克說：「萬一我們的御劍大師也投向黑暗，那我們的麻煩就大了。」

「的確如此。」桑納托絲說。

唉，要命，我心想。

20 蕾諾比亞

學校替每個老師都安排了一些備課的時段。每逢這些時段，依照課程設計，整整一小時內，教室裡不會有學生，老師可以專心準備上課內容，也可以圖個清靜。有些日子，蕾諾比亞不覺得她需要這樣一段時間。

但今天不是這樣一個日子。

今天，第五堂是她的備課時段，她巴不得早點到來，晚點結束。第五堂的鐘聲才響起，她就奔出練馬場。這時，練馬場依舊有一些男雛鬼逗留，或揮劍互砍，或安箭射靶。

「這個小時讓邦妮好好休息吧。」她經過崔維斯身邊時告訴他：「不過，要留意那些小鬼，我可不希望有人打擾馬兒。」

「是的，夫人。他們有些人把馬當成大狗了。」牛仔說，朝那群雛鬼瞪一眼，語氣堅定。「他們甭想亂來。」

「我不能老盯著他們，得休息一下了。眞沒想到有這麼多沒騎過馬的雛鬼對馬著迷。」

她疲憊地搖搖頭。

「妳去休息吧，我會跟達瑞司和史塔克談談。他們得好好地圈住這些小鬼。」

「非常同意。」蕾諾比亞喃喃說道，走出馬廄，潛入沁涼寧靜的夜晚。她驚訝地發現，有崔維斯替自己去跟這兩位戰士溝通，她竟高興地鬆了口氣。

校舍熱鬧地擠滿師生，她的長凳空蕩無人。微風轉強，但在這晚冬時分，竟如此暖和，眞是罕見。蕾諾比亞慶幸有這般美好的天氣，而且有機會獨處。她坐下來，轉動肩膀，深呼吸。

她並不後悔把她的場地讓出來給戰士上課，但不騎馬的雛鬼突然湧來，她需要費點力氣才能習慣。這些日子，彷彿每次她一轉頭，就有不守規矩的學生從練馬場晃進馬廄。光是今天，她就發現三個學生像小鱈魚，張大了嘴巴，盯著一頭懷孕的母馬。這匹馬即將臨盆，特別煩躁敏感，實在對魚沒興趣。事實上，她差點咬了其中一個小鬼，而那小鬼竟說，他**只是想拍拍她**。「沒錯，說得好像她是一隻大狗。」蕾諾比亞嘀咕著。不過，這還比不上那個愚蠢的三年級生。他跟朋友打賭邦妮的體重，竟自作聰明，去抬邦妮的一隻腳，想掂掂她有多重。結果另一個小鬼在旁邊驚呼一聲**好大的爪子啊**，嚇著了邦妮。母馬一時心慌，重心不穩，雙膝跌跪在地上。

幸好那是在練馬場的沙地。若是水泥地，恐怕邦妮已經挫傷，甚至斷腿。

那時，蕾諾比亞有幾名學生在練習地面駕馬——這是基本的馬術訓練，人站在地面，手拉著韁繩驅使馬。崔維斯恰好幫她看著這幾個學生練習，一發現旁邊有狀況，立刻出手處置那兩個惹禍的男孩。蕾諾比亞想起那場景，不禁臉上漾起笑容：他一把抓住兩人的後衣領，把他們直接甩到邦妮的糞肥堆上。他說，那些糞幾乎跟她的蹄一樣重，一樣大。然後，他一邊檢查邦妮的膝蓋，一邊安撫她，餵了她一片他似乎隨時帶在口袋裡的蘋果夾心酥。接著，他若無其事地回去招呼練習地面駕馬的雛鬼。

他對學生很有辦法，她心想，**幾乎就跟他對馬一樣**。

老實說，崔維斯．佛斯特看來會是她馬廄裡的重要資產。蕾諾比亞輕笑一聲。奈菲瑞特肯定要失望了。

然而，她的笑聲很快就止歇，取而代之的是胃部翻攪的緊張。自從初遇崔維斯和他的馬，她就經常犯這個毛病。**這全因他是人類**，蕾諾比亞默默向自己承認。**我只是不習慣身邊有男性人類**。

她已經忘了他們的一切，忘了他們的笑聲可以多豪邁，也忘了他們會因為一些簡單的事而高興，比如日出——許多事，她覺得陳舊，他們卻依然覺得新鮮。她甚至忘了他們的生命有多短暫，多輕盈。

我二十七歲，夫人。這麼些個年頭，是他迄今活在世間的時間。他頂多只看了二十七年日出，而她看了兩百四十多年。他說不定只能再看三十或四十年的日出，然後死去。

他們的生命是這麼短暫。

有些人更短暫，甚至看不滿二十一個寒暑，遑論填滿一輩子的日出。

不！蕾諾比亞的心思趕緊避開這些回憶。不能讓這個牛仔喚醒這些回憶。她被標記的那一天，那既可怕又美妙的一天，她已向過往關上心扉。她現在不會，也不能打開門。永遠不再打開。

奈菲瑞特知道蕾諾比亞的一些過往。她們曾是好友，她和女祭司長。她們會交談，分享心事。當然，那已成爲一段虛假的友誼。早在卡羅納從地底冒出來，站在奈菲瑞特身邊之前，蕾諾比亞就已察覺女祭司長有什麼地方不對勁——陰沉黑暗，令人不安。

「她毀了。」蕾諾比亞低聲告訴黑夜：「但我不容她毀了我。」

門將繼續關著。永遠關著。

她聽見邦妮的馬蹄扎實地踏在冬草上，接著感受到母馬的心逐漸靠攏。蕾諾比亞滌清思慮，傳送出溫暖和歡迎的意念。邦妮打招呼的嘶鳴是如此低沉，像恐龍。想到很多學生就是這麼說她的，蕾諾比亞不禁發笑。當崔維斯牽著邦妮走到她的長椅前，她仍在笑。

「喔，沒有，我沒有夾心酥可以給妳吃。」蕾諾比亞面帶笑容，撫摸母馬寬闊柔軟的口鼻。

「喏，老闆，接著。」崔維斯將一塊夾心酥扔過來，在鍛鐵長椅的另一端坐下。

蕾諾比亞接住夾心酥，伸手遞給邦妮。這麼碩大的動物，叼起餅乾的動作竟出奇地優雅。

「你知道，若是一般的馬，嘴裡總難免漏洩許多你餵她的食物。」

「她是個大女孩了，而且喜歡吃餅乾。」崔維斯慢悠悠地說。

他一說出餅乾這個字眼，母馬的耳朵便朝他的方向豎起來。他大笑，伸手探過蕾諾比亞面前，將另一塊夾心酥塞進母馬嘴裡。蕾諾比亞搖搖頭。「寵壞了，寵壞了。」但她的口氣明顯帶著笑意。

崔維斯聳了聳他寬闊的肩膀。「我喜歡寵我的女孩，一向如此，永遠如此。」

「我對慕嘉吉也是這樣。」蕾諾比亞搓了搓邦妮的額頭。「有些母馬值得特別待遇。」

「喔，對妳的母馬是**特別待遇**，對我的母馬就是寵？」

她迎視他的目光，看到他眼裡閃爍著微笑。「對，當然。」

「當然。」他說：「現在妳真的讓我想起我媽了。」

蕾諾比亞揚起眉毛。「我得告訴你，佛斯特先生，這話聽起來很怪。」

他放聲大笑，飽滿、歡喜的聲音讓蕾諾比亞想起日出。

「這可是恭維，夫人。我媽總是堅持按照她的方式，不然就拉倒。一向如此，固執得很。幸好她幾乎總是對。」

「**幾乎**？」她直接質疑他有所保留的措詞。

他再次大笑。「瞧！她如果在這裡，肯定也這麼質問我。」

「你很想她，對吧？」蕾諾比亞說，端詳他線條分明的，曬黑的臉龐。**他看起來比三十二歲還老，但老得還算好看**。她心想。

「對。」他輕聲說。

「這充分證明她很棒。」蕾諾比亞說。

「雨．佛斯特的確很棒。」

蕾諾比亞微笑，搖搖頭。「雨．佛斯特，這名字真特殊。」

「如果妳是一九六〇年代的嬉皮，就不會覺得這名字不尋常。」崔維斯說：「蕾諾比亞，這名字才特殊。」

蕾諾比亞想都沒想，脫口而出：「如果你母親是十八世紀懷抱著偉大夢想的英格蘭姑娘，這名字就不算特殊。」蕾諾比亞幾乎不曾說過這樣的話。她隨即閉上出軌的嘴巴。

「活了這麼久，妳會覺得厭倦嗎？」

蕾諾比亞大吃一驚。她原本以爲，他得知她活了兩百多年，會駭異驚嘆。沒想到他似乎只覺得好奇。不知怎地，他這樣大剌剌地表露他的好奇，反倒鬆懈了她的心防。於是，她毫不閃避，誠實回答：「如果沒有馬兒相伴，我想我會非常厭倦。」

他點點頭，彷彿覺得她的話有道理。然而，當他再次開口，他只說：「十八世紀——眞的好久了。從那時到現在，世界變了很多。」

「馬兒沒變。」她說。

「馬兒和幸福。」他說。

他的眼睛對她的眼睛微笑，她再次驚訝地發現他眸子的顏色似乎會改變，而且閃閃發亮。「你的眼睛，」她說：「顏色會變。」

他嘴角上揚。「對。我媽總說，她可以從我眼睛的顏色看出我的心情。」

蕾諾比亞沒別開頭，儘管內心緊張得波濤洶湧。

幸好，這時邦妮依偎過來，以口鼻磨蹭她。蕾諾比亞一邊撫摸母馬的額頭，一邊努力平息這個人類在她心裡掀起的波瀾。**不，這是胡鬧，我絕不容許。**

恢復冷靜後，蕾諾比亞的視線從母馬移到牛仔。「佛斯特先生，你怎麼會在這裡，沒在裡頭看著那些探頭探腦的雛鬼，確保我的馬廄安全？」

他的眸子瞬間黯淡下來，恢復安全的、正常的褐色，說話的語氣也從溫暖變成專業。「夫人，我跟達瑞司和史塔克談過了。我相信妳的馬這會兒很安全，因爲裡頭有兩位火氣很大的成鬼正在訓練那些雛鬼徒手搏擊，還特別著重於如何把對方摺倒。」他把帽簷往上頂。「看來這兩個男孩也受不了他們的雛鬼惹是生非。所以，從現在開始，這兩位一定會把他們操得沒時間搗亂。」

「喔，很好，那就好。」她說。

「對，我也這麼覺得。所以我在想，或許我來這裡可以帶給妳眞正的樂趣。」

這個男人是在挑逗她嗎？蕾諾比亞壓抑住緊張、震顫的情緒，以冷靜、穩定的目光看著他。「我想不出你怎麼可能帶給我樂趣。」

她確定他的眸子又開始發亮，但依舊認眞地盯著她，一如她盯著他。「夫人，我以爲妳一看就明白了。我是想讓妳騎騎馬。」他停頓一下，才接著說：「我是說騎邦妮。」

「邦妮？」

「邦妮，我的馬，站在這裡磨蹭妳的這個大女孩，喜歡餅乾的灰色母馬。」

「我知道邦妮。」蕾諾比亞喝道。

「我想，妳可能會喜歡騎她，所以我來這裡時，替妳把她的鞍具都配戴好了。」蕾諾比亞沒吭聲，他有點尷尬地拉了拉帽簷。「當我需要放鬆——需要記起微笑和呼吸，就會騎上邦妮，馳騁一番，痛快地馳騁。以她這麼大的個頭，她還真能跑。只不過，坐在她上面有點像騎一座山，而這讓我想笑。我想，妳或許也會有同樣的感覺。」他躊躇一下，繼續說：「如果妳不想騎，我這就把她牽回裡面。」

邦妮用口鼻推了推蕾諾比亞的肩膀，彷彿自己親自來邀約。

這讓蕾諾比亞做出決定。她從未拒絕過馬。沒有任何一個人類，無論多麼讓她感到不安，都不能害她改變。

「我想，佛斯特先生，你或許說得沒錯。」她起身，抓住他遞過來的韁繩，甩過邦妮拱起的寬闊頸背。

他倏地從長椅上站起來。從他的動作，她看得出來，她讓他很驚訝。

「來，我來抬妳的腳。」

「不需要。」她說，轉身背對他，咂嘴對母馬發出咯咯聲，要她繞到長椅背面。練習了兩個多世紀，蕾諾比亞早練就輕盈的上馬動作。她踩到長椅上，接著踏上鐵製椅背，一隻腳輕易地找到馬鐙，用力一踩，往上一跨，把自己甩上馬背，坐進馬鞍。她立即發現，他事先已將這副西部馬鞍的馬鐙縮短了一些，以配合她較短的腿，所以即使鞍座過大，坐起來仍相當舒適。她低頭看崔維斯，忍不住微笑。他看起來好像在很下面、很下面的地方。

他綻開笑容回應她。「我知道。」

「在上面這裡，感覺很不一樣。」她說。

「是啊。把我的女孩帶出去遛遛吧，她會讓妳記起怎麼呼吸，怎麼微笑。喔，對了，蕾諾比亞，如果妳不再叫我佛斯特先生，我會很感激。」他對著她舉手碰碰帽簷，然後補上一個微笑，慢慢地說：「如果可以的話，夫人。」

蕾諾比亞沒吭聲，只對他揚起一道眉毛。接著，她雙膝一夾，撮嘴發出嘖嘖聲。母馬毫不猶豫地回應，優雅地跑步離開。風仍繼續增強，但夜色溫煦，蕾諾比亞想起春天，臉上忍不住漾起微笑。「或許漫長、陰冷的冬天要結束了，邦妮，或許春天真的來臨了。」

邦妮的耳朵往後豎，專注聆聽。蕾諾比亞拍拍她寬闊的頸子，朝向北方，沿著石牆跑步，經過那棵殘破的樹——那個充滿痛苦的地點——經過馬廄和練馬場。她們時而慢走，時而小跑步，抵達北方和東方交接的地方，矩形校園的角落。這時，蕾諾比亞覺得自己已掌握邦妮的節奏，取得她的信任。她將母馬掉頭，朝向剛才來的方向。

「好，邦妮大女孩，讓我們看看妳的本事。」蕾諾比亞身體往前傾，雙膝夾緊，腳跟一蹬，嘴裡發出響亮的嘖嘖聲，同時把韁繩尾端往馬的屁股甩去。

邦妮急速奔馳，彷彿以爲自己是一匹衝出鐵柵的奎特馬。

「赫！」蕾諾比亞喊道：「這就對了！我們走！」

邦妮的巨蹄踩入土裡，蕾諾比亞可以感覺到母馬有力的心跳。暖和的夜風將她的長髮往後吹，馳馬大師的身體更進一步向前傾，敦促邦妮放步奔馳，使出一身的本領。

母馬如疾雷爆開，迅如閃電地往前衝。一頭重達兩千磅的動物，想不到居然可以有這種速度。

風在她們身邊呼嘯而過，蕾諾比亞的銀色長髮和佩爾什馬的鬃毛同時揚起，一起飛舞，馬與騎士融合爲一。蕾諾比亞想起波斯古諺：**天堂的氣息就在馬兒的兩耳之間**。

「沒錯!就是這樣！」蕾諾比亞大聲吶喊，緊緊攀住馬背。

喜悅、奔放、美妙，蕾諾比亞跟邦妮一起移動，彷彿一體。她沒有察覺自己在高聲大笑。但她記得拉住韁繩，讓馬放慢速度，繞圈行走，最後停下腳步，汗水淋漓，氣喘吁吁，站在崔維斯和長椅旁。

「她實在了不起！」蕾諾比亞再次開懷大笑，往前傾身，抱著邦妮溼答答的頸背。

「是啊，我告訴過妳，騎完她後會很暢快。」崔維斯扯開嗓門對她說，抓住邦妮的轡頭，以笑聲呼應蕾諾比亞。

「怎麼可能不暢快？實在太好玩了！」

「就像騎一座山？」

「就像騎一座美麗、聰明、讓人讚歎的山！」蕾諾比亞再次擁抱邦妮。「妳知道嗎？妳確實值得那許多夾心酥。」她對母馬說。

崔維斯只是站在一旁笑。

蕾諾比亞一腳跨過馬鞍，從邦妮身上滑下，但地面比她預期的遠，她踉蹌一下，差點摔倒——所幸崔維斯強壯的手牢牢抓住她的手肘。

「站穩……站穩，女孩。」他低聲喃喃，彷彿在對受驚的小母馬說話。「離地面很遠喔，小心點，不然會摔個倒栽蔥。」

蕾諾比亞覺得體內美妙的腎上腺素仍跟母馬在一起奔馳。她開懷大笑，說：「我不在乎！這趟騎乘值得一摔。這樣的騎乘經驗值得一切！」

「有些女孩也值得。」崔維斯說。

蕾諾比亞抬頭看著高大的牛仔。他的眸子發亮，不再只是平常的褐色。它們閃爍著橄欖綠斑點，眼神是如此清晰，如此輕盈，如此熟悉。

蕾諾比亞不再想，任由直覺驅動，走入他的懷抱。崔維斯彷彿也不再思考，因爲他放掉了邦妮的韁繩，一把將蕾諾比亞擁入懷裡。兩人的嘴唇飢渴地相遇。那飢渴既是激情，也是探問。

她可以阻止自己的，但她沒有。她讓事情就這麼發生。不，不只這樣。她以激情回應崔維斯的激情，以欲望和渴求回答他的疑問。

這吻持續很久，久到蕾諾比亞認出他的味道和感覺，久到她終於對自己承認，她想念他——非常非常想念他。

然後，她才又開始思考。

她只稍微抽退一點，他便立刻鬆開手，讓她從他溫暖的懷抱退出。

蕾諾比亞可以感覺到自己不停地晃頭，心臟劇烈跳動。

「不，」她說，努力控制自己的呼吸。「不可以這樣，我不能這麼做。」

他那雙閃著橄欖綠亮點的美麗眼睛茫然了。「蕾諾比亞，我們把事情說開來吧。我們之間有什麼，不能視而不見。我們彷彿——」

「不！」蕾諾比亞喚起她已修鍊兩百年的鋼鐵意志，以憤怒和冷漠遮蔽住她的欲望、需求和恐懼。「別妄自猜想。人類總是會被我們這個族類所吸引。只要我願意俯就，親吻任何一個男人，他也會有你現在的感覺。」她強迫自己大笑。這一次，笑聲裡毫無喜悅。「所以我才沒養成吻男性人類的習慣。總之，這種事不會再發生。」

蕾諾比亞看也不看崔維斯或邦妮一眼，逕自轉身，大步離去。她背對著他們，所以他們看不見她摀住嘴巴，制止哭聲逸出。她猛地打開通往馬廄的側門，門扉砰的一聲撞上石砌的牆壁。她沒有停步，直接上樓，走進她位於馬兒上方的房間，關門，上鎖。

這時，直到這時，蕾諾比亞才允許自己哭出來。

21 奈菲瑞特

事情進行得很順利。

那些紅雛鬼果然會製造麻煩。

達拉斯對利乏音的痛恨實在令人激賞。

還有，蓋雅被那幾個除草工人攪得心浮氣躁，忘了鎖上維修工人進出的側門。有一個經常在櫻桃街出沒的遊民，**不知怎麼地**彷彿被一股力量驅趕，沿著尤帝卡街，搖搖晃晃地穿過沒上鎖的側門，進入校園。

「差點立刻被龍老師砍成兩半。龍老師現在一看到黑影就以為是仿人鴉。」奈菲瑞特開心得幾乎像貓一樣呼嚕叫。

她用手指點著下巴，思索著。她痛恨桑納托絲侵入她的夜之屋，但最高委員會介入有個好處，就是把那些**特殊**學生全趕進同一間教室上課，而這等於在煤炭上增添乾柴枝。

「混亂！」奈菲瑞特大笑。「火上添油，肯定會燒起熊熊大火。」

不時伴隨著她的黑暗，滑行靠近她，纏繞在她腿上，不停磨蹭。

在過去這一小時裡，她無意間聽到柔依那兩個可笑的朋友在說話。那對孿生的，簫妮和依琳，似乎發生嚴重爭執，影響到他們整個一夥人。

奈菲瑞特鄙夷地哼了一聲。「想也知道會這樣。他們沒一個足夠強壯，可以獨立自主。他們只會像羊一樣，聚在一起，以免被狼吃掉。呵，他們根本就是羊。」她會好好地觀賞，看這一齣小戲碼如何演下去。「或許我應該在依琳有需要的時候，跟她當朋友……」她邊想邊說出心中的想法。

奈菲瑞特面帶微笑，拉開厚重的絨布簾幔。平常這些簾幔都會拉上，遮掩偌大的直櫺窗戶，防堵學校裡那些窺探的眼睛。她打開窗戶，深深吸入清新、溫煦的微風。奈菲瑞特閉上眼睛，開啓感官，嗅著風裡的味道。她聞到神殿裡的焚香及新刈的冬草。除了這些熟悉的氣味，她還聞到別的東西。她睜開眼睛，品嘗夜之屋和師生所散發出來的各種情緒。

她的直覺是具體的，但未必總是那麼具體。有時她眞的可以讀出別人的思緒，但有時她只能感受到情緒。如果這些情緒夠強烈，或那人的心智夠脆弱，她甚至可以瞥見他們心裡的影像——他們心中思緒的畫面。

奈菲瑞特集中精神。

沒錯，她感受到憂傷。她細細品嘗，認出這些無趣的情緒來自簫妮和戴米恩，甚至來自龍老師——雖然成鬼總是比雛鬼和人類難以讀取。

奈菲瑞特的心思轉向人類。她試著吸入愛芙羅黛蒂的氣息，即使只觸摸到這女孩一絲絲的情緒也好，但她失敗了。愛芙羅黛蒂向來難以讀取，一如柔依。

「無所謂。」她壓抑住心裡的氣惱。「今晚在我的夜之屋還有別的人類。」

奈菲瑞特想著利乏音，想著他臉上鮮明的線條、他肖似他父親的臉，以及導致他具有人類形體的那份感情上的執迷……

同樣地，她一無所獲。

她無法找到利乏音，但她知道他內心一定充滿可被讀取的情緒。眞怪，通常人類都很容易讀取的。人類……

奈菲瑞特笑了，因爲她把注意力集中在一個更有意思的人類身上。那個牛仔。她替可憐的、壓抑的、親愛的蕾諾比亞精挑細選的人類。她找到他，把他安置在蕾諾比亞堆滿糞肥的土地上。

當年她們初識不久，蕾諾比亞以爲她們是朋友時，說了什麼啊？奈菲瑞特想起來了。她們談到人類配偶，一聊之下才發現，她們兩個都不想擁有這樣的伴侶。奈菲瑞特沒有向蕾諾比亞坦承，他們會害她的胃揪緊，而只要有人類碰觸她，她必然暴力相向，所以她絕不容許人類碰觸。她只是靜靜地聆聽蕾諾比亞傾吐心事：**我愛過一個人類男孩。我失去他時，差點迷失自己。我絕不讓這種事再度發生，所以我選擇乾脆遠離人類。**

奈菲瑞特閉上眼睛，深吸一口氣，將修長尖銳的指甲壓入左手掌心。血湧現，開始往下滴。她把鮮血獻給正在搜尋的暗影，心裡想著牛仔。

賜我黑暗之力

讓我得見他的情緒

手掌的痛，較諸冰寒力量的急急湧現，根本不算什麼。奈菲瑞特掌握住她接收到的這股力量，把它聚焦在馬廄。啊，果然收穫匪淺。她感覺到了牛仔的溫暖和憐憫、喜悅和情欲。接著，她哈哈大笑，因爲她也感受到了他受傷的感覺和困惑，以及心碎的傷痛沖刷過他心靈所留下的痕跡。她知道，那心碎的人只可能是蕾諾比亞。

「眞精彩！一切都按照我的計畫發展。」

奈菲瑞特漫不經心地拂開愈來愈貪婪的黑暗卷鬚，舔了舔手掌的傷口，讓它癒合。「現在先到此爲止，以後再來吧。」它們不情願地停止吸吮她的血，惹得她大笑。她可以輕易地掌控它們。**它們知道，我真正的忠誠、真正的獻祭，只給牠一個——**白牛。光是想到牠，想到牠令人驚嘆的威力，奈菲瑞特就因強烈的渴望而全身顫抖。**所有神祇只應像牠，我從牠身上可以學到很多東西**。

奈菲瑞特決定了。她得找個藉口應付好奇的桑納托絲，在黎明前離開學校。她必須去找白牛，汲取更多牠的力量。

她閉眼，吸入夜氣，想像她的伴侶，黑暗本身，對她殷勤示愛。有那麼一刹那，奈菲瑞特眞的相信，她差不多是快樂的。

接著，**她**闖入。**她**總是這樣侵入她的世界。

「眞的啦，簫妮，妳不能待在這裡。」

奈菲瑞特睜開眼睛，從窗戶俯視下方的人行道，鄙夷地揚起一邊嘴角。柔依抓住黑人女孩的手臂，顯然要阻止她前往停車場。

「聽著，我試過了，但今天糟透了，眞的糟到不行。所以，我們今天離開火車站時，我帶了包包，留在巴士裡。現在，我要去拿，搬回我在學校裡原來的寢室。」

「拜託，別這樣。」柔依說。

「我沒辦法。依琳一次又一次地傷害我。」奈菲瑞特心想，這小妮子快崩淚了。她的脆弱令特西思基利厭惡。「總之，有沒有我又有什麼關係？」

「有關係，因爲妳是我們的一分子！」奈菲瑞特痛恨柔依那眞摯、溫暖的語氣。「妳可以對依琳不爽，甚至不跟她當死黨，但妳不能讓妳的整個人生因此毀掉。」

「人生毀掉的不是我，是她。」簫妮說。

「那就當個更好的人，做妳自己。這樣，或許妳可以讓依琳明白該如何重新跟妳當朋友。」

「但不能再是孿生的。」簫妮的聲音很微弱，奈菲瑞特幾乎聽不見。「我再也不當任何人的孿生姊妹，我只想當我自己。」

柔依微笑。「對，妳只需當自己。去上第六堂課吧，我保證會找依琳談一談。妳們兩個仍是我們守護圈的一部分，這點非常重要。」

簫妮緩緩地點頭。「好，但妳必須找她談。」

「我會的。」

見到柔依擁抱黑人女孩，奈菲瑞特再次冷笑。簫妮開始回頭走向主校舍，奈菲瑞特以爲柔依會陪她一起走，但她沒有。她垮著肩膀，搓了搓額頭，彷彿頭疼。**如果這小賤人能不干**

涉她的閒事，那她就除去心頭大患了。奈菲瑞特一邊想，一邊看著柔依步下人行道，抬腿踢了一下地上的一個空罐子，發出響亮的噪音。這罐子顯然是草坪工人留下的。想到他們丟下的垃圾會如何惹毛有潔癖的蓋雅，奈菲瑞特忍不住微笑起來。

被柔依踢開的罐子往前滾，撞上暴露於地面的老橡樹樹根才停住。一陣強風刮來，冬天光禿的枝椏被吹得左搖右擺，差一點遮住柔依，讓奈菲瑞特看不見她。當柔依彎腰撿起罐子，老橡樹伸長的枝椏彷彿在保護她。

保護她……

奈菲瑞特睜大眼睛。倘若柔依此刻眞的需要保護呢？這些樹當然保護不了她，除非這個討厭的小鬼召喚土。但如果事出突然，柔依不會想到她需要召喚元素。如果一陣狂風乍起，吹斷粗大的樹枝，掉在她身上……如果此刻突然發生**意外**……

柔依不會知道即將發生什麼事。等事情發生，一切已經太遲。

奈菲瑞特眼睛眨也不眨，用指甲劃開手掌那道還沒完全癒合的粉紅色傷口，把手舉高，捧著鮮血，說：

飲用並服從

枝椏不只擺動
還須斷裂——脫落——必得往地上猛摔
壓垮她——傷害她——殺死柔依女孩

奈菲瑞特做好心理準備，等著承受黑暗吸吮血液所帶來的痛楚。但是，她什麼都沒感覺到，不禁吃了一驚。她看看樹，再看看自己的掌心。黏稠的黑暗卷鬚在她身邊蠕動、震顫，但不吮血。

妳的要求是在玩命冒險
必得有更大犧牲作為祭獻

吟詠一般的話語飄過奈菲瑞特的心頭，她聽出這兩句話蘊含著她伴侶的力量。

什麼獻禮，你要向我索取？
何等祭品，才能讓你允許？

奈菲瑞特的心裡隆隆作響，傳來答案。

若要奪取她的性命
犧牲應等值於妳的權柄

奈菲瑞特不禁惱怒。這個柔依老是給她找麻煩！奈菲瑞特費力緩和自己的語調，免得說出來的話冒犯她的伴侶。

我所求必須易轍
不殺她實為上策
將她驚嚇，將她挫傷
但留下她的性命無恙

黑暗的絲線落在奈菲瑞特掌心的血泊中，盡情吸吮。奈菲瑞特雖然痛，但她不畏縮，不喊叫，反而面露微笑，指著那棵樹。

我的血液向你呈獻

遵從我令——如我所願！

黑暗從奈菲瑞特的窗口飛奔而出，佯裝是風，盤繞那棵橡樹的枝椏。奈菲瑞特看得出神。柔依已撿起罐子，正緩緩離開橡樹，走向人行道。

但這棵老橡樹是如此粗大，女孩仍未走出它枝椏華蓋的覆蓋範圍。

黑暗的卷鬚如鞭子般落下，纏繞最底下一根低垂的樹枝。一聲可怖的斷裂聲傳來，樹枝斷裂，砸向柔依。她瞠目結舌，震驚地望著上頭。

儘管她的伴侶說他無法取她的性命，但在這千鈞一髮的一刻，奈菲瑞特恍惚以爲，柔依畢竟會死。

接著，出乎意料，一抹銀色身影闖入現場。柔依被撞開，粗大的樹枝砸在地面，無人傷亡。奈菲瑞特不敢置信地呆望著，而地面上抱成一團的亓牲和柔依緩緩地分開。原來亓牲爲了救柔依，撞了過來，一把抱住她往旁邊滾。

「啊！」奈菲瑞特不悅地發出表示厭煩的聲音，轉身離開窗戶，拉上厚重的簾幔。「告訴我的伴侶，說是我說的，他大可讓她多受點傷，而不只是這樣。」她告訴恆常在她身邊蠕動的黑色絲線。她知道，它們即便不能把她的話一五一十帶給白牛，也會讓牠了解她話中的大意。「我認為我的鮮血不僅值她跌這麼一跤，不過，我看得出來，牠讓元牲拯救她，確是聰明之舉。這樣一來，那些愚蠢的小雛鬼更會將這生物當作英雄來崇拜。」奈菲瑞特領悟到這點時，睜大綠色的眼睛。「倘若把工具人當成英雄的小雛鬼也包括柔依．紅鳥，那就有好戲看了！」黑暗輕輕沖刷她的腿，她離開寢室，露出狡獪的笑容，去找桑納托絲。

柔依

所以，我今天已經日行一善，其實是兩善。一、我說服簫妮別離開火車站；二、我撿了垃圾。我手裡拿著可樂罐，心裡想著，現在如果能來罐冰可樂該有多好。就在這時，吹了整夜的風忽然增強，一陣狂風大作，**啪**！的一聲，我頭頂正上方的一根粗大樹枝斷裂。我沒有時間反應，整個人呆住，只能怔怔地看著。接著，他從側邊衝過來，抱住我的下半身，狠狠地把我撞開，就像我在足球場上見過上百萬次的擒抱動作。我肺裡的空氣被擠壓淨盡，彷彿有個重達一噸的大塊頭壓在我身上。

「滾開！」我喘著氣說，試圖把他的腿從我身上推開。我的手腳不停地掙扎揮舞，他呻吟一聲，從我的身上離開。他的重量消失後，我終於能大口吸氣。我撐著手肘，半坐起身，腦袋慢慢地恢復運轉。我從眼角看見地上一根粗大樹枝仍因撞擊而顫動著。**這東西很可能要了我的命**。我明白過來，抬頭想看我該好好道謝的人是誰。

一雙月光石般的眸子看著我。我們四目一相接，他立刻舉起雙手，往後退一小步，彷彿預期我會對他發動攻擊。

掛在我胸口的占卜石開始發熱，熱氣擴散到我的全身，而且溫度升高，彷彿元牲的碰觸讓它加熱。這一定是我的想像，然而，即使他沒再碰我，占卜石的熱度依舊瀰漫在我全身的每一寸肌膚。

「我正在巡邏。」

「喔。」我說，別開頭，不看他，故意忙著拍掉衣服上的雜草和樹葉，同時努力釐清混亂的思緒。「你常常在巡邏。」

「我看見妳在樹下。」

「喔。」我繼續把身上的雜草或什麼的拂掉，內心卻高聲嚷著：**元牲救了妳的命！**

「我無意靠近妳，但我聽到樹枝斷裂的聲音。我不敢相信我真的來得及推開妳。」他的聲音在顫抖。我終於抬頭看他。他似乎一臉困窘。我坐在原地，像個白癡，呆呆地望著他。我忽然明白，不管他可能還是其他什麼東西，在這一刻，元牲只是一個不知所措的男孩，就跟其他少年一樣。

我初次見到他時所感受到的焦慮和不安，開始逐漸消失。

「嗯，我很高興你及時推開我。」我盡量保持聲音平靜，控制住情緒。現在我最不需要的，就是史塔克衝過來。「還有，你可以把手放下了。我不會咬你或怎樣。」

他放下手，插進牛仔褲口袋。「我不是故意把妳撞倒，也無意傷害妳。」他說。

「那根樹枝很可能造成更嚴重的傷害。再說，你這個擒抱摔倒做得很漂亮，西斯一定很讚賞。」我衝口而出，隨即閉緊嘴巴。我幹麼跟他提起西斯啊？

元牲顯然只是一頭霧水。

我嘆一口氣。「我的意思是，謝謝你救了我。」

他眨了眨眼睛。「不客氣。」

我開始要站起來，他伸出一隻手想幫我。我看著那隻手，正正常常，沒有蹄子或什麼的。我把手掌滑入他的手。兩人掌心相貼時，我知道之前的感覺不是我幻想的。他碰觸我時的確散發出跟占卜石一樣的熱度。

我一站好，立刻把手從他的手中抽回來。

「謝謝你。」我說。「再一次。」

「不客氣。」他頓住，微微笑了一下。「再一次。」

「我該回去上第六堂課了。」我打破兩人之間開始漫開的沉默。「我還得把一匹母馬的毛梳理好。」

「我該繼續去巡邏了。」他說。

「所以，你只上第一堂課？」

「對，奈菲瑞特的命令。」他說。

我總覺得他的聲音聽起來很怪。不盡然是悲傷，而是有點認命，也有點彆扭。

「好，那就明天第一堂課見。」我不曉得還能說些什麼。他點點頭，我們轉身背對背，開始往不同方向走。但第一堂課的什麼事情拉住我的心思，不肯放我甘休。我停步，回頭對他喊道：「元牲，等等。」他滿臉好奇，折回到斷枝旁。「呃，你今天寫在紙上的問題，你是當眞的嗎？」

「當眞的？」

「對，我是說，你真的不知道自己是什麼？」我問。

他遲疑著，感覺上過了很久才回答我。我看得出他在思考，或許還在衡量哪些話該說，哪些話不該說。當我準備說些陳腔濫調的話——而且是假話，比如「別擔心，我不會告訴別人」之類的，他終於開口說話。

「我知道我應該是什麼，但我不曉得我是否真正是這樣。」

我們四目相接。這次，我清楚看見他眼裡的憂傷。「希望桑納托絲可以幫助你找到答案。」

「我也這麼希望。」接著，出乎我意料地，他說：「柔依，妳沒有卑劣的靈魂。」

「喔，我不是世上最善良的女孩，但我努力不要變得卑劣。」我說。

他點點頭，彷彿覺得我的話有理。

「好，呃，我真的得走了。祝你接下來巡邏順利。」

「走在樹下時小心一點。」他說，然後小跑步離開。

我抬頭看著樹，風勢已經從強烈、狂暴變得徐緩，我幾乎感覺不到風。老橡樹看起來強壯、穩固，不像會斷裂。我走回第六堂課途中，心想，外表真會騙人啊。

22 柔依

我原本想直接回去上第六堂課的，眞的。除了最近的特殊狀況，我通常不會蹺課。我的意思是，幹麼？難不成這樣隔天上課就不用交功課？唉，逃不掉的，而且還有額外的麻煩要面對。

就在走回馬廄的半途中，桑納托絲從人行道旁的陰暗處冒出來，嚇了我一大跳。我用手壓住胸口，彷彿這樣可以確保心臟不會蹦出胸腔。

「我不是故意驚嚇妳。」她說。

「呃，今天好像充滿了驚嚇。」我說，想起她對達拉斯發脾氣時，在她四周迴旋的風。我繼續說：「嘿，妳是不是對風有感應力？」她揚起一邊眉毛看著我，我接著想起她發脾氣時有多威嚴，多嚇人。「我不是故意無禮冒犯或怎樣啦，只不過這事跟我有點關係。」

「問這問題並非無禮，我跟風親近也不是祕密。這不算是感應力，我無法召喚風。不過，我需要它時，它經常會出現。我想過，風所以跟我親近應該和我眞正的感應力有關。」

「對死亡的感應力？」這下子我真的好奇了。「我以為妳的感應力會讓靈親近妳。」

「表面上看，的確這樣才合理。但我的感應力只用在幫助死者離開，或有時用以撫慰死者留在世上的親友。」我們一邊談話一邊慢慢走，步伐節奏漸趨一致，氣氛也愈來愈輕鬆。「死者移動時像風，起碼他們出現在我面前時看起來像風。透明、縹緲，彷彿沒有實體，卻又真真實實。」

「像風。」我說，明白她的意思了。「風是真實的，會移動東西，但你看不見它。」

「完全正確。妳怎麼會問起風的事？」

「因為今天的風很怪。我在想，不曉得妳有沒有察覺風出現什麼詭異的狀況？」

「比方說有人在操控它？」

「對，就像那樣。」我說。

「沒有，我不能說我察覺到有人在操控風。」她抬頭望著最靠近我們的那棵樹的樹枝，輕柔慵懶的微風讓枝葉靜靜地緩慢擺動。「現在看起來很平靜。」

「的確如此。」我心想，有根樹枝差點把我砸成肉醬或許不該怪罪風元素。**別這麼疑神疑鬼**。我提醒自己。桑納托絲的下一句話，一下子抹去了我對風的疑慮和我的疑神疑鬼。

「柔依，我有兩件事得跟妳談。一是我有個問題要問妳，二是請妳原諒我。」

「有什麼問題妳儘管問。」**但我回答時會非常謹慎**，我在心裡默默地補充。「不過，我不知道妳爲什麼需要我原諒。」

「我先問問題，然後再跟妳解釋。我想請妳明天跟我一起進行課堂討論。」正當我張嘴，準備回答「可以啊」之類的，她舉起手阻止我。「妳得知道，明天是要討論如何走出失去父親或母親的悲傷。」

忽然，我的喉嚨好乾澀。我用力嚥口水，然後說：「我可能很難開口談這個課題，因爲我還沒從喪母之痛恢復過來。」

桑納托絲點點頭，然後說：「我了解。但是，還有幾個學生也還沒從失去父母的痛苦中恢復——只不過，到目前爲止，只有妳是因爲死亡而失去母親。」

「什麼？」

「有另外三名學生問了跟妳一樣的問題。」

「眞的？」

「對。妳一定知道，對我們這些完成蛻變的人來說，這是普遍的經驗。我們並非永生不死，但我們的壽命絕對比我們的人類父母長。我們當中許多人在邁入成鬼生涯的初期，就選擇與童年時期的凡人親友切斷關係。這樣一來，他們離世時似乎比較不會造成痛苦。不過，有些人選擇跟過往的親友維繫感情——對這些人而言，**這麼做**可以讓他們在失去親友時沒那麼難受。」

「可是，這跟我的情況不一樣。首先，我不是成鬼；其次，我媽是被殺死的，不是老死的。」

「妳跟妳母親很親嗎？」

我用力眨眼，不想哭出來。「不親，這三年來並不親。」

「所以，妳最難接受的是她死於非命？」

我仔細思考了一下，才回答。「這是一部分。我想，知道她到底遭遇什麼事，應該有助於我做個了結，從現在的痛苦解脫。不過，另外，我之所以痛苦，也是因爲她走了，我們沒有機會再恢復親密關係了。」

「可是，這只是這輩子沒有機會。如果她在另一個世界等妳，妳們還是可以在那裡團圓。」桑納托絲說：「她知道女神嗎？」

我含著淚微笑。「我媽不認識妮克絲，但妮克絲知道我媽。她死掉的那晚，女神讓我做了一個夢。在夢中，我看見我媽被迎接到另一個世界。」

「喔，既然這樣，妳應該毋需這麼哀傷。現在，剩下的問題是她的死因還不能確定。」

「她是被謀殺的。」我告訴她：「媽媽是被殺死的。」

她沉默很久後問道：「妳母親是怎麼被殺死的？」

「警方說，是毒蟲幹的。他們洗劫我阿嬤家，媽媽剛好在那裡。」我的聲音就跟我的感覺一樣空洞。

「不，我是指她是**如何**被殺死的？致命傷是什麼？」

我想起阿嬤說她死狀淒慘，但沒受太多苦。我也想起阿嬤跟我這麼說時，臉上閃過一抹陰霾。我用力嚥了嚥口水，說：「很淒慘。阿嬤只這麼說。」

「妳阿嬤見到了她的屍體？」

「是阿嬤發現她的。」

「柔依，妳想，妳阿嬤願意跟我談談妳母親遇害的事嗎？」

「我相信她願意。不過，爲什麼？這樣做有什麼幫助？」

「我不希望妳期望過高，不過，死亡過程如果很淒慘，有時會在大地留下烙印，我或許可以看見死亡的畫面。」

「妳可以看見我媽是怎麼被殺死的？」

「或許。只是或許。我得先問妳阿嬤幾個問題，才知道是否可能。」

「我不確定阿嬤可以說到什麼程度。現在她在守喪，要進行七天的淨化儀式。」桑納托絲臉上出現疑惑的表情，我繼續說：「阿嬤是切羅基族的女智者，她一直守著古老信仰和它的各種做法。」

「那麼，如果眞有機會重現妳母親死亡的畫面，我必須立刻跟妳阿嬤談一談。妳母親死亡幾天了？」

「她是上周四晚上被殺的。」

桑納托絲點點頭。「明天是第五個晚上，我今天就必須跟妳阿嬤談。」

「好，我可以帶妳去她的薰衣草田。不過，在花田淨化之前，她不希望有人去那裡。」

「柔依，妳阿嬤有手機嗎？」

「呃，有，妳要打電話給她？」

桑納托絲的嘴角微微上揚。「這是二十一世紀。即便是我，也活在這個世紀。」

我覺得自己像個白癡，忙說出阿嬤的手機號碼，桑納托絲隨即把號碼輸入她的iPhone。

「我會打電話給她，不過我想私底下打。」

桑納托絲的表情告訴我，她眞的不希望我聽到她要問阿嬤的問題。我趕緊點點頭，說：

「好，我懂，沒關係，反正我得去上第六堂課。」

「我可以先請妳原諒我嗎？」

「喔，當然，不過妳要我原諒妳什麼？」

「我今天說了假話。爲此，我請求妳原諒。同時，我現在要告訴妳的話，我要請妳放在心裡，別說出去。連妳的戰士和最要好的朋友，妳都不能吐露。」

「好，我會守密。」

「當史塔克問我，我是否看見奈菲瑞特和達拉斯那群紅雛鬼四周的黑暗，我撒謊，說我沒看見。」

我眨著眼睛。「妳是說，妳看得到黑暗？」

「我看得到。」

我搖搖頭。「這樣的話，妳也應該請求史塔克、利乏音和史蒂薇．蕾原諒。跟妳一樣看得見黑暗的人是他們——妳說謊傷害最深的人是他們。」

「不能讓他們知道。妳已經答應我，妳會保守這個祕密。」

「爲什麼？爲什麼我可以知道，而他們不可以？」

她沒直接回答，而是開始談起往事。「我活了將近五百年。大部分時間裡，我幾乎每天都面對死亡。我看到了黑暗，看到了它的屠戮、它的毀壞、它的代價。我太熟悉它的絲線和暗影了。或許因爲我看它看得太久了，所以我也看得到它的對立面——能夠導致黑暗力量耗損、挫敗的人。」

「妳在說什麼！」我想尖叫。

「妳，柔依．紅鳥。妳有些什麼，是黑暗無法碰觸的。因此，妳注定站在光亮中，帶領對抗邪惡的戰鬥。」

「不，我不想帶領什麼戰鬥。妳去帶領。要不，叫龍老師帶領。甚至讓史塔克帶領。要命。不然，去找史迦赫和那些守護人啊！他們都是領袖。他們都是戰士，知道怎麼打仗。我什麼都不懂，甚至沒有了媽媽該怎麼辦都不知道。」我喘著氣，把手壓在胸口。桑納托絲不發一語，只是用那雙暗黑的眼睛盯著我。最後，我終於能夠用沒那麼激動的口吻說：「我不想這樣，我只想當個正常的孩子。」

「或許這就是部分原因，小女祭司長。或許就因爲妳**不想要**，所以責任落在妳肩上。權力會伴隨責任的承擔而來。或許由於妳不想要，所以權力不能玷污妳。」

「就像佛羅多。」我喃喃地說，比較像自言自語，而非對桑納托絲說話。「他從來就不想要那枚該死的戒指。」

「托爾金的小說。很棒的書，很精彩的電影。」

我打量她一眼，說：「好，我知道，這是二十一世紀。搞不好妳連有線電視都裝了。」

「我當然裝了有線電視。」

「眞酷，不過我們還是回來談魔戒持有者的事吧。呃，如果我記得沒錯——我應該不會記錯，因爲這部電影的加長版我看了上百萬次——佛羅多壓根兒不想戴這枚戒指，但他可以說被這枚戒指給毀了。」

「但他也因此從黑暗的手中拯救了世界。」桑納托絲說。

一陣寒顫沿著我的脊椎往下竄。「我不想死，更別說拯救世界。」

「我們每個人都會死。」桑納托絲說。

我再次搖搖頭。「我不是魔戒持有者，我只是個孩子。」

「從黑暗的手中掙回生命的孩子。不只一次，而是很多次。」

「好，如果妳曉得——既然妳看得見黑暗，知道奈菲瑞特站在黑暗那一邊，那妳爲何要假裝不曉得？」

「我來這裡，是爲了處理奈菲瑞特的事——一勞永逸地解決她和她眞正立場的問題。」

「那就把她四周圍繞著黑暗的事情告訴最高委員會啊！」

「然後對她告誡一番，放她回去，讓她有機會更加壯大，做更多邪惡的事？萬一她眞的是黑暗的伴侶呢？如果眞是這樣，最高委員會就必須傾全力對付她。而想要達到這個目標，我們就得先掌握確切無疑的證據，證明女神已經永遠失去了她。」

「所以妳才來這裡，爲了拿到證據？」

「對。」

「好，我不會把妳看見黑暗的事情說出去。而且，我要老實告訴妳，妳等著看吧，妳會看到一大票黑暗的。準備好收集證據吧，因爲我打內心深處知道，奈菲瑞特已經全然投向黑暗了。」我差點告訴她，奈菲瑞特甚至已經變成不死生物了。可是，不，我不說。這件事桑納托絲必須自己去發現。「喔，對了，我原諒妳。不過，妳得答應我，妳會睜大眼睛，還有，等時機來臨，妳會確保最高委員會做出正確的決定。」

「我發誓，我一定會這麼做。」

「很好。」我說。然後，桑納托絲打電話給阿嬤時，我終於回去上第六堂課了。

簫妮

她壓根兒沒有想到，不再當依琳的好姊妹，感覺會這麼糟。彷彿光這件事——沒有依琳當她的好姊妹——就足以改變她的生命藍圖。

眞是天殺的叫人好迷惘。

她什麼時候不再是簫妮自己，變成了「孿生的」？她眞的不知道。她們同一天被標記，同一個時間抵達陶沙夜之屋，兩人一見面立刻成爲莫逆之交。簫妮原本以爲，這是因爲她們有相同的靈魂。她是黑人，依琳是白人；她來自康乃迪克州，而依琳是陶沙本地人，這些都無所謂。兩人變成知己後，簫妮忽然不再覺得孤單了。其實，從此以後，她根本不曾一個人過。她和依琳是室友，課表相同，一起參加派對，甚至只跟互相稱兄道弟的男生約會。

在巴士上面，簫妮一個人坐在自己的座位上。想著這些事情，她搖搖頭。她聽見巴士後方傳來依琳和克拉米夏的笑聲。有那麼一瞬間，一個差勁的念頭在她心中閃過：**原來她已經找另一個黑人女孩來取代我**。但她隨即甩開這種蠢念頭。重點不是在膚色，從來就不是。重點是她沒辦法一個人獨處。這實在超級諷刺，因爲體悟到這一點反而讓她陷入必須一個人獨處的狀況。

「嗨，我可以坐在這裡嗎？」

簫妮的目光從窗外黎明前漸亮的天空移開，轉向站在走道上的戴米恩。

「當然可以。」

「謝謝。」他在她旁邊坐下，把重重的書包擱在兩腳之間。「我功課好多喔，妳呢？」

「嗯，」她說：「也很多。喂，第六堂課時妳有看到柔依嗎？」

「沒。她上馬術課，我上經濟課。但一放學我就看到她了。怎麼了？發生什麼事嗎？」

「你覺得她看起來還好吧？」

「還好？是身體上還好，還是沒有因壓力過大而崩潰的那種還好？」

「她一天到晚都壓力很大。我說的是身體上。」

「很好啊。發生了什麼事嗎？」

「沒有。」簫妮說：「我只是……呃，第六堂課剛開始時我見到了她，我們在停車場這邊聊天。然後我們就分頭去上課。」她端詳戴米恩，思忖著該不該告訴他實話。「你會不會覺得今晚的風很奇怪？」

戴米恩歪著頭。「沒什麼奇怪的吧？嗯，風是大了點，但在奧克拉荷馬州這不是什麼新鮮事。妳知道的，我們這一州是**風兒咻咻掃過草原**。」他唱起歌來。

「我知道，百老匯先生。我是要說，柔和我分手時風真的好大，我好像聽見樹枝斷裂的聲音——」

「的確有樹枝斷掉。」史塔克忽然插嘴。他和柔依鑽進戴米恩和簫妮前面的座位坐下。

「是啊，今晚的風很變態。」史蒂薇．蕾說。她和利乏音隔著走道，在另一邊的位置坐下。「不過，對你說這種事就像跟白色談論米。」

「拜託，妳到底在說什麼鬼話？」愛芙羅黛蒂硬把柔往旁邊擠，跟她坐在一起。這時達瑞司快速地清點了一下人數，然後坐到駕駛座，發動引擎。

「討厭鬼，我是要說，戴米恩當然知道今天風大，因為他感應的元素是風。就像米是白色的。我都不知道這種比喻有什麼難懂的。」史蒂薇．蕾說。

「那．就．閉．嘴。」愛芙羅黛蒂告訴史蒂薇．蕾。

「米也有褐色的。」簫妮說。

愛芙羅黛蒂揚起一道眉毛。「妳是因為少了孿生的，才說氣話？」

「對。」簫妮說，直視愛芙羅黛蒂的眼睛。

愛芙羅黛蒂哼了一聲，別開頭，只說：「也該是時候了。」

「說到風，」柔依說：「沒錯，今晚確實有點怪，甚至把一棵老橡樹的樹枝折斷了。」她聳聳肩。「不過，就像戴米恩說的，奧克拉荷馬州本來就風大。對了，說到這個，戴米恩，你曉得嗎，桑納托絲對風有一點點感應力？」

「喔天哪！我一點都不訝異！妳看見了嗎，今天上課時達拉斯說了那些蠢話後，她超級嚇人的模樣？我眞不敢相信——」

簫妮讓眾人的話語從她身邊流過，只繼續盯著柔依，等她開口說些什麼——說什麼都行——只要她說一下樹枝斷裂時發生的事就好。她知道，因爲她目睹了整個經過。

一行人顛顛簸簸，駛往火車站。簫妮終於知道，柔依不打算說。**好，這件事——若非元牲及時救了她，她已經被那根樹枝狠狠地砸傷——或許她只想告訴史塔克**。一直等到車子在一處平交道前停下來，他們像一票身障車裡的蠢蛋，呆呆地等著，沒有人說話，簫妮才忽然說：「你們會不會覺得很怪？元牲只上一堂課，然後就像個機器人，整天巡視校園。」

「那傢伙怪的地方可多著哪。」愛芙羅黛蒂說：「不過，這沒什麼好大驚小怪的，因爲他是奈菲瑞特的玩物啊。」

「我不認爲他們有性關係。」柔依說。

簫妮打量著柔。「怎麼說？」

「我不曉得啦，」柔裝出一副滿不在乎的樣子，「我只是覺得，奈菲瑞特表現得不像他們有那種關係。她那樣子比較像把他當作奴僕。」

史塔克笑著說：「奈菲瑞特那樣子像全世界都是她的奴隸。」

「我敢打賭，我們一票人沒上她的課，死魚眼女士一定很氣。」愛芙羅黛蒂說。

「那是一定的，尤其桑納托絲是一個很棒的老師。」史蒂薇．蕾說：「對了，愛芙羅黛蒂，今天在課堂上，妳把我們那段**非常**短暫，**毫無**性行爲的烙印關係，當作很不堪的經驗，我很不以爲然。別忘了，這件事也發生在我頭上。我可以告訴妳，對我來說，那就像鬥牛犬來到貓咪的派對，同樣一點也不好玩。」

「拜託，別告訴我妳又用了一個白種廢物的比喻。」愛芙羅黛蒂說。

整車人就這樣吵吵鬧鬧，直到巴士停在火車站前。但簫妮始終置身事外，沒加入他們。她只在一旁觀察柔依，也觀察史塔克。下車時，她確定兩件事：一、史塔克完全不知道今晚元牲救了柔依一命。二、如果她仍是孿生的，她就不可能知道元牲、柔依和史塔克的狀況。跟別人當孿生的，她會忙著扮演別人的另一半，無法眞正注意到任何其他人或其他事。

她不知道柔依和元牲到底發生什麼事，但她知道，她會睁大眼睛，密切注意。如果能弄懂這是怎麼一回事，她一定會去弄懂——一個人，靠自己。她忽然覺得，單獨一個人的感覺沒那麼糟。打從不再配合依琳的思緒，她第一次展露笑容。

23 柔依

樹枝斷裂和元牲的事，我沒告訴史塔克。我的意思是，說這個幹麼？難不成史塔克需要更多壓力？他仍然睡不好，噩夢連連。他不想讓我知道，但我很清楚，畢竟我睡在他身邊，而且**我不笨**。況且，樹枝斷裂的事發生得很快，沒人傷亡，事情已經過去了。結束。

嗯，是有一小部分的事還沒結束。那就是我決定透過占卜石看元牲。好，不是這個時候啦。我的意思是，元牲又沒在這裡。但我決定了，他碰觸到我的那一刻我就決定了。

他碰觸到我的那一刻，我不再怕他了。

不過，我還是很驚慌。

達瑞司把巴士停在火車站前，打開車門時，我內心交戰著，不曉得該不該告訴史塔克，我已決定透過占卜石窺探元牲。這時，我心裡想著事情，只隱約聽到愛芙羅黛蒂和史蒂薇·蕾在爭論坑道整修的細節。愛芙羅黛蒂想找一票工人，把這裡裝修得漂漂亮亮，但史蒂薇·蕾主張，除了**我們自己人**，不要讓任何人進坑道。唉。

「我要打電話給Andolini披薩店，請他們送一堆吃的來。」史蒂薇．蕾說，跟利乏音一起下車。

「這次我們總算看法一致。」愛芙羅黛蒂說著，往旁邊一挪，坐到達瑞司的大腿上，打算讓其他人先下車。「幫我訂一份他們的聖提諾披薩。這款披薩就算卡路里超高也值得，如果配上我蹺掉第五堂課，去自助餐廳拿的義大利紅酒Chianti，那可說是人間美味——」

事情就這樣發生了。愛芙羅黛蒂講的都是再平常不過的事，譬如蹺課，但她話說到一半，整個人忽然僵直，雙眼翻白，**開始流出血的淚水**，從一個美麗的女孩變得人不像人，鬼不像鬼，而且奄奄一息。

達瑞司毫不遲疑，立刻抱起她僵直的身體，迅速下車。我把心裡**喔我的天哪**的直覺反應壓下，起身回頭面對其他人——他們有的張口瞠目，有的摀住眼睛，彷彿快哭出來了。

「愛芙羅黛蒂出現靈視。」我的聲音彷彿來自別人的口，超級沉著冷靜。史塔克握住我的手，給我力量。我抓緊史塔克，繼續說：「她不會有事的。」

「等她清醒，她一定會氣死，亂發脾氣，因爲她最痛恨在眾人面前發生這種事。」史蒂薇．蕾說，回頭爬上巴士。我注意到她眼睛睜得有點大，但聲音也超級鎮定。

「對，史蒂薇．蕾說得對。」我說：「所以，大家不需要大驚小怪——不管是現在，或她清醒以後。」我打住話語，覺得自己像白癡。然後，我繼續說：「喔，我不是說她的靈視沒什麼大不了的。我是說，她一定不想聽見大家連番問她『妳還好嗎』。」

「我披薩還是照訂。依妳看，愛芙羅黛蒂待會兒會肚子餓嗎？」史蒂薇．蕾問。

我想起上次她出現靈視後的慘狀，差一點告訴史蒂薇．蕾，愛芙羅黛蒂清醒後需要的應該是鎮定劑和紅酒。但這會樹立壞榜樣，所以我說：「呃，妳幫她訂一個放在冰箱裡吧。如果晚一點她肚子餓，再拿出來微波。現在我去看看她，她會需要喝點水，休息一下。」

「好。」史蒂薇．蕾面帶微笑，一副什麼事都沒發生的模樣，對巴士上其他人說：「我就在上面這裡訂披薩，坑道裡的手機訊號太差了。所以，大家下去之前先讓我知道你要吃什麼。還有，你們最好不要跑開，免得我訂錯了。說到這個，對了，克拉米夏，大家要些什麼，妳可以幫我寫下來嗎？」然後，她看著一臉茫然的簫妮，說：「嗨，這次我們可以用妳的信用卡訂嗎？柔和我保證，錢一定會還妳。」

簫妮皺起眉頭。「發誓？上次昆妮咖啡館那筆帳單差點讓我破產欸。他們的終極蛋沙拉三明治好吃是好吃，但根本不到兩百美元的價值。」

「我發誓。」史蒂薇．蕾瞇起眼睛，凶巴巴地看著巴士裡所有的人，說：「你們大家會付錢吧？」

「會啦，沒問題啦。」大家紛紛回答。

我眞想吻我的好友。她成功地轉移了大家的注意力，而且機靈地把大家留在上面，讓他們忙著決定要吃什麼，並等著付錢，免得他們進入坑道後，傻傻地跑去看愛芙羅黛蒂超級恐怖、醜陋的樣子，對她指指點點，竊竊私語。

我拉著史塔克下車，經過史蒂薇．蕾身邊時，他對她說：「我們要總匯披薩，大份的。」

「披薩？眞的嗎？」我壓低聲音問他，彷彿他說了什麼超級不得體的話。

「我以爲妳想表現得什麼事都沒發生嘛。」他壓低聲音回答。

我嘆一口氣。對，他說得對。於是，我對史蒂薇．蕾說：「起司和橄欖多一點。」然後，我小小聲告訴她：「謝啦。」

「妳可以討論時我會在廚房等妳。」她悄聲說，然後抬起頭，以非常正常，非常大聲的聲音問大家：「辣味香腸，哪幾個人要？」

史塔克本能地走向地下室入口，我趕忙說：「我們從火車站進去。這樣，去愛芙羅黛蒂的房間之前，我們可以順道先在廚房拿幾瓶水。」史塔克立即改變方向，但我繼續解釋：「她會很渴。我們還得帶幾條毛巾過去。我會把毛巾浸溼，待會兒好蓋在她的眼睛上面。」

其實，我想，我不是要跟史塔克解釋什麼，而是想藉著講話，平撫自己的緊張情緒。

「每次她的眼睛都會像這樣流血嗎？」

「對，她失去記印以後就這樣。上次出現靈視時，她告訴我，她愈來愈痛苦，血也流得一次比一次多。」我望著史塔克。「看起來很慘，對不對？」

「她會沒事的。達瑞司陪在她身邊，他不會讓她發生任何事的。」他捏了捏我的手才放開，讓我走在他前面，從舊票亭的入口往下爬進坑道。

「遇到這種事，我怕連她的戰士都保護不了她。」我說。

他對我微笑。「連在另一個世界，我都能設法保護妳了。我想，達瑞司一定應付得了靈視和那一點血。」

我沒再多說什麼。我們匆匆穿越廚房，抓了幾瓶水和幾條毛巾。我希望史塔克說得對。我眞的、**眞的**希望史塔克是對的。可是，我有一種不好的感覺。我恨死了這種感覺，因爲它總是意味著，有什麼很可怕、很嚇人、很不對勁的事情將要發生。

走到愛芙羅黛蒂房間入口那條華麗的門簾前面時，史塔克拉住我的手臂，讓我停下腳步，對我說：「嗨，爲了她，妳現在必須堅強。」

「我知道，你說得對。只不過，靈視讓她這麼難受，看得我好擔心。」

「這是妮克絲送的禮物，可以提供我們所需要的訊息，對吧？」

「你又說對了。」我說。

他的微笑變成招牌的冷傲笑容。「我喜歡聽見妳說我是對的。」

「別習慣成自然。你畢竟是臭男生，『我是對的』的額度很有限。」

「喔，那我有多少額度就用多少。」接著，他的表情變嚴肅。「記住，現在妳必須當她的女祭司長，而不是她的朋友。」

我點點頭，深吸一口氣，低頭鑽過金色門簾。

愛芙羅黛蒂的房間一天到晚在變。每次我進來，看到的都不一樣，而且風格愈來愈野蠻加華麗加性感。這次，房裡多了一張金光閃閃的躺椅。我不曉得這是她從哪裡弄來的，更不曉得她怎麼把它弄到下面這裡來。躺椅後方的粗糙水泥牆面，掛著部分達瑞司收藏的各種飛刀，當作裝飾。每把刀的刀柄，都繫上了綴有珠子的金色流蘇。她那張床很大，眞的非常大。今晚的被子是紫色絨毛的質料，繡上了金色花朵的圖案。她那隻波斯貓梅蕾菲森有自己的床，就擺在大床旁邊。但此刻梅蕾菲森不在自己的床上，而是趴在愛芙羅黛蒂的大腿上，一副想保護主人的模樣。愛芙羅黛蒂斜靠在成千上萬個枕頭之間，臉色慘白。達瑞司在她的眼睛上面蓋了一張摺疊起來的溼紙巾，白色紙巾已染成粉紅色。當我看見愛芙羅黛蒂撫拍著梅蕾菲森，頓時安心了一些，因爲這代表她意識清醒。然而，當我靠近床，那隻惡貓開始對我嘶吼，安心的感覺立即消失。

「誰？」愛芙羅黛蒂的聲音很虛弱，而且很不正常地顯得非常害怕。

達瑞司撫摸她的臉。「美人兒，是柔依和史塔克。妳知道的，我不會隨便讓人進來。」

史塔克又捏了捏我的手才放開。我匆匆在心裡對妮克絲默禱，**拜託，幫助我當個愛芙羅黛蒂此刻所需要的女祭司長**。我依然覺得這個角色太大了，我扮演不來，但當我邁步往前走，我覺得自己已儼然成爲女祭司長。「我帶了毛巾和冷水來。」我直截了當地說，走到床邊，把其中一條毛巾打溼。「妳眼睛繼續閉著，我把這張紙巾換掉。」

「好。」她說。

她的眼睛緊閉著，但鮮血仍持續滲出。血的氣味撲鼻而來，霎時我以爲我會做出**喔天哪，好香，我要嘗一嘗**的舉動。我當然沒這麼做。

愛芙羅黛蒂的氣味聞起來不像人類。我努力回想上次她出現靈視時，她的血液到底是什麼味道，但我的腦袋一片空白——這大概代表那時的氣味也不正常吧。

我把這個新發現擱到一旁，在床沿坐下。「我還帶了礦泉水來，要不要喝一點？」

「酒，紅酒，達瑞司有。」

「我的美人，先喝水吧。」

「達瑞司，酒可以幫我止痛。還有，去拿酒時順便把我包包裡的鎮定劑拿給我。那也有幫助。」

達瑞司動也不動，只是看著我。

「呃，愛芙羅黛蒂，這樣吧，妳選一樣，鎮定劑或酒？兩種同時服用恐怕有害健康。」我說。

「我媽都兩種一起用。」她沒好氣地說，隨即嘴唇抿成一條線，接著深吸一口氣，說：「有道理，那我要酒。我．不是．我．媽。」

「妳當然不是妳媽。」我附和。達瑞司鬆了一口氣，開始打開酒瓶。「好，在妳的男人醒酒的空檔，我要妳先喝一點水。」

她嘴唇斜斜地往上揚，露出慣有的訕笑表情。「妳也知道醒酒啊？妳根本不喝酒。」

「我有看電視。拜託，任何有一半腦袋的人都知道，要先讓酒醒一醒。」我說，引導她的手拿住瓶裝水，幫助她喝下。「這次如何？跟上次一樣糟嗎？」

她顯然不打算回答，於是達瑞司替她說：「更糟。或許先讓她休息，你們待會兒再來。」

身爲愛芙羅黛蒂的朋友，我完全同意。但身爲見習女祭司長，我知道怎樣做才對。「等一下她會喝醉，而且很疲倦，整晚——甚至一直到明天——昏睡。我必須趁她還清醒，問清楚靈視的事。」

「柔說得對。」愛芙羅黛蒂搶在達瑞司提出異議之前說話。「反正這次的靈視很短。」我正高興她乖乖地把整瓶水喝完，她便伸出一隻手摸索。「水喝完了，我的酒呢？」

達瑞司遞給她一杯酒。這酒杯看起來很簡單，不過就是一只形狀優美的水晶酒杯，但杯底有個小小Riedel標誌，所以我知道這是高檔奧地利酒杯。而我之所以知道，是因爲幾天前我差點打破一個，被愛芙羅黛蒂念了一頓。（難不成我在乎啊？）總之，達瑞司幫愛芙羅黛蒂拿穩杯子，讓她灌了一大口酒。喝完後，她緩緩吐一口氣。「再開一瓶，我還要。」這次，達瑞司沒望向我，等我同意，而是一臉沮喪。「還有，叫史塔克別妄想你的刀子。他是神箭手，不是飛刀手。」

「這會兒他們變成英雄啦？」我問，試圖耍幽默（但或許不成功）。

她滿意地揚起嘴唇，那模樣頓時像極了她那隻貓，像得讓人坐立不安。「嗯，我的男人在很多方面都是英雄。至於妳的男人，妳得自己判斷。」

「靈視。」史塔克用唇語告訴我。他站在房間另一頭，眞的在欣賞牆上的刀。

「好，告訴我，這次的靈視說些什麼。」我說。

「還不是那種該死的死亡靈視。這次，我在一個被殺死的男人**裡面**。」

「男人？」驚恐的感覺在我心裡開始擴大。**是史塔克嗎**？

「別擔心，不是妳的男人，也不是我的男人。是利乏音。他被殺的時候，我在他裡面。喔，對了，」她停頓一下，又喝了一大口酒，「鳥男孩的腦袋裡有些奇怪的東西。」

「先說重點，晚點兒再聊八卦。」我說。

「總之，一如往常，一旦我在被殺死的人裡面，整個靈視就很混亂。」她說，用手壓住毛巾，痛苦地齜牙咧嘴。

「只管把妳記得的告訴我。」我催促她。「他是怎麼死的？」

「一把劍差點把他劈成兩半。好可怕，不過他的頭沒像妳那樣斷掉——我是說，像妳在另一個靈視裡那樣。」

「嗯，那算他好運。」我說，不確定自己是認真的，還是在冷嘲熱諷。「是誰把他劈成兩半的？」

「就是在這個地方，畫面很混亂。我不確定誰殺了他，但我確定龍老師在場。」

「龍老師殺了他？啊，這太可怕了。」

「我剛剛說了，這一點我不確定。但我可以告訴妳，我記得那把劍砍到我之前龍老師臉上的表情。他整個人封閉起來了，一片死寂，比他最近這一陣子的模樣還糟，彷彿他的人生毫無希望、亮光或快樂可言。還有，他在哭——眞的嚎啕大哭，一把鼻涕一把眼淚那種。」

「接著利乏音就被一把**劍**殺死。」我說。

「對。」她說：「我知道，情況似乎很明顯，看來是龍老師幹的。但我就是不能百分之百確定，尤其見到他在嚎啕大哭，而且其他部分也很令人困惑。」

「其他部分？」

「對，四周有詭異的鬼東西不停閃爍，有白色的東西像是死的，還有冰繞成一個圓圈在燃燒，到處都有血和乳房。**接著**，我就死了——我是說利乏音死了。完畢。」

我搓著太陽穴，覺得頭又要痛起來了。

「乳房？」史塔克的語氣好像高昂了些。

「對，神箭手，乳房。好像那裡有一個裸體的女人。貨眞價實的乳房，不是象徵或隱喻。我沒看見那個女人的臉，因爲，不難想見，利乏音被她那對乳房給迷住了。不過，我知道她跟血和白色的死東西有關。」

「喂，等等，」我說：「克拉米夏最近那首詩是不是提到火和冰？」

「嗯，我都忘了。我聽過就忘，因爲那是……去他媽的詩。」

「別這麼負面嘛，」我說：「況且它不只是詩，它是預言詩。」

「這樣才更慘。」她說。

「我記得。這首詩也提到龍的淚水。」史塔克說。

「或許他哭泣是因爲他殺了利乏音。照理說，他的任務是要保護利乏音，因爲他是我們夜之屋的劍術老師、御劍大師。」達瑞司說。

「但是，他不是。」我說：「我們在這裡有我們自己的夜之屋，所以嚴格說來，他並不是**我們的**御劍大師。或許就是因爲這樣，他才覺得他可以殺利乏音。」

「好像有理，但我的直覺告訴我，有個部分不清楚。可是不管怎麼努力，我就是看不到那個部分。除了龍老師，其他部分都不斷地在我眼前淡入淡出。這主要是因爲利乏音太專注在史蒂薇．蕾身上，而她非常專注於她在進行的儀式。」

「儀式？我在現場嗎？」

「在，整個蠢蛋幫都在。大家設立了守護圈，妳在帶領，但儀式本身以土元素爲核心，所以史蒂薇．蕾扮演最主要的角色。」她倒抽一口氣。「要命，我知道我們在哪裡了——我們在妳阿嬤的薰衣草田。」

「啊，要命！兩天後我就要舉行淨化儀式。不過，也可能不舉行了。桑納托絲會打電話給阿嬤，討論我們要不要早一點做些什麼事，看能否揭開我媽遇害的眞相。」我打住話語。想到在我媽遇害的情境裡，出現什麼白色的死東西、血液和乳房，我眞的覺得很難承受。

「這代表我不應該去尋找眞相嗎？我應該什麼都別做嗎？」

愛芙羅黛蒂聳聳肩。「柔，我知道妳很難接受，因爲在我的很多靈視裡，妳向來都是主角，但這次妳只是在場而已。我認爲這次的靈視跟妳沒什麼關係。」

「可是，它發生在阿嬤的花田裡啊。」

「對，但這次被劈開的人是利乏音，不是妳。」她說。

「等等，這不是好消息嗎？」史塔克說，走過來，握住我的手。

愛芙羅黛蒂哼的一聲，說：「是啊，除非你是利乏音。」

史塔克不理會她的譏諷，繼續對她說：「妳見到利乏音被殺，妳知道事情發生的地點，知道在場有哪些人。所以，如果我們不讓這些構成要素湊在一起，同時出現呢？這樣一來，我們就可以阻止這次的死亡，對吧？」

「或許。」愛芙羅黛蒂說。

「希望如此。」我說。

「我們必須讓龍老師離利乏音遠遠的。」達瑞司說：「就算不是他殺利乏音的，無論如何，利乏音被殺時，他人在場。這是妳可以確定的，對吧？」

「我知道的就是這些。」愛芙羅黛蒂說。

「那就對啦。我們必須把龍老師和利乏音隔開。不過，這樣一來，利乏音就不能跟我們一起去阿嬤的花田了。」

「如果我去，利乏音就會跟著去。」

史塔克、達瑞司和我一起轉身，看見史蒂薇．蕾和利乏音低頭鑽過門簾，走進房間。愛芙羅黛蒂皺起眉頭，但仍讓毛巾繼續蓋住她的眼睛。

「這次她的靈視跟利乏音有關。」史蒂薇．蕾說的方式不像問句，但我還是回答她：

「對，他會死去。」

「怎麼死的？誰幹的？」史蒂薇．蕾語氣嚴峻，一副準備跟全世界槓上的模樣。

「不確定。」愛芙羅黛蒂說：「我是從鳥男孩的角度看的，所以整個該死的過程都很混亂。」

「但我們知道事情發生在阿嬤的花田，而龍老師在場。」我說：「所以我們才會說利乏音應該留在這裡，**如果**我們仍然要去那裡的話。」

「我們要去。」史塔克說：「妳不能因為這個靈視而不替妳媽進行淨化儀式。」

「這個儀式不是為了她。」我難過地說：「她死了，這是無法改變的事實。」

「對，」他說：「這是為了妳和妳阿嬤，這比替死者做什麼都還要重要。」他望向利乏音和史蒂薇．蕾。「儀式必須舉行，但利乏音不需要去那裡，陷身險境。就像柔說的，他留在這裡比較妥當。」

「留在這裡，好讓某些人——比如龍老師——趁利乏音落單，偷偷摸摸接近他？我不覺得這樣妥當。」史蒂薇．蕾說。

「我不懂你們在說什麼。」利乏音說。

我嘆一口氣，跟他解釋：「愛芙羅黛蒂出現死亡靈視。有時狀況很清楚，我們輕易就可以阻止事情發生。但有時狀況不明，令人困惑。」

「狀況不明是因為我在那個被殺死的人裡面。跟你有關的這個靈視，就是這樣。喔，對了，不管你的鳥腦袋是怎麼想的，飛的感覺真可怕。」

「如果有翅膀，就不可怕。」利乏音說，純粹是就事論事的語氣。

「喔。」我說。

「不，不要說。」史蒂薇．蕾對愛芙羅黛蒂說：「不管妳在他腦袋裡看到什麼，妳自己知道就好，不關其他人的事。」

「她在我的腦袋裡？」利乏音更茫然了。

「在這個靈視當中，我是在你的腦袋裡。以後不會再這樣了，起碼我希望不會。對了，在這個靈視裡，除了龍老師，還出現別的東西。那是一頭公牛，至少是牛的影子。」

「牛的影子？」我的胃好難受。「就是妳看見的那個白色的死東西嗎？」

「不是。那肯定是另一樣東西。」

「妳看到牛的影子是什麼顏色嗎？」

「柔依，影子只有一種顏色。」她說。

「元牲。」史塔克說。

「妳看見元牲？」我趕緊問。

「沒有，只有牛的影子。對了，先聲明一點，我同意妳、史塔克及達瑞司的看法——鳥男孩應該離龍老師遠一點。如果這代表他得留在這裡，那就該留在這裡。好，現在，我可以再喝一杯酒，並且好好休息了嗎？」

「妳的眼睛流血流成這樣，恐怕不適合喝酒。」史蒂薇・蕾說。

「別質疑我，在這方面我是專家。」愛芙羅黛蒂說。

「那又是什麼意思？」我問。

「意思是我的美人不想說話，要休息了。」達瑞司說。

「披薩應該很快就會送來。」史蒂薇．蕾說：「我幫妳訂了一份。」

「如果送來時我還沒睡，那我就吃。」愛芙羅黛蒂說，然後把臉上的毛巾拿下來，眼睛眨呀眨地，慢慢睜開。我已經有心理準備，畢竟我見過。但利乏音沒見過。

「天哪！妳的眼睛真的在泣血。」他說。

她那雙紅通通的眼睛看著他。「對，儘管我知道這是很爛的比喻。鳥男孩，聽著，你記好了，我出現這個該死的靈視是因爲裡頭有個訊息要捎給你，好保你平安沒事。因此，你得離尖銳的東西遠一點。如果這代表你得躲開龍．藍克福特，那你就離他遠一點。」

「多久？」他問她：「我必須躲開這位吸血鬼多久？」

她搖搖頭。「我只接到警告，沒有接到時間表。」

「我不想躲。」

「我不想見到你死掉。」史蒂薇．蕾說。

「我想睡覺。」愛芙羅黛蒂說。

「好，我們走吧。」我說，把最後一瓶水交給達瑞司。「設法讓她在喝酒的空檔多喝一點水。」

「我人就在這裡。妳談到我時，不要當我不在場。」她舉起酒杯，做出敬酒的姿勢，然後一飲而盡。

「妳醉了，我不跟妳計較。」我說：「好好休息吧，晚點兒再聊。」

我們走出愛芙羅黛蒂的房間，沿著坑道往外走，打算到外頭等快遞送披薩來。一路上，利乏音和史蒂薇．蕾手牽著手，低聲交談。

「妳對這次的靈視有什麼看法？」史塔克問我，一隻手緊緊地摟著我的肩膀。

「我想，史蒂薇．蕾會是問題。她太想保護利乏音了，反而可能害他喪命。」

史塔克點點頭，一臉凝重。「黑暗就是這樣運作的。它會讓愛變成不好的事。」

他的話令我訝異。他這麼說，顯得好悲觀，好蒼老。「史塔克，黑暗無法讓愛變成其他東西。愛是經歷黑暗、死亡和破壞之後，唯一存留下來的東西。這一點，你是知道的——起碼你以前知道。」

他停下腳步，忽然把我摟進懷裡，緊緊抱著我，緊到我幾乎無法呼吸。

「怎麼了？」我輕聲問他：「發生什麼事？」

「有時，我覺得，死掉的人應該是我，而西斯應該是那個留下來陪妳的人。他對愛的信念比我深。」

「我認爲信念深不深並不重要，眞正重要的是你相信什麼。」

「那麼，我們一定會沒事的，因爲我相信妳。」他說。

我張開雙手，環住他，緊緊摟著。當言語似乎不足以保證什麼，我想用擁抱來讓他和我自己安心。

24 奈菲瑞特

製造混亂的計畫進行得如何啊，妳這沒心沒肺的女人？白牛低沉的聲音迴盪在她心頭。

奈菲瑞特幾乎轉了一圈，才見到牠發亮的神奇毛皮、碩大的牛角和偶蹄。牠從墳墓後方走出來。墳墓上方有一尊天使般的少女雕像低頭俯視著，一隻石手歷經歲月已風化毀壞。奈菲瑞特心想，雕像的表情似乎顯示，這天使也曾把自己身上的一部分當祭品，獻給了白牛。

奈菲瑞特不禁妒火中燒。

她故作慵懶地緩步趨前，跟白牛相會。奈菲瑞特知道自己很美，卻仍忍不住從四周的暗影汲取力量，讓自己美上加美。她一頭濃密的長髮閃閃發亮，與身上那襲絲柔如水的黑袍相互輝映。她挑選這件衣服，因爲它讓她想起黑暗──穿上它就彷彿跟她的公牛合而爲一。

奈菲瑞特在牠的面前停步，優雅地屈膝行禮。「進行得很順利，我的主。」

所以，我成了妳的主？**有意思**。

奈菲瑞特仰頭對龐然大物的神祇露出挑逗的微笑。「你想要我稱呼你爲我的伴侶嗎？」

啊，給事物命名，這可真有威力。

「是的，的確是。」奈菲瑞特舉手撫摸牠厚實的牛角。牛角閃耀如貓眼石。

我同意妳將工具人命名為元牲。以古代勇猛的原牛為名，真是恰如其分。

「很高興你同意，我的主。」她說，心裡卻想著，牠還沒說她是否可以稱呼牠爲伴侶。

這生物是藉由瑕疵祭品創造的。他服事妳，服事得好嗎？

「他把我服事得很好。我看著他時，見到的是你賞賜的精緻禮物，而不是什麼瑕疵。」

不過，妳會記住我之前的警告吧？**這工具人會裂損。**

「工具人本身不重要。」奈菲瑞特漫不經心地說：「他只是達成目的的工具。」她起身，貼近牠。「我們不需要把寶貴時間浪費在討論元牲。他會服事我，服事得很好——否則我就讓他消失。」

妳就這麼輕易地扔棄我的禮物？

「喔，不，我的主！」她安撫牠。「我不過是聽進了你的話，記住了你的警告。我們現在可不可以別再談空洞的工具人，來談談更讓人愉悅的事？」

說到伴侶，我要給妳看一件事——這事妳或許會覺得有趣。

「是的，遵命，我的主。」奈菲瑞特屈膝行禮。

黑暗的巨大化身伏下，要她爬上牠的背。**來，沒心沒肺的女人。**

奈菲瑞特跨上牛背。牠的毛皮感覺起來像冰——滑溜、冰冷，無法穿透。牠載著她奔入黑夜，以詭異的驚人速度穿越暗影，乘著夜風，駕馭永遠聽從牠吩咐的隱密、可怖的東西，直抵陶沙西南方一處山脊。牠停在光禿老樹底下最陰暗的地方。

「這是哪裡？」奈菲瑞特冷得發顫，緊緊攀著牠。

安靜，沒心沒肺的女人。靜靜地看，靜靜地聽。

山頂上有三間高腳木屋。沒多久，奈菲瑞特看到一個高大健壯的男人從其中一間走出來。他走到山脊邊緣，在一塊平坦的砂岩巨石上坐下。

他坐下後，她才見到那對翅膀。**卡羅納！**她想到他的名字，沒說出口，但公牛回應她，**對，妳昔日的伴侶，卡羅納。我們靠近點，看個仔細。**四周的空氣泛起漣漪，開始變化，陰森地籠罩住公牛和奈菲瑞特。他們成了暗影的一部分，跟山脊上乍起的雲霧融爲一體。

奈菲瑞特屏住呼吸，讓公牛載著她無聲無息地靠近卡羅納。現在，越過他寬闊的肩膀，她看見卡羅納手裡拿著一支手機。他開始碰觸螢幕，奈菲瑞特看見螢幕亮起來。長翅膀的不死生物猶豫著，手指遲疑地懸在螢幕上。

妳知道妳看見什麼嗎？

奈菲瑞特看到卡羅納垮著肩膀，搓揉額頭，然後垂下頭，一副挫敗的模樣。最後，他心不甘情不願地把手機輕輕放在旁邊的岩石上。

不知道，奈菲瑞特心想，**我不知道我看見了什麼。**

卡羅納，妮克絲的墮落戰士，思慕著不在他身邊的人，卻沒有勇氣跟那人聯絡。

我？她忍不住這麼想。

公牛的冷笑拂掠過她的心頭。**不，沒心沒肺的女人，妳的舊伴侶思慕著他兒子。**

利乏音！奈菲瑞特勃然大怒。**他想念那小子？**

對，但他還說不出自己的這種感覺。妳知道這代表什麼嗎？

奈菲瑞特思忖著。她拋開忌妒、羨慕，以及凡俗情愛帶來的種種枷鎖。這時她才驀然明白。**有了，這代表卡羅納有很嚴重的弱點。**

沒錯，確實如此。

他們離開山脊，乘著夜風，穿越暗影。奈菲瑞特摩挲公牛的頸項，思索著新的機會，臉上露出微笑。

利乏音

「我們得談談愛芙羅黛蒂的靈視。」史蒂薇・蕾說。

利乏音拈起她的一綹鬈髮，纏繞在手指上，嬉鬧地拉扯著。「妳來說，我來玩。」

她微笑，輕輕推開他的手。「利乏音，別這樣，正經點。愛芙羅黛蒂的靈視很可怕。」

「可是，妳不也說過，愛芙羅黛蒂曾預見柔依死去？兩次。還有她阿嬤的死？每一次這些靈視都讓她們逃過一劫。」利乏音撫摸她的臉頰，輕吻她，然後說：「我們也可以藉由這次的靈視，來讓我逃過一劫啊。」

「好，這樣很好。」她用臉頰磨蹭他的手。「可是，我們必須明白，龍老師可以說是關鍵。你眞的得盡量避開他。」

「好，我知道。」他撫摸她的頭，眞愛她柔軟的髮絲，手指往下滑到她的頸項和肩膀。

「利乏音，你得聽我說。」史蒂薇・蕾捧起他的臉，逼他停止撫摸她的頭髮和肌膚。

「我在聽啊。」他不捨地把注意力轉移到她的話。

「我在想，或許我之前錯了。或許你眞該留在這裡，別去學校，更別去柔的阿嬤的花田參加什麼儀式。起碼你應該遠遠地避開，直到我們更清楚這個靈視的細節。」

利乏音抓起她的手，握住。「史蒂薇．蕾，如果我現在開始躲起來，要躲到何時呢？」

「我不知道，但我知道你這樣才能活著。」

「有些事比死還糟糕。被死亡的恐懼所囚禁正是其中一樣。」他微笑。「說來奇怪，但我覺得整件事很棒。這個靈視顯示，我眞的是人類。」

「你在說什麼？你當然是人類。」

「我看起來是人類，起碼天亮之前是。但我會死這件事代表我眞的是人類。」

「可是，如果你的不死血液消失了，你不會難過嗎？」

「不會，這反而讓我覺得自己更正常。」

史蒂薇．蕾睜大明亮的藍眼睛。「你知道這還代表什麼意義嗎？這也代表你**不再**是卡羅納血脈的一部分。」

利乏音試著了解史蒂薇．蕾排斥父親的態度。他眞的試了。然而，當史蒂薇．蕾想叫他也排斥父親，他就忍不住生起防衛之心，甚至有點憤怒。「妳知道嗎，父子關係不僅是基於血脈？」他緩緩地說，想釐清自己的感覺，找出情緒底下的眞相。

「對，我當然知道。」她說。

「既然如此，就算沒有血脈關係，也不表示他不再是我父親。」他不讓她反駁，繼續說：「卡羅納是不死生物，但我待在他身邊的時間夠久，看得到他不死特性裡的人性。」

「利乏音，我不想跟你爭論你父親的事。我知道你以為我恨他，但不是這樣的。我痛恨的是他傷害你。」

「我了解。」他把她抱進懷裡，吻她的頭頂，吸入那熟悉、甜美的，混合著洗髮精和香皀的女孩兒味。「但妳得讓我找到自己的路。他是我的父親，這一點是永遠不會改變的。」

「好，那我會盡量不再叫你遠離卡羅納，但我要你答應我，你會離龍老師遠遠的——至少避開他一陣子。」

「我可以輕易就答應妳。我早就避免跟劍術老師碰面了，因為我知道他見到我會很痛苦。但我不會躲起來。我不會躲著龍老師，正如我不會躲著我父親。」

她的身體往後傾，看著他。「我們會一起面對這一切，對不對？」

他迎視她的目光。「對，永遠。」

「好，那我們一直守在一起，即使遭遇危險。我會保護你。」她說。

「我也會保護妳。」他附和，然後給她一個深長的吻。利乏音想多摟著她片刻，讓她的氣味和甜美籠罩他。

「你現在一定得走嗎？」她問，臉繼續埋在他的胸口。

「妳知道我非走不可。」

「我不會再說要跟你一起上去，因為我知道你不要我這麼做。但我要你知道，如果你改變心意，我可以陪著你，直到最後一刻。你就算是鳥，也是**我的**鳥。」

這話害得他暗笑。「這我倒從沒有想過。不過，我就算是妳的鳥，也得飛向早晨的天空，去伸展翅膀了。」

「好，好。」他很高興她先鬆手放開他，並對他綻放熱情的笑容，即使她笑得有點勉強。「我會在這裡等你飛回來。」

「好，我永遠都會飛回妳身邊的。」他迅速吻了她一下，穿上衣服，離開他們的房間。他慶幸自己可以在肌膚開始刺痛之前走開。他不喜歡自己驚慌失措地在坑道裡奔跑，愈來愈急切地渴慕地面世界和呼喚著他的天空。

接近地下室出入口前最後一個坑道交叉口時，他看見陰暗處有東西移動，立刻本能地採取防衛姿勢。

「喂，放輕鬆，是我。」

他認出簫妮的聲音，鬆了一口氣。這女孩從主坑道右側的分支坑道走出來，看起來有點邋遢，手裡提著一個大塑膠籃子。

「嗨，簫妮，」他說：「妳還好嗎？」

「還好吧，我想。我還有一籃東西要從依琳的房間搬到我在那邊的新房間。」她伸出拇指，指向她身後的陰暗處。「喔，對，我還得把燈掛起來。」

「妳需要燈？」

她咧嘴笑笑，舉起一隻手，張開手掌，朝掌心吹口氣，手上隨即冒出一朵小小的火焰，正歡欣地舞躍著。「不盡然啦。不過，想來找我的人或許會需要燈。」

「如果妳願意，我明天可以幫妳掛燈。」他聽見自己竟然這麼說，隨即懊惱起來。搞不好她跟多數雛鬼一樣，不想跟他有瓜葛。

不過，他毋需擔心，因爲簫妮沒拒絕，反而笑得更燦爛。「太好了。我本來打算搬好最後一籃東西後，就先把一些燈掛起來。但搬家實在累人，我現在只想窩在舒服的新床上，在iPad上重看上一集《冰與火之歌：權力的遊戲》。我眞的好喜歡裡面的丹妮莉絲。」

「史蒂薇．蕾和我也在看這部影集。妳知道的，裡面有渡鴉。」

「對，還有龍、死東西，以及一個很酷的侏儒。實在很扯，但扯得令人喜歡。」她咬著唇，彷彿猶豫著要不要多說一些話，所以利乏音儘管皮膚開始刺痛，仍站在那裡等她開口。

終於，簫妮小小聲地說：「依琳從來就不喜歡這齣戲，說它跟角色扮演遊戲《龍與地下城》一樣蠢。我表面上附和她，但私底下經常趁她睡覺時偷看。」

利乏音不曉得該怎麼回話。他不明白為什麼這兩個女孩之前要表現得彷彿二人同心，所以他現在也很難理解為什麼兩人分道揚鑣後又顯得那麼沮喪、落寞。「或許新一季開始時，妳可以跟史蒂薇・蕾和我一起看？」他提議。

「史蒂薇・蕾會做奶油爆米花嗎？她以前做的奶油爆米花眞是棒。」

「她現在還是會做。所以，對，她會做爆米花，摻奶油。」

「喔，想到就流口水。我加入。多謝了，利乏音。」

「不客氣。我得走了……」他說著開始往地下室出入口移動。

「喂，我聽說愛芙羅黛蒂的靈視了。我只是想告訴你，我希望你不會死。」

「我也希望我不會死。」他頓了一下，接著說：「如果我有什麼不測，可以麻煩妳打電話到妳給我父親的那支手機，跟他說一聲嗎？」

「好，沒問題。不過，你不會有事的，我希望。還有，你隨時都能打那支電話給他，跟他說說話，不必等到你死掉。」

利乏音發現自己不曾想過這麼簡單、平凡、普通的事——直接打個電話給父親。「我會的，很快就打。」他說，而且眞的這麼想。「日落後見。」

「再見。」她喊道。

這下子，利乏音眞的必須加快速度，通過最後一段坑道，爬上鐵梯，穿越地下室，但他不介意。就在渡鴉和天空占滿他的人類心智之前，他的最後一個念頭是：他很高興簫妮和依琳不再假裝二人同心，因爲簫妮獨自一人時是個很好的女孩。她和戴米恩，以及柔依，說不定眞的會成爲他首次擁有的眞正的朋友……

卡羅納

不知怎地，今天他靜不下來。兒子們都睡了，安穩、暖和地棲息在三間簡陋的獵屋裡。照理說他也應該睡了，但他發覺自己走到山脊上，坐在一塊頂部平坦的巨石上，想著心事。

他手裡握著那支iPhone，想著現代世界及它奇怪的科技魔法。他不確定自己比較喜歡現代還是古代。當然，現代世界舒適多了，也複雜多了。但這樣比較好嗎？卡羅納覺得未必。

他看著手機。那雛鬼給他這個，好讓他跟利乏音聯絡，但通訊錄裡沒有他的手機號碼。

愚蠢、沒用的東西，他心想。不過，且慢，史蒂薇·蕾在通訊錄上。打給血紅者就可以跟兒子說上話。但他不想跟血紅者說話。他現在面臨的問題都是她造成的。要不是她攪局，利乏音還會在這裡，陪在他身邊，一如往昔本來的樣子。

可是，如果不是她，那晚利乏音就會傷重，流血，孤零零地死去。然而，那樣的結局不是更好，更像是我兒子該有的命運嗎？總好過被一名小吸血鬼和她那無情的女神羈絆吧？

這個想法才冒出來，卡羅納隨即感到懊惱。

不，利乏音死去不會比較好。

而且妮克絲並不無情，她原諒了他的兒子。她拒絕原諒的，是他。

卡羅納對著天空說：「太諷刺了，妳對我的兒子仁慈，卻對我殘酷。妳把世界上最後一個眞正愛我的生物給奪走了。」他的聲音迅速消散在夜色中，剩下他依然孤孤單單一人。女神啊，他厭倦了孤單！

他好懷念有利乏音作伴的日子。卡羅納的肩膀垮下來。

就在這時，他感覺到黑暗的存在。它遮掩得很好，讓人難以發現。但卡羅納太熟悉黑暗了，既跟它交戰過，也跟它並肩作戰過，怎麼可能被它愚弄？

卡羅納把手機放在旁邊，裝得面無表情，不動聲色。他不曉得爲什麼白牛今晚要鬼鬼祟祟跑來這裡，但他知道這意味著這個世界，甚至他自己，就要面臨極大的麻煩和磨難了。

有件事情他很清楚，但耽溺於權力的奈菲瑞特始終無法看透：黑暗的化身絕不可能成爲任何人眞正的盟友。白牛只有一個目標：殲滅黑牛。牠會無所不用其極地達成目的，摧毀擋路的任何人或任何東西。

奈菲瑞特若以爲她是牠的伴侶，就大錯特錯了。黑暗的白牛沒有伴侶，牠只要征服。

這時，黑暗離去了，卡羅納鬆了一口氣。他挺起身子，思索著，**奈菲瑞特**？**我也感覺到她的存在嗎**？

他低頭瞥了iPhone一眼。他們偵伺他多久了？他們聽到了什麼？他們知道了些什麼？

利乏音會不會有危險？

卡羅納猛然起身，一躍飛上天空，拍動巨翅，乘著夜風，迅疾、無聲地飛向東方，飛入黎明前的晦暗。

日出前他抵達舊火車站，降落在鐵軌旁的碎石子地面，遠離高聳的正門。簫妮跟他說過，他們不會從車站正門進出。卡羅納邊踱步，邊望著那道老舊的鐵柵門，暗自咒罵自己竟把該死的手機留在那塊岩石上。這時，生銹的柵門被推開，他的兒子跑出來。

卡羅納開始走向他。看見兒子毫髮無傷，他放下心中的大石頭，高興得難以言喻。就在這時，兒子張大嘴巴，尖叫一聲，刺耳異常。接著，他看見利乏音顫抖、扭動、變形，**一隻**

渡鴉從男孩的身體迸現！

卡羅納不假思索，本能地飛上天空，跟在渡鴉後頭。不死生物飛得高高，不讓城市裡人們的眼睛窺見。不過，渡鴉很快就越過城市，往西飛，有點偏南，居然是循著卡羅納來時的方向。沒多久，渡鴉飛抵山脊，停在一棵老橡樹上。橡樹的枝椏漫天伸展，像個巨人護衛著獵屋。渡鴉利乏音整天待在那裡，僅偶爾覓食，有時攀上天空，但總是繞回到山脊上。

將近日落時，渡鴉起飛。這次，牠沒再繞回，而是朝東振翅飛向陶沙市。卡羅納跟上去。就在太陽落到地平線下時，渡鴉降落在火車站地下室入口外面。他尖叫一聲，接著發出痛苦的吼叫。眨眼間，只見利乏音跪在地上，全身赤裸，劇烈喘息。

卡羅納退回陰暗處，看著兒子穿上衣服。接著，柵門打開的聲音同時吸引父子兩人的目光。

「你回來了！耶！」血紅者奔入兒子的懷裡。他抱緊她，開心地笑著親吻她。兩人手牽手，他們走入建築物的地下室。

卡羅納忽然雙膝癱軟，覺得自己異常蒼老。他坐在生銹的鐵軌上，出聲對黑夜和黑夜的女神說：「妳原諒他，卻仍讓他承受當禽鳥的苦，爲什麼？難道是要他替我贖罪嗎？可惡，妮克絲，妳可惡。」

25 柔依

我好擔心第一堂課，不知道對於喪父或喪母這種事，特別是針對我媽的事，桑納托絲會說什麼。幸好這天開始得很順利。好久以來，史塔克不曾比我先起床。這一天，卻是他親我，喚我「睡美人」，叫醒了我。他狼呑虎嚥地吃下一大碗穀物片，然後，在火車站外頭的停車場等大家上車時，他跟達瑞司打打鬧鬧，假裝是在拳擊比賽。

當我從車裡望著窗外的他們，我想，我一定一臉開心地在傻笑。愛芙羅黛蒂在地下室入口現身時，我很驚訝，因爲我以爲她會因宿醉和疲憊而決定蹺課一天。她瞇起眼睛，戴上太陽眼鏡。這會兒可是晚上七點半，壓根兒沒有陽光。

「她看起來很不好。」坐在我後方的克拉米夏說。

「這麼遠妳也看得出來？」

「她穿平底鞋，頭髮綁馬尾。這女孩從不穿平底鞋的，而且頭髮通常梳得跟芭比娃娃一樣。」克拉米夏說：「我是指普通的芭比，不是那種怪怪的網球芭比或健身芭比。」

「大家都知道，芭比不用運動也能擁有火辣身材。」簫妮說。

「好個鬼扯的至理名言。」史蒂薇．蕾說。

「啥？」我一頭霧水。

「反正相信我們，愛芙羅黛蒂看起來很不好。」克拉米夏說。

「她甚至沒塗唇蜜。壞徵兆。」依琳說。

「如果她連眼妝都沒畫，那太陽肯定從西邊升上來了。」簫妮說。有意思，這麼多天以來，她首次說話像個孿生的。

我瞥向簫妮。她坐在巴士前方的座位，盡可能遠離坐在後方的依琳。簫妮低頭在包包裡東翻西找，好似把MAC的當季口紅給放錯了地方，一時找不到。不過，我確定她臉頰酡紅。她是因為不小心說了句孿生式的話而覺得困窘，還是覺得興奮？我沒時間多想，因為愛芙羅黛蒂已爬上巴士，一屁股坐在駕駛後方的座位上，也就是我的正前方。

「咖啡。」她啞著嗓子說：「我跟達瑞司說了，我們途中得在尤帝卡街的星巴克停一下。如果沒來上一杯超甜的雙份焦糖濃縮咖啡，和一塊藍莓蛋糕，我肯定會死翹翹。」

「這些東西的卡路里很高欸。」克拉米夏告訴她。

「如果妳想阻止我，我就先殺了妳。」愛芙羅黛蒂說。

「我覺得妳的頭髮這樣很好看。」簫妮說。

「拜託，我不需要共用腦袋的半個人可憐我。我沒那麼慘。」簫妮斜眼看她。「我不是任何東西的半個人，我也不是在可憐妳。我只是說我喜歡妳的頭髮，因爲妳平常不梳這種髮型。如果妳犯賤，連被稱讚一聲都不樂意，那就去死吧。」

整車人倒抽一大口氣，然後噤口不語，鴉雀無聲。我拿不定主意，不知該召喚元素或拔腿就跑。愛芙羅黛蒂把墨鏡往下拉，從鏡框上方看著簫妮。她雙眼布滿血絲，眼眶瘀青，醜得要命，但眼神流露笑意。「我想，我喜歡見到妳用自己的大腦。」

「是嗎？我還沒決定要不要喜歡妳，不過妳的髮型眞的很好看。」

「哈。」愛芙羅黛蒂和簫妮同時出聲。

大家全都鬆了一大口氣。

這一天就是這麼展開的。史塔克恢復原本迷人、性感的樣子。我問他到底是怎麼回事，他說：「柔，我一整晚睡得像死人，今天醒來就變成超人了！」眞的，就像超人。而且他跑來跑去，又鬧又笑，完全是個正常的男孩。

就這樣，在進入校門之前一切都很酷。對，愛芙羅黛蒂是很難搞，不過她原本就是這副德性，很正常。況且，今天她跟簫妮說話。這樣挺好的，因爲不再是孿生姊妹花的其中一人以後，簫妮似乎就搞不清自己是怎樣的人。我們也眞的在星巴克暫停。我知道雛鬼不會因爲攝取了咖啡因而興奮，但在車子駛入夜之屋之前，大夥兒還眞的挺亢奮的。

不過，想也知道，一進入學校，套句史蒂薇．蕾的話說，大家就乖巧得跟貓咪一樣。

事情從第一堂課開始。好吧，其實我沒忘記桑納托絲會以我爲例來進行這堂「該如何面對喪親之痛」的課。我只是暫時把這件事擱到一旁，也許是因爲史塔克變得很可愛，我太開心了。也可能是因爲我不想記得，只想暫時忘卻自己是個沒媽的孩子，拋開心痛的感覺。

總之，當我踏進第一堂課的教室，跟史蒂薇．蕾和利乏音走到前排座位，我的選擇性失憶便在二點五秒內結束。元牲在那裡，就坐在昨天的位置上。他迎視我的目光，但隨即移開視線。接著，我記起來了——這堂課不允許我高興，或讓我做白日夢。這堂課根本就是，嗯，以我爲主角。我的胃揪緊，緊張、焦慮起來，好希望能上洗手間或去保健室。任何地方都行，只要能離開教室。

稍後，我才想到，我的占卜石第一次沒在我見到元牲時發熱。我之所以事後才想到，當然是因爲桑納托絲已經開始說話，整個吸引了我的注意力。

「我讀了各位的問題，發現許多人都有共同的疑問。」她說：「你們當中有不少人想討論如何面對失去父母的處境。各位一旦完成蛻變，變成成鬼，不僅勢必會面臨這個問題，而且還得面對同輩親友逝去的痛苦。如大家所知，吸血鬼會死，但我們肯定活得比人類久。爲了深入探討這個課題，我請了一位同學來幫忙，那就是你們當中唯一同時喪失母親和伴侶的人——柔依·紅鳥。」

我好想死。

全班鴉雀無聲，注意聽課，連教室後方達拉斯身旁那些混蛋紅雛鬼也不例外。

「首先，我來鼓舞大家一下。」桑納托絲說：「如各位所知，我感應的對象是死亡，經常引導靈魂從人間進入另一個世界。所以我可以肯定地告訴各位，確實有另一個世界等著我們。我沒去過那裡，但柔依去過。」她對我露出鼓舞的笑容。「我相信妳見過妳的伴侶和母親歡歡喜喜地被迎入妮克絲的國度。」

「對。」我發現自己的聲音太微細，立刻清清喉嚨，大聲點說：「對，我看見妮克絲迎接我媽，而且我的確在那裡陪了西斯一段時間。」

「那裡美嗎？」

想起那段經歷當中美好的部分，我的胃不再那麼難受。「美極了。即使當時我的靈魂碎裂，慘到不像樣，我仍可以感覺到女神樹林裡的安詳和快樂。」接著，我心裡默默地說，**只是，我沒辦法說要去就去。**

史蒂薇・蕾舉起手。「怎麼樣，史蒂薇・蕾？」桑納托絲回應她。

「我們可以發問嗎？」

「柔依，妳說呢？」桑納托絲那雙睿智的眼眸望向我。

「可以吧，我想。」

「問吧，紅女祭司長。」桑納托絲的目光環視全班。「不過，請大家留意態度。在我的課堂上，務必注意禮貌。」

史蒂薇・蕾頓了一下才問我：「呃，所以，另一個世界是一大片樹林？」

她的問題和毫不遮掩的好奇心讓我很訝異。但我隨即想起來，她幾乎從未問過我另一個世界的事。其實，除了面對史迦赫女王和帶領傑克的葬禮時提及，我幾乎沒談到過這事。

「嗯，對，不過我知道另一個世界有很多不同的區塊。比方說，我在那裡找到西斯時，他正在一個碼頭上釣魚，那裡的湖泊好美麗。」懷念他讓我感傷，但這段回憶讓我臉上泛起微笑。「西斯愛釣魚，眞的很愛。所以，我才會一開始在那裡找到他。後來爲了安全起見，我們跑進女神的樹林裡躲藏，那是另一個區塊。」

戴米恩舉起手。「我知道妳沒在那裡跟傑克碰面，不過，妳的意思是說，妳相信另一個世界裡有專屬於我們每個人的特別區塊？」

我想了一下，然後點點頭。「對。我想你這種說法很好。傑克或許在藝術和工藝區。」戴米恩含淚微笑。「他想當時尚設計師，應該會在『決戰時裝伸展台』那一區。」

「喔～～！這區好啊。」我聽見身後有人這麼說，接著幾個學生小小聲地笑。

元牲遲疑地舉起手。桑納托絲叫了他的名字後，他轉頭迎視我的目光。「妳說另一個世界裡有不同的區塊。妳認爲那裡有懲罰人的區塊嗎？」

他那雙月光顏色的奇怪眸子，溢滿難以言表的痛苦。我知道他這麼提問不只出於好奇，我的答覆非常重要，他不會只當作課堂上學來的隨便一個訊息。**拜託，妮克絲，請賜我話語，讓我的回答句句屬實**。我深吸一口氣，察覺靈元素已臨到。我凝神貼近靈，相信女神會透過它帶領我的話語。我開口時，發現全班靜悄悄，連後排那幾個壞傢伙也屏息聆聽。

「我在另一個世界見過一些可怕的東西，但那是外來的力量，不源於女神。我是否見到懲罰人的區塊？沒有，但我見到西斯走進另一個世界的另一個國度。他相信他在那個國度會重生。他離開時對我說，即使他走了，我們的愛仍會永遠跟著他。」我打住話語，用力眨眼，抹去不知怎地溢出的一滴淚水。「我的直覺告訴我，妮克絲不是懲罰的女神。不過，如果有人重生後必須彌補過去的罪孽，或學習上輩子沒學到的教訓，我一點也不會訝異。」

「妳的意思是，打老婆的人會重生爲女人？」簫妮問。

「比方說，變成阿富汗女人，全身裹罩袍？」愛芙羅黛蒂說，譏諷地挑起一邊眉毛。

「對，差不多是這個意思。不過，我想，何時何地變成哪種人是由女神決定。」

「妳想，可能由那個人自己決定嗎？」元牲問我。

「我希望有這個可能。」我眞誠地說，想起西斯和媽。

「所以，我們可以確定，另一個世界眞的存在，而且我們所愛的人會找到去那裡的路，即便他們不是成鬼，或連雛鬼也不是。我們是比凡人活得久，但知道這一點應該足以讓我們感到寬慰。當然，這不表示喪親是一件容易承受的事。柔依，我知道這很痛苦，不過妳可以跟大家分享一下嗎？妳母親的死，令妳最難接受的部分是什麼？」

我點點頭，張嘴想說，我最難接受的，是她永遠都沒有機會彌補過去三年她沒好好當我媽的遺憾，但我就是說不出口。

「慢慢來。」桑納托絲說。

史蒂薇．蕾伸手握住我的手，捏了捏，悄聲說：「沒關係，假裝這裡沒別人，只有我們兩個。妳可以告訴我的。」

我看著我最要好的朋友，衝口而出：「最糟糕的是我不知道她到底發生了什麼事。」

「爲什麼妳覺得這一點最讓妳難過？」桑納托絲的聲音從講台上傳來。但我繼續看著史蒂薇・蕾。她微笑，說：「爲什麼追究出妳母親的死因會讓妳覺得比較舒坦？」

「因爲有人必須爲她的死付出代價。」我告訴我的好友。

「爲了報仇？」桑納托絲問。

我把目光移向她。「不，是爲了正義。」我以堅定的語氣說。

「妳想要正義，這一點値得讚賞，也可以理解。大家應該記得，想要報復並展開報復，和爲了彰顯正義而追尋眞相，這兩者截然不同。」桑納托絲迎視我的目光。「我相信我可以幫妳找到眞相，讓妳替妳的母親伸張正義，並讓這件事做個了結。」

「什麼意思？」

「我跟妳阿嬤談過了。今天是妳母親去世的第五晚。我告訴妳阿嬤，在我們的信仰裡，五是重要數字，代表五元素及我們跟元素的親密關係。她同意在第五晚，也就是今晚，暫停她的淨化儀式。雖然不是百分之百確定，但我相信，藉由妳的守護圈的力量，加上妳和死者的連結，我可以揭開妳母親遇害的眞相。妳願意設立守護圈，親眼見證眞相嗎？」

「我願意。」我覺得很難受，但我知道我必須通過這一關。

「還有，」桑納托絲說，目光從我身上移向史蒂薇・蕾，「柔依負責設立守護圈，我負責喚起死亡情景，但喚起死亡的咒語要生效，關鍵在妳。」

「我？」史蒂薇・蕾尖著嗓子問。

「這起事件烙印在土元素上。透過妳的元素，真相才得以顯現。」桑納托絲一邊以目光搜尋我的守護圈成員，一邊解釋。「施咒的過程會叫人不舒服，畢竟柔依的母親是被謀殺的。我們一旦成功，就會目睹這樁可怕的暴行。你們每個人必須自願參與，並且很專注，清楚明白自己所同意的是怎樣一件事。」

「我願意。」史蒂薇・蕾立刻說。

「我也願意。」「好，我加入。」「我願意。」簫妮、戴米恩和依琳說。

「那就這麼敲定。這堂課一結束，我們立刻出發。我點到名字的同學到停車場集合，並開始準備施咒儀式。沒被點到名的同學請去上第二堂課。今天的作業是寫一篇關於喪失所愛的報告。全班都要寫，不管你有沒有參與今晚的儀式。要跟我去的同學有：柔依、史蒂薇・蕾、戴米恩、簫妮、依琳，以及愛芙羅黛蒂。其他人可以開始寫報告。願各位有美好的一天，祝福滿滿。」桑納托絲對全班正式一鞠躬，然後在桌子後方坐下。

我的嘴巴張得開開。就像阿嬤說的，我掉進五里雲霧中。

愛芙羅黛蒂往我旁邊的座位一坐，壓低聲音說：「去跟桑納托絲談一下，確定她不會讓龍老師跟去。」她停頓一下，歪著頭，望向史蒂薇・蕾和利乏音。他們倆頭靠頭，正嘰嘰喳喳講個不停。「除非我搞錯——但我永遠不會搞錯——史蒂薇．蕾一定會要鳥男孩跟我們一起去。這不讓人驚訝，畢竟我可以跟妳保證，達瑞司也一定會跟著我，不讓我獨自去。可是，有利乏音，就代表不能有龍老師，否則，根據我的靈視，利乏音會被劈成兩半。」

「要死！」我說。

「妳在咒罵？」愛芙羅黛蒂說。

「不，我可沒有要任何人死。」我說。

「拜託，該長大了。」她說。

「去妳的。」我說罷就閉嘴。

愛芙羅黛蒂哈哈笑，我不髒的髒話頓時失去力道。我嘆一口氣，鐘聲正好響起，我離開

座位，以堅定的步伐慢慢走向桑納托絲。坐在講桌後方的桑納托絲抬起頭，但目光不是瞥向

我，而是望向我身後，並喊道：「元牲，請等一下。」

元牲正要離開教室。他停步，轉身。「妳找我，女祭司？」

「關於你的問題，我想回答你。」

「呃，那我到外面等，先讓你們兩個——」

「妳不需要離開，」桑納托絲打斷我，「我的答案適用於任何問這個問題的人。」

「我不明白。」元牲說。

其實我也不明白。他的問題是：「我是什麼？」這種問題的答案怎麼可能只有一個？

「我相信，你聽完我的話，就會明白。你是什麼，這種問題只有你自己能回答。我們每個人都是在生命當中做出抉擇，從而決定了自己是什麼。我們是怎麼被創造出來的、父母是誰、來自哪裡、膚色如何、所愛何人，這些事不能決定我們是什麼。我們的行動界定了我們，即便死後也仍持續界定著我們。」

我看見元牲面露驚訝。「所以過去並不重要？」

「過去很重要。若我們沒從中學到教訓，它就更重要。但未來不須被過往所牽制。」

「我決定我是什麼？」他緩緩地說，彷彿正在設法解一個謎。

「對。」

「謝謝，女祭司。」

「不客氣，你可以離開了。」

他握拳放在心臟位置，對她深深一鞠躬後，才走出教室。「柔依，我知道這場施咒儀式會讓妳難受，但我相信它能幫妳把事情做個了結。」桑納托絲跟我說話時，我仍看著元牲的背影，心裡一直想著他臉上的詫異神情。

「對，我也相信。」我像個手伸入餅乾罐時被逮個正著的小孩，趕緊把目光移向桑納托絲，匆忙回話。「我的意思是，我不想進行這個儀式，不想見到我媽發生的事，但我想，若不去面對，我就會不停地想像當時的情景。揭開眞相至少可以讓我不再去想像。」

「的確有這種作用。」她說。

「那麼，這個儀式——總共有哪些人參加？」

「我剛剛點到名的人。我可以想見，妳的守護人會陪著妳，愛芙羅黛蒂的達瑞司也會到。我當然會在場。柔依，聽從妳的直覺，妳是不是還希望誰在場？」

元牲的身影似乎仍逗留在教室裡，我搖頭將他甩開。「沒有，我不要其他人在場。有我的守護圈成員和我們的戰士就夠了。不過，有個人我**不希望**他出現。」她揚起眉毛。我繼續說：「龍老師。他痛恨利乏音，而利乏音基本上就像是史蒂薇．蕾的戰士，肯定會陪她去。」我當下做出決定，**應該讓桑納托絲知道**。於是，我告訴她：「昨天愛芙羅黛蒂出現靈視，預見利乏音被一劍劈成兩半，而龍老師就在旁邊。我不希望在我媽的儀式上發生這種事。」

「龍．藍克福特的職責是保護這所學校和這裡的學生。他如果讓利乏音受到傷害，甚至涉入這起暴力，就犯了嚴重的錯誤，會馬上受到嚴厲譴責，而且——」

「等等，」我打斷她的話，「我不希望這場儀式變成什麼陷阱，害龍老師惹上麻煩。我不希望這麼戲劇化的事情發生在我媽身上。她的死本身已經夠戲劇化了。妳可不可以幫我，確保龍老師不會到場？我們可以晚點再來討論他的問題。」

桑納托絲微微點頭。「妳說得有道理。妳提醒我這一點，是對的。妳母親的死不適合用來測試龍老師或揭發他的缺失。好，我想辦法不讓他跟去。」

「謝謝。」我說。

「等施咒儀式結束再謝我吧。其實，根據我的經驗，死者揭示的事情通常不宜讓生者知道。」

她這話彷彿不祥的預兆。我離開教室，走向停車場，也走向一個我們沒人預見的未來。

奈菲瑞特

桑納托絲特別開設的課，挖走了奈菲瑞特課堂上許多學生。第一堂課的下課鐘聲響起時，奈菲瑞特故作輕鬆，站在教室門口，對班上剩下的雛鬼一個個含笑點頭道別。她站立的位置和角度，讓她可以逐一觀察從那個特別班走出來的學生。

達拉斯，現在可是再次惹事生非的好時機呢。

她的心裡才浮現這個念頭，那紅成鬼就出現在眼前。他沒裝腔作勢，也沒製造事端。奈菲瑞特皺起眉頭。他和他那群邋遢的狐群狗黨像夾著尾巴的小狗，乖乖地離開桑納托絲的課堂。接著是柔依那群人——但她注意到，柔依不在其中。他們匆匆地朝同一個方向走去。**同一個方向**？這群人的第二堂課多半不同呀。不管他們多像一群羊，都不該走在一起。

元牲出現時，奈菲瑞特面露笑容。工具人彷彿感受到她的目光，轉頭望向她。

「來找我。」她以唇語對他說，並指了指自己的辦公室。沒等著看工具人是否跟來，她轉身就走。她知道他一定會遵從她的指示。

「是的，女祭司，」他站在她的辦公桌前，「妳找我？」

「第一堂課發生了什麼不尋常的事嗎？」

「不尋常，女祭司？」

奈菲瑞特差點按捺不住惱怒的情緒。**他非得這麼笨不可嗎**？「對，不尋常！我注意到達拉斯和他那夥人乖得反常，而柔依．紅鳥那群朋友一起離開教室，彷彿要去什麼地方，不上第二堂課。」

「妳的觀察很正確，女祭司。桑納托絲要指導柔依和她那群朋友舉行儀式，施咒召喚死亡。她想讓柔依目睹她母親死亡的眞相，把這事做個了結。」

「什麼？」奈菲瑞特覺得她的腦袋快炸開了。

「是的，桑納托絲要藉柔依的案例讓大家了解，雛鬼和成鬼如何克服喪親之痛。」

奈菲瑞特舉起一隻手，掌心朝外，黑暗的絲線隨即蜂擁奔向她。元牲後退一步，顯然因她騷亂的情緒而感到不安。她努力克制自己，黏稠的卷鬚跟著安靜下來。

「他們要在哪裡施咒？」

「在柔依母親遇害的地方。」

奈菲瑞特咬牙切齒地說：「什麼時候？何時舉行？」

「他們正在集合，隨即出發。」

「你確定桑納托絲會陪他們去？」

「是的，女祭司。」

「可惡！」奈菲瑞特厲聲咒罵。「要舉行揭示眞相的儀式，必須施行非常特殊的咒法……」她的手指在桌上敲啊敲的，思索著。「這咒術必須建立在土元素上，因爲死亡就烙印在那塊土地。那麼，我該阻撓的人是史蒂薇·蕾，而非柔依。」她把注意力轉回元牲身上。「我命令你阻撓儀式，讓他們無法施行死亡咒術。你必須竭盡所能加以阻止，就算必須殺人也在所不惜。但我不希望任何一位女祭司死去。」她惱怒得臉部肌肉扭曲。「眞可惜，取女祭司的命必須付出昂貴代價，我現在可沒有等值的祭品可以獻祭。」她喃喃地說，像在自言自語。接著，她凝視工具人那對月光石般的眸子。「好吧，**別**殺女祭司。還有，我希望沒人發現你在那裡。不過，非得現身才能阻止的話，該怎麼做就怎麼做吧。總之，你必須破壞儀式和咒術，不讓桑納托絲發現柔依的母親是怎麼死的。你明白嗎？」

「明白，女祭司。」

「那麼，退下，去執行我的命令。記住，如果你被發現，別指望我會去救你。我會忘記我們有過這場談話。」

他兀自站在原地直盯著她。她說：「怎麼？你爲什麼不去執行我的命令？」

「我不曉得該往哪裡去，女祭司。我要怎麼到達儀式舉行的地點？」

奈菲瑞特強壓住衝動，才沒用黑暗的卷鬚打得他跪倒在地。她在筆記本上寫下地址，撕下紙張，遞給他。「利用我教過你的GPS定位系統。地址在這裡。用魔法把你變到那裡，可能會更困難，所以你自己去吧。」

他抓緊紙條，鞠躬。「謹遵吩咐，女祭司。」他說著邁步離去。

「小心一點，別讓他們發現你去那裡！」

「是的，女祭司。」他關上身後的門。

奈菲瑞特看著他走開。「眞希望他的腦袋靈光些。」她對闇黑的卷鬚說。它們攀上她的手臂，撫摸她的手腕。「喔，你們聰明多了，對不對？跟他去，給他力量。看著他，確定他沒膽怯，連這麼簡單的指令都完成不了。然後，回來跟我報告。」卷鬚躊躇著。奈菲瑞特嘆一口氣，迅速揮動食指，劃破自己的二頭肌，咬著牙讓黑暗卷鬚吸吮她的血液。沒多久，她把它們撥開，舔那淺淺的傷口，讓它癒合。「去。你們已獲得報酬，去執行我的命令吧。」

暗影從她身上蠕動離去，奈菲瑞特心滿意足地召喚助理，要她端來一杯摻血的酒。

「這次，找個處女的血來。」年輕的成鬼前來時，她厲聲說：「別的血都太普通。我的直覺告訴我，我很快就可以慶祝一番了。」

「是的，女祭司，謹遵吩咐。」助理鞠躬，退出房間。

「這就對了。」奈菲瑞特對在一旁聆聽的暗影說：「一切都要遵照我的吩咐。很快地，有一天，他們得尊稱我一聲女神，不能再叫我女祭司了。很快……」她放聲大笑。

26 龍老師

身爲御劍大師，自然習於眼觀四面，耳聽八方。這是他表現稱職，到現在仍活著的祕訣之一。不過，龍·藍克福特不需動用他超乎尋常的觀察力，就已知道柔依那夥人不對勁。只聽從直覺，問個簡單的問題，他就知道了。

第二堂課開始沒多久，龍老師便要學生自行暖身，說他很快就回來。直覺一直在叨念，戳他，催他，煩他。達瑞司和史塔克是有才華的戰士，在各自的武器領域都表現得不同凡響。達瑞司可說是他見過最厲害的飛刀手，而史塔克百步穿楊的箭法讓人佩服得五體投地。

但擁有這些才能，不代表他們就能教導心性未定的小雛鬼。教學能力本身便是一種天賦，龍老師很懷疑這兩位年紀輕輕的成鬼具有必要的經驗和智慧，足以擔任教師。

她當上老師時同樣年輕，非常地年輕。他就是那時認識了她——他的配偶、他的生命、他的心肝。他知道，安娜塔西亞如果還在，會說些什麼。她會露出和藹的笑容，提醒他，不應因爲他們年紀輕，就予以苛責——畢竟他自己也曾經年輕，知道那是什麼滋味。她會提醒他，他如今最適合教導年輕人，幫他們成為傑出戰士和優秀老師。

但安娜塔西亞死了，一切都成為過往，他的生命已徹底改變。龍老師不想督促或指導這兩位年輕的老師，尤其他們之所以開設這堂特殊的課，全是為了讓他不必見到那個仿人鴉變成的男孩，省得他痛苦。但龍老師發現，「職責」這東西真奇怪。他即使已脫離跟妻子和女神攜手踐履的道路，似乎仍無法完全拋開榮譽和責任的束縛。

他百般不願，卻只能聽從直覺，去查看年輕戰士的狀況。他只需走一小段路，便可以從體育館走到蕾諾比亞的練馬場，史塔克和達瑞司培訓戰士的所在。

龍老師才一腳踏進鋪了鋸木屑的練馬場，就知道他的擔心不是沒來由。正在訓練戰士的不是那兩名吸血鬼，而是那個人類馬廄工。蕾諾比亞不見人影，兩名戰士正跟著愛芙羅黛蒂**離開**馬廄。龍老師憎惡地搖搖頭。「達瑞司！」他喊道。年輕的成鬼停下腳步，示意史塔克和愛芙羅黛蒂先走，然後匆匆跑向龍老師。「你的課怎會由人類幫你上？」

「沒辦法。」達瑞司說：「史塔克和我必須護送愛芙羅黛蒂和柔依。」

「護送她們？去哪裡？」

龍老師看得出達瑞司不想跟他談這件事，但他別無選擇。不管他們兩人對利乏音、奈菲瑞特和一些紅雛鬼的看法，彼此間有多不同，龍老師始終是達瑞司的戰士領導人。他非得回答劍術老師不可。「桑納托絲要在紅鳥阿嬤的花田，帶領柔依和她的守護圈成員舉行儀式，施咒揭示她母親遇害的情景。」

龍老師十分震驚——這種施咒儀式非同小可，具有一定程度的危險性，即便可能受到危害的主要是參與者的心靈，而非肉體。**我應該被告知，我必須在場**。他不動聲色，只問道：「這場儀式爲什麼必須現在舉行？現在是上課時間。」

「因爲今晚是她死後的第五個晚上。」

龍老師點點頭，明白了。「一個晚上代表一個元素。四晚還不完整，六晚太遲。非得選在今晚不可。」

「對，桑納托絲就是這麼說的。」達瑞司說，一副杌隉不安的樣子。「我可以走了嗎，劍術老師？我的女先知在等我。」

「好，你走吧。」達瑞司鞠躬走開，龍老師看著他離去。

接著，龍·藍克福特臉色一沉，改變方向，迅速走向桑納托絲的教室。

見女祭司長仍在，他鬆了口氣。她正在教室後方的櫃子裡翻找東西，收集蠟燭和香草，小心翼翼地放進一只施咒用的大籃子。他太熟悉這只籃子了，那是安娜塔西亞最愛的東西。他的情緒隨即激動起來，但他還是清清喉嚨，說：「女祭司，我可以跟妳談一下嗎？」

桑納托絲聞聲轉身。「當然，劍術老師。」

「達瑞司告訴我，妳要帶領柔依的守護圈在她阿嬤的花田舉行揭示儀式，施念大咒。」

他這話不是問句，但桑納托絲還是點點頭。「對。」

「女祭司，我相信妳一定知道，這所夜之屋的冥界之子由我帶領。」

「我很清楚你在這裡的職位，劍術老師。」她回答。

「那麼，我無意責備妳或對妳不敬，但還是得問妳，你們要舉行這麼罕見、重大、危險的儀式，為何沒通知我，更沒邀我參加。」

桑納托絲躊躇了一下，然後點點頭，似乎同意他的話。「你說得對，鑑於你的職位，我是應該通知你。我之所以沒這麼做，理由很簡單：我認為你在場會讓大家分心。為此，我沒邀請你，也沒通知你。如果這讓你覺得不受尊重，我向你道歉。我的本意並非如此。」

「分心？為什麼我會讓你們分心？」

「因為利乏音是史蒂薇・蕾的伴侶和保護者，也會出席這項儀式。」

龍老師火冒三丈，繼續質問：「為何利乏音在，我就會讓你們分心？」

「如果你傷害土元素女祭司的伴侶，她一定會受影響，無法專心扮演她在儀式中的關鍵角色，而這就會妨礙咒術的進行。」

「我去是爲了保護我們的學生，不是要傷害他們。」龍老師咬著牙，忿忿地說。

「然而，愛芙羅黛蒂新獲得的一個靈視似乎顯示你會傷害利乏音。」

「我不會那麼做，除非他危害到其他學生！」

「即便如此，你在場還是會造成干擾。龍老師，我們已有兩名戰士在，而柔依的守護圈威力強大，這些學生將獲得充分的保護。再說，劍術老師，請容我多嘴，自從你的配偶去世，我發現你變了很多，變得讓人感到不安。」

「失去她，我很悲慟。」

「劍術老師，我想，實情是你迷失了。就算利乏音不參加儀式，我也不希望你到場。」

「既然這樣，好吧，我告辭，免得干擾妳。」龍老師腳跟一轉，準備離去，但走出教室之前，桑納托絲的話語讓他留步——「請聽我解釋。這場持咒揭示死亡眞相的儀式，旨在了結疑念，伸張正義。我無意冒犯，但我察覺，你的生命正處於嚴重的矛盾衝突狀態。你只要在場，便已有損這咒術的核心精神。」

她這番話彷彿在龍老師面前形成了一道牆，擋住他的去路。他沒有回頭看女祭司長。當他開口，那聲音連他自己都幾乎認不得。「妳剛才說，我只要在場便已有損咒術精神？」

「我說的是我所知道的眞相。」

「女祭司，妳想跟我說的就是這些？」他依舊沒回頭看她。

「對。祝福滿滿，御劍大師。」

龍老師沒對她鞠躬，也沒恭敬地握拳放在心臟位置。他辦不到。他只覺得，若不趕緊離開，讓自己有思考的空間，他就要爆炸了。他踉蹌步出教室，在走廊上盲目地往前走，無視於學生們的好奇眼光，一路搖搖晃晃地走到主校舍外頭。

回憶湧現，那些話語在他心頭一波波翻滾。好多好多年前，另一名女祭司拒絕讓另一名戰士護送時，他在場。安娜塔西亞當時說的話言猶在耳，彷彿才剛說出口。

我無意冒犯，但有戰士在場護衛，我無法施行和平的咒術。這根本上已有損這咒術的核心精神……

那時，她只是一名年輕的咒語與儀式老師，但聖路易斯塔宛區夜之屋分校的女祭司長同意她的說法，並命令龍老師取代一名成鬼戰士，護送她。那晚，他被課以保護她的任務——當她在聖路易斯市中心施行和平咒術時看著她，確保她的安全。

結果他辜負了安娜塔西亞。

喔，她活著，那晚她沒被殺死，但龍老師讓邪惡力量從他的劍下逃脫。而一百七十七年後的今天，同樣的邪惡力量謀殺了他的摯愛、他的生命、他的心肝。

龍老師幾乎喘不過氣來，倚著一樣冰涼的東西。沁涼的感覺舒緩了他體內滾燙的熱。他眨巴著眼睛，抬頭一看，才知道雙腳把他帶到了什麼地方。他靠在神殿前的妮克絲雕像上。他凝視著女神的大理石面龐。低喃的風吹散月亮下方的雲，銀色月光輕撫著妮克絲，照亮她的眼睛。

霎時，她彷彿活了過來，以無比哀傷的目光看著他，看得他的心好痛。他原本以爲這顆心已碎成千萬片，碎到不會再有感覺。

就在這時，龍老師明白他必須做什麼了。

「我必須去。我會看著儀式進行，但不介入，除非邪惡力量再次來襲。如果它出現，我發誓，這次我要除掉它。」

柔依

「妳確定我們不找夏琳一起去？」史蒂薇．蕾問。她跟利乏音坐在巴士上的老位置。我們都已上了車，在等桑納托絲來。

「我眞的不認爲她合適去。」我說：「她才被標記幾天，還沒時間適應雛鬼的身分，更甭提搞清楚她的眞視是怎麼一回事。」

「況且我們不想到處宣傳她有眞視。」愛芙羅黛蒂說：「我們的事愈少人知道愈好。」

「可是，她出現在克拉米夏的詩裡欸。」史蒂薇·蕾說。

「這點還不確定。那首詩說——」我瞇起眼睛，彷彿這樣有助於回想，然後我大抵精確地背誦出來——「『透過眞視去看，黑暗不一定等於邪惡，光亮不必然帶來良善。』萬一這裡所說的眞視跟克拉米夏大部分的詩句一樣，只是比喻、象徵，而不是字面上的意思呢？」

「天哪，我痛恨詩。」愛芙羅黛蒂說。

「克拉米夏呢？」史蒂薇·蕾說，語氣竟像在鬧彆扭。「我們不是該找她去嗎？」

「不行，史蒂薇·蕾，我們必須依照原定計畫，只有核心成員去。」我說。

「所謂核心成員，就是蠢蛋幫，加上戰士和敝人在下我。」愛芙羅黛蒂說：「鄉巴佬，妳到底有什麼問題？我們又不是沒跟世界對抗過，況且我們多半凱旋而歸啊。」

「史蒂薇·蕾，妳好像很害怕。」戴米恩說。

史蒂薇·蕾望向我身後，看著和依琳一起坐在巴士中段的戴米恩。「我是很害怕。」她小聲承認。

「別怕。」利乏音一隻手摟著她。「愛芙羅黛蒂的靈視已經事先提醒我們了，所以我不會有事的。」

「我想，害怕不一定不好。」我大聲說，讓直覺幫我釐清思緒。「我將會看到我媽是怎麼死的，這讓我很害怕，所以我知道我必須做好心理準備，等著看什麼慘不忍睹的景象。愛芙羅黛蒂預見利乏音會死，而且可能是在我們即將舉行的儀式中死去。史蒂薇．蕾會害怕是正常的。利乏音，你也應該害怕。這樣你們兩個就會做好準備，提防壞事發生。」

「其實我也怕。」戴米恩坦承。「傑克的死仍鮮明地烙印在我的腦海，想到要目睹另一樁死亡，我就害怕。」

「我們都會陪著你。」我告訴他：「我們會一起經歷整個過程。」

「我也怕。我參加守護圈的設立以來，不曾不是孿生的。」簫妮衝口而出。

眾人陷入尷尬的沉默。半晌後，巴士中段傳來依琳的聲音：「我依舊在這裡，一樣會以水來對應妳的火。妳不會獨自一人的。」

「我們要因爲害怕而順利平安，不要因爲害怕而變得愚蠢。」我說。見到孿生的似乎開始對話，我頓時輕鬆不少。

「恐懼若輔以健全的心智和勇氣，就會有益處。」桑納托絲忽然像變魔術般地出現在巴士最前方，把所有人嚇一大跳。她手提大大的咒法籃，身披美麗的寶藍色連帽斗篷，看起來威武、古老，令人震懾。接著，她微笑，那氣勢感染了我們，我又放鬆了一點。

「我們到齊了，」我把蹦到喉嚨的一顆心嚥下去，「也準備好了。」

「是快準備好了。在我們離開校園之前，我還得分派守護圈的五位成員一項作業。這是揭示儀式，我施的咒會讓在場的人見到原本隱藏的東西。因此，你們每個人得帶一樣東西到祭壇上，這東西應該要能揭露你平素隱藏起來的一種眞相。」

「喔，媽呀。」我嘆一口氣。

「花一點時間想想看，你需要揭露的是什麼樣的你，然後去拿一樣東西來作爲象徵。動作快，我們必須在今晚完成儀式，施行咒法。否則午夜一過，就算是隔天了。」

簫妮第一個起身，看似下了決定，迅速衝下車。戴米恩跟著下車，接著是史蒂薇・蕾，然後是依琳。我靈光一閃，開始翻找包包。在包包底部幾團用過的面紙、掉了蓋子的護唇膏，以及積累在那裡的不知什麼垃圾之間，我找到我要的東西。我心滿意足地抬起頭，發現史塔克、達瑞司、利乏音和愛芙羅黛蒂全都張口瞠目地望著我。

「需不需要有人幫妳解決這項作業？」愛芙羅黛蒂說，帶著半譏諷的語氣。

「柔依身邊已經帶著她需要的東西。」桑納托絲說。

「沒錯，老師說對了。」我有一股幼稚的衝動，想對著愛芙羅黛蒂吐舌頭，不過我沒這麼做（當然），而是雙手交叉抱胸，擺出得意洋洋的樣子。

沒多久，守護圈成員都回到車上了。史蒂薇．蕾是第一個，眉頭深鎖，手上沒拿東西。但當她坐下來，我看見她一隻手貼在牛仔褲的前方口袋上，彷彿在保護裡頭的什麼東西。戴米恩下車時帶著他的男用包，回來時也拿著它。他對桑納托絲露出超級得意的笑容，說：「任務完成！」

接著上車的是簫妮。她沒說話，直接回座位，繼續望著窗外。

依琳最後一個回來。她拿著一個小小的保溫袋，就是那種高檔超市提供顧客裝冰淇淋和冷凍食品的袋子。「幹麼？」她朝我們厲聲喝道。「我回來了，可以走了。」

桑納托絲瞪依琳一眼，撲滅她的怒氣。等依琳默默地走到巴士後端坐下，桑納托絲告訴達瑞司：「開往席薇雅．紅鳥的薰衣草田。」達瑞司將身障車駛出夜之屋的校園後，我以爲桑納托絲會坐下來（呃，像個正常的老師），跟著大家一路顛簸，沒想到她一手緊抓著殘障人士用的欄杆，另一手伸入那只滿滿的籃子，拿出一大束看起來像野草的東西。這種長著一簇簇小白花的野草，我曾在路邊、奧克拉荷馬州的田野和溝渠中見過成千上百次。

「大家知道，我們要舉行揭示儀式，我要持咒召喚死亡，希望能重現過往的影像，尤其是柔依的母親遇害的景象。這種儀式和咒術既困難又複雜。」接著，桑納托絲把注意力放在史蒂薇·蕾一人身上，對她說：「我說過，土是啓動這種咒法的關鍵。景象能否重現，端賴妳和土的連結，以及守護圈成員重現過往事件的決心。」

「我跟土的連結眞的很強，我保證。」史蒂薇·蕾說。

桑納托絲揚起嘴角，說：「這是好的開始。」

「我相信，我的守護圈成員也會全心投入儀式。」我說。

我聽見四周的朋友紛紛低聲呼應我的話。

「那野草是做什麼用的？」愛芙羅黛蒂問。

桑納托絲抽出其中一根，拿高給大家看。果然跟我想的一樣，只是一株普通的野草，尾端有一簇簇白花，有點像滿天星。普通，但挺美的。

「這不是稗草，是神奇的野花，叫天使花，稟性強烈、純淨。它是溝通之花，持咒時可用以揭露隱藏的事物，讓求問者得見眞相。在今晚的儀式中，妳，年輕的紅女祭司長，將戴上妳這群夥伴以這魔法之花編織的花冠。」

「哇！太酷了！」

桑納托絲將這束野花遞給史蒂薇·蕾。「傳下去，你們其他人用天使花編織成一個個花環。然後，儀式開始前，史蒂薇·蕾把花環疊在一起，戴在頭上。」

「編織？」史塔克嘟噥著。

史蒂薇．蕾把一束花放在我們腿上。我揚眉看史塔克，說：「對，編織。死神有令。」

「呃，這樣的話……」他嘆一口氣，開始笨手笨腳地把長長的草莖編在一起。

於是，大家埋頭編草，利乏音也不例外。他看來對編織很有天賦，不僅很快編了個漂亮精緻的花環，還有餘力幫手忙腳亂的史塔克。大家忙著編織時，桑納托絲在巴士走道上來回走動，跟大家說話。這種感覺眞像置身在移動的教室中。

「大家一踏上舉行儀式的土地，就要專心想著咒術的目的。將其他種種拋開，只專注在一件事情上——我們將會見到琳達．海肥去世的眞相。」

「是遇害。」我聽見自己不由自主地說：「她不只是去世，而是被殺。」

桑納托絲轉身，凝視著我，然後點點頭。「我接受妳的糾正。我們要尋找眞相，所以必須說眞話。令堂不是年邁或生病過世，而是遇害。我們將祈求能夠目睹眞相。」

「謝謝妳。」我說，繼續編草。

「幸運的是這樁謀殺發生在薰衣草田。薰衣草是神奇的香草，具有淨化的稟性，但就它最純淨的本質而言，薰衣草體現寧靜，具有撫慰、鎮定的功能，能帶來安詳與寧靜。」

「這怎麼會是幸運？柔的媽媽在一大片薰衣草當中被殺，看來它根本沒發揮安撫功效。」愛芙羅黛蒂說。

「香草無法改變人的殘暴舉動，所以，薰衣草救不了柔依的母親。但薰衣草田本是安詳的空間，她在這塊地上被殺，會讓這塊地本身因這樁暴行而不安。」

「而這對我們來說有幫助，是因爲……」我說，心頭好緊張。

「這塊地想擺脫它蒙受的暴力，所以會迫切地想釋出當時的情景，儘管這未必容易。」

「爲什麼不容易？」戴米恩問。

「處理激烈情緒的儀式和咒術向來就很困難。」桑納托絲說：「死亡咒術尤其棘手。死亡通常不會配合，即使我們只是想瞥它一眼，而不是要全然擁抱它。」

「所以我媽說得對。她總說，好事多磨。」史蒂薇．蕾說。

「沒錯。」桑納托絲說：「因此，我們得繼續做好準備。整個咒術分成三段，第一段是從此刻到我們抵達儀式地點。這個階段稱爲意念釋放。爲了達成今晚的任務，大家必須讓自己與目標合一。現在，滌淨你們的心思，專一你們的意念。」

「專心想著死亡？」史蒂薇．蕾問。

「不，專心想著眞相。專一意念於今晚大家共同渴望尋求的眞相。」

「眞視。」我不自覺地脫口而出。

桑納托絲點點頭。「說得好，真視這個詞很恰當。今晚，我們希望能目睹真相。」

桑納托絲走到巴士後端，查看依琳的天使花環編得如何。我覺得有幾個人的目光落在我身上。我抬起頭，發現愛芙羅黛蒂和史蒂薇·蕾直盯著我。

「今晚，『透過真視去看』。」愛芙羅黛蒂低聲複誦：「『黑暗不一定等於邪惡，光亮未必帶來良善。』」

「我就說嘛，應該帶克拉米夏來。」史蒂薇·蕾嘀咕著。

「我倒覺得應該找輛坦克車來。」史塔克說。

「滌淨你們的心思！」我以氣音說，狠狠地瞪他們一眼，然後繼續編花環。

我努力滌淨心思。我努力只想著真相。

但我太年輕，太害怕，太擔心。所以，我發現自己專注的真相很簡單。絕對不是桑納托絲所說的那種真相，而是：**我要媽媽，我願意付出一切代價讓她復活，讓她再次陪著我。**

27 元牲

元牲迅速駛離校園，要趕在校車之前抵達。從人類的角度看，此刻夜已深，路上幾乎沒有人車。他很高興這輛車會出聲指引他方向，更高興自己終於有充裕的時間開車和思考，而且不必擔心盡責的達瑞司會發現他跟在他們的巴士後方。

奈菲瑞特要他阻撓即將舉行的儀式，不讓桑納托絲順利施行死亡咒術。不過，她明白表示，不要殺害任何女祭司。奈菲瑞特這項小小的特別指示讓元牲鬆了口氣，而且他不訝異自己會這麼覺得。奈菲瑞特剛下達指令時，他一度非常難受，以爲她要他去殺柔依。只是，根據女祭司的說法，他理當不會有任何**感覺**。他是工具人，會汲取別人的情緒來壯大自己的力量，但一旦用了力氣，情緒就會消散。

既然這樣，爲何他那次和柔依獨處之後，就一直感到哀傷、愧疚，以及深深的絕望？而且最近他還感覺到別的什麼情緒，一種新的感受？元牲覺得孤單。

他幾乎可以聽見女祭司嘲笑他的聲音。

「沒錯，我有感覺！」他大聲說，聲音迴盪在飛馳的車子裡，好似他當下單獨待在一個洞穴裡——始終孤單一人。「我會感覺，即使女祭司說我不會。」他一拳重重擊在儀表板上，不在乎指節受傷，皮革凹陷。「我感覺到**她的**悲傷，我感覺到**她的**恐懼，我感覺到**她的**寂寞。爲什麼？爲什麼柔依·紅鳥讓我有感覺？」

我們每個人都是在生命當中做出抉擇，從而決定了自己是什麼。桑納托絲的聲音似乎在車內陪著他。**我們的行動界定了我們，即便死後也仍持續界定著我們。**

「我是被創造來服事奈菲瑞特的。」即便像他這樣的生物也適用桑納托絲這番話嗎？女祭司長的話繼續湧上心頭，彷彿在解答他的疑惑。「**……未來不須被過往所牽制。**」車裡的語音系統發出聲音，驅散桑納托絲的智慧。右轉，再半哩就抵達目的地。元牲遵照指示右轉，把車子開過溝渠，但沒立刻停車，而是停在更遠的地方，遠離路過的車燈和目光。他下車，迅速而無聲地移動，沿古樸的碎石小徑前進，朝一幢素樸的房子走去。

元牲停步，沒直接走向那間屋子，因爲毗鄰屋子周圍那一大片薰衣草田的果園，提供了絕佳的藏身之所。然而，他之所以停步，也因爲他見到冬眠的花田裡有一處圓形焦痕。他認得那是怎樣一種燒灼的痕跡，他知道燒焦泥土，摧毀薰衣草的不是火，而是冰冷之焰。

黑暗來過，元牲心想。接著，他明白了。**是奈菲瑞特和白牛幹的。他們殺害了柔依·紅**

鳥的母親。

有什麼東西在他心裡滑落，彷彿陷在爛泥裡的輪子終於掙脫。元牲雙腿一軟，背倚著樹幹重重坐下，等待……注視……但什麼都不做。

龍老師

柔依阿嬤家的地址很容易查到，那片花田離學校不過一個多小時的車程。他等到校車駛離校園，才緩緩跟上，免得機警的達瑞司從後照鏡發現他。龍老師不需緊跟著巴士，他知道要往哪兒去，知道自己該做什麼。

職責至上。

他的任務就是保護學校和學生的安全。

龍總是保護自己的族類。

這是他僅剩的一切——當一隻龍。

妳的死讓我一蹶不振，空虛孤煢

我僅剩的就只是當一隻龍

他奚落自己。「我告訴妳的是實話！」他對著虛空吶喊。「安娜塔西亞，妳走了，我什麼都沒了，只剩下龍和職責。」

如果你不是我的配偶，善良而忠實
我怎麼可能再找到你？

安娜塔西亞的回應悠悠飄來，伴隨著密西西比河邊土壤的沃饒芬芳。溫煦滋潤的夏日微風輕輕吹拂，一朵朵向日葵都垂下了頭，彷彿表示贊同。

「不！」他大喊，驅走回憶。「全都消失了，**妳**消失了，我什麼都沒有了。這不是我的選擇，是妳的女神做出的選擇。全都是因爲多年以前我太過仁慈，她才會讓妳從我的身邊被奪走。」他搖搖頭。「我不會再犯同樣的錯。」

龍・藍克福特無視於內心的空虛，繼續前進。

柔依

隨著巴士愈來愈接近阿嬤家，我就愈來愈緊張。我的胃難受得要死，頭也好痛。我編的天使花環簡直不能看，得勞駕史塔克幫我完成。史塔克欸，一個根本不會編織的男孩。

我媽就是我想看的真相。我只知道這樣。

「記住，」巴士駛入熟悉的小徑時，桑納托絲說道：「動機很重要。我們來這裡是爲了找出眞相，替一個提早逝去的生命伸張正義。就這樣，別無其他。」她看著我。「妳辦得到的，妳很勇敢。」

「妳確定？」

她淺淺笑了一下。「妳的靈魂粉碎過。這原本是死刑，妳卻活了過來，而且恢復正常，還把妳的戰士一起帶回人間。這種事前所未有，足見妳很勇敢。」

史塔克握緊我的手。我點點頭，彷彿表示同意她的話，但我的內心在吶喊：**如果我真的夠勇敢，我便救得了西斯，我的靈魂也不會粉碎，史塔克更不勞任何人去救！**

幸好，在這些話溜出我的嘴巴，搞砸桑納托絲的計畫之前，達瑞司停了車，打開車門。

但是，我們都只是坐在原位，動也不動。半晌後，桑納托絲開口說：「柔依，妳必須先踏上這塊土地。在這裡遇害的是妳的母親。」

我起身，依舊抓著史塔克的手，走下巴士的階梯。

車子停在阿嬤家門前。小小的碎石子停車場上，這輛巴士就停在阿嬤的吉普車旁邊，看起來很突兀。

在七天的淨化儀式中，阿嬤不會待在屋子裡，所以我原本以為，屋子會是漆黑一片。沒想到情況正好相反。屋裡燈火通明，燦亮到我得瞇著眼睛才能直視。窗戶閃閃發亮，彷彿玻璃剛擦過。門前露台也一片明亮，我一眼就看到擺在那裡的搖椅和放了檸檬水的小茶几。

接著，阿嬤出現在我眼前，把我抱進她的懷裡，我童年的氣味撲鼻而來。我們終於放開彼此時，她說：「喔，**嗚威記阿給亞**，我好高興見到妳！」

她穿著她最愛的鹿皮裝。我知道這衣服年代久遠，當初她和她的媽媽曾一起用紫色和綠色的珠子裝飾衣服的上半部。她常告訴我，她小時候會花整個冬天把珠子串起來，然後拿串珠跟部落裡的女智者換來貝殼和玻璃珠，把它們縫在這件鹿皮衣的袖子和衣襬，當作流蘇裝飾。我記得這件衣服一度純白如雲，現在它泛黃了。年代這麼久遠，衣服應該已經變得破舊，但不然。在我的眼裡，它受到阿嬤的珍惜，益發顯得彌足珍貴，價值不是任何商店的標價或eBay的拍賣價格所能衡量的。

我沒辦法不注意到，阿嬤變瘦了，那雙表情豐富的眼睛底下出現了黑眼圈。

「妳好不好，阿嬤？」

「現在好多了，女兒。我相信，今晚的儀式結束後，我會更好。」阿嬤握拳放在心臟位置，恭敬地對桑納托絲鞠躬。「祝福滿滿，女祭司長。」

「祝福滿滿，席薇雅．紅鳥。很榮幸跟妳本人見面，不過真希望不是在這樣的場合。」

「我也是。我很想坐下來跟死神聊聊。」阿嬤說，蒼老的眼睛閃爍著一絲光芒。

「妳太抬舉我了。」桑納托絲說：「我不敢僭妄，以死神自居。我只是能感應她。」

「她？」阿嬤問。

「把我們帶到這個世界的，是母親。招喚我們離開這個世界的，不也應該是母親嗎？」

「哈，我從沒這麼想過呢。」簫妮說。

「這麼說讓死亡變得滿慈祥的。」史蒂薇．蕾說。

「這要看你有什麼樣的媽媽。」愛芙羅黛蒂說。

「不，女先知，這只取決於那位**母親**。」桑納托絲糾正她。

「呵，這倒是好消息。」戴米恩說：「我媽雖然不像愛芙羅黛蒂的媽那麼可怕，卻也絕不慈祥。」

「這樣聊天很有趣，不過我們是不是該專注於咒術？」史塔克說：「現在分心不是不妙嗎？」

「年輕的戰士，你說得對。」桑納托絲說：「我們開始吧。席薇雅，請帶我們到妳發現令嬡屍體的地方。」

「好。」阿嬤只走幾步就到了。所有人一看就知道在哪裡。阿嬤屋子北側那片薰衣草田的邊緣，有一處花草焚毀的痕跡，呈圓形，一片焦黑，寸草不生，看起來很恐怖。圓圈周圍的植物也都枯萎了，奄奄一息。

「沒有血跡。」桑納托絲說，同時舉起手阻止我們任何人進入那個毀壞的圓圈。

「這正是警方無法解釋的疑點之一。」阿嬤說。

桑納托絲走到阿嬤跟前，一隻手搭在她的肩上。我看見阿嬤急促地深吸一口氣，彷彿女祭司長正在將能量灌注到她的身上。

「我知道這很難受，但這問題非問不可。令嬡的死狀到底如何？」

阿嬤又深吸一口氣，以清晰有力的聲音說：「我女兒的喉嚨被劃開了。」

「然而，她屍體附近的地面沒有任何血跡？」

「對。這裡沒有血跡，露台上沒有，屋子裡也沒有。」

「那屍體呢？屍體裡面還有血嗎？」

「法醫說沒有。他也直呼不可能。他說，除了脖子被劃開，琳達一定遭遇什麼更可怕的事，但他只有一連串疑問，找不到解答。目前我們只知道這樣。」

「席薇雅．紅鳥，我們現在就要尋找答案。但妳必須夠堅強，才有辦法目睹。」

阿嬤抬高下巴。「我夠堅強。」

「那就遂我們所願吧！吸血鬼的所有儀式，都必須先在中心點爲我們的女神設立祭壇。」桑納托絲告訴大家。我心想，這點大家都知道呀，但她接下來的話解除了我的疑惑。「席薇雅，我要請妳居於這場儀式的中心點，作爲祭壇。妳願意嗎？」

「我願意。」

「好，那就這麼辦。妳跟我進入這塊被玷污的地，指出妳發現令嬡的確切位置。我們要把祭壇設在那裡，當作守護圈的中心點，靈的位置。」然後她對我們說：「其他人都暫勿進入。妮克絲的守護圈尚未設立，但我們的注意力已集中在這個空間。等我呼叫你們各別的元素，你們才可以逐一進入。」她看了看史塔克、達瑞司，以及利乏音。「三位戰士，請站在外面，構成三角形，環繞守護圈。」桑納托絲指著自己的正前方。「利乏音，那方向是北方，你守那裡。史塔克，你站在東方。達瑞司，你守西方。」

「那我要站在哪裡？」愛芙羅黛蒂問。

「在守護圈外，守住唯一剩下的位置——南方。」

「她又不是戰士。」達瑞司說。

「確實。但她比戰士厲害，是女神的女先知。難道你懷疑她的能耐？」

愛芙羅黛蒂握拳叉腰，對達瑞司揚起一道金色眉毛。

「不，我從不懷疑她的能耐。」達瑞司說。對桑納托絲深深一鞠躬後，他、愛芙羅黛蒂和其他兩位戰士各就各位。

桑納托絲牽住阿嬤的手，提起咒法籃，說：「準備好了嗎，席薇雅？」

阿嬤點點頭，以切羅基族語說：「**阿**。」

她們一起踏入毀壞的圓圈。阿嬤帶領桑納托絲走到中央偏南的位置，說：「我女兒就躺在這裡。」

「請坐在妳孩子躺過的地方，面朝北，土元素的方向。在這個守護圈裡，妳代表妮克絲的靈。在毀壞之地，我們要重建潔淨的聖圈；透過揭露的真相，我們要取回這塊地。」

阿嬤嚴肅地點點頭，坐下時動作優雅，鹿皮衣輕輕飄動。她面向北方，背對我們，但我看得見她下巴抬高，肩膀挺直，驕傲而自信。

一時間，我爲她感到自豪，情緒激動得心臟幾乎要爆炸。

桑納托絲把籃子放在阿嬤身旁，然後打開籃子，取出一塊摺疊好的美麗絨布，質料跟她身上的斗篷相同。她抖開正方形的絨布，鋪在阿嬤面前的地上。然後，她拿出我們編織的天使花環。我很驚訝花環堆疊起來竟這麼漂亮，白色花朵映襯著寶藍色絨布，彷彿會發亮。接著，她拿出一個黑色的絨布袋。我確信，我見過安娜塔西亞老師在課堂上使用這個袋子。如果我沒搞錯，裡頭裝的應該是鹽巴。桑納托絲把絨布袋和代表五元素的蠟燭都放在絨布上。所有這些東西，阿嬤伸手就可以拿到。

桑納托絲轉身面向我們。在夜色中，她的聲音顯得異常清晰，彷彿四周的蟲鳥都陷入沉默，專心聆聽她的話語。

「這次設立守護圈，非比尋常，因爲我們的儀式其實是咒術，在守護圈內的儀式裡施行。不過，我們仍將從風開始，以靈結束。當我叫到你，請到祭壇前，把你手上象徵自己某個眞相的東西交給席薇雅。對席薇雅說出你的眞心話，她會把你的蠟燭交給你。然後，請拿著蠟燭走到守護圈上你的位置。」

「所以，是由妳來呼喚元素？」我問，不確定這個守護圈還是不是由我帶領。

「小女祭司，妳和我一起設立守護圈。」她說：「我念咒，並以鹽持咒，妳負責點燃蠟燭。靈一旦受召喚，聖圈設立，我會藉助於五元素——尤其土——來施咒，召請死神。」

「好。」我說，然後看了看守護圈成員。他們點點頭，說：「我們準備好了。」

「戴米恩，請來祭壇，代表你的元素，風。」桑納托絲開始進行。

我聽見戴米恩深吸一口氣，然後踏進這圈慘遭蹂躪的薰衣草地，走到阿嬤面前。

「你希望跟靈元素表明的眞相是什麼？」桑納托絲問。

戴米恩從他一直揹在肩上的男用包裡取出一只MAC牌粉餅盒。他打開盒子，月光照耀下，盒裡隨即映現破碎的鏡面和反光。他把粉餅盒遞給阿嬤，說：「我帶來一面破鏡，因爲我雖然表面上看似正常，卻常暗自思忖，傑克的死是否永遠地打破了我內心的什麼東西。」

阿嬤把粉餅盒放在祭壇布上，然後遞給戴米恩黃色蠟燭。她摸摸他的手，說：「我聽到了，孩子。」戴米恩往阿嬤的右側走去，在圓圈的東端站定。

「換我了。」簫妮輕聲說，走到阿嬤面前，然後把捧在手裡的一根白色長羽毛遞給阿嬤。

「這羽毛代表我長久以來害怕孤單一人，但我好想擺脫這種恐懼。」

阿嬤將羽毛放在戴米恩的破鏡旁邊，把紅蠟燭交給簫妮。「我聽到了，孩子。」她慈祥地輕輕摸一下簫妮的手，就像她剛才摸戴米恩那樣。

依琳不發一語，快速走到阿嬤面前，把她帶上車的小保溫袋遞給阿嬤。阿嬤打開袋子，手伸進去，拿出一塊冰塊。「這是內在的我。我冰凍了，彷彿沒有任何感覺。」依琳說。

阿嬤把冰塊放在祭壇布上，跟其他東西並排，然後遞給依琳藍蠟燭，並輕輕地摸她的手，說：「我聽到了，孩子。」依琳面無表情地走到圓圈的西端。

「祝我好運。」史蒂薇．蕾壓低聲音說。

「祝妳好運。」我輕聲說。

她走到阿嬤面前，低頭對她微笑。「嗨，阿嬤。」

「哈囉，土的孩子，」阿嬤也露出笑容。「妳想向我揭示的眞相是什麼？」

史蒂薇．蕾從牛仔褲口袋裡掏出一張黑紙，看起來像是小學美勞課用的作圖紙。她把黑紙交給阿嬤，說：「這張紙代表我的恐懼。我害怕失去利乏音，怕他會被我不明瞭的某種黑暗、可怕的東西奪去。」

阿嬤把摺疊起來的黑紙打開，放在祭壇布上，撫平摺痕，然後將綠蠟燭遞給史蒂薇．蕾，並輕輕摸她一下，說：「我聽到了，孩子。」

史蒂薇．蕾走向圓圈北端之前，桑納托絲拿起天使花編成的花環，戴在史蒂薇．蕾的頭上。「大地將透過妳顯現眞相。我們如此祈請，請遂我們所願。」

「謝謝，我會盡我所能。」史蒂薇．蕾嚴肅地說，然後走到她的位置站定。

接下來換我。**妮克絲，請幫助我，讓我能堅強地面對我今晚即將見到的一切**。我走向阿嬤。她微笑，說：「妳想向我揭示什麼呢，**嗚威記阿給亞**？」

我把包包留在巴士裡，但已先把我的象徵物拿出來。我從牛仔褲口袋掏出一條綁頭髮的束帶，就是那種橡皮筋外層包覆著一層布料，照理說不會夾頭髮，但眞正用起來還是不好用的髮帶。我把它遞給阿嬤。「現在，我常覺得自己被一大群不同的人拉往不同的方向。我有時覺得自己會像拉扯過度的橡皮筋，猛然斷裂，再次粉碎，而且這次將永遠無法復原。」

阿嬤緩緩地把我的髮帶放在祭壇布上。她把紫蠟燭遞給我時，雙手握住我的手，聲音微微顫抖，說：「我聽到了，孩子。」

我走到阿嬤背後，留在圓圈中央，看著桑納托絲，等她指示。

女祭司長從咒法籃中取出一盒長火柴，然後拿高裝鹽巴的小袋子，告訴我：「妳先把蠟燭留在祭壇，由妳阿嬤看管，直到妳召喚妳的元素。」

阿嬤把大家給她的東西擺成一個小圓圈。我把蠟燭放在那圈東西的中間時，俯身輕吻她的臉頰。「不管今晚目睹什麼，請記得我愛妳，而且我們還擁有彼此。」我說。

阿嬤抱了抱我。我以爲她會親吻我的臉頰，她卻低聲對我說：「**嗚威記阿給亞**，小心，我感覺到陰暗處有眼睛看著我們。」

我還來不及說什麼，桑納托絲已把火柴遞給我，並開始下達指示。「妳設立守護圈時，我會站在妳的左邊，但我們走向每個元素時，由我來召喚，因爲揭露眞相的咒語就在元素的召喚語當中。我們繞行守護圈時，我會用鹽巴持咒，召喚死神。但願她聆聽我的祈請。」接著，桑納托絲提高音量，告訴所有的人：「這個守護圈的力量很強，我的召喚應該會引發強烈的具體回應。大家做好心理準備，並記住，這個儀式不是要作用在你們身上，而是要藉由你們來發生。」然後，她舉起雙手，開始吟誦。**「我們開始的地方即是我們的終點——我們尋找真相，但求這塊土地和這些人得以痊癒復原。」**

桑納托絲和我走向戴米恩。他雙手抓著黃蠟燭，看起來跟我一樣緊張。

好，開始吧，我心想。**請幫助我，妮克絲。沒有妳，我無法成事。**

28 奈菲瑞特

暗影騷動。事有蹊蹺。

「你們自行閱讀社會學課本的下一章，我有事要去處理。」奈菲瑞特告訴第五堂課滿臉訝異的學生，隨即匆忙走出教室。回寢室的途中，她以濛霧和黑暗遮掩自己，不讓窺探的目光和好奇的老師見到。一回到房間，她迅速劃破手掌，掌心朝外，呈上她的祭品。「喝吧！然後告訴我哪裡出了差錯！」

黑暗的卷鬚蜂擁奔向她的血，像血蛭一樣吸附著她。它們吸吮時，許多喃喃的聲音在她心裡湧現。

工具人沒出手阻礙土元素
有靈相伴，死亡情景將揭露

「什麼？」奈菲瑞特怒火中燒。「元牲不在那裡嗎？他蠢到找不到薰衣草田？」

工具人在那裡

但光看不搭理

「逼他出手！叫他阻止這天殺的儀式！」眾多卷鬚同時聒噪，聽得她一頭霧水。她闔起手掌，甩開它們。「遵照我的吩咐！你們已經吸了血。」

喃喃聒絮的聲音戛然停止，白牛的幻影浮現在房間中央。牠呈透明狀，沒有完全現形，但牠惱怒的聲音轟隆隆迴盪在她心中。**我早告訴過妳，妳的祭品必須與妳的指令等值！**

奈菲瑞特勉強壓住怒氣，安撫這鬼魅般的影子。「工具人是你賞賜的禮物。要操控這個由黑暗創造的生物，爲何還需要貴重祭品？我甚至不明白，他怎麼會違背我的命令。」

創造他時我就警告過妳，用來製造他的犧牲不完美，這個工具人有缺陷。

「沒錯，我可以告訴你，最近我開始懷疑他智能不足。」

他可能開始懂得自己思考了，不再什麼都不懂。

「所以，他變懶了？我交付他任務，他卻什麼都不做！」奈菲瑞特打住話語，控制情緒，然後誇張地嘆一口氣。「我不是那麼在乎自己，但他這樣顯然對你不敬。」

啊，沒心沒肺的女人，妳為我考慮，令我感動。或許工具人需要有人催促。

「如果你能催促他，我會很感激。」奈菲瑞特對魅影屈膝行禮。

為了妳，我的絲線會強迫他行動。不過，它們仍需獲得相當的祭品。

奈菲瑞特努力控制語氣，不顯露心裡的惱怒。「很好。它們需要什麼樣的祭品？」

工具人是野獸，必須犧牲一個畜生才能控制他。

「畜生？一隻仿人鴉嗎？」

不，這祭品必須是跟妳有密切關連的生物。

奈菲瑞特覺得噁心想吐。「史蓋拉？我得拿我的貓當祭品？」

如果這讓妳覺得不舒服，那就選別的吧。這裡有很多貓，不是有……

說著，白牛的幻影波動搖曳，消失無蹤。奈菲瑞特下了決定，表情冰冷，從梳妝檯取出一把銳利如剃刀的儀式刀，然後打開房門，開始召喚最合適的祭品。不會是史蓋拉——畢竟他不是戰士的貓。不，他的死不夠暴力。只有那隻貓的死才足以符合這次的需要。她以濛霧和黑影掩護，飄入夜色中……

柔依

降臨吧，風，妮克絲的神聖氣息，甜美的觸撫

桑納托絲說出第一句咒語，我就知道這不會是我見過的守護圈。首先，女祭司長的聲音改變了。她沒提高音量或怎樣，但那吟詠的語調讓她的聲音充滿力量，字字句句都活跳跳地在我們四周躍動。隨著她的話語源源吐出，力量隨之瀰漫於我們周遭，拂過我肌膚，吡吡作響。我看見戴米恩的手臂起了雞皮疙瘩，知道其他人也都感受到這股力量。

請將遮掩的雲翳吹離此處
我們但願能將死亡的陰影親見
經由守護圈的咒語把死亡重現

桑納托絲揮舞手勢，示意戴米恩拿高蠟燭。女祭司對我點點頭，我點燃火柴，碰觸燭芯，說：「風，請加入我們的守護圈。」**咻**！好大一聲，風在我們四周飛旋，吹得我的頭髮揚起，桑納托絲的斗篷一波波鼓動翻湧。

「接著是火。」她告訴我，我依順時針方向走到簫妮面前。她的褐色眼睛圓睜，盯著我們的後方。我想起阿嬤的示警，往後一看，驚愕得倒抽一口氣。一道發亮的緋紅光帶從戴米恩身上發出，繞著守護圈，順著我們從戴米恩走到簫妮的路徑延伸。

我早已看慣我設立守護圈時出現的銀線，但這道紅光不一樣。對，它看起來威力強大，但也透著不祥，令人不安。我不知道桑納托絲有沒有看到，也不曉得它出現在這裡是好事還是壞事，但我不想打斷女祭司長施咒，因爲她已開始召喚火元素。

降臨吧，火，你的紅焰真實、穩定又強烈
請攻擊、焚燒、摧毀遮蔽我們視線的一切
迫使殘酷的死亡景象重新向我們呈現
偕同真相的亮光，願你輝耀那熊熊烈焰

在桑納托絲示意下，簫妮舉起紅蠟燭。我點燃它，說：「火，請加入我們的守護圈。」

忽然，我們彷彿置身火海。簫妮的身體噴出火焰，充塞原本焦黑的這一圈土地。但這次的火沒造成任何破壞。我聽見響亮的嘶嘶聲，霧氣從所有原已燒死或枯萎的作物升起，彷彿火遇上的是冰，而非土。接著，風加入火，火焰與水霧往上竄，一道道光在天空閃耀。

「閃電。」簫妮低抑的聲音充滿敬畏。「風和火融合，形成閃電。」

「接下來是水。」桑納托絲說。

那道紅光繼續跟著我們。我們在依琳面前停下時，她一臉驚恐，但還是點點頭，說：「來吧，我準備好了。」於是，桑納托絲誦念道：

降臨吧，水，滔滔流遍這塊土地
以真相之浪把蒙蔽視野的時日清洗
讓我們得見死亡淚痕斑斑的面龐
暴力一經洗淨，邪惡的塵垢便得以滌蕩

依琳拿起蠟燭，碰觸我的火柴。我說：「水，請加入我們的守護圈。」

水聲隆隆，我們彷彿突然置身急瀑當中。夜色變化，呈現鮮藍、綠藍和寶石藍——全都是水的色澤。水元素湧入焦黑的圓圈，翻攪旋繞一如憤怒的漩渦。接著，如同火與風，它噴湧而上，射向閃電交織的天空。風雲變色，波詭雲譎，雷聲大作，霹靂轟鳴，令人畏懼。

「不，」依琳急忙說：「水不是在生我們的氣。」

「火也不是。」簫妮說。

「風也不是。」戴米恩接腔。

「元素是對發生在此地的暴行感到憤怒。」桑納托絲說：「準備好了，守護圈的成員們！接下來是土。」

雷雨雲在我們頭頂上匯聚，閃電照亮蓄積的暴風雨。我走到史蒂薇．蕾面前。

「該是挺身面對的時候了。」她說。

桑納托絲點點頭，開始召喚土：

降臨吧，土，得到女神的祝福，翠綠而豐饒
你的懷抱滋養、保藏咒語的關鍵之鑰
敞開此地，黝暗的死亡將被招供
正義到來，願能撫平你心中的傷痛

史蒂薇．蕾拿起綠蠟燭，碰觸我的火焰。「土，請加入我們的守護圈。」腳下的大地開始晃動，我們彷彿置身地震當中。我忍不住小小聲地尖叫一聲。

「柔依！」史塔克喊道。我看見他踉蹌移動，企圖走進守護圈。現在，一道粗厚的紅光已圍繞住整個圓圈。

「等等，沒關係的！」史蒂薇．蕾拉高嗓門大喊，壓過元素憤怒的隆隆聲響。「就跟其他元素一樣，土也不是在生我們的氣，不會傷害我們的。瞧，它讓大地煥然一新了。」

我低頭，發現果然如她所言，被水滌淨的大地起伏搖晃著，直到灰燼和枯萎的植物被往下掩埋，露出全新的奧克拉荷馬州的沃腴紅土。

「瞧，錯誤已更正。」就在史蒂薇．蕾說話的同時，地震逐漸緩和，乃至於完全停止。

「我們必須完成守護圈和咒術。」桑納托絲說：「現在，柔依，召喚靈。」

元牲

元牲躲在果園裡，看著一條發光的紅繩逐漸形成一個圓圈，氣勢磅礡，令人望之生畏。

各元素的強勁力道，也讓人不敢逼視。他感受得到風、火、水、土在三個雛鬼和一名成鬼身上激起的情緒。歡喜、勇氣和義憤充盈在圓圈裡，沸騰著，也感染到他。

元牲可以利用這股能量變身，化爲從他體內脫出的生物，遵照奈菲瑞特的指令，攻擊利乏音，從而確切無疑地阻斷女祭司長即將施設完成的咒法。

他盯著柔依看，看見她光芒四射，轉身面對坐在圓圈中央的老婦人。元牲知道，一旦桑納托絲召喚最後一個元素，柔依點燃紫蠟燭，守護圈便設立完成，而揭露眞相的咒法也會完全啟動。

如果要打斷施咒儀式，他必須立刻行動。

他站起來，內心交戰。

我被創造出來，是為了服事奈菲瑞特，而她服事黑暗。

在他眼前，女神的元素亮光熠熠生輝，持續擴大，在黑暗與毀滅所玷污的事物對照下，顯得尤其純淨明亮。

我不應該阻斷這個儀式！在他內心深處，他的靈魂在大聲呼喊，叫他不要介入。他應該等待，應該見證，應該——

黑暗的卷鬚在元牲四周迅猛抽打，他只覺得一陣劇痛，粗厚黏膩的卷鬚已像蜘蛛網，布滿他全身。元牲倒抽一口氣，肌膚開始吸納力量，融入他裡面的生物，喚醒牠。他無力自持，察覺公牛已現身。這生物控制了他的軀體。**我只知道一件事，奈菲瑞特最後的指令：攻擊利乏音。**元牲低下頭，發亮、致命的牛角完全成形。他朝利乏音奔去。

柔依

桑納托絲和我緩慢、小心地走到阿嬤面前。她毫髮無傷，坐在元素的暴風雨中央。她臉色蒼白，但拿起紫蠟燭的雙手平穩無比。桑納托絲開始召喚靈：

降臨吧，靈，忠誠、永恆又睿智
以鹽封印，我們要求真相顯示
失落的歲月，荒廢的淚水，你感受到琳達在哭泣
黑暗退去！我們即將體會靈的威力

我正要劃亮火柴，點燃紫蠟燭，只聽見史蒂薇．蕾大聲喊叫，終止一切。

「利乏音！小心！」

我抬頭，正巧看到龍．藍克福特從陰暗處竄出，高舉著劍，奔向利乏音。

「相信我！」龍老師喝道：「趴下！」

「不！」史蒂薇．蕾尖叫。

利乏音毫不遲疑，直接跪下，彷彿要獻出自己，成爲龍老師劍下的祭品。我想吐。我聽見愛芙羅黛蒂尖聲怪叫，彷彿在說**我就說嘛**！但我無法轉頭看她。我百分之百確定，御劍大師就要把男孩劈成兩半。我不由自主地盯著即將發生在利乏音身上的慘劇。

龍老師縱身一躍，跳過跪在地上的利乏音。磕擦一聲，他手中的劍猛地撞上一對銳利的獸角。那頭獸，長得像公牛。龍老師在最後一刻，爲利乏音擋掉了致命一擊。但那生物的身軀孔武有力，牠奔馳的力道令人驚駭，龍老師也承受不了衝擊。瞬間，利乏音從我眼前消失。但他沒有被牛角刺死，而是被撞擊的力道甩到半空，彷彿久久才落地，跌在離守護圈遠遠的地方，一動也不動。

「喔，天哪，不！」史蒂薇．蕾哭泣著。「利乏音！」

我看見她轉身，即將踏出守護圈，去看利乏音。

「別打破守護圈！那正是黑暗的目的。守護圈一破裂，在這裡的犧牲就完全白費！」

我無法轉頭看愛芙羅黛蒂，但我知道，史蒂薇．蕾也聽出了愛芙羅黛蒂聲音中的威嚴，因爲她沒有離開守護圈，而是跪下來，一如利乏音剛剛的動作。接著，她低下頭，以低啞的聲音說：「妮克絲，我相信妳的慈悲，求妳保護我的利乏音。」

那頭像公牛的生物轉身，腳蹄刨蹴著地面，再次衝向利乏音。

龍．藍克福特的速度幾乎跟那頭生物一樣快，疾風迅雷似地移動，及時擋在死亡和利乏音之間。他舉起劍，喝道：「妮克絲的御劍大師在此！我會保護利乏音。」

龍老師再次跟那頭獸對撞。牠撞得他直往後退，但也在龍老師牽引下，轉移了方向，偏離利乏音昏迷不醒的軀體。接著，那生物嚎叫，聲音駭人。當牠轉動頭部，我看見那張獸臉，頓時心頭一震，胃揪緊。那生物的眼睛發出月光石的亮光，我知道這東西是元牲——但已全然改變，徹徹底底不再是人類。

「戰士們，跟我聯手！」龍老師喊道，準備迎戰元牲的下一波攻擊。

「柔依，妳必須召喚靈，點燃蠟燭！」桑納托絲抓住我的肩膀，將我轉面向她，同時搖晃著我，用力搖晃。「龍老師會對抗那頭獸，我們必須繼續設立守護圈，完成咒法，否則他們沒一個人可以倖存。」

沒一個人，他們？史塔克到哪裡去了？達瑞司人呢？我慌張地左右張望，半晌才明白我見到的景象。他們就在那裡，兩人都站在一開始設立守護圈時站立的位置，但他們幫不了龍老師。他們連自己都幫不了。達瑞司和史塔克——我的戰士、我的守護人——都像冰凍的殭屍，動也不動，張著嘴巴，無聲地痛苦吶喊，睜眼直視，卻什麼也看不見。

「黑暗的絲線捆綁了他們。」桑納托絲說，仍抓著我的肩膀。「開啟守護圈，好讓我完成咒法。我們需要借助死神的力量和所有五元素，來對抗邪惡。」

「柔依鳥兒，照她的話做。」阿嬤舉起紫蠟燭。

我顫抖著手，點燃火柴，大喊道：「靈，加入我們的守護圈！」

桑納托絲舉起雙手，將鹽巴撒在我們四周，說出最後的咒語：

我下令，死亡的幽暗之門向我開啟

黑暗隱藏的真相，我們勢必親眼目睹

緋紅色的光帶往外擴張，發出震耳欲聾的吼叫聲，不斷往上竄升，發出狂亂的紅光，照亮漲滿天空的烏青色積雨雲。

「守住你們的元素！牢記我們的目的！」桑納托絲喊道：「風，開始！」

戴米恩舉起雙手，以堅定、有力的聲音喊道：「風，請將遮掩的雲翳吹離此處！」

一陣巨風從戴米恩身上呼嘯而出，攫住狂亂的紅光，將它轉變成能量匯聚、不斷旋轉的圓錐體。

「火！」桑納托絲下令。

簫妮舉起雙手，大喊：「火，請攻擊、焚燒、摧毀遮蔽我們視線的一切！」閃電嘶嘶作響，像磁鐵，被吸入那發光的圓錐體中央。

「水！」

依琳沒舉起雙手，而是伸手指著阿嬤發現我媽屍體的地方。「水，以真相之浪把蒙蔽視野的時日清洗！」

啪！一道閃電從天而降，擊中地面。大地裂開，水奔流而出，彷彿在紅色大地上匯成一汪血池。

「土！」

史蒂薇．蕾仍跪在地上，望著龍老師跟元牲交戰，眼睜睜看著他們愈來愈靠近一動也不動的利乏音。她在哭，聲音顫抖，但她的話語清晰地迴盪在守護圈，帶著心痛的力量。

「土，你的懷抱滋養、保藏咒語的關鍵之鑰。」

水池泛起漣漪，影像從池子深處升起，彷彿由大地吐出。但影像晃動，模糊不清，只隱約看得見無法辨識的臉孔和模糊的人影。

「靈！」桑納托絲喊道。

我張開嘴，靈藉由我的口，誦念出正確的揭示咒語：「失落的歲月，荒廢的淚水，你感受到我媽在哭泣。靈，請在我們眼前釋出眞相！」

霎時，守護圈外的一切——元牲和龍老師，達瑞司、史塔克和愛芙羅黛蒂——全都消失了。對我來說，唯一眞實的是池裡出現的影像。池水變清晰，我看見我媽站在阿嬤家的門口，眞切得彷彿事情就發生在我眼前。她應門，面帶微笑，但一臉困惑。接著，鏡頭拉遠，角度改變，我看見奈菲瑞特全身赤裸，站在敞開的門的另一側，問席薇雅·紅鳥是否在家。這時，我聽見阿嬤在哭泣。我想奔向那一池水，擋在它和阿嬤之間，阻止她看見我知道必將出現的可怕景象。我怕她會承受不住。

但我無法移動。

「不，等等。」我驚慌地低下頭，看見守護圈外圍那道紅光已經擴大，瀰漫整個空間，淹沒每一個人。「這太超過了！我不想讓阿嬤——」

「妳無法阻止。」桑納托絲說：「死亡已經啓動咒法，現在唯有死亡能釋放我們。」

阿嬤費力地舉起一隻手，挽住我的手。死亡力量透過元素釋出，困住我們。我們看見了一切。奈菲瑞特用宛如鞭子的黏膩黑色絲線將我媽捆綁住，然後劃開她的喉嚨，讓黑暗絲線將她從露台拖到花田焦黑的圓圈中央，黑暗的白牛就在那裡吸吮她的血，直到牠四周的絲線鼓脹。我媽的血被吸乾，沒了性命後，奈菲瑞特仰天大笑，跨上那頭野獸的背，雙雙消失無蹤。

「果然，」桑納托絲說：「奈菲瑞特的伴侶是黑暗。」

史蒂薇．蕾哭喊著：「救救利乏音！公牛要殺他！」我把視線從水池裡逐漸消失的影像移開，轉向史蒂薇．蕾。我才正在納悶，她幹麼對著手機叫喊，我周遭的世界便爆炸開來，只剩聲音和血。

29 卡羅納

利乏音沒有告訴他。兒子只讓他以爲，女神原諒了他，賜給他人類男孩的形體。利乏音沒有提到，他還受詛咒爲鳥，以動物的心智，渴慕著永遠不能企及的事物。

「至少在白天，他要的東西不可企及。」卡羅納說，在山脊頂端踱來踱去。

「幫你～，我們可以？」

聽到**另一個**兒子半人半禽的嘶鳴聲，卡羅納不禁怒火中燒。他轉身，舉起手，準備一拳揮去，叫尼斯洛克噤聲。圍繞在四周的其他仿人鴉急忙後退，遠離他。尼斯洛克發怵畏縮，但仍守在父親身邊，無意逃避他的盛怒。

手揮到一半，卡羅納遲疑了，放下手，盯著默默蹲伏在那裡，等著承受這一拳的兒子。

「爲什麼？」卡羅納任由自己的聲音流露心中的沮喪。「你爲什麼要幫我？」

尼斯洛克抬起頭，紅色的眼睛充滿困惑。「你是父親。」

「但我從不是一個好父親。」卡羅納聽見自己竟這麼說。

尼斯洛克仍定睛凝視著他。「那沒差，你仍是~父親。」

卡羅納一時無言以對，只能搖搖頭。出於某種他難以理解的情緒，他再次開口時，聲音輕柔了許多。「這件事你幫不了。」卡羅納指著天空。「去吧，天黑了，你們可以展翅高飛，沒人看得見。記得天亮前回來。」

他們毫不遲疑，從山脊躍起，嘎嘎鴉啼，飛上天際。

卡羅納沒察覺，尼斯洛克並未跟著大家一起飛走。當尼斯洛克終於開口說話，聲音罕見地溫柔。或許就是這輕柔的語氣，讓他聽起來竟如此像人類。「幫你，我會。」

卡羅納看著兒子，說：「謝謝。」

尼斯洛克垂下頭，彷彿父親的話語跟剛剛差點落下的拳頭一樣，碰觸得到他。

卡羅納清清喉嚨，別開頭，不看這個他在憤怒和情欲中製造出來的生物。「去吧，去陪你的兄弟。這是我的命令。」

「是~，父親。」

卡羅納靜靜聆聽尼斯洛克撲翅搏風的聲音，仰起頭，看著兒子消失在夜色中。

當四周只剩他一人，手機響起。手機仍放在昨晚那塊岩石上。他拾起手機，覺得自己愚蠢至極。螢幕顯示，是史蒂薇．蕾來電。卡羅納急忙按下接聽鍵，把手機拿到耳邊。

「救救利乏音！公牛要殺他！」血紅者嘶喊著，背景傳來可怕的嘈雜聲。

接著是靜電畢剝聲，訊號中斷。

卡羅納心裡還沒來得及細想，身體已開始行動。他縱身飛上空中，一路牽引著從另一個世界逸出的縹緲雲絮，形成塵世天空裡看不見的氣流。

「我召喚古代不死生物的靈力，那是我生來即能駕馭的力量。帶我去找我的血脈之血、我的靈之子。帶我去找利乏音！」

柔依

「救救利乏音！公牛要殺他！」手機一丟下，隨即被淹沒在猩紅烈光中。史蒂薇．蕾試圖起身去利乏音身邊，但她的身體被困在守護圈裡。她絕望地對我喊道：「解除守護圈！讓我去幫他！」

我沒有絲毫猶豫。我們見到了我媽遇害的眞相，守護圈已可以解除。「靈、土、水、火、風——我釋放你們！」但我的話語毫無用處。紅光繼續囚禁著我們。

「怎麼會這樣？」史蒂薇．蕾哭著說，繼續掙扎，但依然站不起來。

「死亡已經啓動咒法，」桑納托絲重複剛剛講過的話，語氣無奈、哀傷，「只有死亡能解除它。」

「妳代表死亡，妳來釋放我們！」我說。

「我沒辦法。」她看起來既蒼老又沮喪。「原諒我。」

「不，不能這樣，妳必須——」

我話還沒說完，元牲已俯低他可怕的頭顱，再次衝向利乑音。龍・藍克福特滿身是傷，血流如注，踉蹌地擋在利乑音和那生物之間，迎向針對利乑音的撞擊。元牲的牛角扎進龍老師的胸膛中央，一抬頭將他舉高，御劍大師已被牛角刺穿。元牲後退，甩頭。龍老師的身體脫出，掉在地上。我們看著龍老師抽搐、咳嗽，轉頭望向我們的守護圈，呼出最後一口氣，說：「如果唯有死亡能釋放你們，那麼，我的死釋放你們……」

元牲發出勝利的吼叫，繞過龍老師，準備繼續攻擊利乑音。

但龍老師的死改變了一切。紅光從守護圈脫離，飄高，彷彿要碰觸月亮。它在天空爆開，純淨的銀霧落下，把一切籠罩在春天氣息的溫暖雨絲中。

史蒂薇・蕾一掙脫，立刻往前奔跑，喊道：「土，降臨我！保護利乑音！」

綠光頓現，圍繞利乑音。但利乑音已不需要綠光保護，因為銀色雨絲一落在公牛身上，牠的身體就開始搖動、扭曲，然後仆倒。我眨著眼睛，抹了抹臉，想看清楚。不過，我發現我沒看錯。這隻像牛的東西正在融化、變形，不到半晌，元牲——那個救過我，安慰過我的男孩——就站在那裡。他眨巴著眼睛，左右張望，一臉茫然，彷彿不知自己身在何方。

「滾開！」史蒂薇．蕾對元牲咆哮，擋在他和利乏音之間，一雙手仍亮著綠光。

元牲遲疑地往後退，搖搖頭，繼續四處張望，依舊茫然。接著，我看見他目光投向龍老師被牛角刺穿的身軀。

「不！」元牲說：「不。」他的視線從劍術老師破損的身軀移開，轉向我。「柔依！我**選擇**了不一樣的未來。眞的！」

接著，史塔克和達瑞司進入我的視野，高舉著劍，奔向他。元牲仍繼續搖著頭，一遍又一遍地說：「我選擇了新的未來……我選擇了新的未來……」但不管他在說什麼，我看見他的身體又開始晃動。他即將變回公牛的模樣。史塔克和達瑞司就要殺了他。

黑暗不一定等於邪惡，光亮未必帶來良善。以真視看，孩子……以真視看……

妮克絲的聲音迴盪在我心裡，我知道我該怎麼做了。我拿起垂掛在胸口的占卜石，深吸一口氣，從它的孔洞望向元牲。

透過占卜石，我看見男孩的身體發出月光石的亮光。亮光源自他的中心，接近心臟的位置，並不斷擴散，直到完全包覆他。這時，我發現這亮光其實是另一個身軀的影像。那身軀如虛如幻，縹緲、透亮，與其說包覆了元牲，不如說遮蔽了他，因爲它是如此明亮。

而且熟悉。

「西斯！」我叫出他的名字。身體已局部變成公牛，元牲頭一甩，看著我。西斯發亮的影像跟著轉頭。剎那間，我們四目相接，我看見西斯驚訝地睜大眼睛。「土！」我借用史蒂薇．蕾已經顯現的元素力量。「保護元牲，別讓史塔克和達瑞司傷了他！」利乏音四周的綠光有一部分沿著地面延展，然後在元牲的面前浮升，在他和兩名戰士之間形成一堵牆。

「柔依，妳在幹什麼？」史塔克說，試圖繞過那堵牆。

「我知道自己在做什麼。」我告訴史塔克，但眼睛始終盯著元牲。然而，元牲已不再是人類。野獸完全現形，西斯的影像消失了。這頭野獸憤怒、痛苦、絕望地嚎叫，低下頭，直接衝向我。我知道這樣很蠢，但我就是不移動，反而直視他的眼睛，以極爲平靜、篤定的語氣說：「你不會傷害我，我知道你不會這麼做。」

在最後一剎那，元牲往旁邊一偏，與我擦身錯過。我聞得到他身上發出血和死亡的氣味，感覺得到他拂過我的肌膚。然後，他消失在黑夜中。

我不知道自己能夠穩穩地站在那裡，是因爲我太愚蠢，還是因爲腎上腺素在作祟。總之，這時，我既不蠢也不再亢奮，雙腿一軟，跌坐在地上。綠光的牆消失，史塔克跑向我。

「妳有沒有受傷？妳沒事吧？妳到底是哪裡不對勁？」史塔克蹲在我身邊，連珠炮似地發問，同時伸手在我身上亂摸。「妳有沒有流血？」

我抓住他的手，緊緊握住，希望他感覺不出我的手在顫抖。「我沒事，真的。」

「妳很蠢欸，眞的。」愛芙羅黛蒂說，鄙夷地看著我。「眞的，柔，妳要不是很蠢，就是出現幻覺了。那牛小子不是西斯啦。」

「他怎麼可能是西斯？」史塔克說，看著愛芙羅黛蒂，當她發瘋了。

所以，他沒聽到我剛才喊出西斯的名字。很好，或許其他人也沒聽到。晚一點我再來應付愛芙羅黛蒂。此刻，我只需不理會她。這不困難，因爲這時阿嬤已趕了過來，看起來跟史塔克一樣焦急、擔憂。「他傷了妳了嗎？」

我拉了一下史塔克的手，他扶我站起來。然後，我擁抱阿嬤。「沒有，我沒事。」

她緊緊地抱我一下，**沒**說我太蠢，而是說：「利乏音有事。」

「啊！」史蒂薇．蕾跪在利乏音旁邊，戴米恩、依琳和簫妮都已湊到她身邊。當我們跑向他們，愛芙羅黛蒂壓低聲音說：「糟糕，這下子眞的糟糕。」

我努力不看龍老師的軀體，但我的眼睛不聽話。他就倒在離利乏音不遠的地方。如果只看他的臉，我會以為他睡著了。我的意思是，除了嘴角淌血，他的面容非常安詳。自從安娜塔西亞死後，他不曾這麼平靜過。但他的身體慘不忍睹，兩臂傷痕累累，褲子也被元牲的牛角刺破，一隻大腿血肉模糊，宛如漢堡碎肉。他的胸膛更慘，開放性傷口四周的肋骨都已斷裂，胸口以下全是血。

我站在那裡，呆望著龍老師。這時，桑納托絲的絨布斗篷拍動，掠過我眼前。她解開胸針，把斗篷從肩頭卸下，雙手一抖，將斗篷覆蓋在龍老師身上。她的表情很古怪。我才想弄懂那是代表什麼意思，她開口說話了。

「你可以離開了。你注定死於今晚，重拾誓言，堅持正道——或者，你也可以活過今晚，但在所有高貴的人眼中，你的靈已死。」桑納托絲面露微笑。這時，我了解她的表情何以看起來古怪了，因為她是對著龍老師上方的空氣在說話。「你捨身救了利乏音，找回慈悲，也因而重新找到了我們的女神。」桑納托絲的手臂往上一揮，姿勢出奇地優雅美麗。「那是你的道路。去吧，去另一個世界，追尋你嶄新的未來。」

看到桑納托絲上方的天空開始震顫，我驚訝得倒抽一口氣。黑夜分開，熟悉的樹映入眼簾。蒼翠蓊鬱，花楸與山楂交纏成一棵樹，枝椏織成偌大的華蓋，上面綁著數不清的布條。溫煦微風飄送著泥土、苔蘚和春天的氣息，布條隨風飄動，顏色和長度也隨之變化萬千。

「女神的吊夢樹。」史塔克喃喃地說。

「你也看見了？」我悄聲問他。

「對。」他說。

「我也看見了。」愛芙羅黛蒂說。

「我也是。」達瑞司說。我周圍的朋友一個個點頭，喃喃驚歎。這時，有個女孩從樹的後方走出來。她一頭金髮，笑臉盈盈，美若天仙，穿著藍晶色的長裙，裙襬和同色無袖上衣的領口都鑲飾著玻璃珠、貝殼和白色皮革流蘇。她手裡拿著一朵向日葵。

「安娜塔西亞！」戴米恩驚呼。

「她變得好年輕。」我衝口而出，隨即閉緊嘴巴，怕說錯話會讓影像消失。

但安娜塔西亞似乎沒看見我們，她的注意力完全放在一個徐步走出來的年輕人身上。這年輕人把一頭濃密的長髮往後紮起，褐色眼眸閃著淚光。

「是龍老師。」簫妮說。

「不，」桑納托絲糾正她，「是布萊恩，她的布萊恩。」

年輕的布萊恩·藍克福特虔敬地撫摸安娜塔西亞的臉頰。「我的心肝。」他說。

「**我的**心肝。」她說：「我就知道，你會找回自己的。」

「而找回自己的同時，我找到了妳。」他微笑，將她擁入懷裡。兩人親吻，天空再次波光搖曳，通往另一個世界的門關上。

史塔克從牛仔褲口袋中掏出一團面紙遞給我。我開始擤鼻涕。

「利乏音是不是也快死了？」史蒂薇．蕾的問題倏地把我們拉回現實。我發現她仍跪在利乏音旁邊。我站得夠近，看見他頭上那個很深的傷口正汩汩流出鮮血。他臉色蒼白，一動也不動。「妳可以感應死神，」史蒂薇．蕾繼續說，以手背抹去臉上的淚，直盯著桑納托絲，「所以，告訴我實話，利乏音是不是快死了？」

咻的一聲巨響，卡羅納從天而降。史塔克和達瑞司立刻舉起劍，擋在愛芙羅黛蒂、我和不死生物之間。但卡羅納連看都沒看我們一眼，直接奔向利乏音。

「太遲了！」史蒂薇．蕾對他大吼。「我打電話給你，你到現在才來。」

卡羅納的視線從兒子移向史蒂薇．蕾。「我一秒都沒耽擱，一接到妳的電話就立刻趕來。」接著，他的舉動嚇了我一跳：他突然在史蒂薇．蕾旁邊跪下，然後緩緩地伸長了手，越過她，撫摸兒子的臉。「他還活著。」

「活不久了。」桑納托絲輕聲說：「死神已經標記利乏音。把握時間，跟他道別吧。」

卡羅納盯著女祭司長，琥珀色的目光彷彿要刺穿她。他的聲音哀傷萬分，卻仍力道十足。「死神不能奪走他！他是**我的**兒子，而我是不死生物，他不能死。」

「你不是跟他斷絕了父子關係，說他不再是你的孩子嗎？」

卡羅納臉上的痛苦表情令人心碎。我看得出來，他想說話，但說不出來。

史蒂薇・蕾伸手碰觸不死生物的手臂。他轉頭看她。

「有時候我們就是會口是心非，所有人都一樣，尤其是生氣的時候。如果你沒那個意思，不妨跟他說聲對不起。」她看了看不死生物，再看他的兒子。「你跟利乏音說話，或許他聽得見。」語畢，她往後退開，留下卡羅納獨自跪在利乏音身邊。

卡羅納往前傾，抱起兒子，讓利乏音躺在他的大腿上。不死生物低頭看著兒子，久久不能言語。然後，他以顫抖的聲音說：「利乏音，對不起。你是我的兒子，你永遠都是我的兒子。原諒我的怒氣和愚蠢。」接著，妮克絲的墮落戰士閉上眼睛，垂下頭，繼續說：「女神，求求妳，別讓他替我受過。」

一顆淚珠滑下卡羅納的臉龐，落在利乏音額頭那個淌血的傷口。一陣刺眼的亮光閃過，害我霎時目盲。我眨了眨眼，看見利乏音深吸一口氣，睜開眼睛。他額頭上的傷口不見了，滿臉困惑。卡羅納笨手笨腳地扶利乏音坐直身子，但利乏音輕輕鬆鬆就自己坐起來。利乏音怯怯地露出笑容，但聲音聽起來很正常。「嗨，父親，你什麼時候到的？」

史蒂薇．蕾張開兩臂抱住利乏音，緊緊地摟著，然後稍微抬起臉，顯然接下來的話她是要說給卡羅納聽：「他及時趕到。你爸爸及時趕到這裡。」

卡羅納站了起來。此刻的他，一點也不像威嚴懾人的不死生物。他只是一個不知道該跟孩子說什麼的父親。

「血紅者——」卡羅納頓住，重新說：「史蒂薇．蕾打電話給我，我就來了。」

利乏音露出微笑，但高興的表情隨即消失，顯然想起了所有的事。「龍老師呢，他在哪裡？他沒有要傷害我，我知道他不會那樣做。」

史蒂薇．蕾咬著唇，淚水奪眶而出。「對，我們知道。龍老師從元牲手下救了你。」

「元牲？奈菲瑞特的生物？他在這裡？」卡羅納問。

「他來過，想殺你的兒子，破壞儀式。龍．藍克福特捨命救了利乏音。」桑納托絲說。

所有人的目光都落在覆蓋著斗篷的龍老師。

我不曉得該說什麼。我要怎麼跟他們說，我眞的見到西斯的靈魂在元牲身上？我到底該怎麼辦？

「妳應該知道，奈菲瑞特與黑暗爲伍。」卡羅納說。

「我知道。」桑納托絲說：「現在，吸血鬼最高委員會也會知道了。」

「然後呢，會怎樣？」我問桑納托絲。

「奈菲瑞特會被摘掉女祭司長的頭銜，被所有吸血鬼唾棄。」桑納托絲說。

「她一定會反抗。」卡羅納嚴肅地說：「她很有一些厲害的盟友，包括黑暗、她的那頭生物，以及跟隨她的那些紅小鬼。」

「那麼，我們就得捍衛自己。」桑納托絲說。

「這表示妳會留在陶沙？還是會返回妳的義大利小島，把這些孩子丟在這裡跟黑暗對抗？」卡羅納問。

桑納托絲瞇起眼睛，盯著他。「陶沙市夜之屋現在有了新的女祭司長，那就是死神。」

卡羅納看著桑納托絲，然後轉頭看了看兒子。我看得出他舉棋不定，心想，他大概準備飛走了。有那麼一瞬間，我想到，沒錯，他是跟利乏音道了歉，而且好像暫時不打算跟我們爲敵，但我們怎能確定他跟奈菲瑞特沒有瓜葛了？我是說，我之前就是因爲相信他，才會害死西斯。

但是，當不死生物終於開始移動，他並沒有飛走，而是大步走向桑納托絲，單膝跪地，說：「看來妳的夜之屋也需要新的劍術老師。女祭司長，我要向妳立誓，以我的身、心、靈立誓保護妳。我相信我可以成爲死神的戰士。妳願意接受我的誓約嗎？」

「我的媽呀！」我聽見愛芙羅黛蒂咕噥著。

在我身邊，史塔克惴惴不安。我看見他跟達瑞司相互使了個眼色。

「我接受你的誓約，卡羅納，我會視它爲牢不可破的約定。」

卡羅納鞠躬，握拳放在心臟位置，說：「謝謝妳，女祭司長。」他起身後，直直看著他兒子。

利乏音臉上掛著淚水，但笑得好燦爛。「很棒。」他告訴他父親。

卡羅納點點頭。「對，終於。」

「那麼，我們是不是這就返回夜之屋，看那裡有什麼東西等著我們？」桑納托絲問。

大夥兒都點頭稱是。但我知道不是只有我一個人緊張到胃痛，想尖叫逃跑，不想面對回陶沙後要面對的一切。

可是，我們沒人跑掉。當我們跟著死神和她長翅膀的戰士走向巴士，也沒人多說什麼話。達瑞司和史塔克抬起覆蓋著斗篷的龍老師。我跟阿嬤吻別。然後，當巴士行經原先被黑暗燒得焦黑的那塊地，我坐在車裡，望向車外，發現那裡此刻已布滿美麗盛開的薰衣草。

「等等，」我對達瑞司喊道：「停車。」

我打開窗戶，聽見所有的人也跟著打開車窗。接著，大家不約而同地深吸一口氣，聞著再次受祝福的薰衣草的神奇氣味。

「看！」史蒂薇．蕾大叫，指著那塊地的上方。

我抬頭，看見我們的女神盤旋在上空。她穿著夜色長袍，披著星星綴飾的頭巾，對我們所有人微笑。隨著陣陣花香，她的話語飄入車內：

牢牢記住今晚在這裡療癒傷痛的經歷。

你們需要這力量和寧靜，迎接迫近的戰役。

我閉上眼睛，低下頭，心裡想著，**唉，要命……**

決絕 / 菲莉絲.卡司特（P. C. Cast）, 克麗絲婷.卡司特（Kristin Cast）著；
郭寶蓮譯.
-- 初版. -- 臺北市 : 大塊文化, 2012.08
面； 公分. -- (R；47)
譯自 : Destined : the house of night, book 9
ISBN 978-986-213-352-1(平裝)

874.57 101013668

LOCUS

LOCUS

LOCUS

LOCUS